The Sojourner

Marjorie Kinnan Rawlings

暂居者

［美］玛乔丽·金楠·劳林斯　著

于晓红　译

The Sojourner

Marjorie Kinnan Rawlings

人民文学出版社

PEOPLE'S LITERATURE PUBLISHING HOUSE

Marjorie Kinnan Rawlings
Sojourner

据 Cherokee Publishing Company 1991 年版译出。

图书在版编目(CIP)数据

暂居者/(美)劳林斯著;于晓红译.—北京:人民文学出版社,2011
ISBN 978-7-02-008434-0

Ⅰ.①暂… Ⅱ.①劳… ②于… Ⅲ. ①长篇小说—美国—现代
Ⅳ.①I712.45

中国版本图书馆 CIP 数据核字(2011)第 012126 号

责任编辑　马爱农
装帧设计　黄云香
责任校对　罗翠华
责任印制　王景林

出版发行　人民文学出版社
社　　址　北京市朝内大街 166 号
邮政编码　100705
网　　址　http://www.rw-cn.com

印　　刷　北京季蜂印刷有限公司
经　　销　全国新华书店等

字　　数　312 千字
开　　本　880×1230 毫米　1/32
印　　张　13　插页 3
印　　数　1—8000
版　　次　2012 年 5 月北京第 1 版
印　　次　2012 年 5 月第 1 次印刷

书　　号　978-7-02-008434-0
定　　价　28.00 元

大　地　之　魂

——与马爱农闲聊劳林斯

今年是百年不遇的暖冬,初春三月的峡谷镇阳光明媚,春意盎然。尼亚加拉悬崖带的树林里,已经冒出野木耳,雪根草探头探脑地露出嫩芽,野紫罗兰不露声色地在枯叶下繁衍。头晚刚从北京飞到多伦多的爱农,第二天便精神抖擞地与我攀崖踏春。峡谷丛林中,紫色蜡亮的木莓荆棘横在我们面前,光溜溜的还没有发芽,我将荆棘踩在脚下,为爱农开路,她心疼得大叫:伤着木莓了! 哎呀呀! 多么美丽的紫色!

这里的植被与劳林斯小说《暂居者》的背景地相同,属于同一纬度的卡罗莱尼亚落叶林带。顶着红色干穗头的苏模漆树,健壮的糖枫,笔直的黑核桃树,常青的铁杉和马尾松,蔓延四处的丁香丛林,虽然落叶树都还是枯枝,内蓄的生命活力却即刻待发。我们的话题从书中描述的这些植物开始,谈《暂居者》,谈劳林斯。

谁能真正拥有土地呢?

——《暂居者》中亚撒黑的问题

爱农:八十年代初,人民文学出版社出版过劳林斯的《鹿苑长春》,是一部令人难忘的作品。

晓红:正是这部普利策获奖作品,奠定了劳林斯在文学史上的重要地位,将她与马克·吐温和海明威并驾齐驱,载入史册。*Yearling* 这部小说的名字从字义上说是一岁的小鹿。最初由张爱玲翻译,在台湾出版,书名为《鹿苑长春》。劳林斯说它寓意着小鹿与主人翁朱迪的共同成长,一个男孩在收养小鹿的一年中,从少年成长为男人的生命历程,所以我将书名译成《小鹿与少年》。朱迪是我个人喜欢的三个不朽文学少年人物之一,另外两个是马克·吐温的汤姆·索亚和加拿大蒙哥马利的安妮,就是你翻译的那个《绿山墙的安妮》。大部分的儿童形象创作,比如汤姆和安妮,狄更斯的大卫,包括后来的哈利·波特,都利用了孤儿情结,孩子独立而富冒险精神,立刻揪住读者的心,得到关注与同情。父母双全的朱迪和小鹿的世界,是没有魔术的真实世界,大自然和动物世界诗情画意,真实而梦幻;艰苦的边疆生活充满危险和残酷,紧张而曲折。通过少年与大自然和动物的亲近与矛盾,劳林斯充满寓意地描述了孩子走向成熟的过程。这本书是青少年文学在北美成为文化与商业主流的重要里程碑,劳林斯是当时家喻户晓、备受爱戴的作家,她的书销量有时甚至大于海明威等同时代作家。《小鹿与少年》成为各年龄段读者都喜爱的经典文学,被收入学校教科书,是伴随无数儿童成长的不朽之作。我对她的著作一读再读,每一次都有更深的感受、思考与慰藉。

爱农:劳林斯属于现代派文学,当时正是美国文坛人才辈出的时代。

晓红:美西战争、一战、工业化、经济大萧条、二战,这个时期美国作家的大批涌现,爵士时代、迷失一代,他们组成国际文坛上的一道道明亮风景线,的确是时代的变迁造就了他们。劳林斯就是在这个时期活跃写作的,她会见过许多著名的艺术家和作家,与他们结下了深厚的友谊,比如海明威、斯科特·菲茨杰拉德、托马斯·沃尔夫、玛格丽特·米切尔、罗伯特·弗罗斯特、温德尔·威尔金、西格丽德·安德赛特、詹姆斯·斯蒂尔、罗伯特·亨利克斯、华莱士·史蒂文斯、詹姆斯·布兰奇·卡贝尔、A.J.克罗宁、迪兰·托马斯、辛克莱·路易斯、画家 N.C.怀斯等等。她对同行毫无嫉妒，每当别的作家发表她喜欢的作品时，她都会写亲笔信，向他们表示祝贺。

爱农：说到那一代作家，人们都会提到传奇编辑马克思·柏金斯。

晓红：马克思·柏金斯（1884—1947）是美国文学史上的一个奇迹。他出生于名望学者和政界家族，毕业于哈佛大学经济专业，受雇于著名的斯克里布纳出版公司。柏金斯有眼光、学识，志在挖掘新鲜人才，懂得如何与性格鲜明（怪异独特，自我毁灭）的作家建设性地交流，他扶持和造就了一大批人才，这在历史上是空前绝后的。他翼下的作家有托马斯·沃尔夫，海明威，斯科特·菲茨杰拉德，约翰·高尔斯华绥，泰勒·考德维尔，里格·拉德纳等等。柏金斯的基本哲学是帮助作家实现自己的创作，而不是折服他们。从一九三○年到一九四七年间，劳林斯整理出马克思·柏金斯的一百七十八封信件，两人之间的书信、电报和便签累积近千条。《小鹿与少年》的原始构思与成形，都有柏金斯的创造性参与和指导。有美国学者说他是个非凡的编辑，是所有编辑学习的典范。在我看来，编辑的首要任务是眼光，然后是善于发掘和爱护才华，能够进入每个作家的思想中，启发和培育创造力，而不是干扰，甚至压制和破坏创作。编辑绝对不仅是给他人做嫁衣，或者大笔一挥，封杀作者。

爱农：劳林斯的写作风格有什么特色？

晓红：劳林斯在写作风格上，简明扼要而不失细腻，有乡土气息，她反对华丽繁复的陈词滥调。海明威被认为是影响二十世纪美国文学的巨人，他有惜墨如金的写作风格，我常常捧着两人的书同时读，比较之下，不禁暗叹劳林斯的风格非常直接而有力度,对她的文字情有独钟。但是人们无可厚非地给了性格暴露的海明威过高的评价,因为他是足迹遍布全球、经历丰富的海明威,他可以张口就骂,伸手就打,是当时打破旧框框的硬汉,新文化的开路先锋,谁不奉他为好汉?谁不承认他的影响?除非是那些被他骂成阳痿的人。劳林斯佛罗里达时期的作品大量采用了内地方言,将穷苦潇洒的边疆人刻画得活灵活现,她虽然没有受过语言学正规训练,但是观察之细致,表达之精湛,受到语言学家的极大赞赏,被评论家们定位成区域作家,劳林斯认为自己不局限于区域写作,《暂居者》就是她对自己有意识的挑战,其背景地是纽约州北部农村。作为女作家,有人批评她塑造的女性角色不多,不善于描写性爱,缺乏微妙和感知。在《暂居者》中,她把亚撒黑做爱时的感受描写成鸟儿挥动羽翼飞翔一般,我觉得挺贴切主人公的性格,因为他是个向往飞翔的泥腿子,挺有诗意,只是读者的欣赏角度和评论界立场不同罢了。

爱农:在劳林斯创作活跃的三十年中,有多少作品?

晓红:我把劳林斯的编年表做了出来,附在书后供参考。在她的写作生涯中,大约有三十篇短篇小说,基本上一年一篇,半打长篇小说和纪实小说集,绝对不算是多产作家。因为她对自己非常苛刻,她常常恳请她的编辑、好友柏金斯对她严厉一些,她极认真地听取意见,常常推倒重来,一改再改,直到小说发表以后,还不满意。成名以后,她的稿约很多,大都被她婉言拒绝。但是朋友和陌生读者的信,她都一一认真回答。她拒绝短、平、快式的赚钱写作。劳林斯的短篇小说非常出色,独占文坛一席之地,可与莫泊桑、欧·亨利和契诃夫媲美。长篇小说《小鹿与少年》无疑是不朽的经典之作,而《暂居者》是作者十年呕心沥血创作的美国人写真,亚撒黑是个默默无闻、真正的美国英雄,这一点,时间越长,越让人体会深刻。

爱农:劳林斯花了十多年的时间创作《暂居者》,这是什么样的一段创作经历？

晓红：在《小鹿与少年》和《十字溪》获得巨大成功后，劳林斯跌入创作低谷中，不愿被称为"佛罗里达区域作家"，她开始了《暂居者》的创作，主人公的原型是她的姥爷。经过十多年的痛苦挣扎：二战、马克思·柏金斯之死、健康恶化、法律纠纷、连续车祸……她没有放弃，小说终于在一九五三年一月出版，这是她生前出版的最后一部小说。性情中人的劳林斯，三十多年来烟不离手，抑郁时借酒消愁，高兴时以酒助兴，卡森"十字溪案"耗费了她的精力，再加上她废寝忘食，奋不顾身地固执写作，这些都促成她英年早逝。她在《暂居者》出版的前几个月，发生了一次心肌梗死，幸运恢复，在《暂居者》出版的同年年底，因脑溢血去世。

爱农：《暂居者》中的主人公亚撒黑是个什么样的人？有什么现实意义？

晓红："亚撒黑"这个名字的意思是上帝创造的。当时有人批评他的形象太模式化，他的确与作者以前塑造的激情潇洒边疆人不同，那些佛罗里达内地人的众生相多姿多彩，有私自造酒赢利的，不守规则偷猎的，不当心喝了农药宁死不求医的等等。亚撒黑是个泥腿子农民，长相粗陋，动作细慢，不善言语。尤其是吃东西时，总是心不在焉，食不甘味。我发现我身边的很多北美人，就是这样的生活习惯，每天吃一样的东西，什么新鲜东西都不尝试，绝对不在乎什么"好吃的"。亚撒黑脚踩泥土中，仰望星星，亲近自然，渴望亲情。他追求知书达理，虽然没有机会上学，却非常明白道理。他有时觉得住在自己家的大房子里像个陌生人，灵魂无归属感；但是，寻觅，给予，心有灵犀，非血缘的亲情，都是千真万确的。我觉得他的性格塑造得非常成功，无论在什么国界地域，或者什么时候都似曾相识，普通一人。许多北美人死后都将遗产留给他们相信的事业，而不是给自己的子女。

北美人的这个特点鲜活地表现在我们今天的生活中。还有一个鲜明的例子就是领养孩子，我家邻居有四岁和六岁的两个亲生儿女，但他们又到西伯利亚领养了一个八个月的女婴，为的是能够多一个孩子爱来。我还在亚撒黑身上看见我自己祖辈的身影，这个人物绝非模式化，现在看来，当时的评论家低估了劳林斯的眼光和洞察力。

爱农：死亡是作者一直贯穿小说的主线，劳林斯对死亡是什么样的理念？

晓红：小说以墓地葬礼开始，到亚撒黑的离世结束，总共有十几个主要人物，时间跨度不到一个世纪，描写了几乎每个主要人物的死。人生下来时似乎都一样，但是对死亡的态度却完全不同。劳林斯曾经多次与朋友讨论自杀问题，或者是死的问题，她甚至考虑过让《暂居者》的主人公自杀。她说："不是死亡来了，而是生命离开了。世上有两种行尸走肉的情形：一种是生命根本就忘记告诉无声息的肉体生命在哪里；另一种是肉体似乎充满活力，忙碌喜悦，却无思想，生命也忘记告诉肉体生命在哪里。胆怯的肉体说：'生命，我在这里，来。'但是，生命擦身而过。生命如澎湃河流，奔腾归海。"

印第安人水貂是饿死的，这对美国社会是一个无言的讽刺。吉卜赛人老妈，潇洒地扔掉生活的彩裙，在自己选择的时辰和地点安息，留给朋友的只有友谊和浪漫。他们两人的死，都是洒脱地回归大自然，没有恐惧，没有给别人带来负担和忧伤。蒂姆·麦卡锡的死虽然无奈，也不乏高尚和潇洒。小多莉孱弱完美，这个世界没有容得下她的地方，邪恶不允许她的存在。阿梅莉亚在黑暗和疯狂中，暴力地死去，痛苦而扭曲。威利斯，一个脸色苍白、眼睛通红（夜读引起）的读书人，却死在战场上。一辈子讲究实际的银发娜莉寿终正寝，她说是生活要了她的命。本杰明对一切都不在乎，在任何情形下，都能朗朗而笑。亚撒黑在与哥哥分离六十年后,终于见了面,两人的生活方式有天壤之别,但实质上,他们兄弟二人的价值观最接近,他们都不把钱看成是重要的东西,钱只是实现某种目的的手段罢了,虽然本杰明口口声声要赚大钱,其实他是个慷慨而不在乎钱的人。他的死只是笑着走了罢了,也很潇洒。劳林斯对贪婪深恶痛绝,在她三十多年的作品中都有明显的反映。亚撒黑手捧着哥哥的骨灰盒,在飞机上心脏病发作而离世,他终于飞翔了。在劳林斯的眼里,没有恐惧、不给别人添麻烦的死就是好死;有生命力的人,生命才有意义,生命离开时,才潇洒。人类应该如何安顿自己的暂居?!

爱农:娜莉的丁香花寓意深刻啊!

晓红:它象征着贪婪、自私、麻木不仁,人们一不小心,就会被传染而沉醉其中。亚撒黑被丁香花包围,他不舒服,但是不知道如何表达,这让他感到自己是家里的陌生人,体现了人的异化性和孤独性。

爱农:作者在这部小说里大量运用寓意,表达了她成为成熟作家以后的哲学和思想,她想表达的主题思想是什么?

晓红:这是一本劳林斯固执地表达她个人思考的书,她要表现的意念有三个:第一,每个人都失去过兄弟,表现人与人的关系,对亲情的寻觅,也许要寻找的东西一直在眼前,也许永远不存在,与血缘没有必然关联。第二,人必须参与生活,必须有立场,否则就是行尸走肉,帮助了邪恶势力。绝对不能有“不好说,说不好,不说了”的纵容态度。劳林斯的一生是激情的一生,她总是不顾后果地给予,爱憎分明。第三,她时刻意识到时间和空间,地球只是宇宙中微小的一部分,人生是短暂的一瞬间。她自己的成长环境和母亲的教育方针是追求“成功”,她被拜金主义包围着,她对此有很深的反思,名利的追求活灵活现地刻画在《暂居者》中不那么可爱的人物身上。像同时代的许多作家一样,她有绝对的道德价值观,富有批判现实的精神,体现了十九世纪美国文艺复兴的思想框架和局限性。在《暂居者》中不难看出,她的宗教性和哲学性带有爱默生的超验主义:强调人与神的直接交流,人富有诗情画意,本身就带有神性。

爱农:当时读者和评论家对《暂居者》的反应如何?

晓红:评论界对《暂居者》的反应比读者要温和得多。出版商查尔斯·斯克里布纳说,这是一本一定能够获得"成功"的书。劳林斯说:"让成功见鬼去!"她很固执地要写这本"带有很强寓意,极其严肃的书"。她相信真正的好作品,常常不是一开始就被读懂,或者马上被接受的。她从来没有虚假的谦虚,她说:"虽然这本书有种种缺点,但它是一部重要的作品。我不在乎所谓的成败。"我能想象她说这话时,双唇抿成一线,挺着刚毅的下巴,极认真的样子。半个世纪后再读《暂居者》,更能体会她的深远寓意和深刻内涵。

爱农:劳林斯是什么个性的女人?

晓红:她来自优裕的家庭,父亲是华盛顿首府的著名律师,热衷于政治,与政界名流交往密切,她父亲热爱农村生活,在郊区有一个农场,全家在那里度过周末。劳林斯身材纤柔,手小而性感(她的前夫和许多男性朋友都在文字上记录过这一感受),蓝色的大眼睛,刚毅的下巴,严肃时双唇紧抿成一线,尤其是拍照片的时候,几乎从来不笑。她从小就爱写作,受到家人的鼓励和支持。她爱抽烟喝酒,徐志摩曾经描述过剑桥的烟鬼,而劳林斯这一代美国作家,则是烟鬼加酒鬼。劳林斯慷慨大度,情绪分明,风趣幽默,非常珍惜友谊,她厨艺出色,十分好客。她不遗余力地扶持年轻作家,帮助邻居。她直爽而不奉承,痛恨虚伪和装腔作势。无数读者、朋友、同行,无不为她倾倒,她更是成熟男人迷恋的女人。她演讲时,总是扔掉讲稿,走到听众中间,风格幽默而犀利,每到一处,都受到极大欢迎。

爱农:勤劳的亚撒黑热爱土地,却从骨子里相信人是不能靠拥有权占有土地的,这反映了作者的什么思想?

晓红:劳林斯历来嘲笑贪婪而有占有欲的人。她反对盲目地美化"现代化"与"进步"。早在一九四三年她就发表文章《为明天而保护森林》,主张科学伐木,保护自然生态。如果我们不保护地球,不保护我们共同的暂居地——这个没有人可以占有的财富,不保护热爱土地、亲近自然的生活方式,我们会面临地球成为废墟的厄运。这无疑是个现代启示录。

亚撒黑对土地所有权的看法就是劳林斯本人思想的直接代言。土地不是任何人可以占有的。《十字溪》最后一篇文章是《谁拥有十字溪?》,她是以这样的话结束全书的,"十字溪是属于风和雨、阳光和四季、宇宙机密的种子,超于一切的是,它属于时间。"

我带爱农去看屋后林子里的野灵芝。一路上,我们两人都舒适地沉默着,走走停停,看看已经活跃起来的昆虫,琢磨刚刚苏醒、开始发新芽的植物,或者抬头看看星空,我们都相信在白天也能看见星星。我小心翼翼地为爱农拨开木莓荆棘,没有踩断一根荆条,这一路,我没有听见她带嗔怪的惊呼。

于晓红

加拿大汉密尔顿峡谷镇

二〇·〇年三月

附:劳林斯留下的照片不多,几乎所有的形象都是挺着下巴,抿着嘴。有两张照片上的她,双手精心地摆出特别的姿势,好像刚刚打完太极拳,云手轻轻地收在腹前,这是什么意思呢?我问过许多研究劳林斯的学者,至今没有人能够解开这个小小的谜。

我们在你面前都是旅客，是暂居者，正如我们的列祖：我们在世的日子如同影子，不能永远驻留。

——《旧约·历代志上》第 29 章第 15 节

第 一 章

　　林登家族墓地新堆的坟墩上方，三只乌鸦低空掠过，乌鸦的颜色正如三个没有悲哀的送葬人阴沉的思绪。这三个人是寡妇阿梅莉亚·林登和她两个高大的儿子——本杰明和亚撒黑。送葬的队伍已经散了。沉重的马蹄声和车轮的吱呀声，都从冰冻的小路上渐渐消失。一片绝对的寂静。然而，远从西方刮来一阵强风，横跨山丘，猛地跳进林间旷地，龇牙咧嘴地吹打着橡树的枝叶。最后一批橡树叶，战战兢兢地飘落在地上，它们像是瘦弱的棕色老鼠，在坟墩上下急速而没有目的地窜逃。

　　阿梅莉亚揭开自己脸上的黑面纱，朝马车走去。她在前排客座上坐下。

　　"本杰明，驾车。"她说。

　　亚撒黑走到雪松木拴马桩前，解开缰绳备马。他用手抚摸丝绒般平滑的马嘴，马儿发出愉快的嘶嘶声。他抽出毯子，正要把它们铺放在后车座上，却发现哥哥僵硬地坐在那里，双手横插在胸前。母亲脸色灰暗。他等待着母亲坐到驾驶座上。已经套上车的马儿不耐烦地骚动着。那个叫丹的小马跃跃欲试，忍不住要往前冲时，阿梅莉亚还是纹丝不动，亚撒黑只好笨拙地跳上驾驶座，抖动缰绳。三个人别扭地乘着似跑非跑的马车回家了。

　　对失去生命的悲哀，而不是对死亡者的哀悼，让亚撒黑感到毛骨悚然，心里发寒。马车里的三个人，没有一个人为刚刚埋葬的人感到悲哀，让那个冷酷、残暴的男人独自呆在乌鸦的翅膀下吧。他们的悲哀是人类与死亡面对面时的那种共同情感，即使是在马路上看见一个陌生人死亡，对于他们来说都是无法减轻的极度痛苦，因为这是所有人最终归宿的一次见证。按常理，在这种时刻，母亲与儿子们应该团结得更紧，修堤筑坝，添柴续火，共同抵抗肉身所处的冷酷与黑暗。但是，母亲和本杰明依然因为昨天晚上的激烈争吵而互不理睬，亚撒黑在卧室里听到他们争吵，但听不清说的什么，也就猜不到他们为什么争吵。母亲对她的长子发脾气，这可是破天荒的事情。二十年来，亚撒黑盘旋在母亲对哥哥的无限宠爱的边缘，像一只害羞和饥饿的狗，徘徊在灯光明亮的房子之外，渴望着什么时候能够被叫进去吃一碟剩饭，啃几根残骨。他也爱本杰明，所以并不觉得自己被亏待了。当母亲的眼睛为哥哥而闪亮时，他也觉得温暖，自己只要能够见证这种温馨的母子情，便别无所求了。父亲去世后，母亲和哥哥之间发生了什么事，生活里的痛苦显得更加残酷了。在他们的生活中，本杰明是明亮的太阳，是中心，他身旁是两颗围绕着他的卫星：阿梅莉亚紧靠太阳，强大有力；亚撒黑远远跟随，苦心徒劳；但是现在的三个人，就像三块冰冷的石头，孤独无序地悬在空旷的宇宙中。

快要到家时，十一月的劲风势不可挡地追杀上来。虽然只是下午，天空和大地都已是一片灰暗，好像太阳从来没有出现过，今天自然也看不见落日了。林登家的房子光秃秃地矗立在路旁，阴森森的，显得更加庞大。窗户像空荡无神的大眼睛。天空疾驰而过的低层云，被两个高高耸立的砖砌烟囱抓住，撕破。亚撒黑把马车赶到房子门口的路边，停下。阿梅莉亚坐着不动，等本杰明来扶她下车。本杰明也一动不动。阿梅莉亚只好自己下了车，走在碎石头铺垫的小道上，进了家门。她的黑裙子被风吹平，紧贴在大腿上。

亚撒黑调转车头，将马车赶向路对面低处的农仓。本杰明在农仓前下了车,打开一扇宽大的滑门。亚撒黑将车赶上仓门口的斜土坡,过了门槛儿进入昏暗的仓内,木地板吱呀作响。兄弟俩取下挂在墙钉上的外罩,套在他们的好衣裳外面。两人一同将马卸下车。亚撒黑领着小马丹在前,母马在后,把它们带到农仓底层的马厩里。本杰明把干草叉下来时,亚撒黑已经量出喂牲畜的燕麦。只有一头奶牛需要挤奶,亚撒黑认真地挤干最后一滴牛奶。本杰明把饲料撒在奶牛、肉牛和小牛的饲料槽内。绵羊仍然在山坡草地上牧养,还没有赶回来过冬。

除了猪和家禽以外,该喂的都喂了。小鸡、珍珠母鸡、鹅、鸭和火鸡,总是饿极了的样子,看到天色昏暗就以为已经很晚了,怨气冲天地狂叫。本杰明拿谷子喂鸡时,亚撒黑把一桶上面漂浮着一层白沫的牛奶拿进房子里,又把脱脂牛奶带回来,当做下脚料喂猪。兄弟俩合作得天衣无缝。本杰明动作快,带着一分急躁;亚撒黑则谨慎、细致。本杰明先干完,靠在猪圈的栅栏上,等着。亚撒黑内心盼望着:也许哥哥是想跟他说话,会告诉他母子争吵的原因。可是本杰明什么也没说。他也许只想避开与母亲单独相处,或者,他真的是没有什么值得一说的。

这两个年轻小伙子虽然是亲兄弟,可是彼此相同的基因却是少得不能再少。他们的长相差别很大,村里的人说:"本继承了林登家的所有优点,"而亚撒(人们对亚撒黑的昵称)"不像家里的任何人,两头不沾。"本杰明六英尺高,肌肉结实,身材匀称,动作敏捷、迅速,像个斗士,或者是舞蹈家,轻盈得仿佛只用脚尖着地,一头美洲豹似的浅褐色头发,绿色眼睛,他给人的整体印象是一只大猫。亚撒黑二十岁,比哥哥小三岁,身高六英尺四英寸,像是消瘦的细树枝,比哥哥高一大截儿。他好像是为自己的高个头抱歉,总是难看地佝偻着后背。他头发漆黑,是那种像土著印第安人一样的直发,高颧骨,深眼窝,灰色眼睛带着黑色条纹。他动作缓慢而笨拙,那一双大脚,大到没有什么好处的地步,非常碍事。还有那两只大手,力气虽然很大,长得却像是木瘤满布的松树桩子,吊在骨瘦如柴的长胳膊末端。

两兄弟的头脑和精神头儿的差异,更是天壤之别。

本杰明在镇上的正规学校里,修完四年的高中教育,而亚撒黑只在离家两英里的村学校读了一点儿书,这个学校只有一间石头房子,后来因为要在家里干活,就连这样的学也上不成了。本杰明对于书本上的东西,是左耳朵进,右耳朵出,就连县里的周报都几乎不读;而亚撒黑把所有的课文都秘密地记在心里,他的阅读就像他干活一样兢兢业业,任何印有字迹的东西都不放过,他如饥似渴地迷恋文字的魅力。他什么都能干,就是不善于说话,他以为他读了足够的书以后,就能明白那些折磨他的问题的答案了。他哪里知道有智慧的人早就问过同样的问题,还没有人能够找到答案,也许,永远也没有答案。这个本杰明野性十足,他经常离家出走,直到口袋空了才回来,回来后一个故事都讲不出来;而从来没有跨出家门以外二十英里的亚撒黑,却神游八方万里,那些自以为了解他的人,做梦也不会想到亚撒黑有颗与星星相伴的心。

本杰明在厨房门前犹豫了。

他突然转身冲着他的弟弟。

"听着,亚撒。你一定要帮助我。我这次走了,就再也不回来了。"

看来,这就是母子争吵的内容。

亚撒黑感到一阵难过,他首先想到的是母亲。在她生命的土地上,荒芜、凄凉;她自己的个性孤独,残酷;本杰明就像鲜亮的热带花朵,给她带来惊喜与满足,否则,她早就成了沙漠一片。只有本杰明能够让她那双黑眼睛闪亮,只有本杰明能够让她那低沉、冰冷的声音也带上音乐。亚撒黑曾经在寒冬的夜晚,看见坐在椅子上的母亲突然挺直腰板,以为自己听见心爱的儿子回来了,以为儿子的脚步声在冰冷的路上响起,当她发现那不是可爱的本杰明时,便颤抖地坐下。他曾经看见过母亲伸开双臂,像鸟儿展开幸福的翅膀,迎着心爱的儿子,他终于回来了,本杰明,他回来了。

然后,亚撒黑又为自己感到痛心和难受。他的心,在本杰明回来的时候,也是狂跳,剧烈的狂跳让他头晕。他这样,并不是因为他的生命贫瘠才思念哥哥,而是因为他有爱与奉献的天赋。在他的眼里,这种骨肉之情是不可能单方面的。

亚撒黑在后院的水泵边洗干净饲料桶。现在是需要说话的时候了,要找到合适的字眼,留住他的哥哥。没有他的家将是多么凄凉。他不能让哥哥走,让他到乱世上游荡。他把洗干净的桶底朝天晾着,然后跟着本杰明,一言不发地进了厨房。

亲戚、邻居为葬礼准备的丰盛食品还剩下许多,有一部分仍然摆在餐厅铺着白桌布的餐桌上。刚烧好的咖啡咕嘟咕嘟地煨在炉台内侧的炉头上。从石头储藏室拿上来的一瓶脱脂牛奶新鲜凉爽。兄弟俩从贮水池里泵出水来,把手洗干净,在摇滚循环使用的毛巾上擦干。母亲给他们倒好咖啡,算是无言地招呼他们在餐桌旁坐下。本杰明挑挑拣拣,把自己喜欢吃的食物放在盘子里,但是吃得很少,他的脑子和身体都烦躁不安。亚撒黑将食物随机地堆满自己的盘子,闷头吃着,好像是在堆干草垛子,吃饭与干活没有两样。对于他来说:一种食物和另一种几乎一样。他很少有感到饥饿的时候,但是一旦吃起来,饭量惊人。他会勤恳地、慢慢地填满他的胃,就像老牛吃草一样,等意识到自己饱了,一点东西都塞咽不下去的时候,还会感到小小地吃了一惊。喜欢厨艺的人遇见他这种人就开心了,一定会把那心不在焉的大胃口当成是赞赏。

阿梅莉亚说:"亚撒黑,假如你还有吃饱的时候,我需要你的帮助。本杰明有些愚蠢的话要说。"

"我已经告诉他了,母亲。亚撒理解。他同意我走。别在他身上撒气,这是已经定了的事。"

"哦,定了的事。那他完全满足了,我想,一个人干所有这些农活。我们没有钱,这你是知道的,没法雇一个帮手取代你。这个农场的活,至少要三个人才拿得下来。现在就剩下一个男孩了。难道你让我也下地干活?"

最后一口甜馅饼堵住了亚撒黑的喉咙,吞咽不下。母亲使他震惊。她怎么能用这个借口阻止本杰明离家呢?他知道母亲的心,母亲和他一样,都在内心哭泣:"儿子啊,哥哥啊,我们在没有你的日子里无法面对生活,绝对不是因为吃饭、干活,而是因为爱!"

母亲说:"亚撒黑,你能为自己说上几句话呢,还是再来一块甜馅饼?"

他们两人都盯着他看,每人都有自己的期待:一个苦涩;另一个急不可耐。他们都期待着他的支持。

本杰明说:"亚撒,你知道我一直讨厌农活。我是帮不了你的。当你最需要我的时候,我却走了。我无法改变这一点。我现在承认,过去我是害怕父亲。我不断地跑回来,因为我在外面的时候更怕他,比在家里还怕。亚撒,你是一个耕地、播种和收获的大男人。没有我,你照样行。我把我农场的那一份子给你。就放我走吧。"

阿梅莉亚抚平干瘪胸前的黑缎葬礼服。

"你忘了,这个地方是我的。你们谁也不能把不属于自己的东西给别人。你们的父亲是个难以相处的人,但是他还算知道自己的责任,这个农场是我的,全是我的,我说了算。我不会同意,本杰明,我不同意你放弃你的那一份。只要我还活着,你的那份你就该守着。你休想弃之而逃。你说呢,亚撒黑?"

还是那样,亚撒黑什么也说不出来。本杰明推开椅子,离开餐桌,上楼回自己的房间。当他回到沉默的餐厅时,手里拿着旅行袋,胳膊上搭着外衣。

本杰明说:"咱们有多少钱?"

阿梅莉亚起身回楼下自己的卧室,随后拿着一只锡盒回到餐桌旁,将它打开。她数点了纸币和硬币,拿出一份,放在一边。

"这是葬礼费用,还有买墓碑的钱。"

剩下的有六百余元。本杰明将三分之一揣在自己的口袋里。然后在一张小纸片上潦草地写道:"今收阿梅莉亚与亚撒黑·林登支付本人林登农场份子的全部款额。收款人签字:本杰明·林登。"

阿梅莉亚盯着纸条发呆,然后,她打开大肚皮取暖炉的门,把纸条扔进了通红的炉膛里。

她转身回了自己的卧室,关上房门。本杰明耸了耸肩膀。

"她还以为我会再回来的。也许,有那么一天,亚撒,当我挣了大钱的时候。"

他从口袋里掏出父亲的猎人金表,这是葬礼前阿梅莉亚给他的。

"替我收着。不,给你了。"

他转身便走。

"不要套车,我宁愿走路。我会在镇子的西头赶上夜间的火车。我这么离开你,算是条狗,亚撒。"

亚撒黑跟着他出了前门,穿过游廊,下了台阶,走过草坪,来到马路上。在平缓的马路上走了一会儿,上了一个小坡,又下了一个大坡而进入谷地,在这里,一条小溪从木桥下潺潺淌过,向西蜿蜒四英里流到培顿镇,到镇火车站,小溪向西流去,流向远方,流向未知。

亚撒黑想说:"别离开我,带我一起走。"

本杰明说:"别再送了。"

他伸出强壮的双臂,紧紧地拥抱弟弟。亚撒黑浑身颤抖。

"最好在春天时,把娜莉·威尔逊娶过来,小伙子。这样你就不会太想我了。"

亚撒黑终于开口了:"我永远没法不想你。"

日落的时辰到了,只是唱主角的太阳压根儿就没有露过面,只有条状的云挂在西天,显得阴沉而邪恶,那就是本杰明要去的方向。兄弟血缘像是一条结实的绳子套住亚撒黑,拖着他,死不放松。无形的绳子牵引着他,使他不由自主地来到小坡上,他看见本杰明在坡下木桥上的小小身影,亚撒黑举起手臂向他挥舞,可是哥哥没有回头。他只好转身回家。这时的天空已经没有任何颜色,整个世界在迅速变暗变黑。一切都在消退,退向遥远的地方,只有他留在后面,耕地,播种,收获。

第 二 章

十二月，一个阴冷的早晨，亚撒黑·林登在田地里缓慢踱步，研究这大片的庄稼地，他必须很快做出种植计划。雪粒子被刺骨的寒风吹卷着，在冰冻的土地上尘土般飞扬。父亲的老水牛皮长袄挂在他那瘦长的骨架上，松松垮垮，很不合体。他的双手戴着手背有长皮毛的连指皮手套，像是动物的爪子。他把带护耳套的麝鼠皮帽低压在头上，深眼眶里的一双眼睛巡视着眼前的风景，长鼻子吸嗅着飘来的雪花，披着老皮袄的肩膀下垂。他看上去就像一只可怜的冬熊，刚从窝里茫然地游荡出来。他横穿马路，向南走去，在圆木小屋里暂避风寒。

林登家的土地大部分是肥沃的农田。三百英亩的农场有天然树林，牛羊牧养草地，以及适合于种植各种农作物的农田。一条乡村马路从正中穿过农场，将它一分为二。房子坐落在马路北面，农仓在南面。最肥沃的土地是在农仓的西南处。挣钱的农作物都来自这里：各种豆类、小麦和土豆。这片地头是个坡，坡下是由东向西的一条小溪，两岸是垂柳，过了小溪就是牧牛的草地。草地顺着山丘爬高，一直向南，这里的绿草间已经开始夹杂石头，是牧羊的地方。这个最高的东南角有四十英亩的树林子，盖房子的木料和烧火的柴木都是从这儿挑选出来的。树林子在一片黑色沼泽地前戛然而止，沼泽地的边缘是一圈铁杉树，从沼泽地里渗透出的小股泉水由此潺潺地汇入小溪。这个沼泽地非常险峻，离群的牛不当心陷进去，如果没有人看见并马上营救,几分钟就无影无踪了。小溪东面有一个清澈如水晶的湖——皮瀑湖,都说它是无底湖,湖水从东头汇入小溪。湖的西岸是湿地,是小响尾蛇成灾的地方。

在有房子的路这边,最西北的角落是一小片有糖枫的林子,这些枫树生产的枫浆和枫糖,够一家人吃的。房子西面的田地是小麦地,和马路对面的小麦地隔年交替种植。不种小麦的时候,就种黑麦、燕麦、大麦、玉米和荞麦,这些都是家里不可缺少的粮食。靠近房子的东面,有一小块水果和蔬菜园子,这里整天都有充足的日照。

房子本身高大而方正,漆白的墙壁,两个红烟囱像两只耳朵一样支棱着,正门上方是半圆形的精致扇形窗,希腊风格的雕刻。房子看上去显贵,但却凄凉、孤独,倔犟而又霸道。亚撒黑意识到,幸好房子周围的树林和灌木丛给它带来一点儿柔和气氛。房子对面,顺路向西走出数百码,就到了林登家的原始住所,一个圆木小屋。棕色圆木墙壁的缝隙里填满了白色灰浆,小屋旁有一股冰冷的清泉,泉头由石头垒砌的墙围起来。

寒风转向,向亚撒黑全力袭击,圆木小屋已经不能给他提供足够的庇护了。他慢慢地走着,穿过平缓的田地。放眼四周,看不见任何生命迹象。牲畜都在农仓或者畜舍内。没有羊儿在石头缝间找青草吃,没有牛儿在草坪上懒散漫步,没有马儿在苜蓿地里打滚,也没有鸡鸭鹅们在啄食和闹腾。整个农场都是沉睡的空旷大地,冻僵的肥土,等待着亚撒黑的唤醒,等待着他的双手来塑造新的天地。

亚撒黑走到田地南头缓缓下降的斜坡处,面对着那条小溪停了下来。他听见水在冰层下湍急的喁流声。岸边柳树的蓬乱柳枝被寒风吹打,像是老丑妇稀少、枯干的乱发,她曾经精彩,春天的奇迹定会让她再次容颜美丽,新衣装扮,重焕青春。亚撒黑转身,看着远处显得很小的圆木小屋。这块平地,据他估计,足有二十英亩。在本杰明走后的这六个星期,他仔细地思考了一番。他知道本与农场没有关系了,林登家的田地有许多部分是用来种庄稼的,他意识到庄稼地的重要性,一旦打下基础,有了规模,既赚钱,又不需要太多的打点。在剩余的田地上开发一个大型果园,这是一个简单明了的答案。他把眼下的土地想象成一个苹果园。春天里,红白花朵像云彩一样,吸引来无数的蜜蜂在花丛中采蜜。鸟儿在果树上筑巢,夏天在绿叶丛中歌唱。秋天,红、黄、绿色的苹果,像是打上蜡一样,鲜亮如灯,风一吹,就"砰砰"落地,落入种在两行苹果树间的荞麦丛中,等着人们不小心踩碎,或者是猪和牛把它们嚼在嘴里,甚至让马蜂来蜇它们,然后它们在地里发出酒的清香。冬天,苹果树黑色的枯枝在风中摇曳,在亚撒黑的眼里,这种造型是任何树都比不上的。

亚撒黑的父亲从来没有种过一棵果树。太阳底下万种生物各有其美,但是那个愁眉苦脸、脾气暴躁的男人,海勒姆·林登,却似乎故意避开所有能开花及美观的农作物。一切都基于实利,他阴沉着脸播种,庄严如宣誓一般收获。林登家三代人中,亚撒是第一个对土地有感情的,他对大地充满崇敬与热爱,渴望在他有使用权的时候,将大地装扮得最美好。在他之前的林登家男人,都只把农场看成是生活手段。土壤如此肥沃,使得耕种很少让人觉得艰辛,丰收给人振奋的回报,但是,面对这样的祝福,他的父亲与哥哥甚至不怀感激之心。

苹果园就在这儿了,对,就这么定了!当然,首先要得到母亲的允许。他下坡,来到小溪旁,小心翼翼地踩着冰冻的石头过了河,他费劲地爬坡,来到高坡牧羊区才停了下来。这里因为地势高并有岩石,除了牧羊,没有别的用途。羊在任何情况下都是一笔好收入,所以羊群应该扩大。这样的话,母亲就会允许他养狗,一条牧羊狗。他从来没有养过狗,而任何一个农场小男孩都有自己的狗。阿梅莉亚是个冷漠的持家人,她讨厌狗,禁止家里养狗,她的借口是她不愿让肮脏的动物跟进厨房,爬上柴木堆。亚撒黑接受了这个定论,因为他别无选择,但是心里充满疑惑和不满。事实是不用猜想和公开挑明的,她的疼爱、耐心和善良只能给一个人,所以不可能再容下任何一个生灵,哪怕只是一条小狗。她把温暖爱意都吝啬地积攒在内心里,就像装着热炭的暖手铁盒,令人嫉妒地只为一个人保温,这个人就是本杰明。亚撒的童年就是在这种孤独中度过,他总是满怀希望地跟在哥哥的后面,像条狗。反过来,他也梦想自己有一只眼神温柔的混血小狗,跟在自己的后面,带着和他一样的忠诚和爱意。

他打开牧羊场入口小道的门。好,他心想,也许很快他就会有自己的狗了。虽然对他来说,养狗已经不像孩童时期那么新鲜和重要了,因为他现在是个男子汉。寒风吹进他的水牛皮长大衣里面,让他的两条细长腿感到非常寒冷。没有必要顺着小道走到底,走到铁杉和沼泽地边缘。他知道接下来的这一两年,他会在铁杉附近的这片树林里砍树开地,好让房子西北角的那片地有机会休耕。他也没有必要去看皮瀑湖上方东南角的那片土地,他会在那里种植小麦和玉米,他还要在那里试着开一个小桃园,假如收成好,他便逐年增加桃树。圆圆的坡顶可能太冷,不利于果树生长。但是通向小溪、农仓的斜坡,向东靠湖的坡地,都能给果树良好的保护。虽然土壤里有小石头,土质却是高粘土混合型,他认为果树生长的条件还是不错的。

他转身沿小路向农仓走去,他要去那里查看一下牲畜。寒风吹打着他的后背,水牛皮长大衣的卷毛蓬乱不堪,风推着他下坡,他的大脚绊在石头上,步态比平时还要笨拙、别扭。他刚打开羊圈的门,就听见马路上响起熟悉的马蹄声,这是一种双人座的轻便马拉雪橇,雪橇板压在过薄的雪地上发出特殊的磨擦声。他的母亲驾雪橇去培顿镇的邮局,没想到这么早就回来了。她坚持独自出行,亚撒认为这完全是母亲的迷信,母亲相信假如她独自一个人去,就会有本杰明的信在那儿等着她。亚撒在房前的路边等着她,她把缰绳交给他,他看到她戴手套的手里拿着报纸。

"没有。"她说,"没有他的信。什么都没有。"

他把雪橇存放在路旁的马车库内,将母马卸下雪橇,带回农仓。在马厩里,他给母马喂食,饮水,梳刷。因为他动作缓慢,这一过程花了半个多小时。他回到家,把外衣和帽子挂在厨房隔壁的柴木屋里。他发现母亲正在客厅里的取暖炉旁暖手,依然穿着有皮毛边饰的天鹅绒大衣,那顶无边圆帽还系在头上,短毛披肩都没有脱下来。她年过五十,身材瘦小,长脖子,平滑的黑发,黑色的小眼睛,薄嘴唇紧闭着。她穿着质量很好、精心制作的衣服,笔直僵硬地站着。她并不是没有一点儿女人的魅力,只是当她眯起眼睛盯着一个人看的时候,那一眨都不眨的冷眼,就像蝰蛇一样,令人不寒而栗。

她抬起头,漆黑的眼睛盯着小儿子。

她说:"我每天都期待着本杰明回来。这次很不寻常,他从来没有离开这么长时间而不给我写信。我开始感觉他这次走,的确与往常不同。他是带着理由和目的走的。我现在明白了,他有远大理想,但愿你能理解这一点。他希望挣一笔钱,有了积蓄带回家,这当然就需要一些时间。他自然要等到有了好消息以后再给我写信。会来信的,同时——"

她细看他一眼,皱起眉头。

"你在听我说话吗?你的表情是一片空白。"

在这个空白面具后面,亚撒忍受着折磨。他似乎觉得自己应该唤醒母亲,让她看清事实真相,就像把一个做噩梦的人摇醒一样。但是,对于母亲来说,这不是噩梦,而是一个甜蜜的梦,让她醒来,近乎残酷。但是却有必要,他心想,否则她如何再重新生活呢?

他绝望地说:"母亲,本走了。"

"这正是我要说的意思。他也许要很晚才回来,可能拖延到夏天。这段时间,你必须计划春播。我已经决定了,我把这里的一切都交到你的手里。如果需要的话,可以请教别人,但是别找我。我对这些农活一窍不通。我也不在乎。这种令我讨厌的生活方式。但是,农场是我们所有的一切,我希望你能够充分利用这一点,在本杰明回来之前,农场上的事,一切都由你掌管。"

他没有说话。

她尖刻地说:"你明白吗?你能做好准备,承担这责任吗?"

他点了点头。她回到自己的卧室,关上了门。

他准备好了。他早就准备好了。要说农业经验,他已经是老手了。他从孩提时就开始满腔激情地观察,学习。就像音乐家的孩子,耳濡目染地学会乐谱,爬上钢琴凳子,五岁就能精确地弹上一曲,给大人一个惊喜。亚撒十六岁那年夏天,本杰明消失了三个月,父亲病重,发着高烧,神志不清,是他这个小伙子,在一个蠢得像头牛一样的助手帮助下,收割了庄稼,还获得一个大丰收呢。因为他尊重大地,热爱大自然四季的模样、它的花与果,他伸开双臂接受大地,不是作为负担,而是像迎接突然回到自己怀抱的苦恋激情。他沉重的心情开始化解。母亲权威的馈赠是因为生活所迫,还是她最终承认他是个男子汉了?他无法判断,也无所谓。

他感到惊奇的是,母亲给了他做决定的完全自由。但他并不奇怪她拒绝承认本杰明走了,很可能永远不回来了。他最好不要碰碎她的美梦。

大肚皮取暖炉里的火已经熄灭了。他将火引燃,直到炉前的透明窗泛出红光。他坐在母亲的波士顿式木摇椅上,身子前倾,虽然靠炉子很近,依然感到很冷。令人窒息的阴森笼罩着客厅,压抑着整个房子,这里的冰冷超出冬天低温造成的寒冷。大客厅比例设计合理,两面都有采光良好的湾式凸窗,能让人看见树林、飞鸟、农仓和起伏的农场轮廓。樱桃木、松木和核桃木的家具都结实、好看,就像其他房间里的家具一样。然而,没有一件家具能够天然、轻松地融入它的环境。大地的温暖和生命力非常强大,能抗拒伤害。但是,这住人的房子却饱含了人间悲哀,驱之不散,一如既往。

这个畸形、不幸,经常带有暴力,环环相扣的家庭脉络是从林登家开始的。亚撒黑好奇地想,这要追溯到哪一辈上呢?第一个到美国的是个荷兰人,再往上,他便一无所知了。这个荷兰人的姓是林多芬,大概是这个姓(保存在阁楼里的一个契约上写着这个名字),前辈子人将它简化为"林登"。那是十七世纪的中叶,荷兰人娶了一个法国女人。再往后,又夹杂进来英国血统。阿梅莉亚是苏格兰人和爱尔兰人结合的第二代,她只继承了苏格兰人的固执、严厉,而没有一点点爱尔兰人的随和、热情。他听说爱尔兰人应该是无忧无虑、轻松愉快的性格,但是,在他这家人身上,哪里找得到这种性格的一点儿蛛丝马迹?当然喽,别忘了本杰明,他倒是地道的爱尔兰人性格。

也许麻烦是从他爷爷开始的。爷爷阿伦特·林登从哈德逊河谷地来到内地,野心勃勃地认购下一大片土地。他有两个儿子,老大叫约书亚,老二叫海勒姆,后者也就是亚撒的父亲。他觉得这个故事是《圣经》中雅各和以扫的翻版,一个儿子倍受宠爱,另一个遭受歧视。阿伦特·林登和他的儿子约书亚是趣味相投的一对,他们联合了海勒姆,让他帮助他们开垦六百英亩的处女地,帮他们盖两幢房子,他们会反过来帮助海勒姆开垦三百英亩地,帮他盖一幢房子,这样,一个繁荣的大家庭就在荒野中建立起来了。但海勒姆没有料到彻底的背叛。

他为父亲和哥哥无偿地工作,食不果腹,衣不暖身,居无定所,一直干到自己三十出头。终于轮到他们给他开地造房的时候了,他得到的却只是父亲和哥哥的嘲笑。这足以让一个大男人怒视生活,足以让阿梅莉亚不再年轻。这个住在圆木小屋里的新娘,她让自己的怨恨生长繁衍,就像是一个半疯的女人,浇灌花盆中栽养的毒草。但是,在年轻的亚撒看来,一个人遭受的背信弃义越深,那他希望把正义和温暖给予他的孩子的愿望就应该更强。

他的父亲孤身奋斗,终于开垦出自己的土地,比他父亲与哥哥的还要肥沃,砍下的树木也赶上好市头,卖了好价钱,他也建起了自己的房子,虽说在线条和轮廓上比不过那两幢房子漂亮,但至少比它们大,而这时候,父亲和哥哥都不在了,也没有人为他们哀悼。本杰明那无忧无虑的性格,给这个家庭带来唯一的轻松愉快和笑声,现在,本走了,把勃勃生气也一同带走了。亚撒想,他的哥哥好像会施展魔法,所有认识他的人,都像是被符咒迷惑了一般。可以想象,本能够征服这个世界,因为他好似一股旋风,无论男人女人都被他的激情狂风吹得晕头转向,上气不接下气。但是,说他一事无成,也有可能。亚撒了解哥哥没有长性。本的性格浮躁不安,总是挑容易的路走,他身手敏捷,无忧无虑,还有那符咒般迷人的外表,那黄褐色的头发,更是增添了他的帅气。但是,他那轻快的双脚一旦遇到极小的绊脚石、极浅的沟壑、极稀疏的荆棘,都会糊涂地停下来,掉头去寻找更平缓、更宽敞的路。

对于这一点,亚撒并无批评之意,只是关心而已。他有宽厚的爱,他渴望能在本杰明前面为他清除绊脚石,在沟壑上搭建桥梁,把林子里的荆棘砍除,为他前进的道路扫清障碍。他得到的回报只是最漫不经心的情感流露。其实他空荡荡的心里渴望着更多,会有那么一天,他真正地和哥哥团聚,他痛苦的孤独便永远结束了。他没有怪罪母亲的盲目,她崇拜自己的长子更是无可非议。他也爱母亲,带着柔情,他希望自己比现在还强,能讨她欢心。他心想,也许母亲把自己带大不容易,自己笨嘴笨舌,郁郁内向,长相不帅,动作笨拙。

阿梅莉亚还没有从自己的房间里出来。已经快中午了。虽然她摆出一副勇敢的面孔,但亚撒知道她的内心在遭受折磨。他来到厨房,点燃灶台炉火。他尽最大努力准备午餐。他从储藏室拿上来一瓶接骨木酒,倒了一杯,端到母亲的房间里。

母亲喝了一小口酒,点头,算是谢了。

"哦,母亲,午餐准备好了。"

他做饭不比她差。她已经有一个星期没有烤面点了,家里的剩面包又硬又陈。她特别喜欢甜食,在面包上抹了好多果酱,在茶里加了许多糖。酒和浓茶让她进入活灵活现的谈话状态。她讲述早年艰辛生活的轶事奇闻。突然,她皱起眉头。

"亚撒黑,我想叫你把那个圆木小屋给拆了。它给我太多的痛苦记忆。不管怎么说,它也算是个眼中钉。"

对于他来说,小屋很重要,也很美丽。他要在小屋周围种上苹果树,让果树拥抱小屋。石头烟囱,棕色的圆木和白色石灰弥的缝,使小屋就像童话中的画面那么美丽。一瞬间,他想象自己和娜莉·威尔逊住在那儿,本说过,"最好在春天把娜莉娶过来。"但是娜莉是本的女孩。总不能像捡本不要的衣服一样把她接过来吧;也不能像本把父亲的表送给他那样把她收下。他暂时把有关娜莉的念头搁下,寻思眼前如何劝阻母亲毁灭小屋的计划。在母亲面前,他既无实权,又无影响力。她有那么多的非理性冲动,假如他不理会她的这个念头,她也许会忘记的。当然喽,如果本心血来潮,要她给小屋插满横幅彩旗,她都会毫不犹豫地满足他。

有一个问题在他脑子里翻腾至今,折磨着他,但是他从来没有说出来过,只是自己苦苦寻求答案。母亲对本的宠爱,以及对他的冷漠,除了因为本英俊潇洒而自己丑陋笨拙以外,一定还有更多的原因。当他还只是蹒跚走路的孩子时,他只不过稍微抱怨了一下哥哥抢走了他的生日礼物———一个新玩具,母亲就狠狠地揍了他一顿,他强忍眼泪,大喊:"为什么?"那个时候,他就知道这个问题的答案不是那么简单。从母亲现在的情绪看,他今天也许能问出个答案来。他的喉咙紧缩,想说的话像俘虏一样,毫无希望地囚禁在胸膛里,出不来。

阿梅莉亚说:"刚开始,我在小屋里幸福地生活。"

她的表情是他从来没有见过的。她眼睛半闭,薄嘴唇放松而柔软,嘴角向上,露出微笑。灰白的皮肤闪着光彩,像是阳光中的红杏。

"非常幸福。我等待了很久。已经年过三十,但依然漂亮,我相信是的。"

她的眼睛完全闭上了。

她梦幻般地说:"晚上,我能听到泉水的叮咚声。红玫瑰蔓延到窗口,有一次,他在月光下,伸手摘了一枝红玫瑰,放在我的枕头上。玫瑰刺划着我的脸,我们一起开心地大笑。"

她睁开眼睛,身体向他倾斜。

"我有两个丈夫,你明白的。"她说。

他盯着她。

"哦,他们的名字都叫海勒姆·林登。"

她用手绢碰了一下嘴唇。

"他们除了名字相同,其他什么都不同。脑子,身体——两个完全不同的人。我爱第一个丈夫,哦,是的,我爱他。和他生活了一年,他就死了。被害死了,当然。你的爷爷和你的大伯杀了他。那一年里,他还以为他们会保守诺言。哦,好房子,开垦好的土地,他们会回报他的辛勤劳动的!当他得知真相时,他就死了。为什么?因为他是个懦夫。他死了因为他是个懦夫,我就是这么告诉他的。"

她擦了一下自己的湿额头。

"第一个男人给了我唯一的,属于夫妻二人的儿子,我的本杰明,在爱中受孕。第二个男人留下了你。"

她看着亚撒,铜头蝮蛇般的眼睛一眨都不眨。亚撒感到刺骨的冰冷。答案来了,带着尖牙利爪来了,现在想躲都躲不掉了。

"我永远没有作为妻子和第二个海勒姆·林登过日子。我讨厌他的样子,痛恨他的触摸。他不是把你给我,而是强暴了我。不是爱,甚至不是肉欲。不,只是愤怒。我恨他,恨之入骨。我也恨你。"

她将身体后斜,靠椅背坐下。声音哽咽,话语破碎。

她说:"我没办法,对不起。"

他的第一个冲动就是立刻离开这个恐怖的家,让她不再看见自己,让自己逃脱她的残酷眼光和冰冷的声音。他来到圆木小屋,点燃取暖炉,蹲下烤火。他想立刻去找他的朋友蒂姆·麦卡锡,从他那里寻求安慰,让他帮自己出出主意。然后,他又想,这种事情是家丑不可外扬,他必须自己面对。他被深深地伤害了,一把尖刀真的插在他心窝上恐怕也没有这么痛,没有什么比这样尖锐和残酷的揭示更令人寒心的了。燃尽的柴火变成死灰,他在冰冷的小屋里竟然出了汗,但很快又感到寒冷,他抱进来一些柴木,又将火烧起来。日落了,余晖从布满灰尘的窗户透进来,呈淡淡的金黄色。哦,是这样,过去发生的一切,就是这样!只不过是他曾经生活在浓黑的低层云下,现在暴风雨终于来了。以前是捉摸不定的谜,没有意义,现在变成事实。他过去是不断地疑惑和猜想,现在他终于明白了。

他盯着火看,直到柴木完全烧成灰烬。他站起来,伸展他痉挛的双腿。他深深地吸了一口气,觉得空气新鲜多了。真相给了他解脱。他可以继续生活下去。他脚下的大地依然坚实。他心里涌起对母亲的同情。即使她拒绝他,她也还是需要他的。母亲陷于自己的生活废墟和毁灭中,他认为,她也是勇敢的。他回到家时,发现母亲依然透过房子的前窗盯着空空荡荡的马路。他不由自主地把客厅里的取暖炉炉火挑大。他找不出安慰的字眼,但是他把他的一只大手放在她的肩膀上。

她头也不回地说:"为什么浪费柴木?"

第 三 章

亚撒黑·林登有三个朋友和一支笛子。最老的朋友是个印第安人，叫水貂费希尔。亚撒只有四岁大时，他们两人的脾气与喜好就一拍即合。那年，这个印第安人来做交易，他站在柴木屋的门口，高大的身材，笔直的腰板，毛毯裹着身子，漆黑的辫子搭在肩膀上，铜色的前额佩戴着有一支雄鹰羽毛的头带。小男孩心想："这是个鹰王啊！"他们仔细打量对方，然后水貂伸出他的手，亚撒向他走去，把自己的手放在水貂的大手里，满意地深深叹了口气。他们就像父子一样。他从水貂那儿学到了他所知道的关于大自然的知识。在他的童年和少年时期，这个印第安人每年都来好几次，通常是为他专程而来。现在，水貂已经有五年没来了。亚撒为此伤心，非常渴望见到他。

他的第二个老朋友是那些吉卜赛人。他把那个部落所有的人当成一个朋友，就像葡萄，不能说一个，而是一串；就像金盏花，不能说一朵，而是一片。他六岁时，吉卜赛人就开始来了。他们每年夏天都来。宿营在小溪旁的柳树下，或者是圆木小屋旁的清凉泉水边。在他们驻留的几天里，他便成为他们这个群体中的一个成员。为了尽量和他们在一起，他居然一反常态，忽视了家务。当他是孩子的时候，他和吉普卜赛男孩一起疯跑；当他是年轻人时，他便和长者坐在一起，在夏夜晚会上唱歌、跳舞、饮酒、美餐。后来，他和部落的女长老最为亲近，她像皇后一样，人们都尊称她为老妈；他也同样亲近老妈的丈夫和女儿艾丽莎。

艾丽莎让他热血沸腾，他们一起跳舞，他的手触摸到她时，他激动得像小雄马一样颤抖。他们俩是干柴烈火。老妈看他们的眼光里带着赞同。在一个风和日丽的六月傍晚，他把艾丽莎带到铁杉树林的树荫里，但是他自己都不明白为什么，什么都没有发生，他们就迅速地离开了僻静的树林。去年夏天，吉卜赛人没有来。亚撒担心是他伤害了姑娘的自尊心，甚至更加糟糕，也许他因此冒犯了她的母亲，皇后。

他的第三个朋友是蒂姆·麦卡锡。这个麦卡锡，他没有国王做父亲，也没有皇后做母亲。他是从艾伦沼泽地来的一个爱尔兰小老头，一个醉汉，一个受雇于农场的临时工，一个上帝恩宠的天才般的、给人类带来荣耀的小提琴手。十年前，他腋窝下夹着小提琴，衣袋里揣着酒瓶，脚后跟着一只肮脏的白色母狗，他就是这样浪荡到这一地带的。他最早受雇于海勒姆·林登。他的这个临时工生涯很快就在他第一顿饮酒作乐的时候结束了，他当时摇摇晃晃地回来，拉着小提琴，唱着最淫秽下流的爱尔兰民谣。阿梅莉亚在太阳落山之前，就已经把他踢出家门。那个时候，他和十一岁的少年亚撒迅速成为好朋友。小老头有说不完的故事，他的音乐、他的狗都同样让少年心旌荡漾。向东两英里就是威尔逊家，是林登家最近的邻居，他们接纳了蒂姆，但也没长久。他又向东挪了一英里，在那儿的农场基本稳定地呆了下来，这样可以靠近他的年轻朋友亚撒，那家新雇主想到他愿意低价工作，也就不挑剔他的不稳定性。他的小母狗死了，取而代之的是它的后代，一只公狗，和原来的那只一样白，一样脏，一样忠心。当他不喝酒的时候，没有哪个雇工赶得上他蒂姆·麦卡锡。他在任何时候都善良、慈祥、智慧，就是不能喝酒，是酒毁了他。他具有爱尔兰高地盖尔人的快乐，同时也有盖尔人的忧伤，就像爱尔兰咸五花肉，肥瘦相间。

麦卡锡送给亚撒一只笛子，他把这只笛子也当成朋友。蒂姆的小提琴无论是在大西洋两边的大陆,还是在这两大洲之间的海洋上,都能牵动无数男人女人的心,但是它对这个瘦骨伶仃、开口极难的严肃小伙子所产生的震动,以及让他痴迷的程度,远远超出任何人。麦卡锡认为亚撒在音乐里找到了另一种更丰富的语言,一种他熟悉的语言,就像他能在其中找到自己的语言一样。他想教小伙子拉小提琴,但是亚撒的一双大手笨拙得不可救药,只勉强能把琴弓拿稳,骨节如木瘤般的手指,无法按住一根精细的琴弦而不碰到另一根。

麦卡锡终于说:"我的天哪,真是没有办法,你的手指就像一对喝醉酒的土拨鼠,在我的小提琴上乱踩。"

有一天,麦卡锡看见亚撒吹柳叶,他举起一个手指说:"唔哈哈,天助我也,灵感降临了。"

他在湿地里四处寻找适合做笛子的芦苇秆,他小心翼翼,蓝眼睛聚精会神,脸颊上泛着激动的红晕,时不时恼怒地抓挠一下本来就蓬乱的白发,他用他的折叠刀做了一把有六个音孔、能够成调儿的笛子。他从中午开始,一直做到日落才完成,他的星期天就是这么过的。

"好,成了,"他说,"如果能行,我就给你配个像样点儿的吹口。我得琢磨一下,剩下的音孔都该开在哪儿。来,吹吹看吧。"

就像小鸟学唱歌一样,小伙子学会了这个制作简陋,但是音色无比甜美的乐器。接下来的好几个月,麦卡锡死撑苦熬,硬是滴酒不沾,然后消失了五天,步行到二十英里外的特伦特城。当他一路走回来时,依然滴酒未沾,他凯旋而归,带着给亚撒的礼物,一支精美的笛子!笛身如黑檀木般漆黑发亮,银色键钮相间,这是他不惜万金淘来的。接下来一个月的工钱,他都花在酒上了,喝了个酩酊大醉。趁他还没有瘫倒之前,小老头和小伙子来到铁杉林里,拉小提琴,吹笛子,鸟儿被乐声吸引,都飞来倾听,林登家的羊群也成为听众,在他们身边围成半圆形。蒂姆如此大笑,音乐也不得不因为他的狂笑而停止,他喝干罐子里的最后一滴酒。然后亚撒驾车把他送回他受雇的那家农场,扶他上阁楼睡觉。现在亚撒已经二十一岁,麦卡锡也六十多岁,快七十了,亚撒已经成为笛子大师。乡镇所有的聚会和舞会,都少不了邀请他们这一对音乐高手。蒂姆一直奔波于两个农场之间,看望亚撒。隔不上两天他就来一趟,当农活和晚餐都结束的时候,亚撒就会发现小老头和他的小白狗在农仓等他。

生长在冰冷的林登家,亚撒跟他的这些朋友走进了一个新奇的世界,温暖而金黄。水貂费希尔的世界可以说最能给他滋养,令他满足。原始的土著生活,富含鸟兽、风云和无尽天穹的神话与传说。这是对他所认识的土地的扩展与延伸,在星星里也能找到营养。

吉卜赛人的世界令他感受到自由与欢快带来的绚丽多彩。闪亮的服饰,精美的绣花,东方色彩,异国情调,无忧无虑的游走,神和神灯。篝火旁飘出的歌声讲述着遥远与古老的故事:世仇、城堡、吟游诗人、黑暗死亡和热血激情。麦卡锡的凯尔特世界则充满死亡宿命,那里面的人都是指点宝藏的矮妖精和仙女,完全虚造的红胡子国王和金发皇后。那里有激烈的战斗、苦涩的屈辱和正义的光芒,从迷雾笼罩的绿茵和银色的大地上,传来神秘的笑声。

这些向远方眺望的一瞥,向魔术般境地迈出的几步,让仍然只是观望者的亚撒渴望得到更多,分享更多,他希望自己能够进入那遥远的国度,成为那风情奇异的人民的一部分。他没有同龄朋友,他渴望亲近他的哥哥,他从来没有想到过在学校或是邻里找一个兄弟般的朋友。假如他干渴,那本杰明就是他认为可以替他解渴的甘泉。他的心为他的三个朋友的慷慨而感动和激动,把他们的友情当成超值礼物。他没有猜到他们这样做,是因为他们在他身上看见和自己一样的想象力、精神和宽阔的心胸，他那罕见的理解和敏感也深深地温暖着他们的心，让他感觉受到尊重，他们便反过来尊重他。他知道自己不过是个陌生人，他们接纳了他。他们向他敞开胸怀，他只有在他们面前才能说出几句话。只有他的笛子能够让他完全表达自己的声音。

他的朋友和笛子，都被阿梅莉亚尖酸刻薄地全盘否定。水貂费希尔是个恶臭的野蛮人，很可能会在他们睡觉时偷袭他们，将全家人统统杀掉。吉卜赛人都是寻欢作乐的小偷。而那个麦卡锡，则是一个爱尔兰贱民醉鬼。这一切只能进一步证明她的这个小儿子的愚蠢，事事格格不入，他居然把这些社会渣滓、外来人作为好朋友。当他必须溜出去会朋友时，母亲成功地强加给他一丝内疚。不过，他不在乎她的看法，他沉默而固执地依恋他的朋友。他们都是高贵的好人，他很明白这一点，他那颗正直的心绝对不会在母亲的恶意下动摇的。

但是，母亲对笛子的断然禁止令他百思不解。她并不是因为草率或者困难才接受宗教的那种人。她似乎执意选择生活在黑暗里，不允许颜色、温暖和节奏进入她的世界。而亚撒不可能在这方面向她让步，因为音乐的表达太重要了。为了不惊动她，他和麦卡锡特别小心地在她听不见的地方演奏。冬天在农仓里，由家畜的体温保持农仓的温暖；夏天在沼泽地边铁杉树林的阴凉下。他自己想吹笛子的时候，就爬到山坡上，边走边吹。他把笛子用亚麻手绢裹好，藏在放干草垛的架子上。

第 四 章

威尔逊家的人都很简单、朴实。这一大家子人,个个都是好脾气,拼命干活,淳朴本分。这片乡村里出来的许多人家的儿子,有做了律师、医生、商人和教师的,但是威尔逊家的儿子和男人除了做农民,什么都不想,女儿也总是嫁个乡土人。他们家庭概念牢固,世代繁衍,人丁兴旺。他们的红色农仓看上去很气派,房子虽然没有什么特色,但是白墙和繁花似锦的老式房边花圃,使得房子明亮多彩。房子内分成许多小房间,家具毫无艺术性,但是都很舒适,家具之间和上面,杂乱无章地放着男人的靴子、麦克基诺大衣等物品,以及女人的缝纫用品、制作果酱和泡菜的瓶瓶罐罐。即使是在食物丰盛的地方,他家的餐桌也是有名有气的,一日三餐,桌上摆满半打各种肉类、水果和蔬菜,好像在奶油和黄油中游泳;酸黄瓜、果冻和各种腌制食品,看不见尽头的糕点,食物堆积得像是中世纪的打猎狂宴,等待每个人各取所需。威尔逊家人兴高采烈地消耗掉这么多食物后,居然瘦骨伶仃,一副营养不良的样子。威尔逊爸妈像是一对皱巴巴的山核桃,男孩子们个个瘦小,只有女孩子们取了家族里的所有优点。她们是快活的小尤物,鲜艳欲滴,美丽迷人,总有几打小伙子向她们献殷勤,可是她们年纪再大一点,或者是一生孩子,便像蝉蜕一样憔悴枯萎起来。二十岁的娜莉是女孩子中最漂亮的。她小巧玲珑,饱满的乳房像苹果一样圆圆实实,毫无顾忌的短鼻子,倔强的尖下巴,两个酒窝,眼睛像野菊苣一样湛蓝,金板栗色的头发打着手指头粗的卷儿,倾泻在肩膀上。她是个十足的淘气鬼,是个顽皮的姑娘。

阿梅莉亚·林登对威尔逊家的态度是居高临下。他们算是体面,她不得不承认,假如他们能如此欢闹,也不可否认地说明他们富裕,但是他家的男人不算是"绅士",女人也不是"女士",她叫他们"普通人",他们本来就是普通人。娜莉从十六岁起就是本杰明的女孩。没有结婚,居然也没有成为什么大丑闻。阿梅莉亚极端谨慎地对待这个情形。她早期的挖苦讽刺没能使本杰明离开这个姑娘,她对未来极不乐观。她必定会讨厌任何一个得到本的女人,然而,她最害怕的是,她的拒绝会造成母子间的疏远。她鼓励他到别处去寻新欢,悄悄地给他塞钱让他到培顿镇和特伦特开心,但是,每当他回来后,他便会像只雄猫舔洗自己的毛皮一样,用水沾湿梳子,将头发整理好,总是去找两英里之外的娜莉。阿梅莉亚精明地算计着,假如他必须把娜莉娶回来做新娘,至少这个小东西会比更配得上儿子的女人要安全和容易对付一些。他迷恋漂亮脸蛋和小巧丰满身段的阶段会过去的,因此,她没有提出批评,只是偶尔饱含寓意地挑起眉毛。她只是盘踞等待,希望相反结果,那样他会越来越转向更好的女人,并且充满感激和宽慰。

亚撒发现自己越来越被对娜莉的思念困扰。自从两个月前在他父亲的葬礼上见过面,他就没有再见过她。星期天他驾车带母亲到培顿镇教堂,而威尔逊家去的教堂在另一个方向。没有格兰其农会活动,林登与威尔逊两家又从不互相拜访,他们是无法见面的。蒂姆·麦卡锡报告说甜美的娜莉一直闷闷不乐,而小伙子们又蜂拥而上了,就像小鹿跃跃欲试地想跳过围墙,他说,因为现在最凶猛的公牛到别的草地上吃草去了。

亚撒试图忘记本的话,"最好在春天里把娜莉娶过来。"他不确定如何理解他的话。本曾经取笑过他对娜莉沉默的崇拜。

这话也许只是另一出闹剧。但是,这话也可能是他背井离乡、封定终曲的印章。因为本是不需婉转含蓄的,经过几个星期的思考,亚撒慢慢地相信哥哥的真实意图,正如他所言,这正是他的心里话,奇迹是可能的。

对娜莉的思念就像阳光照亮黑暗的僻角,开始不可抵挡地向他袭来。假如他能娶娜莉为妻,他就不会感到寒冷,不会孤独了。他夜里梦见她,被自己狂跳的心唤醒。他意识到因为自己对本的忠诚而忽视了自己的感情,娜莉是他的真爱,一直是这样。虽然娜莉在他心中是隐藏着的,被压抑着的,但是,正是因为她,他才从铁杉树林里跑出来,在吉卜赛姑娘面前临阵脱逃。

现在是二月份了,好像有什么事情应该发生,是什么呢?他想起来了。本应该带娜莉参加格兰其农会冬季舞会的。他对自己的愚蠢皱起眉头。他几个星期前就该邀请她,问她能否让他替代哥哥陪她参加舞会,现在她可能已经接受别人的邀请了。他想象不出娜莉是个会等待的姑娘,即使是为了本,她可能也不等。假如她面对面地拒绝他的邀请,并且笑话他,他知道他会蹒跚离去,自认活该与失败。等母亲睡觉后,他在灯前费力地写了一封正式信,然后交给蒂姆·麦卡锡,让他送给娜莉。

"亚撒黑·林登邀请娜莉·威尔逊小姐赏光一同前往格兰其舞会,假如现在邀请还为时不晚的话。"

麦卡锡带着她的回信来见亚撒,她的字迹圆圆的,充满孩子气。

"娜莉·威尔逊小姐认为亚撒黑·林登先生早就该发邀请函了。"

第 五 章

阿梅莉亚说:"你父亲死后这么快就去参加舞会,这是对他的极端不尊重。"

亚撒在厨房的镜子前,打好他的黑领结。母亲总能找出不是理由的理由,来反对他偶尔才参加的乡村节日。她对丈夫没有丝毫尊重,对于他的离世感到万分满足,对别人的观点也毫不在乎。但她现在居然用这个理由来阻止他外出,这让他觉得滑稽可笑。自从对她有了新的认识后,他认为她这么做,无非是拒绝给她自己温暖、交流和快乐,而且现在她更变本加厉地摒弃他。任何借口都能为她所用,他想假如她不编造借口,岂不是更简单些,因为她不能也不会说实话。

她尖酸刻薄地接着说:"就算在父亲的新坟上跳舞不算是品味糟糕,你在舞会上的模样也一定是道好看的风景。你一个傻劲儿疯长,这套衣服穿在你身上小得滑稽。你看你的手腕和脚脖子,都露在袖子和裤腿外面了。"

他在卧室里就已经看到了。这套黑色的绒面呢好衣服是三年新,而他的个头在十八岁到二十一岁之间蹿完了最后那细长的几英寸高度。他想他看上去一定像稻草人。但是还没有人笑过他,甚至没有人注意到这一点。他身上的尊严已经压过任何不合体衣服可能带来的伤害。无论他参加什么样的聚会,或者是去见水貂费希尔和吉卜赛人,母亲都会在他头上泼一盆冷水,强加一层令人窒息的薄云。现在,他那深眼眶里的灰眼睛没有一丝一毫的羞涩、尴尬和内疚。他就是他,他这个人和他的笛子肯定会受到欢迎的。现在,他母亲的舌鞭抽打在他身上的时候,他已经没有了过去曾经感到过的那种痛苦。

她说:"你去这样的场合,一定会觉得格格不入的。你甚至连个女伴儿都没有。"

他宁愿不说话,但是他有个直觉,有的事情今晚可能就会有结论,所以他还是说话了:"今晚我带娜莉去。"

她研究了他一会儿,浓重的黑眉毛拧在一起。他准备着她暴风骤雨般的愤怒,或者是她那熟悉的撤回她房间的杀手锏,那和她的语言一样暴力。可是她呆呆地过了片刻,令他吃惊地点了点头。

"很好。很恰当。你这个弟弟比我想象的好。你一定要保护好娜莉,不让别的男人碰她,等着本杰明回来。"

他对此毫无准备。油灯架子上的塞斯·托马斯钟呼地一下,"叮当"撞了一声准点。他这时候应该到达威尔逊家了。娜莉一定会急得捶胸顿足的。他在洗澡换衣之前就已经把小雄马丹套在轻便雪橇上了。他把在炉头上烤得红热的砖头裹在一块地毯里。他说:"晚安,母亲。"他进入马车库,把热砖放在草秸下,好为娜莉暖脚。他将丹从拴马桩上解开,上了路,他轻轻地鞭打着丹。年轻小种马的铁蹄在结了薄冰的雪地上迸出火花。他只晚了十五分钟,但是除了娜莉以外,威尔逊家的其他人都已经走了。大门呼地大开,他看见屋内的黯淡灯光衬出娜莉的身影,她裹着红披风,戴着红色毛边的无边圆帽,她的卷发逃到帽子外面,戴连指手套的手里拎着晚会小提包。她摔上门,穿过雪地跑过来,他还没有来得及搀扶她,她已经坐在车座上了。他拉过水牛皮大衣围住她,她那穿着绑腿高统靴的小脚发现了热砖。

她说:"我差点就跟别人走了。像你这种人,完全有可能忘记来接我。"

他想说在她面前他更有可能忘记呼吸，他清了一下嗓子想说话，却没有说出一个字来。她在他身边，如此之近，让他感到眩晕，她的肩膀就靠着他的手臂。黑暗中他看不清她的脸，却完全感觉到她那精巧丰满的身段，她的温暖、她的活力是如此令人兴奋，他觉得如果他碰她一下，她就会进出火花，就像丹的铁蹄碰到雪地一样。雪橇的铃铛甜美地响着，娜莉愉快地闲聊，说邻居，说舞会，她那声音啊，他想，就像银铃般清脆。没有任何重要话题。但是无论如何，他很满意地享受着她如此近在身边的时刻。

格兰其农会门口点着油灯，她说："我想你一定带了你的笛子。今晚你会总是把我丢下去吹笛子吗？"

他以为自己听出她语调中的期待和欲望，感到有点飘飘然、眩晕。

"他们期望我表演，但是我不必。我宁愿——"

"你必须吹一会儿。我只是想知道要吹几次。我已经答应了山姆·特纳，当你忙着的时候，我会和他跳舞。"

他扶她下了雪橇，把她送到门口，然后转身把丹带进大马棚。他把丹拴在干草丰足的马厩里，给它盖上条毯子。他回到大厅时，头脑已经清醒了。他今晚只是个跑腿的傻瓜，就像往常任何一个夜晚。是他让自己一厢情愿地进入一个自己编织的美梦。他建立了一个不属于自己，一个他无法进入的云雾城堡，而这一切都是因为自己把本随便说的一句话当了真。

他看见娜莉在长型大厅的另一头，和六七个人说笑。她的女人缘也像男人缘那样杰出。和她同龄的女孩子很少嫉妒她，她们接受她，成为她的忠实朋友。老女人也赞赏她讲究实际的风格，尽管她喜欢捉弄人，但是她懂常识，更难能可贵的是她很有家政天赋。亚撒看着她，内心发痒。她穿了一条透明硬纱丝绸长裙，带着荷叶边，是像她眼睛一样的蓝色，同样颜色的丝绸带捆扎起她的卷发。时髦的发卡别在头顶，就像金色的麦穗上停着一只蝴蝶。

蒂姆·麦卡锡走到亚撒面前，他梳洗整齐，穿着星期天最好的衣服。

他说："你怎么看上去这么悲惨，像只被丢在雨里的大公鸡。今晚不要在意娜莉的打情骂俏。我还没有叫你吹笛子呢。跳你的舞去吧。"

亚撒向娜莉走去。虽然她没跟他打招呼，仍然忙着大笑，可她把胳膊插进他的臂弯内，算是打了招呼，表明他是她的。

他说："第一支舞曲不用我吹，娜莉。"

麦卡锡走上乐台。他没有喝酒，这样他可以为人所用。他准备演奏到最后人们跳不动的时候。这个时候的小老头好像比平时高了一头。他自告奋勇地成了主小提琴手和舞会主持人。他以权威的样子调好琴音。除他之外，还有第二小提琴，一把吉他，一只口琴和一台手风琴。蒂姆感到跳舞的人们跃跃欲试，但是又有一点儿害羞。

他大声说："大家晚上好。来，让我们做一点点热身。"

他指挥他的乐队，开始演奏一曲爱尔兰快步舞曲。马哈尼家和希海家的人窃窃傻笑，互相对看。一对中年人开始快步起舞，奔放的舞步使结实的新地板震动起来，每个人都跟着节奏打拍子，随着不可抗拒的轻快音乐移动他们的脚步。气氛轻松活跃起来。当那对爱尔兰人跳完这一曲，脸蛋红扑扑的，冒着汗为大家的掌声鞠躬致谢时，所有的人都准备好了跳集体方阵乡村舞。

平时几乎让人遗忘的老头老太，都排列成行，腰板尽量挺得笔直。知道舞步和队形的孩子们也都自动配对，一点儿都不害羞，他们极认真地练习甩动和三步舞。亚撒在娜莉面前鞠了一躬，把她带到大厅中间。他为她感到非常骄傲，他的心都快要从胸膛里跳出来了。她几乎像他想象的那样美丽。接生婆杰西阿姨像是扬帆驶出港口的船,带着年龄比她大一倍,身高只有她一半的威尔逊爷爷,翩翩起舞。

麦卡锡举起他的琴弓,大声指挥,"面对你的舞伴儿!",音乐《稻草里的火鸡》昂然演奏起来,集体方阵乡村舞开始了。蒂姆不但是个极佳的小提琴手,还是个出色的领舞指挥手。他富有想象力,所以他喊出的舞步和队形变幻无穷,简单与复杂相间,平缓与激烈交替。老乡亲们虽然感到自己又年轻了,但是发现还是得悠着点儿;豆蔻少年就不同了,他们把含情脉脉与激情奔放,同时注入正式的舞步和队形中;孩子们皱着眉头,集中全身精力学习新的舞步。杰西阿姨一直喝着苹果酒,毫无顾忌地狂舞,她这么胖的女人这么折腾,过后肯定会后悔的。威尔逊爷爷同样享受着美好时光。胖女人和小老头跳着最好的三步舞。娜莉像是一片金蓝两色的羽毛,亚撒从来没有像今天这样卖力地跳舞,在端庄优雅这方面,经过他的最大努力,应该算是挖掘了最大潜力,发挥了最高水平。他的长腿动起来像蒸汽机的汽锤,粗壮的大手在甩动摇摆时,使娜莉双脚离地,被完全举了起来。舞蹈的节奏如此欢快,整个集体都得到一种释放。

老人们发誓他们从来没有像今晚这样不觉疲劳,谈情说爱的都溜到角落里,孩子们窜来窜去,追打嬉闹。音乐强劲,舞步热烈,突然,高潮中一切戛然而止,所有的舞者都如释重负地瘫坐在大厅四周的椅子和长凳上。麦卡锡擦了擦脑门上的汗珠。

"来,快,亚撒黑,我的朋友,"他大声说,"让我们来一首平静的小曲,好让跳舞的乡亲们喘口气。"

亚撒拿着笛子,朝他走去。

"来那首吉卜赛情歌,"蒂姆耳语道,"当然不能是真正的休息,只是让乡亲们喘口气罢了。"

音乐刚开始,还能听见人们的谈话声,夹杂着孩子们的嬉闹声,很快,吉卜赛情歌就占了上风,歌声好像能直接与每一个男人、每一个女人交谈。颤抖的小提琴令年轻人的心骚动不安。爱情竟然是这样的悲哀吗?笛声好像是在对老人哭诉。一个长满皱纹的老人,摸索着寻找身旁人的手。爱情一直是这么甜蜜吗?如此悲哀,如此甜蜜,古老的情歌使他们产生共鸣。最后一个音符淡淡远去,情愫却像鬼魂一样萦绕。大厅里静如真空。突然,一个孩子的哭叫打破了沉默,好像是被魔术吓着一般。麦卡锡放下小提琴,亚撒放下他的笛子。

麦卡锡耳语道:"也许咱们干得太漂亮了,乡亲们都为爱情忧伤得过了头。这回咱们得用贼欢快的音乐,才能把大家拉回到快活的状态里。"

当他判断跳舞的人都休息得差不多了,便让吉他手起头演奏《棕色小酒罐》,他又指挥吱吱呀呀的第二提琴手和口琴手。

"蹦啊,跳啊,小伙子们,"他大声喊道,"欢快,再欢快!有的绅士需要把苹果酒消化消化喔。"

大笑声叠加在欢快的音乐声中,小孩子们欢呼着,舞蹈又开始了。

午夜时,晚会停顿了一下,大家开始吃夜宵。喝酒的人被食物醒了酒。吃得饱饱的、困倦的孩子都躺在长凳上,或者是躺在铺了被子的地上睡了,老年妇女自告奋勇地照看孩子们。年轻女人开始换衣服,这是她们的习惯,因为高强度的舞蹈使她们出了汗,衣服开始皱褶。最漂亮的衣服是留到舞会最后时刻穿的。谈情说爱的气氛如同闪电一般肯定,无可置疑。姑娘们摆弄她们裙子上的荷叶边,拉紧束腰胸衣的带子,又把胸衣死劲地往下拉,露出更多的胸脯。拍脸蛋儿、咬嘴唇,让它们显得红扑扑的,不停地用米粉悄悄地修妆,在胸脯上添上一滴香水。舞蹈不再是那么热闹。华尔兹和弗吉尼亚土风舞取代了集体方阵乡村舞。

麦卡锡领着乐队演奏《晚安,女士们》,他大声喊道:"这是一个美好的夜晚,我希望你们能够感激我的牺牲,滴酒未沾。换个场合,我自己可就不是这么高贵了。"

女孩子们换下她们的漂亮鞋子,裹上保暖的披风,戴上无边圆帽和连指手套。母亲们抱起熟睡的孩子,男人到马车库里牵马套雪橇。凌晨前的空气清新而寒冷,白雪覆盖的马路在明亮的星空下像一条银色地毯。娜莉裹着水牛皮大衣,紧紧地靠着亚撒。

她说:"假如你不只是一把瘦骨头,你就会更暖和些。"

他们在沉默中行驶。不说话的娜莉,实在不像她的个性。假如他想说什么,这就是良机。他敢肯定自己把一切看得太理所当然了。娜莉,也像他的母亲那样,一定是在等待本的归来。即使不是等本,娜莉像宽阔的大地敞开着,凭什么就会考虑他呢?假如所有的不可能都变成可能,阿梅莉亚又会怎么做呢?她把他看成是娜莉的护花犬,把他当成一个替王子看门的太监了。

娜莉说:"亚撒——"

他转过头,他从来没有看见过她的脸色有这么认真的时候。

"亚撒,本不会回来了。"

她把一缕卷发从脑门拨开。

他说:"我以为你不知道呢。"

"他告诉我了。本还算是玩得公平,根据他的游戏原则。他也告诉你了,不是吗?"

"是。"

小马溜蹄而行,雪橇铃儿叮当响。亚撒勒紧缰绳。丹打呼噜般鼻孔出气,慢步行走。

亚撒说:"我原来以为你在等他。"

她摇了摇头。"我等他已经等了这么久,我真是个傻瓜。"

一切都明朗了，只等着他问她了，但是他却不知道怎么开口。她把手臂插在他的臂弯中。

"嗯，亚撒？关于你和我，本都说了什么？"

他的心疼痛地怦怦直跳。本的话似乎没有感情，不合时宜。

"他说了吗？"

他点了点头。

"告诉我。"

"他说让我春天里娶你，娜莉。"

"好，亚撒，你不必只是因为本这么说了，才来问我。"

她的眼睛闪烁着星星般的光亮。他找不到自己的话语，他用了哥哥的话，让自己陷进里面。当然了，她一定知道他是多么地敬慕她，但是她是本的女孩，他只是远远地看着。他的喉咙发紧。

"我要你——"他说。

"哦，那就不一样了。"

他想大喊："我要你，我的精神，我的肉体，我的每一根神经和骨头都要你，我要你温暖我的家，我的心，我的床。"

他的爱突然变得比他的笨拙更强大。他放下松弛的缰绳，用他的长手臂把她搂在怀里。他的唇在她的下巴颏底下找到温暖的窝巢，他感觉到她的渴望。她用仍然戴着手套的手捧着他的脸，吻了他的嘴。她的吻长而饥渴。她把他推开，急促地喘息，像一只猫。他的血液像磨坊坝上的水，激流湍急，他以为他的血液会从他身上溢出来。

娜莉一本正经地说："我还没有说我会要你呢。"

他的脉搏立刻慢了下来。她怎么会要他呢？他想说："在我哥哥的光辉之后，我只是一个可怜的蹩脚货，我的脚插在泥土里，脑袋迷失在云雾中，但是我有我的爱，还有我的忠诚献给你。"

他说:"我知道,你为什么会呢?"

她又严肃起来,她把手放在他的手臂上。

"你是个好人,亚撒黑·林登。这就是为什么。本和我——别提了——那是过去,已经结束了。本不是属于任何一个女人的。除了他以外,我总是最喜欢你。我不该逗你玩儿,我知道你对我的感觉。"

东方泛着红色和金色的条状云。雪橇铃铛和娜莉的卷发都发射出微光。亚撒好像第一次发现她就像所有男人都梦想的神话中的女人那么漂亮。她的眼睛诚实,有一点紧张,一丝忧伤。

她说:"我会给你做一个好妻子的,亚撒。"

雪橇顺着马路转弯,进了威尔逊农场。房子和农仓里都亮着灯,因为早饭前男人就都开始干活,然后再回到床上睡几个小时。亚撒再次抱住她,非常温柔地抱住她,心中充满谦卑和感激。

"定下来了就好。"她说。

第 六 章

当亚撒驾着雪橇到家时,太阳已经在他身后升起。微弱的温暖阳光照在他的颈后,令他想起娜莉戴着手套的手摸着那儿的感觉。红色农仓顶上的雪泛着玫瑰红。林登家大白房子的房顶上也积了雪,窗台上堆着漂泊而来的雪。但是,用不了多久,雪就会化了的,大房子又会露出傲慢、光秃、不友好的面目。

他换上工作服开始干早上的活儿。他静悄悄地动作,以免惊动母亲。自从本杰明走后,母亲就睡得很晚,也不假装做早饭了。他在厨房的灶台炉膛里点着火,放上咖啡壶和做麦片粥的双层蒸锅。处理牛奶、制作奶油和黄油的活儿,都自然地压在他的身上。

他走下灰尘满布的储藏室,点上一盏灯。泽西牛奶盛在又浅又宽的大牛奶桶里,漂在上面的奶油足有一英寸厚。他把大部分的奶油撇进一只陶瓦罐里,留出一品脱,放进餐桌上的奶油杯里,作为日用。他把脱脂牛奶倒进一只大桶里,留着喂猪。在厨房里,他从集接雨水的水塔里泵出水,在镀锌的水池里将容器都冲干净。他把沸腾的咖啡壶推到炉台后端,在那儿保温。他一手拿着猪食,另一只手拿着干净的牛奶桶,到农仓去挤牛奶。喂完牲畜,回到家里,把表面泡沫状的新鲜牛奶过滤到昨天洗干净的牛奶桶里,小心地提到储藏室,放在架子上。固定在墙上的架子,是计划用来摆放一家子一年用的蔬果罐头、泡菜和果酱的,但是,这些架子基本上是空的。如果冬天的早餐有槭梓酱,那该多惬意啊。

炉台和洗碗池之间的窗户朝东,阳光洒进来照亮房间。他把红白方格相间的餐具垫铺放在厨房餐桌上,摆放在两边。他多么希望娜莉能够在冰冷的天气里和他一同用餐。炉台的温暖,柴木燃烧的噼啪声,这一切令人愉快。阿梅莉亚还在睡觉。他把五花腌肉放在铁锅里煎着,就着压碎的枫叶糖块儿,一勺勺浓浓的奶油,先吃了一盘麦片粥。他留出一盘煎好的腌肉放在保暖台上。往煎腌肉的油锅里打了几只鸡蛋,利用煎腌肉的肥油煎好鸡蛋。他又给自己烤了面包片。装黄油的碟子空了,他下储藏室拿了一块新鲜的黄油。他的咖啡有点不对劲儿。就连金黄的奶油都不能让它显得好看一点,咖啡颜色灰暗,也没有好味道。

他洗干净餐具、早晨用过的牛奶锅和桶,用水壶里的开水烫干净锅碗瓢盆,然后把牛奶用具放在柴木屋的架子上。他清理掉餐桌上的面包渣儿,把烤面包片的架子给母亲留在炉台上最方便使用的地方,鸡蛋放在小锅里,随时可以用水煮熟,她喜欢那样吃。农仓需要清洁,羊圈里的饲料快用完了,但是这些事情可以等一等再干。他上楼进了自己冰冷的卧室,脱到只剩下内裤,钻进凉被窝。他脑袋沉重,却一点也睡不着。太多的幸福需要品尝、回味,伴随这些的,是要做很多的计划,如何对付阿梅莉亚,这个难题还得仔细考虑。他刚才希望她能够和他一起吃早饭,这样在喝咖啡的轻松气氛中,他可能会把一切告诉她,然后应付她不可避免的反对声。她曾经在他和他父亲面前毁谤娜莉,当然是在本听不见的时候,她过去之所以在某种程度上接受娜莉,都是因为本的缘故。假如娜莉配得上本,那么她就不仅仅是适合于他,而且是美得不可想象的好事情,他自己至少是这么认为的。但是,阿梅莉亚同意他带娜莉参加舞会,是因为她想让他替哥哥保护她。他觉得没有别的办法,除非让母亲相信:本不要娜莉,永远不会要她的,因为他不会再回来了。他晕乎乎的,想象着娜莉就在身边,终于熟睡了。

他醒来时,已经是下午两点了。他穿上衣服,下楼。他在厨房餐桌上发现阿梅莉亚给他留的条儿。今天是她的缝纫圈聚会日,其中一个成员路过这儿,带上了她,当然,幸运的是人家驾着雪橇,因为她自己的儿子没有出来给她套马准备雪橇。他怀疑她对缝纫圈的忠诚性,她们是为海外传教会做缝纫的,而母亲既不喜欢社交,又对邻居不友好。她对教会兄弟姐妹冷淡,做不好针线活,对异教穷人也毫不关心。实际上,她参加这个由最纯朴的农场女人组成的组织,唯一的目的就是让自己在她们面前显得像个女皇,像个圣明的女人。她每次从这样的午餐会议归来,都是既填饱了肚皮,又满足了自我狂大的虚荣心。

亚撒给自己做了简单的午餐,心不在焉地吃完。他洗完餐具,扫干净厨房地板。他把储藏室里积攒的奶油倒进木制的黄油搅拌器内。淡淡的酸味儿,让他觉得那么干净、清新,那么好闻。他把搅拌器放在离炉台几英尺远的地方,以保持温度。座钟打点,三点了。他烦躁不安。农仓的活儿还不算太紧迫。在开始干晚上的活儿之前,他还有时间向东走两英里去看娜莉。他想把婚礼日子定下来,他还想给她预先敲个警钟,让她对他母亲有思想准备。但是,此刻的他犹豫不决。威尔逊那一大家子人,在这么冷的冬天下午,至少有一半会无聊地坐在家里。他们会打闹开心,一点儿单独说话的机会都没有。

他听到碎石小路上有脚步声,比母亲的要轻得多,然后听到娜莉的声音,她在叫她的狗。一时间,他以为自己是在白日梦里听见这些声音。就算不是做梦,她也许不是冲着他来这儿的,她可能只是路过这里,要去别的地方,或者去看别的人。

她大声喊道:"亚撒!起床喽!"并用她的小拳头敲嵌板格的门。

娜莉的狗名叫羊倌儿,它激动得大叫,好像它的女主人在叫一个因房子失火而面临危险的人。亚撒给她开门的动作太缓慢了。她进了屋,羊倌儿兴高采烈地跟着她。她穿着带帽子的红披风,手臂挽着一只篮子。他觉得她像是童话故事里的小红帽,而故事里的那只狼,因为她的缘故,变成了这只可爱的牧羊狗。

他说:"娜莉,我一直在想你。"

她脱下披风,抖了抖想象中的灰尘或者是雪,以一种特殊的家庭之主的气派,把它放在一把椅子上,好像这椅子、房间和房子都已经是她的了。

"你总是干坐着,空想。"

她掀开她带来的篮子,递给他一只盖着餐巾的盘子。

"我看见你母亲和巴恩斯太太路过我们家,所以我给你做了个甜馅饼。"

他深深地感动了。他接过盘子,盯着它看。

"好了,打开吧,亚撒。我只是怕你不喜欢南瓜馅儿。"

他揭掉餐巾。盘子里只有一堆面粉。

"哦,亚撒,你看我是怎么搞的,给你拿错了盘子。对了,我想起来了,我只是干坐着,空想着给你做一个甜馅饼,结果就忘了做了。啊,算了。我猜想啊,反正你母亲一定给你做了各种各样好吃的饼,你根本就不会在意我做的啦。"

这真是太促狭了,因为阿梅莉亚·林登讨厌做饭已经是臭名远扬,就算她心血来潮偶尔碰一下炉台烤箱,做出来的东西也难吃得要命。突然,娜莉大笑。她猛地从篮子里拿出一个真正的甜馅饼,棕色泛着金黄,香味扑鼻。

"你应该看看你的脸,亚撒。啊,天哪——"

她的笑声像孩子一般,尖声尖气,得意忘形。

亚撒含羞地笑了。他应该知道这是她的又一出恶作剧。他真想把她放在他的膝盖头上,打她的屁股。她先把他的精神头提起来，又把它狠狠地扔进深渊。但是毕竟她真的给他带来了一个甜馅饼。他分辨不出这是诚心，是闹剧，还是礼物。因为她是娜莉，也许各种成分都有。

他说："我会在晚饭时吃你做的甜馅饼。"

她以批判的眼光四处打量。自从亚撒父亲的葬礼后，她还是第一次踏进这个大房子的门。湾式凸窗前有一个小沙发脚凳，她在那儿坐下，拍了拍她身边的空当，让亚撒坐在她身旁。他伸出胳膊搂着她，她飞快地给他一个冰冷的吻，然后马上就推开他。

"现在顾不上这个。我看咱们好不容易有单独在一起的机会，得赶紧做咱们的计划。"

他说："我想去找你的，但是你们家——"

她大笑。

"我知道。嗯，你不认为越快越好？"

他为她和自己一样焦急而感动。

"啊，娜莉，我当然啦。"

"我能在几个星期内准备好。我想在娘家结婚，然后就直接搬过来。你看行吗？"

他向她伸出手，算是给出他的肯定答案，但是她不耐烦地站起来，在房间里四处走动、巡视、研究。她皱起眉头来。

"我得把这糟糕的房子收拾一下。该修的地方修一下，到四月份，就应该收拾得差不多了。到了种植季节，我要把时间大多花在室外。我要一个大菜园。你那小不点儿园子也真够丢人的，餐桌上吃的都不够，更别提为入冬做罐头了。我要把房子边缘的花床利用起来，房前都种上花，没有植物和灌木的房子看上去像农仓。"

她坐回到他身边，咯咯笑。

"我要是想照我的意思做事情，是不是一定要和你母亲打架啊？"

他把她那能干的小手握在自己的大手中。

他严肃地说："她不会介意房子和花园的。但是娜莉——"

她敏感地看着他。

"怎么了？你难道认为她会反对我们结婚，你说呢？"

他凄惨地点了点头。

"因为本，我猜想。"她想了想，"为什么？本已经不要我了。"

"我母亲不相信他不回来了。"

"哦。那我就应该一直等着本，等成一个老太婆，只是为了万一她的宝贝心血来潮回来了，好把我当成他的财产要回去。好吧，他不会回来，我也不会等他。让你母亲见鬼去吧。"

她好可爱，他心想，即使是在红着脸生气的时候。她的愤怒是她生命活力中的一部分，是一种带着温暖、直截了当、噼里啪啦的健康的爆发，不是他母亲那种冰冷的、毒蛇一般的愤怒。他轻轻地抚摸她的手。

他希望告诉她关于母亲的事情，争取她的理解和同情，这样他就不会为了一个女人背叛另一个女人。他又想了想，假如母亲接受他们的婚姻，她因此而受到的伤害是很痛苦的。

他说："你最好告诉她本跟你说过的话，就是他要永远离开的事情。"

"我会告诉她的，一定。他说他要离开的一个原因就是要离他母亲远远的。说是她逼得他发疯。"

"娜莉，不可以啊。"

"不会要她命的。老夫人像核桃木一样硬朗呢。"

"拜托你不要这样，娜莉。"

她突然大笑，拍了拍他的胳膊。

"别担心。我会守规矩的。假如不是牵涉到本，你母亲也不会闹得天翻地覆。我将得到一个好农场,好丈夫,我一定会干得精彩出色的。"

她一副实际而老练的样子,让他觉得不可能跟她亲热。她放松地靠着他,就像猫咪吃饱了肚子,准备在他腿上睡觉的样子,但是,她不要别人爱抚她。她允许他抱着她,但是当他的手指不由自主地、充满幻想地抚摸她的卷发时,她把他的手扇开。很快她就觉得他们已经拥抱够了,她离开沙发,从餐厅游到厨房,四处张望。他跟在她脚后,羊倌儿也跟着,都以紧张的爱慕望着她。她宣布了对厨房的定罪。地板需要彻底洗刷,重新打磨上清漆,窗户需要带花边的红白格子布窗帘,再来几块儿明亮的辫编地毯铺在光板地板上,这样走在上面就舒服多了。她碰了碰黄油搅拌器。

"你母亲让奶油变得太热,她的黄油会太软的。"

"是我做的。"

她看着他,把搅拌器拉到一把椅子前,拿起木制搅拌棒上下捣动。黄油出来了,出得很快。

她说:"太软了吧。"正像她预言的那样。

她让亚撒取来外面井里的凉水,在一只大碗里做黄油,又要亚撒拿一只黄油模子来,但是家里没有。她把黄油装进小瓦罐,让他拿到地下储藏室里。她洗干净搅拌器,又用开水烫好,她唠叨着对厨房家具的不满。她倒了两杯新鲜的脱脂牛奶,上面还漂着少量黄油,当她找不到炸面包圈或是饼干时,她挑起了眉毛。

"难怪你是一把骨头,你连肚子都填不饱。"

他为她忙前忙后干家务的自然气氛和在厨房中的自信而倾倒。她已经属于这里了。她看了看座钟:

"我该走了,但是我必须跟你的母亲见个面,说一说,挑明算了。"

阿梅莉亚回来时已经快要落日了。她穿过前面的房间,边走边摘无边圆帽,脱手套,她在厨房门口突然停下。亚撒站起来向她问候。

娜莉说:"晚上好,林登母亲。"

阿梅莉亚盯着她看。

"你在这儿干什么?"

"拜访。"

"哦,我明白了。从什么时候起,年轻女子可以随便拜访年轻男人的?"

"当他们订婚以后。"

阿梅莉亚说:"亚撒黑,也许你应该给我一个理由充分的解释。我可没有闲心和这丫头嚼舌。"

他的喉咙发干,他吞咽了一下。他哀求地看着母亲,然后又看着娜莉。什么才是最优美和安慰的话语呢,即使他能找得到,他认为在母亲面前也不够充分。

娜莉说:"勇敢地说吧,亚撒。"

他说:"娜莉和我要结婚了,母亲。"

他看见风暴集结在母亲身上。假如她可以用闪电击中他,杀了他,她一定会的。他让自己坚强地面对她的眼神,她的声音。

"你这个叛徒。你这个卑鄙无耻、偷偷摸摸的畸形蠢货。你被自己的笨脚绊倒,竟然敢阴谋策划穿你哥哥的鞋。你悄悄地跟在他身后,当他一转身的时候,就偷他的东西,像一只黄鼠狼。"

娜莉柔和地说:"我可不算是鸡窝里的小鸡,林登母亲。"

阿梅莉亚转过身面对着娜莉,亚撒真希望娜莉刚才没有开口。他已经习惯了母亲的愤怒,现在什么都能承受了,但是他不愿意看到娜莉受这份气。

"也许这种背叛是你的主意，小姐？"

"实际上，是本的主意。"

"你在胡说什么？当他回家的时候，他希望你还在等他。不要以为我希望你和他好，你给他洗脚都不配，但是他选择了你。我准备接受你，只是因为这是他想要的。"

娜莉的眼睛是蓝色的火焰。她走近这个黑暗的女人。一只凶猛的小山鹰面对一只盘踞的蝰蛇，锁定生死鏖战。

"现在，你听清楚喽。我要嫁给亚撒，你也要接受这一点。本走了，不再回来了。他是这么告诉我的。他也是这么告诉亚撒的。他和我们说的最后一件事，就是要我们俩结婚。本要我，不是为了娶我，而亚撒是。我是本给亚撒的小礼物。这样安排，也合我意，非常合我的意。本不会回来了，你明白吗？"

阿梅莉亚紧紧地抓住椅子靠背，她的手指关节发白。终于，她双手瘫软，慢慢地坐了下来。

"不。"她说。

娜莉伸手拿起自己的红披风，猛地披在肩上。她快速抓起空篮子，她的狗羊倌儿原本提心吊胆地躲在炉台后面，现在赶紧出来跟着娜莉。

她对阿梅莉亚说："我也不想和你争吵，我们要和睦相处。我会把一切处理得舒适而美好的。"

阿梅莉亚粗暴地说："你不能来这儿住。"

"哦，能，我能。"

"你不能住在我的房子里。假如你干这种事情，这种背叛本杰明的事情，你就不能住在我的房子里。你得住在小屋里。"

"我不住小屋。"

娜莉放下篮子，更加耐心地说。

"你看，林登母亲，我知道你很生气，但是你必须面对事实。你想，你讨厌做家务，我喜欢。你喜欢好吃的，却不想动手做。

我端上餐桌的是镇子上最好的美食。让我接手,照料家务是多么合情合理啊。"

阿梅莉亚用手绢沾了沾她的干嘴唇。

"那我自己搬到小屋去。"

"好吧,搬去吧。好主意。你可以和我们一起吃饭,什么责任都没有。你会发现你喜欢这样的。"

她把手放在羊倌儿的头上。

"来,宝贝。我们到家前天就要黑了。"

亚撒说:"等等,娜莉,我去套车。"

"不用了,谢谢。我需要走路,好消消气。"

她踮起脚尖,在他脸颊上轻轻地亲了一下。她又摸了一下阿梅莉亚冰凉的手。

"不像你想象的那么糟糕,林登母亲,一旦习惯了,就好了。"

"这个良宵佳辰是什么时候?"

"我告诉亚撒,越快越好。两个星期后。晚安。"

她的披风和卷发像是小旋风,一眨眼她就出去了。他听见她轻快的脚步踏在雪地上的声音,她的狗欢快地叫着。他想赶紧去追她,他向门口走去。

阿梅莉亚说:"亚撒黑!"

她的声音歇斯底里。

"她说越快越好,你不明白吗?她怀着本杰明的孩子。"

他感到眩晕麻木。他陷入噩梦,动不了,也逃不脱。她两只手绕在一起。她的话劈头盖脸地袭来。

"她想套住他,他不知道当然喽,假如他知道,他就不会走了。她让他感到恶心,所以他就离开了。她已经编织了罗网,但是没有抓住他,所以现在她套住了你。"

他像被折磨的熊一样摇头。

他在极度痛苦中意识到这是可能的。

"这不是真的,母亲。即使是——我也要她。"

那么,她比任何时候都更加需要他,他心想,他比任何时候都更加应该保护她,保护他的哥哥,还有,保护这个孩子。

"你要吃他的剩饭?你要捡起他的烂摊子?"

"是,母亲。"

死寂般的沉默,只有座钟的滴答声。炉台的火还没有点燃,客厅里的炉子也没有烧火,房子里冰冷。他等待着。

阿梅莉亚用低沉的声音说:"假如我需要什么证据,说明你生来就是傻瓜的话,这就是一个。很好,我不愿与此事有任何关系。你可以自己跟本杰明解释。他可能会希望亲自给自己的孩子起名字,哪怕是那个轻佻女人生的。但是他回来的时候,你可能不是那么容易就能解释清楚你的胡作非为。"

她收集起自己的帽子手套,回她的卧室了。

他坐着思考。整个画面清晰而无可狡辩。娜莉和本杰明,青春俊美,天性活泼,自然摩擦出火花,本一定是拥有过她。但是她没有怀孩子,亚撒知道。否则,她会诚实地告诉他的。现在,他完全明白,并为母亲充满担心与恐惧,她几乎是疯狂偏执地肯定她的长子会回家的,她还无情地歪曲事实,来为她的定论打圆场。他希望他能够得到娜莉做他的妻子,脱离横在他面前榨取他精髓的黑暗沼泽地,他缓慢的大脚必须迈过这个坎儿,他无言的思想必须找到自己的路。

他开始干晚上的活儿时,已经很晚了。他在手提灯下给奶牛挤完奶,喂完牲畜。在厨房给牛奶脱脂,存放起来。他洗了手和脸,然后又洗手,好像有什么比牲畜的味儿还不干净的东西需要洗掉似的。他不饿,但他还是寻找点儿什么做晚餐。在他到农仓干活的时候,阿梅莉亚来过厨房。她给自己烧了一壶茶,吃了一大块儿娜莉做的南瓜甜馅饼。

第 七 章

婚礼那天,亚撒已经尽全力把林登家大房子为娜莉准备好了,至少是收拾得一尘不染。他这两个星期雇佣了一个女孩,名叫赫尔达·斯文森,她家是刚从瑞典来的新移民。她的第一个星期,是全力以赴地打扫和整理圆木小屋,阿梅莉亚困入自己的愤怒决定中,带着家里最好的家具,已经搬到小屋里去住了。她在自我强加的烈士般的悲壮气氛中,在小屋里安顿下来。还为她这自以为是的新式武器窃笑。她那背叛哥哥的小儿子和他那诡计多端的新娘把她挤出自己的家门,本杰明回来的时候,一定会为她遭受的这种待遇而愤怒。

亚撒刷干净他的黑毡帽,眼睛巡视四周。装柴木的木盒子刚刚添满。赫尔达做了大量的烹调烧烤,已经在餐厅的餐桌上铺了白色亚麻桌布,为两个人摆设了最好的瓷器和银器。她还从她母亲家的植物里摘了蕨叶和老鹳草花,插成花簇放在餐桌上。窗户干净明亮,整洁更突出了室内的单调和寂寞。客厅少了樱花木写字台和核桃木茶几,显得空空荡荡。他不敢留下太大的火,取暖炉和炉台的火逐渐变小,但足够一两个小时的供暖。他穿上那曾经是本的绒面呢大衣,袖子太短了。三月的天气依然寒冷,那老水牛皮大衣会更舒服温暖些,但是它太破旧,看上去不合时宜。他走到圆木小屋门前,敲门。阿梅莉亚打开一条门缝。

她说:"你在浪费你的时间,我不会改变主意的。我不去,我要每个人都知道我的真实立场。走吧。"

她关上门。他转身走了。他驾着轻便马车,顶着呼啸的狂风,驶向他的婚姻。威尔逊家门前停放的马车不超过半打,客人都是娜莉的亲戚和最亲近的朋友。蒂姆·麦卡锡在门口等着他,他的到来对亚撒是个安慰。亚撒摆脱不掉自己是个戏外人的感觉。威尔逊家被不同寻常的严肃气氛笼罩着。娜莉是他们的宝贵财富,调包的新郎来接她了。亚撒突然紧张起来,好像他的确是在拿不属于自己的东西。本应该在他的位置上,他才是该走的人,本应该留下。

他看见娜莉和她父亲在摆设着一圈室内植物的壁炉旁。他本以为她会穿戴新娘婚纱,但她却穿了一身鸽子般淡灰色的套装,唯一的新娘服饰就是头上那顶有一小缕面纱的花帽。她看上去更像个家庭主妇,镇定自若。这套衣服,他设想,是合时宜的。牧师招呼他们,结婚仪式进入正式程序。

"亚撒黑,你愿意娶这个女人——"

他的血液在他的耳朵里蜂鸣。她的手在他的手里,如此温暖。

"我愿意。"

全心全意,啊,全心全意。麦卡锡把戒指递给他。

"我以这个戒指为信证,娶你为妻。"

戒指是蒂姆的礼物。这是他母亲的,而在她的许多世代之前,它曾经在一位爱尔兰族长的新娘手上闪闪发光。这个戒指是手工锻造的玫瑰金,宽大的戒指身上刻着神秘的、早已被人遗忘的氏族花纹。娜莉高兴地看着它,她惊喜地迅速看了亚撒一眼。她揭开面纱,两人按照婚礼仪式相吻。在房间的后部,蒂姆挥弓演奏柔和的一曲。威尔逊家人拥了上来。

接近中午时分,丰盛的婚礼早餐开始了。男人喝苹果酒,女人喝接骨木花酒。叽叽喳喳的说话声,刀叉盘子的磕碰声,各种声音混合变奏,把房子变成一个大蜂窝一般。娜莉来回走动,展示她的戒指,接受别人给她的小心谨慎的祝贺。这个婚姻让所有人震惊。亚撒耐心地吃喝、握手、观察和等待娜莉的信号,以便逃离这混杂的一切。娜莉离开房间,对她的兄弟指手画脚,告诉他们如何把一大堆她个人的物件送到新家里。第二天早上,他们将用货车送过去。有几箱子瓷器和亚麻制品,几大箱她的衣物,大盘里面摆着盆栽蕨类和开花的冬季植物。她自己腌制装罐的果酱、蔬菜和水果,也打包成箱。她娘家给她一个樱花木高脚柜,一张桌子,用来替代阿梅莉亚拿到小屋去的家具。她的狗羊倌儿也需要送过去,还有她的母猫和它的最后一窝小猫咪。羊倌儿朝着她跳,感觉到马上就要发生的变化。她招呼亚撒过来。

“这个疯狗就知道一个心眼儿跟着我,亚撒。我们干脆现在就把它带走。”

他点头。

她说:“快,咱们逃跑吧。”

他们在客人、家人洒向他们的大米和旧鞋中跑出家。麦卡锡备好马车等候在门口,他拉着雄马的头。亚撒扶娜莉上车后,转过身握住他朋友的手。

“你现在就跟我回家吧,蒂姆。”

“太感谢了。农仓可不是拉小提琴的地方了。我得等上几天再去敲你的门,才不算是骚扰你们。”

他靠近亚撒,让他低头,好给他耳语。

“如果我是你,就不告诉娜莉戒指的来由。她要是知道戒指来自麦卡锡,那可就糟糕了。”

他会意地眨眼,挥手与新人告别。丹迫不及待地抬起前蹄,恨不得脱缰而奔,立刻回到自己的马厩里。亚撒需要双手拉住缰绳,才控制得住它。稀乎乎的三月雪在马车轮子下四处飞溅。

落叶树的枯枝光杆被灰暗的天空衬托着,显得阴森凄惨。娜莉一路沉默。到了林登家门口,他把她抱下车。因为丹还要兴奋地冲刺,他不得不留下来先安顿它,而让娜莉独自进屋。当他提着她的手提箱,穿过柴木屋来到厨房时,娜莉正在往炉台的炉膛里添柴木。羊倌儿已经在柴木盒子后面为自己找到了舒适的角落。它的长毛尾巴拍打着地板,满意地接受它的新环境。以后娜莉在哪里,亚撒心里想,哪里就是他们两人的家。他从她手中接过柴木,塞到炉膛里,打开通风口。他伸出手臂搂住她,把他的脸颊贴在她的脸颊上。这一时刻是如此的庄重,意义深刻,激情肉欲都得让步。可是她拍了拍他的胳膊,抽出身来。

"先让我把衣服换了,亚撒。这丝绸都被我弄上污迹了。"

他和赫尔达已经把阿梅莉亚的正卧室收拾出来,但是娜莉说什么也不住那儿。

"我也会玩她的游戏。我们留着她的房间,原封不动,也让大家看看,她可以随时回来嘛。用不了多久,张牙舞爪的她就会偃旗息鼓了。"

她选择了二楼最大的卧室,它正好位于阿梅莉亚的卧室上方,曾经是亚撒父亲的。卧室有一个敞口壁炉,风格与整个房间十分协调,室内家具考究,都是手工精制的黑核桃木和樱桃木质地,包括一张四柱顶棚式大床,配硬马鬃床垫。她自己的羽毛床垫放在上面正好柔软适度。她只需添加一个梳妆台,放她自己的东西。她让亚撒下楼。亚撒在客厅点燃取暖炉。娜莉很快也下楼来,穿着有荷叶边的蓝白色相间的平布衣服,既精神,又漂亮。她的头发仍然高高地盘在头顶上,还是那个曾让他惊愕的家庭主妇发型。他用笨拙的手指摸到发针,打开她的盘发,卷发洒落在她脸上和肩上。她大笑。

"我在尽最大努力做林登太太,都被你弄坏了。"

他想解释她依然是他的小娜莉·威尔逊,永远是。他只能在看着她的地方吃喝过日子。座钟敲响下午五点钟。

她说:"你得换衣服干活去了。"

他不愿意穿着普通的衬衫和牛仔裤坐下来吃婚礼晚餐。他在农仓里有工装裤,他会小心的。要离开她,哪怕是一小会儿,他都觉得危险,他也许只是梦见她的存在,等他回来时,就会发现她不见了。

他说:"等着我。"

他拿着牛奶桶,到农仓干活去了。

娜莉把牛奶锅准备好,等他回来。她把赫尔达做的饭摆在餐桌上。她皱着眉。

"谁摆的桌子,亚撒? 只摆了两套餐具。你母亲怎么办? 给她端个托盘送过去?"

"赫尔达今天早上把一切都送过去了。"

"赫尔达真不错,再过一分钟就开饭喽。"

她把她的手冲着光亮举着,玫瑰金的戒指像燃烧的火一样。

她说:"没想到你还有这么漂亮的东西给我。你从哪里弄来的?"

他骄傲地说出事实。

"这是蒂姆·麦卡锡给的礼物。他母亲祖上传下来的。"

"哦。"

他眼睁睁地看着黄金变成了烂铜。

娜莉说:"可惜,我还以为它也许值些钱呢。"

她从烤箱里拿出热好的食物。挂着的油灯散发着柔和的光,在白色餐桌布上留下灯影。他在他们坐下之前严肃地吻了她一下。他主持晚餐,不出声地做了饭前祷告,感谢她。大风一阵阵吹,从烟囱灌进来,像个可爱的不速之客,就像这狗,羊倌儿正礼貌地坐在厨房门槛上等候它的碟子。亚撒帮助娜莉洗碗,擦干后放进碗柜里。她说她只需要一天左右,就能摸清东西都放在哪儿,但并不是说她会允许它们保持原样。她比他先上楼。他把羊倌儿放在门外呆了几分钟,从柴木屋拿进来一块旧地毯,放在炉台旁边给狗做床用,他把柴木盒子添得满满的,给座钟上了弦儿,点上一支蜡烛,拿着蜡烛走向卧室。娜莉用火柴把壁炉里事先摆好的柴木点燃。大火熊熊燃烧,他脱完衣服,吹灭了蜡烛。

娜莉为他掀开被子。她那带花边的睡衣领子上,还系着蓝色的丝带。她的眼睛被炉火照得闪烁明亮。她呼吸加快。他浑身发抖,但是他强壮的胳膊和腿却毫不犹豫。她热情地迎上来。奇迹随着扑动的翅膀,展翅飞过不占据空间的山峰,挥闪银色羽毛,脉冲般地震动着,奔向远方。一声重击惊醒了他,像是震山响鼓的声音。原来是他的心跳。她变得柔软,她的心也怦怦如鼓点,他紧紧地抱住她,永远不让她离去。娜莉,他的爱,他自己的。

她说:"啊!"

她发出这样感叹的时候,带着一个奇怪的音符,好像是她惬意地吃了一惊。他抚摸她柔软的头发。她的皮肤像她的丝绸礼服一般光泽平滑。他的唇吻到她脖子时,觉得像是乳草绒毛。他的心与力又开始澎湃,他把她的睡衣从肩膀处拨开,亲吻那圆滑的部位。她没有回应。壁炉里的火苗拔得高高的,闪烁摇曳,他看见她闭上了眼睛。她已熟睡。顷刻间,他感到自己被遗弃在孤独的峡谷里。但是她是如此娇小——娇小的女人,她看上去更像孩子,潮红的脸颊,卷发铺洒在枕头上。她累了,他心想,像一个孩子一样累了。他小心翼翼地搂着她,被她压着的胳膊开始酸痛。

近半夜时,她被肉身的激情唤醒,她要他。那双带他遨游和飞翔过的巨大翅膀,这次把他推向了更高峰。而她像是饥饿的动物找到了食物一般。当他释放她时,她大声喘息。

他说:"哦,娜莉——"

她的呼吸逐渐平稳下来。他伸出手,搂过她来。她把他的手从她的胸前挪开。

"这样我睡不着。"

她侧身躺着,背朝着他。她把手伸到背后,安慰性地摸了摸他的手。

"好了,晚安。"

他僵硬地躺着。她没有睡着。她发出一声轻叹,既不是心满意足,也不是困倦的那种。他感到扑面而来的冰冷寒意,好像寒冷苦涩的狂风将窗户吹开。在她饥饿时,他给了她食物。他永远可以提供食物。他在孤寂凄凉中意识到,他可以给她提供面包,解除饥饿,但是这面包里没有盐,没有酵母,没有精华。

第 八 章

晨雾蒙蒙,笼罩峡谷。小溪两旁的柳树,从地毯般的雾气中探出头,像是露宿溪边穿着披风的长臂旅行者刚刚醒来。奶浆般的雾水,为枫树的新叶和野苹果嫩弱的花骨朵献上精美平衡的营养。橡树、山毛榉和榆树依然光秃无叶,但已蓄势待发。四月底的土地像是怀孕待产的母亲。冬小麦早被冬雪憋得不耐烦了,迫不及待地蹿出绿箭。一只孤独的鹟在林子里轻语,还没有放开歌喉高唱。

拉犁的两匹马从鼻孔呼出湿气。扶犁的亚撒双脚深深地陷入湿润的肥沃土壤中。对于春天的第一次开耕,他满怀敬意。除了收割季节,没有什么比这初耕季节更美好了。生长季节太令人担惊受怕,有无法预料的旱涝威胁,有时是早霜,有时是冰雹。不,准确地说应该是播种的季节最好。播撒种子后,谁能不满怀欣喜地期待美好的收成,谁知道什么样的新奇谷物会出人意料地发出来呢?他对自己未出生的孩子也是同样的感觉。

太阳把柳树丛中最后一缕迷雾拨开。细细的垂柳枝,甩动着胳膊,显露出淡淡的绿叶芽。一群红翼黑鸟在湿地上方盘旋,亚撒心想,它们今年回归得比往年晚。他在田头转弯时,抬头看了看他家的房子。他看见娜莉走到侧院,开始晾晒她洗的东西。从他的位置看过去,她就像一个小姑娘把玩具娃娃的衣服挂起来。他看见羊倌儿在房子拐角处奔跑,把洗衣筐里的蓝衬衫叼走,湿衣袖拖在它身后。他勒住马的缰绳,停下来,看着娜莉卷发飞扬，跑来跑去地追逐羊倌儿，直到它投降，被她抓住。她弯下腰，折腾躺在地上的狗，当她放开它时，它穿着蓝衬衫，前腿从衣袖伸出来，领子扣在毛茸茸的脖子上。他听到羊倌儿的狂叫和娜莉孩子般的大笑声。

他恋恋不舍地弹动舌头，招呼马儿继续耕地。就像大房子被清晨明亮的阳光抹上柔和气氛一样，他年轻但过于严肃的脸也因微笑而温柔起来。那件蓝衬衫本来就需要重新洗，娜莉一定玩得很高兴。她给人非凡和无止境的喜悦。她以热情和快乐投入家务。她是黑暗房子里的明灯，冰冷炉膛里的热火，空荡餐桌上的食品，她把他从无归属的外界带进来，给他光亮、温暖和营养。亚撒因为她给予的满足，而不再那么担心害怕了。但是，他知道他们共同的失落，他的哥哥在他脑海里挥之不去。他整个早上心不在焉地耕地，直到听见叫他吃饭的钟声。巨大的铁钟挂在房子旁边的马车库顶上，想到娜莉把敲钟也当成游戏的时候，他又笑了。娜莉拉着沉重的绳子，使尽浑身力气，每敲一下钟，都像小丑一样摔倒而仰躺在地上。

他缓慢地干完马厩里的活儿，给刚才干活的马饮水和喂食，自己在房子外的水泵旁洗干净后，午餐早已摆在桌上。娜莉正在倒咖啡。他从她手上接过咖啡壶，把它放回炉台上。他用他的大手爱抚她的卷发。他亲吻她湿润光滑的颈背。她可没有时间调情做爱，她蠕动身体躲开他。她把两大杯咖啡塞进他手里，他把咖啡拿到餐厅。她端上热饼干。她看上去真的像是个小姑娘摆家家，只不过她既高效又有天赋。她动作迅速像鹡鸰，除了每周一次的大清洁以外，她每天早上都在一个小时内就把家收拾得一尘不染，井然有序。即使是亚撒那迟钝的味蕾都能辨出她是个天才厨师。冬天的食品储存很快就用得差不多了，而她是个能做无米之炊的巧妇，她变着花样地使用火腿、腌五花肉和禽类，用各种野莓子酱做布丁、甜馅饼和果酱小烘饼。她的窗帘给窗户带来生命,盆栽装饰蕨、天竺葵和倒挂金钟给大房子增添了活力。她看着餐桌上花瓶里凋谢的春紫罗兰。

"今晚给我摘些鲜花带回来。三叶花就很好,红的那种。"

沼泽地边上的铁杉树林里,在发霉的针叶下,他已经闻到野草莓花的香味儿,他想把这个消息告诉她,但是等他缓慢地嚼完满口的食物,终于咽下去时,她已经转换话题说她的花园计划了。

她忽然说:"听!"

这时他也听见马路上的马车轱辘声,他们听见一声叫马停下的指令——"喔!"一辆货车在家门口出现。娜莉迅速看了一眼餐桌,估计了一下食物的数量,这时候,后门已经传来清楚的敲门声。她希望是她认识的补锅匠,因为林登家的锅碗瓢盆太少了,不够她用的,但是来人是个陌生人。他是一个脸蛋红扑扑、眼睛棕褐色的小个子男人。羊倌儿闻到他身体和他衣服的土味儿,便上前友好地迎接他。小商贩怀里抱着一捆树枝。

亚撒站在娜莉的身后,他说:"你好,先生。"

小个子男人礼貌地点了点头。娜莉好奇地捅了捅他抱着的树枝。他举起一根手指,一副神秘的表情,再加上马上就要揭秘的兴奋。

"猜!保证你们永远也猜不到!"

她说:"老天爷哪!这是引火柴。我还希望是烤饼的盘子呢。"

"它们只是看上去像引火柴,孩子。啊,但是这里面有生命。它们富含生命的浆液和活力。"

他点了点头,把包树枝的麻布掀开,好像是骄傲地显示婴儿的脸一般。

"苹果树!马车上有桃树,还有梨树、李子树和樱桃树。想象不到吧!"

他的热情很有感染力。他就像他说的树苗一样富含生命的浆液和活力。亚撒感到兴奋、激动。他正在打听什么地方可以买到果树苗，真是踏破铁鞋无觅处，现在它们被送到了他的家门口，一个果园从天而降。座钟打点，中午过了半小时。娜莉飞速来到厨房，从碗柜里拿出餐具给客人摆上，端上咖啡，倒好脱脂牛奶和水。

"请坐下，吃饭吧，你和林登先生谈买卖。我还得干活。"她拿起一只柳条篮子，匆匆忙忙地走了。

小商贩在自己的盘子里堆满食物，感激地叹了一口气。他恭敬地低了一下头，与其说是感谢上帝，不如说是感激娜莉。这种季节，没有几家的饭桌还这么丰盛。

"你们对路人多么慈善，林登先生。"

亚撒清了一下自己的喉咙。

"您尊名——？"

"麦卡锡，先生。我是麦卡锡。"

他横手拿着一只鸡腿，就像拿小提琴的弓一样，当他娓娓道来时，亚撒已经知道这个男人要说什么了。

"我有一个哥哥住在这附近。这鸡肉真香啊，里面的嫩汁就像我的树苗里的生命浆液。我在俄亥俄听说他在这一带。"他举着鸡腿说。

"你猜是谁告诉我的？假如我没弄错，他是你的哥哥，本杰明·林登。除非这里还有别的林登，那他一定是你的哥哥。但是他没有提到过那个小女士——你的妹妹，你的夫人？那位先生说他的弟弟可能对果树感兴趣。对不起，"他伸手拿起一个鸡翅，"我自己的哥哥蒂姆也住在这个镇上。"

他消灭了鸡翅，开始往饼干上抹黄油。

"假如你也能说蒂姆那种游荡生活叫'住'的话。"

亚撒说："蒂姆·麦卡锡在我妻子娘家附近，就是威尔逊家东面的农场工作。他干完活儿以后，经常到这儿来。"

"啊，现在我多么渴望看见他啊。我的哥哥在这儿，而你的哥哥在那儿。俄亥俄，那是我种美丽的果树的地方。人们叫我'苹果麦卡锡'。"

他一手拿草莓酱，一手拿饼干。

"你的哥哥本，嗯，他计划很快离开俄亥俄。天哪，这是野草莓，不是吗？什么都没有小野果儿味道十足啊。但是我的果树都是嫁接和人工培养的，没有瘦小的。都是你从来没有见过的，最大的苹果，还有大桃子，天哪。"

亚撒挣扎着要问那不可能的问题。

"本——我的哥哥。"

"哦，是，本杰明·林登。混得不如他期望的好，他说。远方有别的机会等着他。向西走，他说。太晚了，赶不上加利福尼亚的淘金潮了，他说，但是银子也很有希望。很好的年轻人，某一天会挣一大堆钱，一定的。他拿不定主意是不是要带上俄亥俄的姑娘。别带她，我说，你走得越远，就越能发现更漂亮的。哦，他听了以后大笑的那个样子哦。你说得对，他告诉我。这不是鹅莓酱吗？谢谢。好，说说果树。你能用多少？我这可不是催你哦。"

在俄亥俄，混得不如他期望的好——

本期望的是什么？听说俄亥俄农场的土地异常肥沃，农民刚撒完玉米种子，第一个玉米苞就结出来了。但是本永远不会在土地里找他的发财机会，除非是买卖土地。对于本来说，那似乎都太枯燥乏味了。他决定向西挺进，向着金银，向着灿烂的宝石窟。亚撒想知道太平洋是否能够让他的哥哥停下来。也许当哥哥到达远方的海岸线时，就会掉转身，往回走了。但是，那得需要多少年啊，多少年啊。这广阔大陆够本走很长很长时间的。

麦卡锡说："我特别推荐我的高级牛顿苹果。"

亚撒说:"我早就想在路对面种一个大果园,房子周围也要一些各种各样的果树。秋天是不是最好的种植季节?"

当他说起他熟悉的事情,比如庄稼、树木和牲畜,说话并不是件难事。

"我知道你懂行,年轻人。秋天是要好一些。但是,假如我们有充足的雨水,一年四季都可以种树。像你这样腰板好的年轻人,浇几英亩果树苗累不死。快,到我的货车上看一看。"

亚撒意识到他忘记了母亲的午饭,娜莉已经往圆木小屋给她送饭去了。

他说:"我想听听我的母亲和妻子有什么意见。我去找她们。"

他转过身。

"当你把本的消息告诉我母亲时——"

小个子男人点了点头。

"哦,相信我。我走南闯北给各种各样的人带过信。每个母亲的儿子都是半个点物成金的迈达斯,半个圣人。"

他的一只眼会意地眨了一下。

"带个好消息,帮助做生意。但是你,啊,你是一个能够抓住真理的男人。"

阿梅莉亚不肯放麦卡锡先生走,生怕他忘了什么没有告诉她,把关于本杰明的消息,或是本杰明要带给她的消息又带走了,因此麦卡锡被劝留宿。自从本走后,这是和母亲在一起的第一个愉快的夜晚。虽然娜莉对她的恶意毫不在意,但是气氛一直紧张。阿梅莉亚从小商贩身上挤榨出好像直接来自于儿子的许许多多可喜的信息,包括他参与的俄亥俄州发生的一些精彩事件。她将一切都饥饿地全盘吞下。阿梅莉亚曾一度恶狠狠地看了娜莉一眼,怪她无意中插嘴说到本杰明。娜莉那美丽的脸蛋一副无动于衷的样子,就像小母猫看见去年的公猫一样无所谓。当晚餐的桌子清理干净以后，娜莉铺上一块红色台面呢桌布，她去洗碗，让两个男人计算果树买卖。

阿梅莉亚说："麦卡锡先生，这个农场是我的，但是我认为我的大儿子有三分之一的权益。加上我的三分之一，如果我有不同意小儿子意见的时候，我要代表两个人的选择。"

麦卡锡礼貌地问："果园具体哪块地是属于哪个人的三分之一？"

"不，农场还没有具体划分。"

"假如我在别的方面一无是处，学无专长，但是您能接受我作为一个果园专家的意见吗？我写在这儿的这些果树数目和品种，会给你们家用带来的最好的水果丰收，此外还能得到一个好收成，拿到市场上去卖，在银行里为你们都存上一笔钱。"

阿梅莉亚点了点头。这个清单是亚撒自己列的。娜莉笑了，她把剩下的木莓小烘饼放进点心柜里。她举起一根手指，麦卡锡半举手指，心有灵犀地作为回答。小女士将得到她选中的雪苹果树，而那个老泼妇一点都不聪明。这个清单包括格莱美金苹果、青皮苹果、高级红苹果、粗皮赤褐色苹果、处女晕苹果和北方甜馅饼苹果。熏肉房的两侧是花红树丛，在扩大的果园和菜园的一侧是一行梨树，有欧洲冬梨巴特利特和红皮甜梨食客爱，还有两行桃树：容易离核的和粘核的，甜爽的和酸的；李子树有盖奇绿洋李和紫色意大利布拉斯李。麦卡锡还有六棵葡萄藤：协和、尼亚加拉和特拉华，亚撒已经在柳条门的北面计划了葡萄架。他还有一打白杨树苗。林登家的房子门前早就应该种一排高树，将房子和环境柔和地结合起来。娜莉本来是想要枫树的，但是现在白杨好像从天而降。虽然白杨是令人感到悲哀的树，但是它长得快而壮。亚撒总是喜欢白杨那圆锥形的树尖，窸窸窣窣的叶子，像是不安分的小手不停地召唤。娜莉同意了，就种白杨吧。

麦卡锡说:"真奇怪啊,这个地方这么多年来,就只等着我麦卡锡给你们带来大地之果。丰收时节果园装饰的大地会像是绗缝被子,五彩缤纷,多么壮观的景象啊。哦,这是总数——"

亚撒认真地研究那一行数据。这几乎要花掉他所有的积蓄。他本来还想在夏天雇一个帮手,看来那是不可能的了,他必须延长自己的工时。好在他的种子都已经付清了款,而且很快就有羊和牛可以卖了。他可以多留一只小雄马来帮他。娜莉的母鸡已经开始高产量地生蛋,她还有半打早抱窝的母鸡。

麦卡锡说:"百分之十补换秋天不成活的树,再为现金付款减去百分之十。这可是我的一桩好买卖,在树苗干死之前,你把它们都买了下来。"

亚撒拿出装现金的锡盒。他数钱的时候,苹果麦卡锡礼貌地看着别的地方。阿梅莉亚靠上前,把钱平分成三堆。

"好啦。我们说果园是属于三方的,你可以把三个人的名字写在收据上,麦卡锡先生。"

亚撒盯着三堆钱发呆。这些印制精美的纸张和金属小圆片就是去年的小麦和玉米,它们可以用来交换其他奢侈品和生活用品,它们来自一个强壮男人的双手和挺直腰板不屈不挠、心甘情愿的劳动。但是现在,这些钱在他眼里好像不是果实般的礼物,而是分离人类的肮脏证物。

娜莉说:"这就对了,林登母亲。"

她冲着麦卡锡眨了一下眼睛,他们两人的聪明脑子就像两条汇聚成河的小溪。他立刻明白了她的意思,知道自己该说什么。

"对极了,您应该把就要落实的果园划分好,干旱的时候要浇水哦,每个人都要为自己的工作负责,哦,上帝啊,我想您得帮着给本杰明的那一份子浇水。"

阿梅莉亚的恶毒攻击败下阵来,就像毒蛇一般悄然退缩。

她说："哦——我不是那个意思。只是想把事情说清楚。"

"那是再清楚不过了,在麦卡锡看来是清楚的。您的收据,夫人,您收下吧。"

她说："我要回小屋了,亚撒黑。不,别跟我来,给我点上手提灯就行了。晚安。"

麦卡锡在她身后叹了一口气。

"唉,家家有本难念的经,这就是为什么我还是个光棍。跟苹果打交道要安生多了。"

柔和的春夜突然被一阵狗叫划破,娜莉的羊倌儿象征性地抵御一个入侵者。结果这个入侵者只是一个朋友,是蒂姆·麦卡锡的小白狗。蒂姆平息了两只狗的打逗后,进了家门,两只狗摇着尾巴跟在他身后。他担惊受怕地四处张望。

"我一直在外面等候那老太太离开,"他说,"感谢上帝,路上亮着的那只手提灯不是别人的吧?"

他突然震惊得一动不动,然后知道那是他的弟弟。

"啊——是你——多少年了啊。"

两个小个子男人,像一个窝里的两只蛋,伸出短胳膊互相拥抱,拍着对方的后背,擦去几滴爱尔兰眼泪。

亚撒心想,"这就是为什么我立刻就信任了这个陌生人。"他知道他和蒂姆一样。

他突然感到身体疼痛。他多么渴望自己和本杰明能够像这两个兄弟一样紧紧地拥抱啊。

蒂姆说："感谢上帝的荣耀,我带了我的小提琴,亚撒的笛子也在身边,弟弟,你不会不把口琴随身带着吧,你要是不带口琴,我发誓我就不认识你了。"

亚撒认为这是他听到过的最美妙的音乐。蒂姆的小提琴表现出空前绝后的最佳水平,口琴的快乐填满所有的空间,亚撒自己的笛子也几乎像他期望的那样甜美。他心想,是娜莉使得一切都与往常不同,她的存在超过新添加的乐器和麦卡锡兄弟重逢的喜悦。她用脚打着拍子,笑声朗朗不断,在快活的曲子中摇动她的头,卷发飞扬;当蒂姆拉出吉卜赛之歌的第一个音符时,她已经踮起脚尖,忘情地举起双臂,像只蝴蝶一样,在林登家阴沉了很久很久的客厅里翩翩起舞。

她从地下储藏室里拿来凉爽甜蜜的牛奶、炸面包圈,他们吃得饱饱的,满足地昏昏欲睡。麦卡锡兄弟不得不分开,蒂姆叫上小白狗上路了,他的弟弟在林登家一楼的客房中休息。

娜莉说:"亚撒,我可不喜欢你母亲说农场是她的。这是真的吗?"

"是的。"

"本告诉我他要把他的那份给你。我以为你父亲把他的财产留给了他的两个儿子呢。"

"没有。"

"哦。那,你母亲能——她立过遗嘱吗?"

"我不知道。娜莉,这无关紧要的。"

"这当然很重要。我告诉你,我一点儿也不喜欢这样。"

她清洗完盘子,先上床了。房子里异常安静。亚撒从橱柜里拿出本的地理课本。他慢慢地翻动着。美利坚合众国。啊,在这儿。过了这儿,南面就是俄亥俄州。在摊开的大地图上,一切似乎都很清楚。啊,西部。他想象着西部的广阔和凄凉。再向西。到了西面的尽头,北美洲大陆的尽头。啊,这就是太平洋。

"啊,本杰明,我的哥哥,"他哀求道,"停一停啊,我将照顾果园。"

第 九 章

苹果麦卡锡似乎被娜莉的早餐惹得不高兴了。他悲哀地看着他盘中的一摞子薄蛋饼。他把枫树糖浆倒在上面,直到盘子里装满金黄。他拿起叉子刚要吃,却又放下叉子,喝了一大口加了许多奶油的浓咖啡,伸手从盛满香肠的盘子里,拿了一根美味香肠。他嚼着香肠,直直的眼神看着虚无的地方,然后,他推开了盘子。

"这是惩罚,"他说,"纯粹是惩罚。"

娜莉挑起她的眉毛。

"抱怨我做的早餐,麦卡锡先生?"

小个子男人捶胸顿足。

"'抱怨!'她还知道!'抱怨!'我抱怨的是生活的残酷,刚把我带上天堂,然后又一脚踢出去。魔鬼,这就是我,魔鬼麦卡锡。假如我能把我的胃留在这儿,没有胃的我也许还能接着上路。"

娜莉笑了。

"没见过像你这么要薄蛋饼的。"她说着,赶紧走向炉台上冒着烟的烙饼锅。

麦卡锡说:"这样吧,亚撒黑·林登,你说这样公平不公平?我暂时留下来帮你种这些好树苗,林登夫人给我在你们的餐桌上添一副餐具。咱们两头谁也不欠谁。"

亚撒说:"种树这活儿是应该付很多工钱的,但是我手头没有钱。"

"那就这么定了。"

他往盘子里新添的那摞六英寸高的薄蛋饼上抹黄油。

"现在我可以毫不内疚地大吃大喝了。"

他叹了口气。

"啊,上帝,我到底为什么会得到这么好的朋友和招待呢?我毕竟只是想玩一玩小树苗来打发时光,过一辈子简单的日子,仅此而已。"

两个男人都知道种树的事情要抓紧。树苗在路上折腾了很久。虽然麦卡锡用麻布裹着它们以保持水分,但是它们充满生命本能,意识到是四月了,小小的苞芽儿开始冒出来,根须也都开始萌动,若不及时找到土壤和营养,可能就会夭折。如果时间充裕,最好的做法是把整个地都耕翻一遍,好在肥沃的土壤在春天里都很松软,杂草还没有长大。亚撒挖坑,苹果麦卡锡跟在他身后,他是摆放树苗的专家,负责往回填土。亚撒种完第二行,面朝圆木小屋重新起行时,他抬起头来,看见母亲正在窗口盯着他们看。午饭时,母亲进了大房子,和大家一起吃饭,但是苹果麦卡锡已经编造不出关于本杰明的更多消息了。她追问本杰明是否已经离开俄亥俄了。她说她一直在考虑,想乘苹果麦卡锡的马车到那里去找他。本杰明回不来肯定是因为出了什么事,他病了,却又隐瞒真相怕她担心,或者是暂时缺钱,也或者他正在赚大钱、发大财,若看见母亲来和他住,该是多么高兴啊,至少会欢迎她暂住一阵子。

"我发誓,夫人,我前脚走,他后脚就离开,去了西部,您上哪儿去找他啊,没人知道他在哪儿。"

她从此再也不回大房子了。

果树种植迅速而顺利,刚种完树苗的大地显得陌生而新奇。

苹果麦卡锡私下里对娜莉说:"现在的果园,看上去就像是圆木小屋里的老恶妇,在地里种满了女巫的扫帚。"

树苗的光杆黑枝形成了几何图案,不像是苗圃,更像是墓地,或者是刚刚遭受大火劫难的果园,一副凄凉悲惨的模样。啊,现在的光是来自太阳的生命力,它用温暖的手指打开树苗的苞芽儿和花骨朵,每天都有雨水,树根抓住土壤,在里面膨胀壮大,一天早晨,亚撒在晨雾中看见一抹淡淡的绿。年轻的果树开始发芽了,它们经受住考验,活过来了。

苹果麦卡锡对离去犹豫不决。娜莉抱怨自己的菜园子被耽误了,留他在菜园子里当助手。苹果麦卡锡用自己的马和亚撒那匹叫布林里的马翻耕了菜园子的地。娜莉野心勃勃,在有栅栏的菜园子里种了大量蔬菜,去年林登家稀稀拉拉那点儿蔬菜可真叫寒碜。现在,她种了胡萝卜、甜菜头、圆萝卜头、瑞典黄萝卜、爱尔兰土豆、雪豆、西红柿、生菜、洋葱、甜玉米、爬架菜豆、荷叶扁瓜、小馅饼瓜和各种黄瓜,应有尽有。亚撒更大规模种植的蔬菜是拿到集市上卖的,在玉米地里间种,有菜豆、南瓜和哈伯瓜,这些都让娜莉随便取用。娜莉还驾着轻便马车走村串镇,从朋友那里收集药草的种子、插根和插叶,她有了薄荷、麝香草、鼠尾草、洋茴香、玫瑰天竺葵、甜薰衣草和迷迭香。

亚撒把苹果园果树行间的地翻耕好,撒上荞麦种子。娜莉种完菜园,又开始种花,苹果麦卡锡说他帮忙至此,应该是到了尽头,因为娜莉餐桌上的食品已经让他的肚子圆圆胖胖,蹲下去都有困难了。娜莉每天和启明星一同起床,就着灯光做饭,等到天边鱼肚白时,鸟儿开始叽叽喳喳半醒半睡地唱歌,淡淡的晨光洒进房间,把锃亮的地板和明亮的辫编地毯涂上银色,早饭已经结束。亚撒用一个特殊的托盘,给阿梅莉亚把早饭送去,娜莉已经出门,开始在地里忙活,就像在她身边捉虫子的知更鸟一样勤劳。亚撒进进出出时,都会逗留一会儿,专门看她,那丰满圆润的身材,那汗津津的卷发落在专注而红润的脸庞上。

蒂姆·麦卡锡每天晚上都来。黄昏变长，暮光久滞。当院子里的青草长得厚厚高高的时候，亚撒就把羊群赶过来，把草坪吃得平展如地毯。亚撒、娜莉和麦卡锡两兄弟坐在甜香的草地上谈笑风生，载歌载舞。羊倌儿在娜莉和她的母猫身边摔动它的大尾巴，母猫肚子又大了，它从农仓过来，沉重地坐在娜莉的膝盖头上，满足极了。月明星稀的夜晚，圆木小屋的灯光到了很晚都亮着，不知道阿梅莉亚是否能听见音乐和笑声，是否会感到厌烦？她只字未提。亚撒有几次走过去跟她道晚安，但是他的脚步声刚在门口响起，灯就灭了，他敲门也没人回应。

六月了，荞麦给枝叶茂盛的苹果园的锦绣图卷更添了风采，娜莉的菜园和花园也茂盛繁华，她已经有了满意的第一批收成，还有第一拨鲜花。苹果麦卡锡把他那养肥了的马套上他的货车，终于上路了，啊，痛苦的离别。

夏天在辛勤的劳动中度过，亚撒单枪匹马地完成了夏季大丰收，这些活儿比有本杰明一同干的时候还多。娜莉旋风般地腌菜、做果酱和制罐头。母猫在厨房柴木盒子后面生了一窝小猫咪，娜莉在厨房干活时，就沉浸在一群可爱的小猫咪嬉闹顽皮的喜悦中，后来最能干的一只小猫爬上餐桌，打翻了奶油罐子，于是整个一窝猫都被打发到农仓里去了。

八月，娜莉告诉亚撒她有孩子了。她一个月以前就怀疑有了，直到现在才肯定。大约明年四月生产。亚撒深深地感动了，但是娜莉好像只是早饭时说今天天气很好一般平常。亚撒娶了这个女人，她照顾家庭，又怀了他的孩子。她笑他那庄严肃穆的样子，拧了拧他的长鼻子。

"要是你肯多卖点儿力气，"她说，"这孩子就会早点儿生出来了。我宁愿冬天生孩子，不耽误春天干活。"

亚撒想，威尔逊这个大家庭一定让她觉得生孩子是家常便饭。他问她能不能把这个好消息告诉他母亲，她点了点头。

"她早晚会醒悟过来的，"她说，"也许这个消息是个机会。"

亚撒碰上阿梅莉亚在小屋门前打泉水。他把手放在她的肩膀上。他只能说出必要的几个字：

"母亲，娜莉怀孩子了。"

她将舀水勺放在她的薄嘴唇边，然后把剩下的冰冷清泉倒在自己的手上。

"当然喽，我早就告诉过你了。而且很快了，是吧。"

她朝着泉水池塘前倾身体，看着明镜般的水中倒影，梳理她乌鸦一样的黑发。

第 十 章

除了丁香花的浓香,一切似乎都不真实。临近清晨,他才睡了一点点觉。醒着,他的思绪就像四月的黎明一样迷雾茫茫。他被悬在灰色的空白中,好像自己和本一同死了一般,还有别人和他们在一起,但是他认不出他们。现在,他不应该睡着的。他到底是睡着了还是醒着呢?当一个人晚上闭上眼睛的时候,他不知道第二天还能不能再睁开眼睛。那么,他现在是活着还是死了呢?他不知道。只有其他人,观察他的呼吸,他们会说:"这个人没死,只是睡着了。"

一缕四月春风掀动窗帘,丁香花的香气更加浓烈,伴随着危险的气氛。他蓦地从沙发上跳起来,摇晃了几下。娜莉的丁香花,对了,就是它。娜莉从娘家带来的丁香花丛,什么时候来着?一年前。现在正是丁香花盛开的时节,一股令人眩晕而恶心的气味,娜莉正在生产中。现在他听见了她的呻吟。他走到水泵旁,打出凉水洗手洗脸,好像在去看她前,必须把自己清洗干净才有尊严一般。

接生婆杰西阿姨在楼下卧室的门口碰上他。

她悄声道:"阵痛越来越紧,我想她快生了。进来,跟她说句话。"

他摸索到铺了白床单的大床边。娜莉和床单一样苍白,但是她的血管突出,像她的眼睛一般湛蓝。她的卷发湿漉漉地洒在枕头上。她冲他转过头。

一阵剧痛突然袭来,她的脸扭曲了。她的头左右摇动,痛苦呻吟。接生婆紧握她的手。

"挺住,娜莉我亲爱的,再坚持。杰西阿姨在这儿呢。亚撒,你最好离开吧。叫小姑娘,给我准备热水,好多的热水。"

亚撒跌跌撞撞地来到厨房。他整夜都保存着炉台上的火种,顷刻间就挑起熊熊大火,锅、壶都已经装满干净的清泉水,很快就烧开了。临时雇佣的瑞典女孩赫尔达从后楼梯下来,揉着惺忪的睡眼,好像要把自己唤醒,立刻投入紧张的行动。她端着热水,拿着在烘箱里烤热的毛巾,跑进跑出。她又挤出时间烧上一壶咖啡。

"别让咖啡沸出来了,林登先生。"

他应该去干活,他想,但是他舍不得在这个节骨眼儿上离开。第一束晨光照在花园里,像是手指一样,指着新发的绿芽儿给他看。娜莉在第一次阵痛到来时,还在园子里干了一小时的活呢。她那胖胖肿肿的手指被大肚皮挡住,勉强能够在这儿摁上几棵苗,在那儿撒上几溜自己留下的种子。在亚撒眼里,撒种播种都是男人的活,但是当他完成翻耕、施肥和分行以后,她就把他赶走了。绿色的东西就是牛的牛奶,她说着又向他会意地眨了一下眼睛,她知道自己想种什么。雇佣的女孩急急匆匆地跑进来再拿一壶热水,她已经大汗淋漓。

她喘着粗气说:"一切都好,林登先生。别哭丧着脸。"

他就像是一只在炉火旁乖乖等候的狗,这些话像是一根骨头,怜悯地扔在他面前。他感到迷失,几乎是个局外人。这个世界已经完全变成了女性的。他似乎与这个孩子毫无关系,与这个女人毫不相干。在他自己的房子里,她们只是宽容地接纳他罢了。此时此刻,生殖的女性仪式统治一切,至高无上。然后,他听到婴儿哭号,奇怪而极度痛苦的那种声音,愤怒地抗议生命的降生。他站起来,浑身发抖。他制造的这个小生灵从何而来,

72

它那么不愿意离开那里？他要分担什么样的责任，使得这个小生命的一生，不像它恐惧的哭号声那样无法忍受？漫长的等待后，接生婆终于叫他了，她的声音充满辉煌的胜利，就像希腊神话中的亚马逊女战士，吹响专为女人的嘴制作的战斗号角。

他走到床前。突然担心娜莉会转过头不理睬他。一个女人受了这么多的疼痛，她怎么会原谅男人呢？他已经忘记她那猫一样的快活性格。他低头看着她。杰西阿姨已经用甜香的肥皂给她洗了澡，换上了新娘睡衣，丝带把荷叶般的领子系在喉咙处，她光亮的卷发梳理整洁，用一条蓝色绸带捆扎着。娜莉的眼睛闪闪发亮。

"可不是那么好玩儿的。"她说。

她把身边那个神秘包袱的裹布一层层掀开，露出那红扑扑、皱皱巴巴的婴儿，他看上去没有视力的样子，一副倒霉相。娜莉皱起自己的脸模仿婴儿的模样。

"假如不是个男孩儿，"她说，"我就想说淹死他算了。反正是男孩儿，丑也不碍事。"

他盯着孩子看。他接生过无数的羊羔、牛犊和马驹。他也见过依然躺在窝里的新生松鼠和狐狸。但他还是第一次看见新生的婴儿。所有的其他新生动物都是身体完美、完全满足地来到这个世界。好像它们一生下来就已经知道——或者全然不知道——那些令人恐惧的秘密。

他说："我想他会变的。娜莉——你好吗？"

她拍了拍床单下的肚皮。

"空了，谢天谢地，空空荡荡，我饿了。"

杰西阿姨的胖身子堵在门口，她的脸像丰收的月亮一样明亮。

"漂亮男孩啊，亚撒。我从来没有接生过比这更漂亮的孩子啦。在你回过神来之前，你的农场就有帮手啦。"

他怀着心头涌起的巨大同情心,看着这悲惨的小小血肉之躯。这就是他的血之血,他的肉之肉,他的骨之骨。要是有一个高大的儿子和自己一起耕种、收割,可能还有未知的新品种庄稼和果树等着他们去种养,那该是多么美好的事情。此刻,这个不高兴的小东西喉咙里正在制造一种抽泣的声音,亚撒看着他,想象着将来这个小东西会用粗糙的手劳动,承担生活中超出锄、斧和叉的重量的东西,这些负担可能会压弯他的腰,便感到十分震惊。他渴望地看着他的儿子,看着给他生了儿子的爱人。

娜莉说:"啊,也许他不喜欢干农活儿,他的大伯本就不喜欢。杰西阿姨,告诉赫尔达给我做大量的早餐。"

他抓住娜莉的手,跪下,把她的手贴在自己的脸颊上。她的手是那么小而温暖,强而自信。他不再担心她会太脆弱,他双手拥抱着她。

她说:"最好让赫尔达快点去告诉我妈。你吃你的早饭,然后把你母亲的早饭送过去。"

她对阿梅莉亚的耐心让他从刚开始就感到很吃惊。她身上的毒刺都从柔软的皮肤上褪去,就像脱去牛毛的生牛皮一样。他很受感动,满怀感激之心。娜莉拒绝自己的母亲来陪伴她生产。他相信她这么做是为了避免让他母亲难堪,因为她没有请他的母亲过来。实际上,她动物般的本能让自己坚持只要能干的接生婆来。

亚撒在娜莉的母亲到来前就把阿梅莉亚带来了。他心想,阿梅莉亚也许不会惹麻烦,反而会让所有的人吃一惊。但是,他不能抱侥幸心理,让她单独先来他感到更安全些。

她开始说话,还算是客气。

"男孩,亚撒说。好啊,男人是我们这里需要的。你看上去好像没有遭太多罪。"

娜莉拍了拍她头上的蓝色发结。她眼睛里的亮光是她身心安好的表现。

"看一看这孩子呢,和他爸一样俊。"

阿梅莉亚看了一眼婴儿。

"你们给他起个什么名字?"

娜莉说:"我们猜想你可能喜欢再来一个本杰明。"

亚撒糊涂了。他们不是已经说好了,如果是个男孩,就叫纳撒尼尔吗?阿梅莉亚从床边往后退了一步。

"难道你一点尊严都没有吗?"

娜莉明亮的眼睛瞪大了。

"怎么了,林登母亲,你是什么意思?"

阿梅莉亚浑身发抖。

"你和本杰明以后——啊,你真是个不要脸的东西。"

"你是说这听上去好像是本杰明的孩子。我猜想你已经忘记了,本已经走了有一年半了。老女人的疯主意、怪想法是制造不出孩子的。"

亚撒好像必须伸出手,才能把母亲拉出娜莉为她设下的陷阱。但是也许娜莉是对的,她强迫阿梅莉亚明白现实,这样可以驱散魔鬼。亚撒把他的大手放在母亲的胳膊上。她把他的手粗暴地摇开。

"忘记他走了多久了? 每一时刻,我的身上都会流掉一滴血。"

她把手绢放在嘴唇上。

"对不起,娜莉,我刚才说的意思,我是——弄错了。但是我必须禁止你们用本杰明的名字。他要留着给自己的儿子用。"

"啊,那好,你看'纳撒尼尔'怎么样,亚撒? 就简称'纳特'。狗和男孩调皮捣蛋的时候,叫个短小精悍的名字,他们便会听话一些。"

阿梅莉亚捡起自己破碎的尊严,点了点头。

"很好的名字。家里有过这名字。我呢,当然喽,永远会称呼他的全名。"

她转身离去。

"但是,不要以为有了男孩,土地的所有权就会有什么变化。"

看来这场战斗打了个平手,但是双方都有流血牺牲。无论如何,气氛是明朗多了。亚撒打开窗户,风吹动着白色荷叶边的窗帘,丁香花的芳香迎面扑来,不再是那种令人眩晕恶心的气味。

第十一章

麦卡锡在沼泽地旁的冬青树林里拉小提琴。最后一拨收割干草的互助邻居坐上吱吱呀呀的马拉货车离开了,他们吹着口哨,为能在八月的艳阳天里这么早就收工而高兴。亚撒独自站在干草垛向南开口的高处。刚收割的梯牧草和苜蓿闻起来像蜜一样甜,午后的阳光照在干草垛上,好像长长的手指抚摸金色的头发。亚撒喜欢任何季节饲料草的颜色和质地,哪怕是它们接近生命的尾声,变得像老女人一样枯干、棕黄。其实,收割刚刚结束的时候是最令人愉快的,一捆捆金黄而厚实的草垛垒放在黑暗的农仓顶层。很快仓鼠就会在那里安家,吱吱呀呀,跑来跑去;农仓里的猫顺着梯子爬上爬下地猎杀它们;母鸡竟然离开自己有一排排饲料槽的窝,去偷仓鼠有草香味儿的软窝,最后你不得不带着羞耻感,帮着这些刺奋着羽毛的抱窝母鸡,把它们连窝带鸡地搬到更合乎常理的地方。

麦卡锡的小提琴声变得粗糙起来,像是知更鸟的叫声。亚撒笑了。蒂姆这是给他发信号,让他带着笛子来找他。

这一个星期艰辛而有成果的劳动结束了。他的冬小麦成熟得早,打麦子的人来了,二十来号人呢,一整天都是打麦机的噪音和人的嘈杂声,左邻右舍的男人都来帮忙,谈笑风生,此起彼伏;由于其他农场的小麦还没有成熟,他们便留下来帮助亚撒收割干草。稍后,亚撒会到他们的农场上去帮忙。今年他单枪匹马地种出大片沉甸甸麦穗的麦地,明年他就有钱雇佣帮手了。

每一英斗小麦至少可以卖两美元。留下明年的种子,还有足够自家用的,到磨坊磨成白面,中等成色的面粉和糠麸足够牲畜和家禽食用,再算上他付给磨坊的十分之一的小麦,他还有几百英斗的小麦可以卖成现金。

他从放草垛的木架子上拿出他的笛子。他吹了几个音符,像是斑鸠鸣叫,汇入知更鸟的歌声。他慢步走上牧羊小道,经过南面的放牧高地,朝沼泽地旁的铁杉林走去。

蒂姆坐在地上,被他压碎的冬青树针叶发出清香,蒂姆的狗伴随香气一同迎面扑来。亚撒在铁杉树的低树枝下弯腰,坐在朋友身旁芳香扑鼻的深绿色松针地毯上。这个地点离险恶的沼泽地很近,非常隐秘而令他们满意。从这个隐蔽的高地上,他可以看见整个农场,远处林登家那方方大大的房子,在阳光下显得很苍白。一股比冬青树更浓烈的味道向他袭来,麦卡锡又酗酒了。

蒂姆平淡地说:"难以想象啊,自从甜蜜的春天以来,我们今天还是第一次一起吹拉啊。"

亚撒把笛子放在唇边。

"不,孩子,现在就咱们俩,我想跟你聊聊,先不玩儿音乐。我这不是喝着酒吗,借酒壮胆。我要和你聊聊你脑子里的想法和你心里的感觉,有喜有悲。"

亚撒抚摸白狗的头,等待。亚撒不会为自己说话,他只有在能够读懂他的想法、明白他的心情、替他说话的人面前,才感到舒服自在。本杰明有时就扮演他的口舌。这个小个子爱尔兰男人,比他年长一辈,也常常充当这样的角色。虽然亚撒沉默寡言,娜莉却能够读懂他的心;但是,他很不自在地意识到,他脑海里那千头万绪的想法,对于她来说毫无意义。他更正自己,他脑子里的想法对于本杰明也毫无意义,对于麦卡锡,甚至吉卜赛人都没有意义。吉卜赛老妈,她不一样,她懂,还有水貂印第安人,他也懂。他强壮的手指捏碎一根松针，他听着麦卡锡要说什么，醉而不糊涂，他突然被一股孤独的浪花卷走。

蒂姆说："你毕竟太年轻，虽然已经经历了许多。你有非常漂亮的妻子，适合你的好妻子，年幼的儿子。你正走向富裕的生活，你也需要生活宽裕起来才是，因为各种各样的责任，你会有更多的孩子，要抚养他们，还有你的哥哥。对，你的哥哥。"

他从身后拿出酒罐子，狠狠地喝了一大口。

"你的哥哥，还有你的母亲——唉，我很清楚，说一个年轻人的母亲的坏话就是掐他的喉咙。我不会那么做的。很明显你爱这个女人，虽然她给你带来这么多的伤害。也正是因为她伤害你，我现在才要说几句。你别插嘴，哦，我的天哪，只是让我告诉你，我是怎么看的。"

麦卡锡以前可从未在这方面走得这么远。他和阿梅莉亚之间的敌对都是沉默和心照不宣的。亚撒觉得自己必须打断他的朋友，出于对母亲的忠诚，但是就像往常一样，他什么也答不上来。

"啊，我的亚撒啊，你有一个时刻为另一个儿子忧伤的母亲，她肯定会不断地给你和可爱的娜莉制造麻烦，直到她咽气的那一天。让我感到发愁的是，她让你在自己的土地上，觉得像是个被雇佣的劳力。"

亚撒立刻明白娜莉和蒂姆私下说过这个话题，他为此很不高兴。

蒂姆接着说："你母亲告诉左邻右舍，当然不是公开的，而是偷偷摸摸的，她说你为本杰明把农场管理得很好，等本杰明回来接管农场时，看到家里如此富裕，有新果园等等的一切，肯定会大吃一惊，心满意足的。现在我看你的心还没有和你累断的腰一起破碎。我倒是有好多主意，其中一个就是和那个老恶妇，对不起，我引用了我弟弟的话，和她摊牌。如果有必要的话让她签字,决不能让你妻子和孩子落得个被扫地出门、无家可归的下场。"

麦卡锡又喝了一大口酒。

"你不会把你的毕生精力,花在一个不属于你,而是暂时让你使用的土地上吧?像你这样卖命地干,你会吗?"

蒂姆打开了一扇通向小暗室的门,这是他曾经避而不谈、全力回避的地方。现在亚撒进来后,反而觉得解脱了。他以前只是肤浅地问过自己太多的问题,并没有深究。因为他沉溺于娜莉和孩子带来的喜悦,喜爱奇迹般的庄稼,享受果树在泥土中生根发芽的过程,因此他能够忍受母亲的含沙射影和诡秘微笑。麦卡锡要问的第一个问题就是母亲是否真的理智清晰。她抵赖事实,耽于幻想,难道这不是疯了吗?在亚撒看来,每个男人女人都在不同程度上这么做,私下里拒绝不想接受的事实,在心里相信自己渴望和期望的为真的。不,他判断,母亲不是真的疯了。她对她不在身边的长子有偏执狂一般的爱,为什么不呢?本杰明总是能够得到这样的爱,亚撒自己也明白这点。还轮不到他,这个碰巧不招人爱的弟弟,来谴责母亲诡异莫测的古怪想法。

他扯下一根冬青树针叶,捏碎,放进嘴里尝了尝。麦卡锡和白狗安静地坐着。亚撒对他要问的下一个问题不予理睬。本永远不会回来的。这也许是他最大的痛苦,因为他渴望并深深地爱着他哥哥,他害怕本杰明是个迷失的灵魂,永远流浪,他强壮、英俊、受人崇拜,但同时又无能、浮躁、碌碌无为。

但是假如他错了,本真的回来了,既不像他吹嘘的那样发达,也没有悲惨破落。那么,一切不都明摆着么?他会和哥哥分享他创造和建造的一切,没有什么能比这带给他更大的满足了。发达也好,败落也罢,情同手足的本是他最亲密的,是他自身的一部分,本可以接管所有富饶的土地,或者分享,这土地本身就是一体的,当一个男人如此爱他的哥哥,一切都没有两样。

土地。亚撒抚摸着小狗。土地。啊,这个地球上的任何人对土地的拥有权都是暂时的。他母亲所说的拥有权和控制权,蒂姆的法定权利和签字等言论,这些都是无稽之谈。没有人能够拥有这土地。他想知道在人类的创造、出现、进化和难以描述的种种事件之前,地球已经存在多久了。他希望在他那本《史密斯绘画天文学与理想地理学》中寻找答案,他虽然不倦夜读,却仍然得不到满意的答案。他现在问自己对土地的期望是什么。一个念头闪过他的脑海,就是他对生活本身的期望是什么,但是他立刻放弃了这个问题。关于土地,问题不是他期望什么,而是土地需要他做什么。他感到他双脚踏实地站在地上。土地要他劳作,要他好好地照顾,土地反过来给人类滋养,只要他们对土地真情实意如同兄弟。

麦卡锡说:"你是世界上最沉默的人,但是请你开一开尊口,你愿意浪费你的一生为别人做嫁衣吗?"

亚撒说:"为什么不呢,是的,我愿意。"

他不理解他的母亲,甚至不理解他的妻子,但是他非常同情母亲,非常疼爱娜莉,他愿意不懈地努力,永远把自己最好的劳作奉献给大地、母亲、妻子、孩子,还有他那不见踪影的哥哥。他的道路是明朗的。他把笛子放在唇边。

麦卡锡说:"那就愿圣人保佑你吧。我没有什么好说的了。"

他给他的小提琴定了一下音,拿起琴弓。他起头拉了一首爱尔兰轻快小曲。两个朋友心照不宣地演奏了最欢快的曲子。今天没有必要用悲伤同时又甜蜜的曲子来驱散他们共同的忧郁。当太阳在沼泽地西下时,亚撒回去干那些平常早就应该开始干了的晚活儿。麦卡锡把酒罐子夹在一只胳膊下,用另一只胳膊夹着小提琴,摇摇晃晃地跟在小白狗身后。小狗时时回头看着他,因为有的时候,他的主人醉得回不了家。

第 十 二 章

娜莉在离房子最远的花园一角采大丽花。亚撒一动不动地站在花园转门旁看着她，好像不愿打扰蜂鸟吮吸花蜜一般。娜莉动作麻利，快速地采集了一朵花又一朵花，放在她挎在胳膊上的篮子里。看着这些种植的鲜花，放眼白色尖桩栅栏外面，那是一片野生的紫菀，金秋浓郁的蓝色花朵和娜莉的裙子一个颜色。蜜蜂狂执地采蜜，蚂蜂迷醉地在落地的烂水果上转悠。丰收的气息弥漫四方。娜莉转身顺着花园小路回房子，她走路时蹦蹦跳跳像只鸻在地上小跑。亚撒的心被她那样子挑逗得发痒。她最简单和最普通的动作都会令他着迷。她看见他站在转门旁，高、黑、瘦。他那年轻而消瘦的脸庞，因为渴望而显得柔和。他这么明显的爱慕，无疑会把她最孩子般淘气的一面引发出来。他替她推开转门，从她手上接过花篮。

她伸出胳膊搂住他的脖子，她说："假如你想要甜蜜的东西，就闭上眼睛。"

他弯腰低头，自动闭上眼睛，等待着她的亲吻。顷刻间，她从花篮里拿出一个熟透了的红皮甜梨食客爱，猛地塞进他的嘴里。当他吃惊地跳起来时，她把花篮抢了回来。

他将满嘴的梨喷了出来，"娜莉！"

她乖巧地说："我本来想亲你的，但是你看看你的脏嘴。"

他忿忿不平地擦掉满脸的碎梨，瞪着她。她用她的手绢祈求原谅般地沾了沾他的嘴唇。然后她大笑。他还没有学会如何不落入她的陷阱,她相信他永远也学不会。她每次作弄他,惹他生气,他都是先生气——这正是她要达到的效果,然后他便是傻乎乎的样子——这也是她要的结果。这没有什么关系,她就是娜莉嘛。倒不是他的难堪让她高兴满足,他想,是他对她的忠心耿耿和一片痴情,再加上他缓慢的动作反应,让天性顽皮的她忍不住拿他开心。他感到他应该在这一时刻回应她,打她的屁股,就像打纳特的屁股一样,然后把她抱到楼上,假装要惩罚她。她总是在玩过她的把戏后激情四溢。但是任何与暴力有关的东西都令他极度反感,在他眼里那是禽兽不如,并且十分愚蠢的。他要是那样做,就不是亚撒喽。他从她手里接过花篮,跟着她进了屋。

　　他也浑身发热,激情膨胀,他的感觉非常敏感而强烈。到了厨房门口,他再次被香气彻底征服。各种气味混合在一起,就像交响乐中的音符一样,也像春天里各种鸟儿的合唱一般。它们是果实累累的秋收季节和人生本身的赞歌。人生,他在内心纠正自己,就是他和娜莉的共同生活。这个房子以前一直散发着霉味儿,直到六年前娜莉来了以后,才有了生气。他能够把所有的香味儿像音符一般分辨开来。去核切片的苹果环儿正放在炉台后端的盘子里慢火烘干。糖浆饼干、木莓小甜饼、苜蓿花蜂蜜、荞麦花蜂蜜、核桃、灰胡桃和黑核桃都散发着自己独特的香味儿,还有玫瑰天竺葵的辛辣味儿,娜莉把它们搬进厨房,以防突然的霜降把它们冻死。啊,燕麦秆的香味儿,在娜莉旋风般的秋季大扫除中,她把新鲜的燕麦秆铺在餐厅和两间前厅的布鲁塞尔地毯下面,踩上去柔软舒服而且保暖,燕麦秆给人带来的气氛是秋收的果实和安慰。他闻到浆洗干净的白窗帘发出的清新味儿,娜莉刚给所有的窗户换上新浆洗的窗帘。他闻到娜莉花篮里大丽花和金盏花的酸味儿,再加上梨花的香味儿,还有一串串沉甸甸的紫色、白色和红色葡萄的芳香,甜蜜的气味儿让空气变得饱和。一时间，他甚至觉得气味浓烈过度了。

他不得不承认母亲不在家是他心情愉快的一个重要原因。苹果麦卡锡写信来说，有人在印第安纳州的什么地方见过本，本虽然去了西部，但是计划再次回到印第安纳州。阿梅莉亚有个表姐在那个州，她便立刻启程访问她去了。她打着访亲探友的幌子去了印第安纳，没有人质问她是否有这些所谓的亲戚，她的计划是天涯海角地寻觅儿子。跟她一同离开的是一场黑暗的暴风雨，之后，雨过天晴，敞开大门，富饶丰收的秋天气氛扑面而来。好像房子里的空间都显得更大了，世界也变得更大了。亚撒怀着怜悯打断自己的思路。假如他能够让母亲冰冷空虚的心温暖充实起来，他也心满意足了。在母亲眼里，除了本杰明一切都是空的。毫无疑问她的偏执已经将她带入黑冰一般的迷宫，在她的世界里，人只是影，影就是人。她好像听到她那迷失的儿子的呼声，便顺着黑冰宫殿迷魂阵一般的走廊，摸索着走下去。她相信，再往前走几步，她一定能找到他的。

房子里舒适温暖，阳光从擦得明亮如镜的窗户倾洒而入，但是亚撒仍然感到寒冷。他走到客厅的取暖炉旁，划着一根火柴，点燃枫树圆木下的小松树枝。他拉过一张凳子，靠近炉子坐下，伸出双手，手掌朝着炉子像是哀求一般。他听见娜莉的小脚在楼上的轻快走路声，以及纳特和他的弟弟阿伦特睡午觉醒来后的微弱声音。这一切听上去都是如此遥远，好像是别人的妻子和孩子。一阵大风摇撼房前的白杨树，被吹落的黄树叶摔打在窗户上，然后飘落在地。他亲手种植了这些白杨树，但是这些树不是他的，这土地不是他的，这房子也不是他的。他是一个陌生人。

他用手揉了揉眼睛，摇摇头好让自己清醒过来。他为自己感到羞耻，烦躁。他拥有一个男人所想拥有的一切。他惊恐地问自己，莫非他对娜莉的宠惯羡慕根本不是爱，而只是溺水人死前绝望地拉住的一棵救命草。因为她就是他真正的救命草。她是生命中孤独与安全，寒冷与温暖之间的桥梁。他生活得很好。那么他还想要什么，需要什么呢？他在死神面前失去父亲，疯狂面前失去母亲，但又说不上是损失，他从来没有拥有过他们。他失去了他的哥哥。这一点是毫无疑问的，因为他的痛楚是如此肯定。虽然他也不曾拥有他。他问自己是否希望本杰明留下来，违背自己的意愿和他一起干农活。他不能要求本杰明这么做。一个人的爱只是由给他带来舒适的元素构成的吗？为什么人与人不一样？爱是无名无形，生于孤独的东西吗？爱是一个搂住瓷脸布娃娃的孩子，或者是捆扎麦秸束的布带子，或者是低声细语爱怜的话吗？他应该和本杰明一同离开吗？他应该无论天涯海角只是跟随他吗？或者他的命运原本就是永远空虚和孤独的吗？他感到自己接近真理了，他心跳加快，可是真理却转眼即逝，逃避了他。

娜莉说："亚撒，看在老天的面子上，别再闷头苦想了。我叫了你两次了。来，看着孩子们。别忘了，那个红色小母牛是初产，随时都可能生哦。今晚最好把它留在农仓里面。"

他抬起低垂的头。她把阿伦特放在他的膝盖上，把纳特推到他身边。他看着五岁的儿子，纳特瞪着眼睛回看他。从一开始，这孩子就总是以一种特殊的冰冷眼光看他。亚撒笨拙地主动接近他，但是从摇篮里起，这孩子就拒绝接受父亲的亲近。

他渴望把纳特拉过来，搂住他说："我们两人陌生地来到地球上，并将陌生地离开地球，但是这一时刻我们是连在一起的，虽然在对方面前如同陌生人，我们还是应该试图一同交谈。"

小男孩说："你长得真丑。"

亚撒轻柔地说："我知道。"

他意识到他的忧伤冒犯了这孩子。但是有的孩子会被成年人的悲伤感动，伸出温暖的小胳膊，好像预感到他们有一天也会长大,甚至会经历更深的悲哀,如果他们现在能够给成年人安慰,便可以把美好的疗伤慰藉储藏起来,以备将来使用。亚撒意识到纳特有一种非儿童所有的硬心肠。令他吃惊的是阿梅莉亚完全接受纳特。当她的脑子流浪游荡时,她就叫他"本杰明的孩子"。纳特长时间地与她呆在圆木小屋里。亚撒心想是不是阿梅莉亚把她对他的强烈拒绝与厌恶都传给了这个孩子。他小的时候,母亲就常说:"你知道,亚撒黑,你长得很难看。"现在他非常想告诉纳特什么,却又想不出是什么。是关于如何考虑别人情感的道理,也许他应该说:"你记得你割破手指的时候吗?当你告诉我,我很丑的时候,你划破的是我的心,就像你伤了手指一样疼。"就在他犹豫的时候,纳特已经离开房间向饼干罐跑去,然后找他母亲去了。阿伦特在他膝盖上哼哼唧唧,亚撒抱着他在摇椅上前后摇晃,直到娜莉过来,阿伦特这孩子还不到三岁。

他没有忘记那只临产的红色小母牛。他为它准备了一间特殊的牛棚,地上絮了厚厚的新鲜麦秸。他走向农仓,和雇佣的短工乔一起干活儿,羊倌儿紧紧地跟着他。娜莉的羊倌儿逐渐上了年纪,终于断定跟着亚撒总的来说要比跟着娜莉更有回报。娜莉大部分时间是在家里,羊倌儿喜欢炉台和柴木盒子之间的那块地毯,每天都回到那儿打上两三个盹儿,同时确认娜莉安全在家,剩下的时间,它便和亚撒一起享受魅力无穷、无可抗拒的田野、山丘和树林。它摔动它那羽毛般的大尾巴,因为平常这个时候,放牧的牛群早就被赶进农仓里了。

亚撒说:"我知道,羊倌儿。走。"

羊倌儿撒腿领先而跑,牛群已经在牧场大门口等待着回农仓。牧场上的草已经短而干,夜晚也开始变冷,牛群迫不及待地回到温暖的农仓,那里还有充裕的饲料等着它们。在回去的路上,亚撒把红色小母牛指给羊倌儿看,狗把牛引出来,赶进特殊的牛棚。亚撒看见小牛犊在小母牛肚子里的位置变化了,小母牛的乳房和乳头都鼓鼓胀胀的。他一切就绪,为万一初产出现难产做了充分准备。除了干草饲料,他还为它准备了糊状饲料。

乔挤完牛奶。这个雇工可不是亚撒希望的那样干净卫生。一些脏东西漂浮在有一层白沫的牛奶上,说明乔没有在挤奶前好好地洗净奶牛的乳房。亚撒故意从看上去干净些的牛奶桶里,倒出些牛奶喂猫咪。等到娜莉处理牛奶时看见脏东西,乔自然会得到他应得的教训,亚撒总是觉得不好意思说什么。他一般不会批评人,除非他的助手对牲畜粗暴。在这一带农场上,体面一点儿的家庭里出来的男人和男孩,都应该知道怎么干活儿,在亚撒看来提醒他们怎么做是一件没有礼貌的事情。最终,他会用自己缓慢而稳健、近乎完美的劳动风格,身体力行地纠正那些不好好干活儿的人,至少让他们为自己的不足感到羞臊。乔很快就要走了,今年冬天他找了个与货车有关的工作。蒂姆·麦卡锡想来干活儿,但是娜莉出人意料地坚决反对亚撒给予蒂姆任何考虑。亚撒蹲下身,轻轻抚摸农仓中比较温顺的几只猫,给它们洗干净沾满牛奶的胡须,他叹了一口气。蒂姆的确是方圆十里最不可靠的帮手,再说干重活也太老了,但是,他是他的朋友啊。蒂姆需要一个安顿的地方度过晚年,亚撒不安地感到这一时刻就要到了,他希望在蒂姆还没有不行的时候,就不动声色地将他塞进自己的屋檐下。红色小母牛焦躁地哞哞叫。他仔细地观察它,揉了揉它的鼻子。

"还不到时候呢,孩子。也许今晚。"

他走到厨房门口停了下来,不禁哑然失笑。乔正在接受娜莉夸张而严厉的教训。亚撒和娜莉一样爱清洁,而娜莉几乎是洁癖,常常到了过分的程度。要是旁人听见她的这顿训斥,肯定会相信乔生活在猪圈里,并且在牛奶桶里加了半桶的垃圾。乔摇着头走出来。

他说:"我想我今晚最好进城躲一躲,不知能不能借用一下你的货车。她今晚没准儿还要训我。"

亚撒点了点头。他知道乔在谈恋爱。

他说:"用轻便马车吧。"

乔的脸上露出灿烂的笑容,算是谢了他。

亚撒开始嘱咐:"别赶着丹疯跑。"但是马上又打住自己的话,他不想影响年轻人的愉快心情。乔匆匆忙忙地在水泵旁洗漱一番,然后蹑手蹑脚地从后楼梯上楼,在自己的房间里换了衣服。亚撒心想,乔应该先套马,再换洗才对。马和皮革的气味儿虽然好闻,但是女人不喜欢男人抚摸她的时候,满手的动物味儿。他决定晚餐前再去看一眼小母牛,这样,等乔到了马厩时,他便已经把丹套在车杠上,为乔准备好了轻便马车。

夕阳在五彩缤纷的秋叶中落下。他很高兴能够在外面多滞留一会儿,静静地站着,感受自然的奇妙。娜莉会在秋天里感到很烦躁,该收的都收了,这就意味着令人愉快的繁忙过去了,冬天将把她的活动局限在屋里,这有悖她的活泼性格。而秋天却深深地感动着亚撒。一个男人在这时可以看见他的劳动成果。他现在得以坐下来,细细思考,没有人注意到他动作慢,或者是在做白日梦。也许母亲这个冬天回来时,终于能够带回本杰明的消息呢。也许到印第安纳州的访问会恢复母亲的内心平衡。

亚撒和上路的乔挥手告别,还好,小伙子没有什么令人无法接受的气味儿。亚撒在白杨树林旁停下,转身向南望去:农仓、田地,还有缓缓的山丘。白杨树很快就长高了。成熟的玉米在秸上自然晾干,它们在夕阳的余辉中金光闪闪,堆成堆儿的南瓜就像十月的晚霞一样橙黄发亮。果园上方飘着一层蓝色的迷雾。这果园,他温柔的思绪让他把它当做本的果园,它的初产已经可以大批上市了。还有晚秋苹果,比如北方甜馅饼苹果和粗皮赤褐色苹果,要在打过霜后才开始采集。这些苹果是最香甜的,放在石头储藏室里,能保存整个冬天。那些容易照顾并在夏天早熟的苹果虽然甜,但是味道平淡。他想,力量和美好都需要一点艰辛才能变成真正的成熟。不,他想,也不全是这样的情况。他的母亲就经历过冰霜,却只是变得更加尖酸刻薄。

他特别仔细地清洗自己。

娜莉说:"你又让那个肮脏的乔用轻便马车了?货车对他来说就绰绰有余了。我才不管他是不是在谈恋爱呢,你这么容易帮助别人,让我告诉你该怎么办,亚撒黑·林登,把那辆轻便马车留着给你的醒醒雇工吧。你可以再买一个新的,专门给我用。我要红色辐辘,橡胶轮胎的那种。"

他当然负担得起一个橡胶轮胎的轻便马车,专门给娜莉用。他可以把那个三岁的小雄马训练出来拉车,娜莉可以有一整套自己的马车装备。他后悔没有早点儿想到这个主意,买个新车给她做礼物,也许可以在圣诞节的早晨把新车赶到侧门,让她惊喜一番。

他说:"好啊,我这个星期就订购。"

纳特瞪大眼睛,高兴地上下跳跃。

他尖声喊叫:"肮脏的乔!肮脏的老乔!乔不能坐我妈妈的新马车。"

他抓住母亲的裙子,喊着:"我能坐你的马车吗,妈?我能坐你的新马车,能吗,妈?"

娜莉揉了揉孩子的黄褐色头发。

"假如你能保持干净,像妈妈喜欢的那样干净就行。"

亚撒的脸骤然一抽。

他胆怯地说:"我也能坐你的新马车吗,假如我能保持干净?"

娜莉意识到这是他为幽默做出的稀少而微弱的尝试,她笑了。纳特跺着脚。

"不,你不能!那只是给妈妈和我的!"

娜莉吼住他:"你必须懂事,纳特。爸爸可以坐,因为是他出钱买的。那是他的马车,他买了给我的。"

纳特尖叫:"给我的,给我的!"

"再闹,妈妈可要抽你了啊。等你长大成人,挣了好多钱,那你想买多少马车都行,都给你自己。"

"我不愿让别人坐我的马车,行吗?"

"你不愿意,就不给别人坐,假如是你自己买的,那它们就是你自己的。"

"啊,太好了。"

亚撒的心被搅乱了。马车,货车,这些东西应该是给需要的人共用的。有一次他把自己的马和货车借给一个生病的游民,过了好几个月它们才破旧不堪地被还回来,但是那个漂泊者终于在临死之前赶回到了家中。亚撒不希望他的孩子把财产看得如此个人化,而且在别人需要它们的时候,更以拥有这些财物来显示自己的快乐,就像饱汉看到饿汉时,不但不同情,反而更开心一样。同时,他觉得在孩子面前纠正孩子母亲的说法也是不合适的。再说啦,纳特年纪太小,还不会明白。他注意到小孩好像是天生的自私。纳特长大以后会改变的。他们的农场只是近来才富裕起来的,他和娜莉都辛苦地工作了数不清的钟点,娜莉无疑只是想在纳特面前显示钱代表了长时间的艰苦劳动。他想,儿子会有足够的机会学习如何长大成人的。

娜莉在厨房给两个孩子吃了饭,然后送他们上床睡觉。她和亚撒悠闲地坐在餐厅吃晚餐。餐桌上总是铺着干净的白色亚麻餐桌布,桌子中央摆放着一瓶晚秋的黄玫瑰,芳香扑鼻,晚餐味道鲜美。没有阿梅莉亚,没有乔,也没有小孩子绕膝,两人感到令人窒息的亲密和甜美。亚撒把他那手指如木瘤一般的大手放在娜莉柔软的小手上。这一次,娜莉不像往常那样匆匆忙忙:

收拾桌子、洗碗、擦厨房地板。亚撒悄声走开,到卧室里把壁炉的火烧上。她几乎是立刻就上楼。亚撒搂着她,好像比以前任何时候都更甜蜜和亲近。也许,最让他感到满足的是,他发现自己的确是她的了不起的、真正的爱人。

娜莉睡着了,她还是后背朝着他,像平常一样,这时候他想起了红色小母牛。为了不吵醒娜莉,他小心翼翼地下床,穿上裤子和衣服,点上手提灯,到农仓去了。小母牛真的遇到了麻烦。小牛犊个儿大,而小母牛太年轻。他必须帮着把这个湿乎乎的小家伙拉到这个世界上。生产后的小母牛立刻狼吞虎咽地把胎盘吃了。他对这种野兽般的行为很熟悉,却一直不理解为什么。不管怎么样,生命就是这样不断循环的。首先是爱,他肯定动物和人一样懂得爱,没有哪只雌性的马、狗或牛会心甘情愿地接受雄性的强迫。雄性元素弥漫到雌性之中,深深地埋下种子,就像播种者把种子埋在土壤里,然后是长时间的孕育,释放。啊,生命和丰收的凯旋与辉煌。也许,母牛吞吃胎盘只是永恒营养的一步,是另一轮生命的开端。

他走进满天星光灿烂的秋夜。他渴望知道星球、星星和地球之间的关系。他的那些天文学书一定是不够的。什么地方一定有一本书,可以告诉他这些奇怪的天体是如何运转的。他不断地阅读《圣经》,因为《圣经》对人生的苦难和喜悦有最深刻的研究,阐述了人类与其他生物的关系,并说人有可能进入地球以外给人温暖与安慰的地方。但是,他依然不满足。

他悄然上床,迷迷糊糊地躺着直到清晨,又到该去看望小母牛的时候了。他要去给哺乳小牛犊的小母牛增加饲料,然后照料其他的牲畜,因为乔在寻欢作乐的夜晚过后,还没有出现。

第 十 三 章

大地饥渴地盼望初雪。冬小麦急需盖上一条柔软的白色毯子,否则就有枯干冻死的危险。黄昏时刻寂静而奶白的天空开始飘起雪花。刚开始雪花很大而且松软,像是孩子湿润的亲吻印在墙上、树枝和树干上。在头一个小时内,雪花沾满和滑落在各处,随即融化,大地像吮吸甘露一般贪婪地享受着天赐的滋润。天空突然变黑,空气骤冷,大地僵硬了,雪花聚集在一起形成紧凑的水晶球猛烈迅速地降落,好像所有的元素都不再需要柔软。坚硬的颗粒打在窗格玻璃上,沙沙作响,然后进入一个大雪纷飞的持久状态。

亚撒在下午就感到大雪的来临。他总是能做出周密的计划,但因为干活仔细而缓慢,他常常落在计划后面。他已经开始给羊圈铺垫麦秸,置放盐锅,清理饲料槽,但是在大雪即将来临时,这些活儿还没有干完。雇工乔已经提前离开,去做冬季工厂的工作,这样可以更靠近他心爱的姑娘。亚撒现在需要乔,他知道应该坚持让乔走之前帮他完成这些风雪前夕的准备工作。但是他不能违背别人的意愿。要让自己加快速度也是不可能的,因此他更加集中精力,在暴风雪咄咄逼人的气氛中紧张地劳作,他终于完成了给他的长毛冬季客人装备圈栏的工作。他把水槽灌满水,便朝牧羊的高地出发。羊倌儿非常紧张,它知道有些程序要改变了。当它发现主人没有朝牧牛场的方向走时,它犹豫了一下,迟疑不决地跟着他,然后立刻明白他们是去领羊回来过冬的,便撒腿跑上草地已经发黄的山坡。羊群也感到暴风雪即将来临,已经躲进铁杉树枝下面,非常危险地接近沼泽地。亚撒没有立刻看见羊群,心头紧张起来。

他大叫:"羊儿,羊儿,羊儿!"

阉羊铃铛的甜蜜叮当声回答了他。羊倌儿也听见了,它还闻到了羊群的味儿,远远地跑在亚撒的前面,温和地让羊群掉转方向,把它们赶出黑暗的树林,走下山坡,上了小路,回到等待它们的温暖、舒适的羊圈。它们激动得咩咩直叫,由于近来放牧场上青草贫瘠,羊儿都饿了。它们很快就安静下来,心满意足地嚼吃为它们准备的豆荚。它们吃东西的样子很秀气,天鹅绒一般的鼻子抽动着。亚撒听到第一阵雪花打在墙上的声音,虽然还有很多活儿要做,他还是停了下来,听着、看着雪花的飘然而至。照顾和喂养这些动物,与为人付出相比,前者似乎给他带来更大的满足感。他想,照顾动物时的功劳与苦劳,都会让一个男人感到自己是一个慷慨而慈善的人,绝不在乎什么回报。他离开羊圈,和羊倌儿一起把牛群,包括那些母牛和小牛犊,都赶了回来。如往常一样,他呆站的时间太长,夜幕已经降临,他不得不点着灯完成饲养牲畜和挤牛奶的活儿。

他肩上和脚下的雪都是厚厚的。他灭了挂在农仓里的手提灯,把它留在钩子上,一手提着一桶牛奶,低着头回房子。大房子里亮着灯。娜莉在客厅和餐厅都点上了灯。他知道娜莉讨厌黑暗。他放下两只牛奶桶,盯着明亮的房子。一个男人在夜幕降临时,在完成了一天的辛苦劳作后,回到明亮的屋里,这是他的巨大喜悦。房间里的灯光是橘红色的,透洒在外面的雪地上则是黄色的,他的爱人备好食物、温暖和安慰,等候着他。

娜莉说:"天哪,到底是什么让你这么晚才回来?"

"羊儿。"

大雪滑落在窗格玻璃上,就像小松鼠的脚踩在房顶的屋顶板上一样。

他说："大雪来得正是时候，救了冬小麦。"

"我看也是这样。讨厌的冬天。快，饭准备好了。"

他心不在焉地吃着。晚饭后，娜莉忙活着她的室内植物，把它们从冰冷的窗口移开。她用一条大围巾裹在一头卷发上，冲到门外，把弯式凸窗底下种的百日草鲜花，快速地剪回一大抱，虽然鲜花被霜打过，却依然明亮而朝气喜人。

第二天早晨，亚撒醒得很早。大雪还在纷纷地下。他敢肯定所有的牲畜都很舒适，但是他想早一点儿喂它们，跟它们说说话，打消它们对寒冷长冬的顾虑。他穿上衣服，静悄悄地从后楼梯下楼。一股浓烈的气味扑面而来。他站在厨房里，惊愕地一动不动。水貂费希尔，他儿时的印第安朋友，弯曲着身子躺在依然温暖的厨房炉台旁，身上盖着一条毛毯。

正是这个深色皮肤的男人，教会了亚撒许多东西，比如说如何无声地走动，正是这个本领使他没有惊醒他的朋友。水貂，他几乎从来不会因为禽兽的靠近而受到惊吓。他每次来都是这样，你会突然在黎明时的炉火旁发现他。他已经有多久没来了？十年，或是十多年了？是，十多年了。亚撒把他和圆木小屋联系在一起，还有露天篝火，摇曳幽明，彻夜燃烧。水貂在梦乡里咕哝一声，像是感觉到身边有人一般。他的脸依然是亚撒记忆中的那样，也许消瘦了一点儿，山鹰般的鼻子更加鹰钩弯曲了，颧骨更高更尖些。曾经漆黑的直发变得灰白。看不出岁月沧桑的磨损，只有他长期孤独而无惧地面对各种生命元素不断给他增添的成熟和细腻。

亚撒感觉到过去的记忆像波浪一般涌上心头，他好像又回到那短暂的儿童时期，他曾经是个小男孩。这个印第安人比他的生父更像父亲。他是费希尔部落的最后一个印第安人。没有人知道他们那个部落的人都去了哪里，或是如何消失的，也没有人知道为什么水貂没有找他们,或是加入其他的印第安人部落,他只是独自一人,来去无踪,靠打猎换物为生。他以他的水貂皮著称,人们都叫他"水貂"。林登家是他唯一停留过夜的家庭,都是因为有一个眼神严肃而沉默寡言的小男孩儿总是信任地跟着他,这个小男孩儿,人们都说:他的动作和长相都像半个印第安人。

这个在他眼前熟睡的人就是他的知识源泉,是他的启蒙老师,使他对树木花草、大地小溪和人参生长的山丘峡谷充满无声的爱。夜深人静时,他们一同去深不见底的林登湖,水貂叫它皮瀑湖,用叉子捕鱼。他们一起设陷阱下套捉动物,如果捉到雌性的狐狸、水貂、浣熊和水獭,或是受了轻伤的动物,他们都会把它们放回大自然里。水貂说,这些有宝贵皮毛的动物都越来越稀有了,雌性动物有生延后代的功能。他们一起砍下铁杉树枝做沙发,在核桃木炭上烤松鸡、鱼、鹧鸪和鹿等猎物,将整个玉米和整个土豆埋在热石头下,一直烘烤到甜香味儿扑鼻。吃过这些东西,阿梅莉亚的食物便淡然无味了。是水貂教他看星象,水貂牵着小男孩儿的手,带着他光脚走过银河,与陨石和星球亲近,如同真正的家人。

亚撒转身回到楼上,故意弄出点儿声音,不靠他的朋友太近,以免让他感到突然。当他再次走下楼梯时,水貂已经站立起来。印第安人的眼睛闪闪发光,充满惊诧。他用自己的语言向他问候。亚撒曾经懂得许多印第安语,但是现在听来已经陌生。他走近他的朋友,水貂把手放在他的肩上,久久地注视着他。印第安人点了点头。

"男人,现在。"他说,"小孩,没了。"

亚撒将炉台的火烧旺。他烧开一壶咖啡,拿出冷肉、面包和点心。两人无言地吃着。

水貂问:"父亲?"

亚撒指了指地下。

"母亲?"

他做了个朝南的动作,做了一个手势表示三个月亮:离开三个月了。

"哥哥?"

亚撒朝着西方挥了挥手。水貂皱了一下眉头。西方是灵魂去的地方。亚撒明白了,他挣扎着回忆起一些好似古代的字眼,来讲述哥哥的故事,或者说哥哥的旅程。他用小时候的哑剧方式,在房间里缓慢地从一头走到另一头,他弯着腰,步履缓慢,抬起手遮住眼睛,好像是在遮挡想象中西方的耀眼阳光,他又东张西望,好像在迷惑地寻找什么。水貂点了点头。这么说,他的哥哥,那个野性的兄弟,步行去了西部,去寻找什么。水貂从来没有和那个小伙子成为朋友。他仔细地看着亚撒,他明白他以前认识的这两个男孩子有着不同的骚动不安。大的那个多是注重表面和肉体,到处走动寻觅,有白人贪婪的一面,难怪他会朝着猎金的方向走。小的这个像是他的儿子,这个年轻人的不安是来自精神和灵魂。他看见炉台后面挂着孩子的衣服。他用手摸了摸那些衣服。

"斯挂(女人)?"他用印第安语问,"帕鹏斯(小孩)?"

亚撒点了点头,伸出一个手指,然后两个。水貂做了些动作,表示女人曲线的身体,伸出两个手指,又做了一个抱孩子的动作,伸出一个手指,用他有皱纹的老眼睛问:是不是两个斯挂,一个帕鹏斯。亚撒咧嘴笑了,他把水貂的动作反过来做,不,不,他知道水貂在和他开玩笑,是一个妻子,两个孩子。他们一起无声地大笑,水貂的瘦肚皮微微颤动。

他们没有注意到太阳已经升起。阳光穿透东面炉台旁的窗户照进来,炉台虽然泛着温暖的红光,但是天空的火焰远远强于人工的。娜莉很快就会到厨房来,他还没有开始干活,但是这又有什么关系呢。亚撒想知道娜莉对水貂会有什么感觉,他记得小的时候,母亲看见印第安人来,总是企图将他们分开。娜莉和他的其他朋友,比如吉卜赛人,都相处极佳。但是,他们那些相处的场合都是一同载歌载舞,嬉笑玩乐。那是心灵愉快的世界,在那个世界里他们两人有共同的语言。他意识到他和水貂拥有的世界是不同的,现在看来印第安人还没有走的意思,他们两人的秘密世界是娜莉从来没有进入过的。他突然为他们的团聚担心起来。娜莉在戏弄人方面有令人绝望的天赋,他能想象到她模仿他和他朋友的动作。水貂密切地注视着他的朋友。

"我带礼物。交换。离开。"他说。

他转身在他的毛毯边上拿出一大捆东西,快速打开。有水貂和水獭皮毛,但是最大的一件是狼皮袍子,灰色和褐色相间,又暖又厚,鹿皮镶面,用鹿皮线手工精心缝制。水貂把袍子朝亚撒推了过去。

"你。"他说。

这是礼物。太奢侈贵重了。亚撒摇了摇头。水貂把它推得更近。

"你。给小男孩儿。"

这个礼物是水貂给他教过和爱过的那个小男孩儿的。亚撒无法拒绝。他做了一个感谢和接受的动作,然后交易开始了。亚撒把一块水貂皮想象成娜莉的披风,温暖的板栗色只比她的头发深一点点。他不知道如何使用那块水獭皮,但是他发现上面有条纹,像猫皮一样柔软,可以给孩子们的冬衣镶毛边用。不知为什么,他敢肯定下一个孩子是女儿,明年娜莉就会为他们的女儿做小帽子、皮手笼和连指手套了。交易就是生意。他出了慷慨的价钱,水貂犹豫了。他想添上那个礼物袍子的价钱,只是琢磨着水貂会需要什么呢。他记得以前的交易只是交换物品,皮毛换刀、枪、锅碗瓢盆和衣料。水貂做出硬币的手势。这么

97

说,他是要现金啦。亚撒把他存钱的锡盒拿到厨房,打开锡盒,做了一个扫荡的手势。水貂可以随便拿走他认为合适的交易金。

印第安人把纸币拨到一边,拿出银元和半元硬币。他征求意见地看着亚撒。这根本不够啊,亚撒心想,他尽量多塞了许多银元在水貂的手里。印第安人接受了,他庄严地站起来。

"太多了,"他说,"但是我需要。"他苦涩地说,"白人的生活。"

水貂的境况如此绝望而危急,亚撒觉得不可思议。印第安人一直在他心目中代表着所有的自由、所有的自然幸福。现在水貂却需要这些愚蠢的金属碎片,这些从母亲大地里挖出来的冰冷东西来维持生活。亚撒对生活方式的如此变化感到震惊,除了他自己的一生,什么算是他的记忆呢?一个人的父亲和爷爷的故事一定能算得上是他个人人生记忆的一部分吧。一百年前,第一个林登坐着装满安家用品的马车,左手拿斧,右手拿枪,两种都是破坏性的工具,当他这样来到这里时,这里的主人是水貂的部落。他想,用不了几代人就构成一个世纪。一百年算不上是什么时间。真的,现在的这块土地物产丰富,取代这片黑土原始树林的,是可以提供足以养活数千人的粮食的农场,斧子只是工具。林登家的人从来没有把枪口对准印第安人。事实上,第一个林登还有医治人畜的天赋呢,他是个有才华的铁匠,水貂的族人从一开始就对他们伸出友谊之手。当开拓者和印第安人之间的血腥纷争平息后,这些印第安人就走了,除了老水貂以外,费希尔部落的所有人都不见了,林登家族安居下来,亚撒正在扩大这个家族。而现在水貂没有斯挂,没有印第安人的圆锥形帐篷——梯皮,没有像娜莉点燃的油灯,泛着橘橙色灯光等候他,也没有篝火欢迎他回家。诚实交易物品的时代一去不复返,他必须有白人的金属片才能继续生存。亚撒感到自己侵占了他人的家园,他是给这个大陆带来灾难的那些人中的一分子。

他触摸水貂的手。

"你留下。"他说。

水貂摇了摇头。

"太晚了,"他回答,"我向西。"

水貂的嘴扭动出异想天开的话。

"你来。"

当他还是个孩子的时候,水貂从来没有说过要他跟他走。他知道如果那个时候他说了,孩子一定会跟他走的。一阵渴望涌遍亚撒全身,他想跟水貂一起走入太阳,星夜里睡在铁杉树枝上,直到永远。

"太晚了。"他的回答像是水貂刚才的回声。

他将冷肉和面包打了一个包袱,让水貂带上。他摸了摸狼皮袍子再次表示感谢。这里已经许多年没有狼了。

"去哪儿?"他问,水貂再次指向西方,他示意这个狼皮袍子是从很远的平原,一个人手里交易到另一个人手里,最后折腾到了这里,它是给那个已经消失了的小男孩儿的礼物。

嗯,这么大的袍子是从那么远的地方传来的,水貂又要上路了,让他带个信儿,也许什么时候会有结果呢。

"我的哥哥。"他说,尽量描述本杰明,现在当然也是个成年男人了,他要水貂向西部的印第安人打听哥哥的行踪,如果有关于本杰明健康,甚至他还存在的消息,就给他捎回一点儿什么信物,或者,为了他整日忧伤的母亲,最好是让白人在纸上写点儿什么带回来。

他想,也许在别人都没有办法的时候,水貂能够找到本的行踪。这是理所当然的事情。水貂回来是件自然的事情,没有什么令人吃惊的地方。对他来说,朋友是编织人生这块不可摧毁的织物的线缕,也许一根线会在某个地方消失,又会在别的地方神秘再现,或在其他什么图案中露面,只要他是根线就足够了。

他说:"你还再来?"

水貂摇了摇头。他触摸亚撒的前额,成人亚撒的前额,又摸了摸自己的胸和亚撒的胸。在这些无人可以侵犯的神圣地方,他们将永远在一起,哪怕再也不能面对面地说话,也没有关系。亚撒看着他的朋友消失在西方地平线上。水貂将走遍大地,他总是取无人旅行过的小路,翻山越岭,直到他的命运终点——他的死亡。亚撒看着他离去,就像看着本杰明离去一样。他看见老印第安人用毛毯紧紧地裹住身子,在鹅毛大雪下微微低着头,好像是大步慢跑一般。

亚撒收拾干净厨房。他寻找一个可以隐藏狼皮袍子、水貂和水獭皮毛的地方,现在他有了让娜莉在圣诞节时惊喜的东西。最后,他把它们藏在房子旁边的马车库顶楼上,塞在一堆冬用爆玉米花的玉米耳下,这些玉米耳还没有来得及串起来挂在椽下。他回到厨房时,娜莉已经下楼了。她立刻发现许多食物不见了。

她说:"你昨晚一定没吃饱,我知道你比谁都能吃,你不用自己动手洗碗。"

他犹豫了一下。关于他朋友的到访,他没有什么好跟她说的,她可能会问几个问题,她从来不会抱怨别人吃了她的东西,她对流浪的人都很慷慨。他的朋友,这个几乎是他父亲的朋友,也许对她来说只是一个流浪汉。他应该把水貂保护在没有她的世界里。她一动不动地站着,抽动她那敏感的鼻子。

"这到底是什么气味儿? 我怎么闻到像是熊的腥臭味儿。"

他笑了。

"也许是什么野生动物刚刚路过这儿,"他说,"一只友好的野生动物。"

第 十 四 章

中午的天空带着金属的气氛。太阳像是磨得锃亮的铜器,闪着刺眼的光芒,却冰冷而毫无热气。室外的水泵旁结了冰块,屋檐下一排冰柱子。白雪上面厚厚的硬壳平滑滑的,闪烁着珠光宝气,带着一丝蓝色,就像牡蛎内壳。皮瀑湖已经冰冻三英尺深了。这是亚撒记忆中最冷的天气。他把两排座位的马拉大雪橇从农仓赶到房子边的车道上。娜莉和孩子们该准备好了,但他还是把毛毯盖在两匹马身上,它们刚从舒适的马厩里出来,身体还是热的。如果闲着不动,哪怕只是五分钟,都可能冻坏它们。他听见纳特在哭号,心想一定是最后一秒钟让他洗脸的缘故。没有太阳直射的地方,寒冷像是白色的狼牙一般咬人。他爬上马车库的顶楼,拿出塞在玉米堆底下的狼皮袍子。这自然破坏了娜莉圣诞节的惊喜,毕竟只有两天就是圣诞节了,但是她永远不会像今天这样急需暖衣了。假如母亲的火车晚点的话,等他们从培顿镇回来时,就会是夜里了。

马儿在寒冷中跺着脚,它们湿润的呼吸立刻凝固。马具上的铃铛叮当作响。娜莉独自一人从房子里出来。

"我知道,"她说,"你希望带上孩子们。他们只会很快就累,然后就开始闹腾。赫尔达会让他们早早上床的。"

他说:"纳特够大了。"

"他哪里搞得清楚是怎么回事。"

"我听见他——"

"哦,他对什么事都大喊大叫的。他不喜欢赫尔达。告诉你吧,亚撒,我们还不知道你母亲脑子里打的什么算盘,最好还是别带孩子了。"

他点了点头。这倒是真的。他扶她上了雪橇,拿起狼皮袍子。他用袍子盖住她的腿。

"圣诞节愉快。"他说。

"是不是早了点儿,你不觉得吗?"

她抚摸着狼皮袍子,好奇地查看鹿皮镶面,多么精美的针脚啊。

"漂亮。你从哪儿弄来的?一直藏在哪儿?"

他把毛毯放在雪橇的后部,掉转马头上路,朝着培顿镇方向而去。娜莉闻了闻袍子。

她说:"这一定和不久以前厨房里的气味有关。"

看来现在是时候跟她说实话了,他做了简单的解释。

她说:"我觉得我不喜欢印第安人,他们有气味儿。"

是的,他想,他们是有气味儿,有那种来自土地、树叶和炭木的浓烈气味儿,还有动物清洁的麝香气味儿。她舒适地裹着袍子。她披着小红帽披风,戴着无边圆帽,卷发从帽子里钻出来,飘在脸上。她看上去还是那么年轻,和那天下午她带着她的狗、甜馅饼,还有甜馅饼的玩笑一同闯入他的生活时一模一样,那天是她捅破窗户纸,把本杰明走后的一切明朗化了的。他伸出一只胳膊搂住她,她小鸟依人地依偎在他怀里。他一直想谢谢她,是她坚持和督促他给他的母亲写信,让她回来过圣诞节。

她还是那副一切从实际出发的模样,说:"告诉你妈,纳特想让奶奶看看他的圣诞树。"

纳特从来没有表示过这样的意思,亚撒似乎更佩服娜莉的精湛措词。

她又说:"告诉她我们要做烤鹅,我想知道给鹅肚子里塞什么样的填馅。"

他隐约感到这是女人间的客套,也是讨好对方的方式。

雪橇路过村里的林登独屋学校,转上主路驶向培顿镇,路过许多人家,终于到了镇上。小镇换上了最好的节日盛装。主街两旁挂着松树枝花边,上面点缀着红纸做的铃铛。附近的乡亲们都赶着马车来赶集,所有的商店都有明亮的圣诞用品。亚撒找到一个拴马桩将马拴好,给它们盖上毛毯,扶娜莉下了雪橇,在培顿先生的百货店做最重要的购物。这是几个月以来他们俩第一次一起来这里。他们的到来引起店里一阵小小的骚动,威尔·培顿从柜台后面走出来使劲握住他们的手。正在取暖炉旁对阵下棋的汉克·格莱特利和山姆·班克斯都站起来向年轻夫妇问候。亚撒的心被他们的友好温暖。娜莉敏锐地看出他们的这种尊重,只是留给富裕公民的势利俗套罢了。她还记得当年林登男孩进来时没人搭理的情形,当然喽,说的是那位不爱说话的林登。如果是本,那就不一样了,他什么时候都能吸引注意力,像她一样。她炫耀了一下自己,并趁机跟培顿先生狠狠地讨价还价。

除了茶、咖啡、柠檬、白糖、商品乳酪和薄脆饼干以外,大部分的家用必需品都由林登农场出产。娜莉的食品原料储备充裕,她的圣诞节节日点心已经制作完毕,明天只要再做一个新鲜的多层蛋糕就大功告成了。她现在要购买的是节日的奢侈品。她买了衣料给娘家的女人做礼物,买了围巾给男人,至于阿梅莉亚,她决定给她买一副精致的黑色小羊皮手套,还有一瓶花露水。亚撒意识到她对鹿皮镶面的狼皮袍子的价值毫无概念,她只是随随便便地接受了,甚至没有把它看成是礼物,而只当成暖和而有用的铺盖,还带着印第安人的气味儿。这么说那些高质量的水貂和水獭皮毛对她来说也是同样的微不足道了。他找了个借口,沿街走向明妮小姐的专营女帽头饰针线的杂货店。他沿街停下来和村里认识的人，或是格兰其农会会员打招呼。他高兴地走进暖洋洋的明妮杂货店。

圆肚皮的取暖炉发着玫瑰般的红光，窗格玻璃上都是水汽，扑面而来的是丝带和花边散发着的干燥的女人香气，还有假花和羽毛的气味儿。明妮小姐从金属眼镜的上方看着他，用手背擦了擦她那不停流鼻涕的鼻子，然后把同一只手伸向亚撒表示问候。好在她半途改变主意，把手缩了回去，从她的围裙兜里掏出一块手绢，大声地擤鼻涕。亚撒无助地左顾右盼。

她说："你在这儿等你的太太吗，林登先生？"

"不，我要给她买个礼物。"

"啊，你真是个聪明人啊。没有多少丈夫会想到来我这儿给他们的太太买圣诞节礼物。我说呀，一顶新帽子，或者无边圆帽，用我们的行话说，就是高级装饰品，没有什么能比这些高级品味更能打动女人的心了。啊，说来有趣，有那么两三个货郎住在培顿旅馆，他们来找我买东西，天哪，花边啦，丝带啊，但是谁也没有跟我说是给他们的太太买的。我虽然是个老姑娘，一辈子住在培顿镇，哎，我也去过大城市买东西，你知道的，但是我完全可以说，我懂得人的本性。有人仍然不相信你娶了娜莉。啊，那么想的大有人在，乡亲们说你对她可是痴情到疯狂的地步，有两个小伙子和另一个人说起来过，他们说，她离开你一步，你都受不了。让我看啊，那都是胡说，我记得你结婚的时候，牧师说他从没见过一个新郎像你那么严肃的，我想说的是，你当然是结婚了。但是想想呢，既甜蜜又悲伤，因为你的哥哥。娜莉曾经疯狂地热恋你哥哥不是？"

她停顿下来喘气，抽鼻子。亚撒按捺不住立刻离开杂货店的强烈冲动。然后，他突然觉得好笑。她说的那个甜蜜而悲伤的想法，一定会像一顶新帽子一样让娜莉好笑而开心的。他想知道如何跟娜莉描述他看见明妮的情形，描述他现在是如何看她的,没有男人,像狩猎的雪貂一般,东闻西嗅,他意识到自己没有讲述这些故事的才华。

明妮小姐说:"啊,也许,你若是个做太太的女人,就会喜欢要一个我亲手绘画的蛋糕托盘。我不是自吹自擂,我的手绘玫瑰可是很出名的。"

他急忙说:"不,不,谢谢你。我想要个人用品。"

什么蓝颜色的东西让他的眼睛发亮了一下,那是娜莉眼睛的颜色。他无言地指了指,明妮马上举起一个庞然大物给他看,可能是顶帽子吧,宽大的边和一大堆棉布做的三色紫罗兰。

"啊,林登先生,用我们的行话说,这叫时髦的工艺品。"

他想说:"留给那些货郎吧。"但是他不想冒犯她,他又指了指那个蓝颜色的东西,他现在终于认出来那是顶无边圆帽之类的帽子。丝绸质地,就像娜莉的皮肤一样平滑。它似乎是,怎么说呢,绗缝工艺,一侧有一朵别致的粉红色玫瑰,蓝色的宽丝绸带,他能够想象娜莉在她精美的下巴底下打个蝴蝶结的样子。

他问:"你能把它放在一个漂亮的盒子里吗?"

"啊,当然,林登先生,当然啦,你的口味真是高雅啊,当然啦,这很贵重,但是我能看出来,你不会在乎的。"

她犹豫了一下。

"十二元钱?"

他拿出皮夹子,数出纸币。价钱是让他吃了一惊,但是他等不及看见娜莉的脸被这些蓝颜色簇拥衬托的样子。

明妮小姐说:"啊,再要点儿别的什么? 也许一件小披肩? 系在脖子上的花边丝绸带? 再来一点儿,怎么说呢,奢华?"

他想到他的母亲,便为她买了花边,还有一条精美的披肩围巾。他把买的东西藏在雪橇后座上,然后在廉价小卖部和娜莉碰面。他们在那儿给纳特和阿伦特,娜莉的侄子和侄女买了玩具、软糖、薄荷糖、干草条、大麦糖,还有鲜艳的圣诞树挂饰。

下午，天渐渐暗下来，也更冷了。阿梅莉亚的火车要六点才到站。亚撒又给了娜莉一个惊喜，在培顿旅馆共进晚餐。他开始担心马儿。他把娜莉送到旅馆，让她在铺了红地毯的大厅里等着他，然后把马赶到马车行，为它们买了燕麦和热糊糊状的饲料。这是花销很大的一天，但是他很满足。他回到旅馆时，发现娜莉正在和一个明妮所说的那种买羽毛饰品的货郎说话。他邀请那个男人和他们共进晚餐，但是陌生人拒绝了。

晚餐跟娜莉的厨艺相比令人失望，但是写在菜单上都听上去像是美味佳肴，比如牡蛎，徒有其名。娜莉眉飞色舞，他感到一股骄傲涌上心头，他看见餐厅里的其他客人，尤其是男人，都看着她。当培顿旅馆的钟显示差十分钟到六点时，他和娜莉离开旅馆，行走了短短的路程，便来到火车站接阿梅莉亚。火车只是稍微晚点。亚撒非常高兴地看着娜莉跑过去拥抱下车的母亲。他记得好像是自从种植苹果园以后，娜莉对阿梅莉亚的态度就改变了，她很注意照顾阿梅莉亚的每一个细节。也许，这两个女人会真正变成朋友。他把雪橇赶上前，把母亲和娜莉安顿在他身边的前排座位上，用狼皮袍子裹住她们，启程回家。雪橇的铃铛甜蜜地叮当作响。

阿梅莉亚兴高采烈，亚撒从来没有见过她这么快活。

她说："我没有马上找到我的本杰明，感到很焦急，就登寻人启事，你知道的，登遍印第安纳州的所有大小报纸。我终于等到了最好的消息。在印第安纳波利斯附近的一位年轻女士回应了我的启事，我便去看她。本杰明已经离开，又到西部去了，一个月以前走的。那里有一个极佳的机会等待着他，什么开发矿产的合伙人之类的。那女人还指望我知道确切的地址呢，因为本杰明忘记给她地址了。"

她咳嗽了一下，一副故作高雅的样子。

"是的，他们已经订婚了。我必须承认，我觉得那女人很迷人,非常漂亮,她母亲是一个疾病缠身但很富有的寡妇,她是独生女。本的未来的确是一片光明。他会在春天回到她身边。我说到那时他们应该立刻一同回家,她对我的建议感到非常高兴。她敢肯定本杰明一定会答应的。本曾经充满柔情地说起过我,非常地柔情。正如我知道的那样,本一直在等待着自己变得富有而幸福,到那时他就会给我写信,回到我身边。”

她摸了摸娜莉戴着连指手套的手。

“我希望这些消息不会令你震惊吧,我亲爱的?一切都应该是意料之中的嘛。”

娜莉干巴巴地说:“一切都和我预料的一模一样。”

“好。不能得到他,你只能怪自己。”

亚撒感到身边的娜莉身体僵硬。她张口想说什么,但又止住了。她捅了一下他的肋骨,抿嘴轻声地笑了一声。

她贤惠地说:“我和亚撒为本感到非常高兴。”

根据母亲所说的信息,亚撒清楚地看到,本只是从一个他熟悉的追逐跳进另一个碌碌无为之中。唉,这么说,母亲至少在春天,或者入夏期间能够保持这种满足的心态,这样就好。目前她像是拥有一头希腊神话故事里的喷火怪兽喀迈拉,她能够不断地从怪兽身上吸取妄想来充实她的现实。

他决定不提他让水貂带信找本之事,因为其可能性也是虚无缥缈。他可以等到她开始抱怨,需要新的信息来做新希望的时候。她不停地述说着她在外面的所见所闻。她说她还带回来一个盒子,里面都是给孩子们的礼物,她的小纳特可好啊?

娜莉说:“今年夏天我们还会再添一口呢,林登母亲。该有个女儿啦。我们想就叫她小阿梅莉亚吧。”

他们还从来没有讨论过孩子的名字,但是听到娜莉的话,亚撒还是很感动。

母亲说:“那可不吉利,假如她日后的生活会像我的一样悲哀。"话虽然是这么说,但她还是一副高兴与满意的样子。

天边是红色的落日余晖。起风了,到了村头离独屋学校只有一百码的转弯处,亚撒好像听见寒风中光秃秃的树梢上回荡着狗的嗥叫。白雪使得黑夜明亮,也正因为如此,他才看清在学校的台阶下面有个人影。他勒住马。他立刻明白这是蒂姆·麦卡锡,他又遇到麻烦了,嗥叫来自他的小白狗,在苍茫一片的皑皑白雪中,无法看见它的身影。蒂姆显然是尽了最大努力,想进入学校寻求庇护。小狗现在开始尖叫,激动地绕着圈跑。亚撒抱起蒂姆缩成一团的虚弱身体。蒂姆已经失去了知觉,呼吸又粗又快。亚撒把他放在马车后座铺有麦秸的地板上,把给马保暖的毛毯替他裹上。蒂姆只穿了薄薄的衣裤。不知道他在苦风冰寒中躺了有多久。亚撒给小狗打了个信号,让它跳进马车。可怜的小动物浑身发抖,紧紧地依偎着主人。

阿梅莉亚说:"蒂姆总是在你能找到他的地方醉倒。"

娜莉干巴巴地说:"他喝酒,他这个习惯是改不掉的。"

这两个完全异类的女人,至少在这一点上可以结盟。娜莉已经失去了对蒂姆的忍耐,亚撒说不上来这是从什么时候,或者是怎么开始的。

亚撒踏上雪橇,在驾驶座上坐下,接着他突然想起来。蒂姆外出找乐子时,没有哪次不带上他的小提琴的。他下车回头去寻找,在学校门前的台阶旁找到了小提琴。他把琴放在后座上,驾车回家。整个房子里,只有赫尔达卧室的灯亮着。他一定要提醒她,不,娜莉一定会告诉她:在林登的房子里,是不用省灯油的,他们喜欢通明的灯火欢迎他们进屋。他希望她能够把取暖的火继续烧着。赫尔达是个好姑娘,自从纳特出生后,她就常常来帮助娜莉。他把马车赶到房子的侧门。

娜莉说:"灯都没有。可能家里的取暖火也灭了。我先进门照顾一切,亚撒,你先把蒂姆送回家去,然后再卸东西。"

娜莉和他一样知道蒂姆的雇主到外地过节去了，只留下一个雇来的小伙子照料牲畜，以防蒂姆圣诞节期间喝醉，而蒂姆醉酒是有必然性的。她也许忘记了。

他说："我必须带他进屋。"

他直接进了厨房，点上灯。他听见女人们在窃窃私语。

娜莉说："哦，林登母亲同意我的意见，亚撒，你一定要把那个讨厌的老头直接送回家去。"

她们站在一起反对他，反对他的朋友。

他说："他没有家。"

阿梅莉亚说："雇佣他的人应该为他负责，而不是你。"

亚撒说："但是他病了。"

娜莉怒气冲冲地说："他当然是病了，任何时刻他都可能吐得到处都是。"

对于他来说，他不能眼睁睁地看着蒂姆如此痛苦地呼吸。他无助地躺在雪地里有多久了？

他说："他老了，我要照顾他。他不会惹任何麻烦的。"

娜莉说："那么，你就用你的老醉鬼破坏圣诞节气氛吧，我可不会靠近他的。林登母亲，您今晚就住在这儿。我不明白您为什么不搬回到您在楼下的卧室来，住下别走了。我受不了看见您一个人住在圆木小屋里。"

阿梅莉亚说："我亲爱的，你想得多么周到，那我就住下了。"

他把蒂姆从雪橇上抱下来，进到屋里。他把朋友抱上楼，安置在厨房上面的卧室里，那里总是比较暖和的。他替蒂姆脱掉他的布罗根皮鞋，但是没有替他脱衣服，他想让他先穿着，可以保暖，然后给他盖上棉被和鹅毛被。蒂姆的呼吸变成酣睡的呼噜。

亚撒把雪橇赶进农仓，把马队卸下来，舒适地安置好它们。

他依然还要挤牛奶,给牲畜添饲料,饮水。动物用自己的语言向他问候,他摸摸这个,问问那个,算是回答它们。当他回到家中时,看见妻子和母亲已经一起舒舒服服地喝了茶,吃了点心。两人都回卧室休息了。

炉台里的柴火已经烧成灰烬。他把火重新点燃,烧好滚烫的茶,从后楼梯上楼,把茶端到蒂姆的房间,点上灯,强迫他喝了两杯。蒂姆言辞不清地嘀咕什么。亚撒给他脱了衣服,又从隔壁的卧室里悄悄拿来一床被子,盖在朋友身上,他静静地坐在一旁,一直等到朋友发出一身令他满意的热汗。他用老人的衬衫给他把汗擦干,把被子在脖子周围掖好,便下楼了。他刚才忘记了蒂姆的狗。他到外面冰冷的夜里叫它。小狗卧在柴木屋的门边。亚撒把它带进家,给它喂得饱饱的,然后把它从后楼梯带上楼。小狗发出欢喜的呜咽,跳上蒂姆的床。亚撒掀开床罩一角,让它钻了进去。

亚撒想起来他还没有卸下雪橇上的货物。好在那些圣诞节的物品都不会因黑夜的寒冷而损坏。只有蒂姆处于危险中。这一夜,他三次看望他的朋友,一次又一次给因为发烧而辗转不停的朋友掖好被子。

第 十 五 章

圣诞节前一天的早晨,厨房里一片混乱。亚撒迷惑地站在门口,不知道该把牛奶桶放在哪儿。他的双手因为寒冷而麻木,鼻子被冻伤。厨房中央的工作台上,节日货物好像是随机摆放,琳琅满目,堆积如山。大灰鹅等着褪毛,苹果、洋葱、哈伯瓜和葡萄干堆得高高的,一锅碎面包是用来给烤鹅的肚子填馅的,一碗挤破壳儿的核桃正等待着人们把肉仁儿剥出来,小红莓是用来制作节日红色果酱的,玉米耳需要脱粒,然后炒成爆米花,一篮子鸡蛋严阵以待,随时准备破壳献身。厨房的洗碗池里堆满用过的餐具,洗碗池和取暖炉之间的桌子上铺满奶油蛋糕的模子,娜莉以机械般的准确性,正在用勺子往一排模子里灌注蛋糕糊糊。烧开的咖啡放在炉台的后部保温,荞麦面团发出冬天的强烈发酵味儿,铁锅里的香肠正在慢火油煎。

阿梅莉亚从餐厅的门口往厨房里看。

"我想我最好还是不要留在这里碍手碍脚的,等你们都做好了以后叫我就是啦。你们可以给我把早饭放在一个小托盘里,端进我的卧室。我自己已经把取暖炉烧上了。"

后楼梯的门开了,纳特摇摇晃晃地走下最后几级台阶,小阿伦特像是一只个头很大的小狗,吊在他的胸前。娜莉迅速放下手中的大碗冲过去,在纳特摔倒之前把阿伦特接过来,抱在怀里。她把阿伦特放在固定婴儿的高椅子里,打开烤箱的门,放进待烘烤的六层奶油蛋糕,她把皂石平锅拉到炉台前方的灶头上,添了些木柴到炉膛里,牵着纳特的手把他带到洗脸架前,迅速地给他洗了一把脸和手,飞快地擦干。

"牛奶锅在柴木屋里,亚撒。"她说,"奶油分离器在架子上。你帮我弄吧,干完了来吃早饭。您回屋吧,林登母亲,您怎么舒服怎么着,我马上就给您送美味早餐。纳特,给阿伦特找点儿什么好玩的。来,把他的勺子给他,让他敲着玩儿。"

她把荞麦面糊摊在平锅上,翻动香肠,搅和燕麦粥。阿伦特拿着他的银勺子敲打他的木头盘子,纳特拽着猫尾巴,把猫从取暖炉底下拉出来,他被猫抓了一下,疼得大声哭号。娜莉像是一股旋风,同时也是平安和欢乐的中心。当亚撒收拾完牛奶,洗干净手时,她已经把早餐摆在餐桌上,正在喂阿伦特吃燕麦粥。她把勺子交给亚撒,他接着喂完孩子。纳特忙着自己吃饼干,一块接一块地吃,同时沿着燕麦粥盘子摆了一个饼干圈。娜莉用托盘端着热气腾腾的早餐,飞速给阿梅莉亚送去。她瞥了一眼烤箱里的蛋糕,在餐桌旁坐下,把卷发从湿润的前额拨开,倒了一杯咖啡,在亚撒眼里,她这是第一次喘一口气。她高兴得简直像一只在羊毛线堆里的小猫。

他说:"今天一天都这么忙吗?"

她点了点头。

"明天就没有什么好做的啦,只是烤鹅和火鸡,做些蔬菜。假如我今天上午没有时间,你可以帮我剥玉米,或者挑核桃仁儿。"

"我可以帮你拔鹅毛。"

"不用,多谢。我想把鹅绒和鹅毛分开来。你会心不在焉,在鹅绒里混上一半鹅毛。别担心,我不会让你闲着的。"

他仔细观察四周的一切,并找到自己的机会,他盛了一大碗燕麦粥,加上奶油和糖搅和好,又倒了一杯咖啡,从后楼梯悄悄地溜上楼给蒂姆送去。他在蒂姆的卧室门口犹豫了一下,把托盘放在地上,到他的药柜里取出一瓶药用威士忌。蒂姆已经醒来。老人躲过一场肺炎,但是在寒冷中的长时间暴露使他得了严重的支气管咳嗽,总的来说是病得很惨。

他微弱地说:"亚撒,你瞧我给你添的乱。"

亚撒给他喂了几勺威士忌。他们咧嘴对笑,因为他平时喝酒,可不是这副德性的。他勉强喝下咖啡并吃了一半燕麦粥。他闭上了眼睛。亚撒拉下窗帘,挡住明亮的晨光,帮他披好被子,踮着脚尖离开。接下来就是靠温暖和睡眠来恢复疗养了。他从来没有如此担心过一个人,现在总算是松了口气。显然老人没有在雪地里躺太久,也可能他的身子骨像核桃木疙子那么硬朗,也许这两方面的原因都有。

阿梅莉亚决定住下了,至少目前如此。整整一天,她都在原来她住的那个卧室里整理自己的东西,这间房子是家里最好的一楼正房。娜莉拿了两盆家里最漂亮的室内植物给她做装饰。亚撒一刻不停地忙碌着娜莉交给他的小任务。他用缓慢的大手把玉米粒剥了出来,又开始挑核桃仁儿。娜莉一时忘记了他,后来发现核桃仁儿已经从满满的碗里溢出来了,赶紧对他喊停。纳特坐在凳子上,手握木制的黄油搅拌器,忠实地上下冲兑,直到黄油出来。全家人享用了午前早点,喝了新鲜的脱脂牛奶,吃了炸面包圈。纳特用玉米棒子在屋角造了一座农仓。阿伦特在高椅子上睡着了。娜莉忙着烤制蛋糕:进炉、出炉、晾凉、加馅儿、装饰奶油、上霜粉糖。

重油蛋糕几天前就做好了,果仁蛋糕则是几个星期前做好的。肉馅饼摆满了储藏室的长货架。下午,娜莉做了南瓜和季节瓜甜馅饼,棕色而带金黄,散发着香料的香味儿。她把做面包的面团发上,突然,她害怕圣诞节吃的东西不够,又急急忙忙地做了一批又一批的新鲜糖浆饼干,还做了一大堆油炸面包圈,装满了一大洗碗盆。

不出乎意料,阿梅莉亚对烤鹅填馅支支吾吾,娜莉毫不声张地用自己平常的配方做了填馅。亚撒把肥鹅和大火鸡抬到地下室的储藏室里,都已经抹好香料、扎紧,放进了烤锅里,明天往烤箱里一塞就行了。

晚餐很简单,也比往常要早一些,娜莉只能简单地摆设餐桌。阿梅莉亚和他们一起吃饭。纳特闹着要新鲜的椰子蛋糕。娜莉早就预料到这种危险,并有所准备,她魔术般拿出一个专门给他做的小椰子蛋糕,是放在一个小锡盖上烤出来的,上面涂放了和大蛋糕一样厚的奶油和霜粉糖。纳特高兴极了,这也够他忙活一阵子的。娜莉做平锅薄饼的时候,也总是会给他做些特殊的小薄饼,半个银元那么大。亚撒不自然地看了看餐桌,想挑点儿什么既适合蒂姆的胃口,又有益于加速他康复的食物。

娜莉说:"你不必悄悄地给那个老兄送吃的。等你觉得他把酒劲儿睡掉以后,我专门给他做点儿什么。"

"他着凉了。"亚撒说。

"是啊,换一个人,早就完蛋了。"

"他咳嗽得厉害,娜莉。"

她叹了一口气,第一次显出疲劳的样子。

"好吧,等我们睡觉前,我会给他做洋葱热敷泥。只要能让他赶紧离开这儿,做什么都行。"

她打发他上楼送病号饭:水煮荷包蛋、热牛奶和抹好黄油的烤面包片。老人眼睛湿润了。

"亲爱的娜莉,啊。"他说,"为一个不配得到这一切的老家伙想得这么周到啊,我一定要想办法报答她。"

他看上去很享受这些美味,他坐了起来。

"上帝的母亲啊,我的小提琴!"

"放在柴木屋里,平平安安的。"

"赞美上帝!无论我怎么喝,总是能紧紧地抓住我的琴。"

他双眼锋利地看着亚撒,"但这一次我没有顾上我的琴,是吧?赞美你!这才对,多亏了你哦,亚撒黑·林登,我的朋友。"

亚撒说:"那是因为我明天需要圣诞节音乐嘛。"

"明天?啊,天哪。在上帝的生日时,我病倒在你手里,没有礼物给你们。"

亚撒极想安慰他,让他放心,他人在这儿就是最好的礼物,他的生命本身就是最宝贵的礼物。他希望在圣诞节这个大家庭热热闹闹过节的时候,娜莉和阿梅莉亚会礼貌接待他的老朋友,至少不要太不友好。

他说:"娜莉今晚会给你做一剂敷药。"他下楼了。

阿伦特上床睡觉了,而纳特得到不睡觉的许可,看大人做爆玉米花,用线把玉米花穿成长长的节日花彩,还有彤红彤红的小红莓也被穿成串串花彩。亚撒把一棵小云杉藏在柴木屋里准备做圣诞树。阿梅莉亚帮助穿玉米花,好像为节日的准备做出了巨大贡献一般,不过她还是很愉快,而且很爱说话。

她把纳特抱在膝头说:"来,奶奶告诉你圣诞老人的来由。"

她讲的故事枯燥无味,毫不令人信服。纳特坐立不安。他最感兴趣的地方是圣尼克就意味着礼物。至于圣诞老人怎么神秘地乘驯鹿驾驶的雪橇到来,那不重要。

"那么今夜,"阿梅莉亚结束她的故事,"当你睡觉的时候,圣诞老人就会给好孩子带来礼物,明天你就有礼物了,这就叫'圣诞节',我们有烤鹅、大蛋糕和果脯圣诞蛋糕。"

她回卧室休息去了,娜莉把纳特送上楼睡觉。亚撒把小云杉树拿出来摆在客厅一角。他把一串串的玉米花和小红莓花彩递给娜莉,还有从便士便宜店买来的明亮挂饰。娜莉把闪亮的金属细丝洒在树枝上。小圣诞树闪闪发光,呈现出节日的欢乐气氛。他们把礼物摆在树下。娜莉为麦卡锡做了一剂洋葱热敷,交给亚撒,让他给病人敷在胸口,祛寒止咳,然后她就上床睡觉去了。

麦卡锡对敷剂难闻至极的气味儿表示抗拒，但还是乖乖地就范了。

"惩罚啊，对我的惩罚。"他说。

亚撒把小白狗唤进卧室陪病人过夜。他下楼后，独自呆在厨房里，这里依然有白天忙碌的节日余香，依然温暖。他拿出他的《圣经》，在厨房的灯光下，翻找到他要找的那一页。"主的生日。"蒂姆是这么说的。

"今日在大卫城，救世主为你降生，他就是主耶稣基督。"

他被母亲给纳特讲的圣诞老人的故事困扰。他当时想告诉长子这个更加古老而动人的故事。礼物，唉，它们是用来送人的，而不是单向接受的，《圣经》里的东方三贤士，每人都带着礼物，没有一个是急切地等待接受礼物的。他被纳特幼小的贪婪困惑着，阿梅莉亚，是她，还有娜莉，都似乎在鼓励纳特这样。

他又翻了一页，读道："在同一国度里，牧羊人在田野里居住，夜里，他们看顾着羊群。啊，看哪！上帝的天使降临在他们面前，上帝的光辉照亮四方，他们极度恐惧。"

就像往常一样，这些辉煌的语言感动着他。说到牧羊人居住在田野里，对他来说，如果一个人能够会见上帝，假如真的有那么一天，那见面的场所肯定是在田野里，因为上帝的许多创造都是在那里。麦卡锡是个有宗教性的人，尽管他有那么多的罪过，却是个口齿伶俐的人。明天他要让蒂姆给纳特讲讲真正的圣诞节。

他合上《圣经》，把它放回去。一根焦化的圆木在炉膛里塌陷，碰撞声在安静的房子里显得很响，就连壁炉上座钟的滴答声都很洪亮。快十二点了。娜莉娘家的人明天一大早就来，肯定会热闹非凡，但也乱哄哄的。现在已经很晚了，但他决定还是今晚就给生病的母羊喂药。威尔逊家的男人肯定很乐意给他搭个手,但是陌生人可能会惊动羊群,生病的母羊就更不好控制了。他调和好一剂药,点上手提灯,穿上大衣,把围巾系在皮毛帽子的外面,向着羊圈,走进静谧的夜里。

羊儿从厚实舒服的燕麦秸絮的窝里抬起头,好奇地看着他。在封闭严实的羊圈里,羊儿的气味强烈而甜蜜。生病的母羊还迷迷糊糊地没有醒过来。亚撒轻轻地掰开它的嘴,趁它还没有反应过来,就把药灌了下去。羊儿以为手提灯的光亮是晨光,便开始嚼吃麦秸。公头羊慈爱地看着它的羊群,也开始慢慢地吃干草。路过牲畜圈时,亚撒就会走进去,把灯提得高高的,并不是担心什么,只是一种问候的方式,他知道所有的牲畜都很健康。那只曾经头生难产的红色小母牛和它的牛犊躺在牛圈里,它认出了他,便跪着站起来,然后又慢慢地趴下,立刻开始咀嚼反刍。牛和马都大声地呼吸着。一只农仓猫从马厩里探出头,眼睛在灯光下发红,野性十足。它迅速低头跑掉,即刻传来老鼠被猫捉到的惨叫声。亚撒悄声离开,好让这些生灵继续睡觉。

他想他从来没有见过这样群星灿烂的夜空。星星闪烁着,却不挪动地方,他想,它们一定是被捆绑在宇宙的什么桩子上,也一定想方设法地争取自由。如果从别的星球上看地球,没准那看夜空的灵魂也会觉得地球被捆绑住了。他好奇是什么力量使得万物停留在它们现有的位置上。他从天文书上读到,地球绕着太阳转,月亮绕着地球转,这三体只是更大的星系中的一部分。这个大星系有多大?这样的星系有多少?星系有边际尽头吗?人类有终极尽头吗?他曾充满幻想地从本的教科书里阅读到宇宙中的引力,是地球引力把人吸在地上,人可以上下跳动,但不至于飞到外空消失。假如有灵魂注视着地球人,比如说是上帝吧,他注视着人们,那我们在他眼里一定是在挣扎、反抗那些肉眼看不见的镣铐枷锁。

上帝身居群星中吗?他自己就是引力,更大的旋转体吗?

他像牧师所说的那样，只是一个无处不在的人，白胡子、严厉，甚至像亚撒黑的父亲那样粗暴吗？以奇怪的眼光批评每个人的想法与做法，尤其反对未婚私通，或者偷别人的财产？平安夜是如此明亮，亚撒吹灭了手提灯。他凝视苍穹，无论真理是什么，他发现自己被外太空深深地吸引住了。他感到如果他不与上苍做什么交流，似乎就一定会消失一般，正如他失去了与哥哥的联络，是同样的无限孤独、凄凉。他发现自己在抵赖所谓引力的科学说法。他认为不是来自地球的引力把人固定住。而是一种沉重的负担，一种来自外界的不可承受的压力，一个人一旦冲破这种重压，就能像鸟儿一样自由、高飞，便会遇见或者变成比他现在更伟大的什么，可能是一种归属，到那时，他就终于变成了完全的人。

他慢慢走回家，嗅到一股强烈的狐狸气味儿。

"老鼠随便你吃，"他心想，"别碰鸡就行。"

远处传来甜蜜的钟声，是培顿镇教堂在鸣钟。现在正是圣诞夜的半夜。

第十六章

　　圣诞节的天气清新而晴朗。太阳的力量正在积蓄迸发。冰柱的心脏被阳光刺中,流出长长的水晶般眼泪,它们终于抓不住房檐,从这个暂居了一个星期的地方落下,摔得粉身碎骨。娜莉早早地从床上溜下来。亚撒睡过了头,他早上的活儿也就开始得晚了。他还是第一次在晨光中提着牛奶桶回来。他给所有的牲畜多量了一份饲料,在雪地上为冬鸟撒了比往常更多的大麦、小麦和玉米粒。生病的母羊已经好多了。他看见娜莉正在专心地削皮、切、洗,准备蔬菜,香味扑鼻的早餐已经准备好。他分离好牛奶,把宽口浅锅拿到储藏室放在架子上。他从后楼梯上楼去看麦卡锡,正好碰见老人下楼。蒂姆依然虚弱,蓬头垢面的。

　　"祝你拥有一个最最愉快的圣诞节,我的朋友,"他说,"现在我已经康复了,难道不是上路的最好时刻吗?"

　　他那勇敢大度的外衣,遮不住裸露的渴望。他说话的时候,在陡而窄的楼梯上摇晃了一下,赶紧抓住楼梯栏杆,才没有摔下来。亚撒扶稳他。他的心为他孤独的朋友感到疼痛。

　　"你是家人,蒂姆,"他说,"我们要你在这儿。"

　　"噢,这样的话,愿上帝祝福你。在桌上给我添套餐具,不要给亲爱的娜莉增加负担。夜幕降临时,我会给你们拉小提琴,也许,这是我在天堂的这头最后一次拉小提琴啦。"

　　小白狗跟在他后面,打了个呵欠,请求放它出去,它在雪地上撒了令人钦佩的一大泡尿。娜莉没有抬头。亚撒清了一下嗓子。

"蒂姆好多了。"他说。

"那也许他能给我搭个手,"她尖刻地说,"还有好多活儿要干,赫尔达已经回去过节了。"

蒂姆说:"我的厨房功夫和女人的一样棒,亲爱的娜莉。"

她把手里的洋葱扔回水桶里,站了起来。

"早餐准备好了。亚撒,把孩子们从你母亲的房间里叫出来,给他们洗脸。告诉你母亲过来吃饭。我可不愿把她的早餐端到她房间去。"

在亚撒看来,她昨天忙碌了一整天,这是一种滞后才表现出来的疲劳和烦躁,是非常可以理解的。他不愿意承认她可能是因为蒂姆留下来过圣诞节才焦虑不安的。早饭没有什么特别的,但是分量之大对圣诞节大餐是个威胁。蒂姆坚持要洗碗。阿梅莉亚回到自己的房间休息去了。上午的太阳明亮耀眼,把冰雪照得晶莹透亮。亚撒给纳特裹上暖和的外衣带他到户外,他手里拿着一块羊板油要挂在白杨树上给鸟吃,而纳特不停地号叫着要立刻打开礼物。总算出了门,纳特发现落在地上的冰柱,捡起碎块当糖吃。

威尔逊家的雪橇铃铛声在路上响起。亚撒和纳特迎接了他们,女人们进了屋,男人们把马卸下来,在农仓里闲聊农场上的事情。太阳正高。阿梅莉亚穿上她最好的衣装从她的房间里出来。她带着优越感问候娜莉娘家的人。娜莉换下她的棉布裙,穿上一条丝绸裙,把平常用的条格平布围裙收起来,戴上一条蝉翼纱的。两个家庭聚集在客厅里,威尔逊家人把带来的礼物放在圣诞树下。亚撒看着他的母亲,让她唱主角。

"好,等我一声令下,每个人都去找他的礼物。预备?开始。"

大人们和威尔逊家的人都谦虚地走到礼物堆前找自己的礼

物。亚撒揪着心看到纳特狂野地冲到礼物堆里,手忙脚乱地在树下乱翻,他大喊他还没有找到自己的礼物。蒂姆在客厅门口出现。

他大声说:"纳特,我的孩子,等一等,蒂姆大叔帮你找。"

他伸出一只胳膊搂住孩子,在树下弯腰,拿出纳特的礼物。

"看啊,"他安慰地说,"都在这儿呢,来,咱们把它们打开。是谁这么爱小纳特,给了他这么多礼物?"

孩子贪婪地抓住他的礼物,蒂姆拿着一个闪光、漂亮的陀螺,给他示范怎么玩。蒂姆从衣服口袋里拿出一个银元,递给孩子。纳特立刻把陀螺扔在地上。

"钱!"他尖叫。

他拿着银元跑向母亲。

"看,妈! 这够不够给我买一匹马和一辆马车的?"

威尔逊家人大笑。

娜莉俏皮地做了个眨眼的样子,她说:"带一对儿栗色马的马车。"

阿梅莉亚说:"对孩子要说实话。纳撒尼尔,亲爱的,你需要一大堆银元,那么……那么高的一大堆银元,才能买到一匹马和马车。你可以把这个存起来,当你长大的时候,你一定能够找到一个挣大钱的办法,到那时,你就能想买什么就买什么。"

纳特愁眉苦脸了。

"怎么挣钱呢?"

"哦,怎么都能挣钱。除了偷以外,当然喽。律师和银行家都能赚钱。"

伯特·威尔逊出主意:"倒卖土地,低买高卖,这就是一个好办法。"

哈利·威尔逊说:"一个男人为自己开创的任何一种生意,只要是他自己的就行。"

娜莉的父亲说:"什么都行,除了种地以外。"生活富裕的威尔逊家人再次开怀大笑。阿梅莉亚赞赏地听着。她的黑眼睛闪闪发光。纳特开始哭号,他不满地伸出拿着一块银元的手。

"这不够,什么东西也买不了。"

麦卡锡说:"蒂姆大叔很抱歉,孩子,这是我所有的一切。"

他的闪亮礼物变成了拿不出手的玩意儿,他甚至还得为之道歉。亚撒想解释它代表的是一个男人的艰辛工作,尤其是来自一个老人,一个在世时间不多了的老人。

阿梅莉亚严厉地说:"纳撒尼尔,钱总是能买东西的。这块银元可以买一百块一分钱的糖果。想想看呢。这是你的第一块银元,完全是你自己的哦。"

孩子重新带着尊重看着这块金属。这一刻的尴尬总算是减缓了。两家人互相比较礼物,感谢对方。娜莉把她的丝绸无边圆帽戴上,一头卷发漏洒在外,她在房间里跳舞,让别人欣赏、崇拜。当她进厨房给烤鹅涂油脂时,还戴着她的帽子。男人们坐下来谈农作物、牲畜和农产品价格。女人们忙里忙外,帮着娜莉把晚餐摆设在餐桌上。

餐桌延长得几乎和餐厅一样长,还有一个小桌子摆放在角落里,专门给餐桌上坐不下的孩子们用。大浅盘和焙盘里的大量食物被堆放在餐盘和碗碟中后,居然还像没有人动过一样。甜点心更是像在糕点店铺一样,摆放在餐柜台面上,提醒人们为它们留一点儿胃口。用东方香料做的传统果脯圣诞蛋糕,被包在亚麻布袋里,像是穿着衣服,特别显眼地放在桌上,热气腾腾,散发着独特而强烈的香辣味儿。

亚撒示意蒂姆到他身边坐下,他的朋友正不知所措,羞涩地在大家背后站着。女人开始往孩子的盘子里堆食物。娜莉的父亲宣布:按理来说,亚撒作为一家之主,理所当然地是主刀片烤鹅的人,但是女婿是出了名的动作缓慢,而烤鹅又正好在他自己面前,所以他就重任在肩,当仁不让喽,片鹅的大事就这样落在他身上了——说话间,鹅的一半胸脯已经片切完毕——这工夫还不够亚撒拿起刀叉的呢。威尔逊家人爆发出狂笑。亚撒仔细地片切了烤火鸡,他记得每个人喜欢吃的部位。蒂姆拍了拍亚撒的膝盖。

蒂姆悄声轻语:"愿上帝将美味丰盛的一切,赐福于大家美好的身体和灵魂。"

亚撒的眼睛闭上了一会儿。他想到水貂费希尔,祷告无论他在什么地方,都能找到一个温暖的蔽身之洞,坐在篝火旁烤猎肉吃,千万不要是他那粗糙冰冷的大手拿着白人的干面包渣,或者一点点干肉,在大雪里漫行。他祷告本杰明也和朋友们一起,坐在食物丰盛的餐桌前。

餐桌上的食物被消耗并且被热情地赞扬着,数不清的多层蛋糕和甜馅饼因被切开而毁容,果脯圣诞蛋糕的亚麻包布被剥开后,蛋糕被放在大盘子里,浇上苹果酒,点燃。两大碗水果甜点被来回传递,一碗滚烫,有黄色泡沫,另一碗比较硬,其中的奶油被搅打发泡,轻得像羽毛。人们就像这一堆堆小山丘般的食物一样崩溃瓦解了。男人们酒足饭饱后,突然觉得房间里憋得难受,醉醺醺地走到房子外面。他们漂移到农仓和牲畜棚圈内外,拖着脚走路,身体靠在马厩旁,用金色的麦秸剔牙。女人懒散地在餐桌旁多坐几分钟,然后娜莉开始收拾残羹剩饭,别的女人则洗碗,把碗擦干,餐桌上铺一块新锦缎桌布,那是为晚餐准备的。小小孩儿们在高椅子里或是角落里睡着了,大一点儿的孩子们小口地啃着圣诞糖果,心想,要是大人允许他们在午餐前吃糖就更好了,饱餐前吃糖味道要好得多。现在,肚子鼓鼓的孩子中,只有一些男孩出于贪婪或者勇气,再咬上几口香、脆、甜的冬苹果。

干晚上的活儿还太早。蒂姆和亚撒无言地坐在炉火前。厨房传来盘子碰撞的响声,女人说话的嘈杂声。纳特和威尔逊家的一个小表弟为了抢玩具而小小地吵了一架。小女孩抱着刚得到的布娃娃像做梦一般。男孩子们完全为大麦糖、薄荷糖和干草条而陶醉,为陀螺、小鼓和口袋小刀而着迷。他们玩得太累,便安静地倒在布鲁塞尔地毯上歇一会儿。

亚撒抬头看蒂姆是否疲劳过度了。老人的下巴颏耷拉在胸前。他熟睡了。回来吃晚餐的男人把他吵醒。他拿起小提琴拉了一曲,晚餐正式开始了。吃完饭,酒足饭饱、昏昏欲睡的威尔逊家人都明白是回家的时候了,男人把马套在雪橇上,女人抱起孩子,就像抱着一卷卷地毯一样,把他们放在雪橇里铺得厚厚的毯子和麦秸上。雪橇在星星刚刚眨眼睛时,平缓地驶去了。雪橇铃铛清脆地响着,马儿休息充足,清醒有力。阿梅莉亚心情很好地主动把纳特和阿伦特送上了床。

娜莉困倦地说:"果脯圣诞蛋糕做得不错,我可不是自吹自擂啊。"

亚撒问:"蒂姆在哪里?"

"哦,他和我的一些娘家人一起走了。说是让他们带一程,自己再走上一程,走路对他有好处。说是告诉你一声,谢谢,我说到哪儿了?哦,谢谢。"

请麦卡锡讲圣诞节故事的时刻永远没有到来。

第 十 七 章

亚撒在栅栏角落勒住耕地的马,在枫树荫下小憩。六月的早晨,空气非常清新,但是直射的阳光还是让他出了汗。老羊倌儿躺在凉爽的土地上,红舌头伸在嘴外,滴答着口涎。它喜欢做傻乎乎的老狗,久久地跟在亚撒耕地的犁头后面,当亚撒停下来时,羊倌儿也停下来,好像在问,接下来干什么,羊倌儿很快就回答自己:显然哪儿也不去,亚撒在浪费他的时间呢。亚撒在阴凉里很快凉爽下来。他走进菜豆地,向南望去。远处的山坡上,牛群在大片大片白色泡沫般的雏菊丛中吃草。再往后,依稀可见放牧在黄花盛开的毛茛丛中,或是苜蓿地里的羊群,它们身上都是干净的新羊毛。娜莉抱怨过牛奶和黄油里有一点点野生大蒜的味道。他一定是在去年除杂草时漏掉了一些。他本人倒是不在乎有点儿野蒜味儿,那更能展示六月的绚丽多彩和富饶。不过,娜莉的黄油大部分都得出售,他最好还是在放牧场上找出那些野大蒜,把它们拔掉。

他在菜豆的垄行间走。豆苗健康,但显然不会赶上去年的收成,去年的菜豆是种在苹果园的西南面,而今年种在了房子的西面高地上,这里的土壤不适合种植这种需要大量肥料的豆类。如果种植小麦、裸麦、大麦或荞麦,这种土地都没有问题,当然,饲料草就更没问题了。玉米最适合于这种土壤。但是自从父亲去世后,他就没有在这里种玉米了。他仔细检查庄稼是否有虫害的迹象。只有蜜蜂在第一批豆花丛中进出忙活,这第一批豆花稀稀拉拉的,令他担忧。等他将最后的庄稼翻到地里去,捂烂成肥,至少可以为明年准备好肥沃的土壤。明年春天他一定要种玉米。玉米秸子会长得比他还高,长剑一样的绿叶遮住他头顶上的天空,羽毛般的顶花会窸窸窣窣,风姿摇曳。他立刻直起腰来,眺望田地外的远方,一阵揪心之痛几乎是突然袭来,让他感到惊慌,然后,他又渐渐平静了下来。向西的小路清晰可见。下坡,变窄,过了木桥就是柳岸小溪,再往上爬坡,转过一个弯儿,小路又清晰可见,然后消失在远方。他一直不愿在这里种植任何可能挡住他视线的农作物。本杰明会从这条路回来,或者是带着他消息的人会从这里来。可是,至今人影和消息全无。

他慢慢地走回去,重新扶起耕地的犁头。他相信六月在哪儿都是好月份。乡村的路边开满蒺藜花和榛子花。加利福尼亚州的鸟儿已经孵完了小鸟儿。马路上铺着的碎石或泥土,被踩压成面粉一般的尘土,让人们踩在脚下觉得很舒服,马儿踩在蹄子下也觉得惬意。一个阴影掠过田地,一只鹰向西飞去。亚撒想,他不想步行或骑马乘车前往西部,他只想骑在鹰背上,向西飞行。高高地在空中翱翔,无论本杰明在哪儿,他都能看见他。他感到绝望,自已被囚禁在地上。他拿起缰绳,马儿开始朝地里走去。上了年纪的丹感觉到松弛的缰绳,便只是慢慢地在垄行里行走。中午,午餐的钟声响起时,亚撒还没有完成他的耕种计划。

当他在洗漱池洗干净进屋时,所有的人都已经在餐桌前坐好。娜莉和阿梅莉亚给孩子们发出相互矛盾的指令。两个女人的关系友好得合情合理。纳特在正餐前非要先吃李子果脯。阿梅莉亚是个非常偏食的怪人,尤其酷爱甜食,她支持纳特。小儿子阿伦特耐心地等待争论结束,大人好伺候他吃饭。小女儿梅莉坐在高椅子里敲打着她的盘子。亚撒曾经希望女儿长得像娜莉,结果她纯粹是他母亲的一个小翻版,她的名字也是根据他母亲的名字命名的。也许下一个孩子还是个女孩,一个像娜莉的女孩。孩子们尽情而快速地吃着,然后是叽叽喳喳的说话声。娜莉像平时一样爱说话。阿梅莉亚也有好心情说话,餐桌对于亚撒来说,就像是一群麻雀飞到成熟的谷子地里,欢叫不停。娜莉把各种食物递给他,他机械地吃着,对盘子里的肉、面包和水果毫无感觉和意识。

当他还是孩子的时候,他在餐桌旁的沉默寡言就是一个麻烦,尤其是本杰明不在的时候。现在,在欢快的喧闹中,没有人顾及甚至注意到他的无言。他似乎更是越来越沉默了。梅莉像一只斑鸠一样咕咕学语。她做了一个鸟儿展翅的动作,把牛奶杯子划拉到地上。娜莉叹了口气。

"我还以为我已经做完了今天的清洁呢。"

她用手把卷发往后一撩,亚撒最爱看她的这个样子。管孩子通常是她的全盘责任,但是亚撒站了起来,到厨房拿了一块抹布。娜莉看着他笨拙地擦地板,觉得好笑,她把抹布从他手里拿过来,把地板擦干净。她平常总是像只猫一样充满活力和耐力,但是今天看上去很累。娜莉怀的孩子还不到生产的日子,她常常感到恶心、头晕,这是她前几次怀孕都没有的症状。他今天晚上要驾车到斯文森家,看看赫尔达能否在夏天过来帮忙。现在不是考虑蜿蜒通向远方的小路,或是梦幻西飞雄鹰的时候。

他接着耕地。蜜蜂嗡嗡地叫。亚撒决定再过一个星期,他要偷半个蜂窝。他很喜欢把新品种的蜂蜜带给娜莉。苹果花蜜的蜂巢很有特征,如四月里的阳光一般柔和。菜豆花蜜几乎是阿梅莉亚的琥珀珠子的颜色。苜蓿花蜜,再晚些时候就有了,它的颜色好似柳树枝条下荡漾的溪水。然后是金枝黄花蜜,颜色会更深一些。最后是荞麦花蜜,呈黑红色,强烈而辛辣,是他自己最喜欢的。他脑海里出现各种各样瓶装的蜂蜜,和那些晶莹透亮的瓶装果冻一同摆在储藏室架子上,当你挑出一瓶蜂蜜时,就像是选择一颗宝石。他有一本百科全书，书里有一页彩色版宝石图解。他把骨瘦如柴的食指放在每种宝石的下面，记住它们的名称，他不仅认出来琥珀，而且还有无核小红葡萄那样透亮的红宝石，像布拉斯李子一样的紫晶，鹅莓一般翠绿的玉石，荞麦一样的缠丝玛瑙。今年春天，他从游走货郎的手上买到这本百科全书，隐约有些失望。书里大部分的信息都很奇怪，他如饥似渴地阅读其他内容，就是外面世界的人与动物、奇花异草与植物等篇章。但是，当他满腔热情地翻看星球、恒星和宇宙的章节时，也并没有找到他希望得到的答案。他还以为这么大、这么厚的一本书里，肯定会有一些答案的。

老羊倌儿躺在枫树下，不想再跟着犁头跑了。亚撒转身开始耕最后一垄地。下午的太阳直照着他的眼睛，但是他好像看见西方的地平线上有什么动静。他把丹叫住，然后用手遮住直射的阳光。一团小小的白云似乎在西头的路上慢慢滚动。然后一团又接着一团。一种熟悉的喜悦充满他的胸膛。吉卜赛人又和夏天一同回来了。他耕完最后一垄地，匆忙把丹送回农仓，赶紧迎上前去接他的朋友们。

白顶大篷车驶下马路，东倒西歪地停在潺潺泉水另一头的苹果园边上。驾车的人们跳了下来，开心地伸展他们的胳膊和腿。大篷车的后门飞快地敞开，木头台阶被立刻摆好，孩子们就像是敞开的口袋里的苹果，叽里咕噜地滚跑出来。孩子们最先看到这个瘦高的年轻人向他们走来。他们尖叫着，比划着。男人们高高地举起手，大声呼唤。

"亚撒哎！"他们高声喊，"亚撒哎！"

他们向他拥去，就像小溪里的水泛滥时那样，将他团团围住。他们触摸他，好久不见了，有必要摸一摸他。女人们静悄悄地走过来，她们的眼睛就像她们的圆圈金耳环一样闪亮。西斜的太阳照亮她们的金首饰，她们美丽的黑眼睛和洁白的牙齿。

她们给他看新添的三个小宝宝。女皇般的首领，老妈，抓住他的手，把它放在自己的宽大胸前。她的声音深沉而不失柔和。

"亚撒哎，我最亲爱的朋友。"她说。

马队首领突然对男人们大喊。

"就知道玩，马都渴死了！你们有的是时间和我们的亚撒聊天的。"

男人们卸下马，把它们带到泉水下游长满青苔的灌溉水槽前。他们自己用手捧起水，大口大口地喝，指缝间流下的水在阳光照射下像水晶一般。孩子们记得用长柄勺，他们只愿意用勺子喝水，都拥挤着等待自己的机会。获得自由的马儿蹒跚着，四处觅草。在马路和间种荞麦的果园之间有一窄溜儿青草。荞麦已经冒出茁壮青嫩的苗儿。亚撒看见吃草的马儿本能地朝着荞麦苗移动。但是他没有阻止马儿，他不愿伤害他的朋友的感情。

女人们拿出她们做饭的大黑铁锅，还有小铜锅、铜罐。男孩子被派去捡柴木准备篝火用。年轻汉子从大篷车里拿出两只剥了皮的整羊，正在往上面揉香料。一头小牛犊被拴在树上，悠闲地吃草。亚撒笑了。那两只羊一定是从培顿镇附近的羊群里弄来的，而他也敢肯定他们没有付钱。他认不出小牛犊是从哪儿来的。在这一带农民中，亚撒可能是吉卜赛人唯一不染指偷窃的对象。那是因为他们没有必要偷他的什么东西。女人们接管了切肉的活儿。她们往锅里添上半锅泉水，把肉块儿和香料都加了进去。女孩子们坐下开始剥洋葱和土豆。火坑已经挖好，用来烤大块的肉，还有些特殊的精美小吃。他们需要更多的木柴来烧木炭，用于做饭和夜间的保暖与照明。

亚撒说："让男孩子们顺着那条小路走到农仓的另一头，那里有砍好的核桃木柴。"

他在这些人面前说话很容易。

他对马队首领说："这里的牧草不够好，我们得带马儿去吃燕麦和干草。你可以把它们放在我的放牧场上,和那里的马一起牧养,或者把它们放在马厩里。"

马队首领咧嘴露牙一笑。他的名字无法发音,亚撒就叫他"帕夫"。

"马像我们,不要马厩。样样露天最好,吃、睡、爱。"帕夫说。

亚撒笑了,点头赞同。马儿被赶进农仓,给足燕麦,又被带进有栅栏的放牧区吃草,毫无羁绊,完全自由,马儿也不再步履蹒跚了。丹、莫尔和王子鼻孔出气,绕圈跑,它们记得去年夏天来访的这些小而壮的花斑马,它们停下来,碰一碰鼻子。吉卜赛人的马儿在放牧的山坡上开始欢快地追逐。亚撒和帕夫靠在放牧场的大门上,悠闲地看着它们。

亚撒说:"那个花斑马,我没有见过。哎,那不是格莱美斯德特家的那匹四岁的马吗?"

"是哎。我用我的老贝特西换来的。"

"除了贝特西以外,你还给了他什么?"

"一个小铜环,就这些。"

亚撒诧异地盯着他看。

"这个花斑马要值四匹贝特西呢。"

帕夫捅了一下他朋友的肋骨,咯咯发笑。

"我只告诉你,秘密。我从老格莱美那儿买鸡蛋,他多要两倍的价钱,我不吭声,给他!我说:'我急需钱。我把我最好的马贝特西给你,只要十元钱。'老格莱美舔了一下自己的嘴唇。他知道贝特西值二十五到三十元。他急急忙忙成交。我取下贝特西脖子上的小铜环,亲了一口,放进我的口袋里。"

"格莱美问:'那是什么?'我说:'我只要十元钱就卖掉贝特西,那一定是有原因的啦。快把钱交给我吧。'格莱美急得疯了一般。"

帕夫左顾右盼,好像怕鸟儿偷听一般,他对亚撒耳语道:"我告诉他有的时候一匹母马,当然不是所有的母马,偶尔有特殊的母马,戴上吉卜赛人的铜环,就能找到金子和财宝。它会在有金子和财宝的地方停下来,摇尾巴。我给他看一只金环和一些旧的金块。'哦,就这样,'我说,'贝特西突然停下来,摇尾巴。我稍微一挖,金环、金块,总是有,有时少点,有时多点,总是有。啊,就这样。'贝特西不再年轻,我说。我从来没有骗他。我又有了可以戴上小铜环做同样事情的小母马,所以,我也没有损失什么。格莱美激动得浑身发抖,像树叶一般。就这样,我用贝特西换来了那匹漂亮的花斑马,只搭上一只小铜环,没有别的。"

亚撒笑了。众所周知,格莱美斯德特生性苛刻而刁钻,他一直相信他的地里埋藏着金银财宝。帕夫笑得浑身颤抖。他又捅了一下亚撒的肋骨。

"还有,最好玩儿的,老贝特西特别爱停下来。老格莱美一定会在他那三百英亩的地里挖满坑儿的。"

帕夫让自己放声大笑,亚撒也不得不跟着他不出声地笑。帕夫终于安静下来。

"贪婪的人总是世界上最傻的大傻瓜。"他说。

亚撒渴望把这个故事告诉娜莉。娜莉的幽默都是恶作剧,而亚撒还没有见过比这个更实际的恶作剧。但是,他必须尊重帕夫的信任,不能把这个故事传出去。两个男人转身向农仓走去。帕夫悠闲地东张西望,闲聊着过去一年中他的其他交易,比这一桩更光明正大些,但同样精明狡猾。亚撒干完活儿,提着牛奶桶回家。

他说:"等我干完活儿,我会为晚餐带些吃的来。"

帕夫说:"今晚你和我们一起吃。我们明天就上路。明年才能再一同聊天,玩儿。"

亚撒点了点头。

帕夫说:"带笛子来,我们有新歌。"

亚撒转身上了房前的小路。

他问:"你觉得明年这时候来能安全吗?老格莱美斯德特会让你把贝特西换回去,还会给你送上大号铅弹。"

帕夫的黑眼睛闪闪发光。

"不用担心,我的朋友。贝特西老得不行了,就老格莱美那样的人,肯定逼着它一直找财宝,到明年早就累死了。我就对老格莱美说:'糟糕了,太糟糕。'我从他那儿买东西时,会继续让他骗我,也许让他一元钱。"

收集起牛奶桶和喂猪的脱脂牛奶,亚撒奇怪自己为什么不为吉卜赛人的不诚实而感到震惊,因为他自己有对真理较真的激情。事实一定是这样的:每一个交易的人都基于贪婪,都想占帕夫的便宜。如果你是一个诚实的人,就不会上当受骗的。当然,偷牲畜是更严重的事情。即使是在这种事情上,吉卜赛人只是选择性地偷那些发誓要赶走他们的人,或者是拒绝把必需品——如给孩子吃的牛奶和面包,饲养马的干草和粮食等——卖给他们的人。当吉卜赛人得到公平待遇时,他们总是加倍偿还的。

今晚,亚撒挤了满满的四桶牛奶。他必须在农仓和家之间来回两趟,才把牛奶都拿回去。娜莉在厨房里忙着,分离了三桶牛奶。他不是很肯定地向她走去,问她要最后那一桶牛奶,因为卖鸡蛋和黄油的钱都是娜莉自己的零花钱,她能换回很多心爱的奢侈品:一条漂亮披肩、一件瓷器,或者是给孩子们买点儿什么小玩意儿。他清了一下嗓子。她正在炉台前忙碌,没有转身,只是回过头看着他。

"我知道,你来为吉卜赛人求东西了。我听见他们了,看见他们了,你就省掉废话吧。"

她看见他那请求施舍的脸,觉得好笑。

"好了,你想给他们什么? 你知道我从来没有拒绝过你。只是赶紧拿走,免得你妈看见了啰嗦。"

他伸出胳膊搂住她丰满小巧的身段,用鼻子摩擦她温暖的脖子。是真的,她从来没有拒绝过他。她像他一样慷慨。只是在蒂姆·麦卡锡这件事上除外,不知道是什么让她的心肠这么硬。

"甜蜜的娜莉。"他说。

她亲了亲他的鼻头。

"你也不必觉得亏欠了我,"她说,"不用给我什么其他东西。"

她把一口大锅往炉台后端推了一下,暂停下手里的活。她拿出一个专门装运食品的有盖大提篮,开始往里面堆放新鲜盐发面包、一块块的黄油、乡村奶酪、一瓶又一瓶的苹果糖酱和果酱、油炸面包圈和饼干,一直把篮子装得满满的,最后,再小心翼翼地在顶上摞了三个甜馅饼。他宠爱地看着她。

她说:"看你已经留好了一桶牛奶。你说这些野孩子,他们不是常有牛奶喝,但是上帝知道,他们看上去和咱们的孩子一样健康。快点啦,亚撒。别站在那儿盯着我傻看,又不是没见过我。想起来了? 我是娜莉·林登。你最好再跑一趟,回来拿牛奶。"

她推了他一下。

大篮子很沉。他把篮子双手捧在胸前,几乎看不见路,只能慢慢地靠双脚的感觉,小心地走,生怕摔跤或把摞得过高的甜馅饼掉在地上。这个篮子代表了娜莉数天来的辛苦劳作。但她总是把劳作看成是轻松愉快的享受。

"你见过我的,我是娜莉·林登。"

的确如此,她就是娜莉·林登,他的爱和他的快乐。

吉卜赛孩子看见食品篮子高兴得尖叫,被他们的母亲制止住了。慷慨是一件太稀有的东西,容不得贪婪的窥视,也容不得随便伸手去拿。

亚撒说:"我妻子给你们准备的——"

他的脸上闪耀着为她骄傲的荣光。皇后一般的老妈,亲自把食品从篮子里拿出来。甜食摆放在草地上铺的白布上。一大碗乡村奶酪成为焦点,其他食物都围绕着它摆放。老妈的女儿艾丽莎冲着亚撒笑,然后便离开了。她再回来时,带着一大抱雏菊,用它们来装饰食物,使一切看上去像是一个放在地上的花桌子。大锅里炖的食物散发着香气,坑炉里散发出浓厚的烧烤味儿,充满着夜晚的空气。烤肉要到夜幕降临时才能烤熟。老妈严肃地给已经安静下来的孩子每人一个炸面包圈和一块饼干。

她对亚撒说:"我们希望你的家人和我们一起吃饭。"

他低下头表示感谢。他回家去取牛奶。娜莉显然是把家里所有的面包都给了出去,现在正在搅和做松糕的面糊。

他说:"今晚我想和吉卜赛人一同吃饭,老妈想让我们都去。"

在他们结婚后的早些年间,娜莉常常和他一起参加吉卜赛人的狂欢,一整夜地唱歌跳舞。看见她随着音乐轻快起舞,亚撒的心便激烈跳动。有一次,当他看见她和帕夫英俊而富有激情的儿子单独跳舞时,他的心被黑色的嫉妒之火折磨着。在过去的三年里,娜莉最多就是早上到营地来问声早安罢了。

她说:"我没有兴致,亚撒。今天晚上我想要的一切,就是屁股底下有我的床,而不是硬邦邦的土地。"

她一脸单纯地看着他。

"我知道我们会被邀请的,所以我已经跟你妈说了,她会陪你一起去的。"

他难以置信地盯着她。他的精神头立刻垮了下去。每次吉卜赛人来，母亲都会躲起来，就像水貂费希尔来的时候那样。她不喜欢他们，总是给他泼冷水，破坏他的情绪。她一定是听说了那一大篮子的食物，也许看见他捧着篮子在路上走，想亲自去看一看到底有多少食物，目的只是为了抱怨他的慷慨给予。她的出现无疑会给快乐带来一次灾难性的冻雨。

娜莉圆圆的小乳房开始上下跳动。

"亚撒，啊，亚撒，你妈还不知道他们来了呢。"

他又感到那种熟悉的喜忧参半的烦躁，同时放下心来。这一次，他更多的是大大地松了一口气。他的表情暴露了一切，他无法想象母亲和吉卜赛人在一起时的情形，因为他永远不能用语言表达这种恐怖的情景。他拿起牛奶桶。

娜莉说："今晚一定回来睡啊。"

他犹豫了一下。

"纳特在哪儿？他可能喜欢跟我去。"

她精明老练地看着他，她的这个样子让他奇怪，对过去的那件事故，她到底知道多少。

"你在挤牛奶的时候，我爸路过这儿。纳特说要带阿伦特一同跟爸回去，在他那儿过夜。"

亚撒点了点头。

"我不会呆得太晚，"他说，"吉卜赛人明天就走。"

纳特四岁那年，他就高兴地把他介绍给吉卜赛人。因为他记得自己的童年，吉卜赛人刚开始来这里时，他那战战兢兢的喜悦。第一个晚上和他们一同唱歌、玩耍，就好像是天空的新星一样。他们立刻接受了他，就像水貂费希尔接受他一样。夏日里，他向着西方的蜿蜒小路长时间地遥望，希望能够第一个看见他们滚滚而来的大篷车队。他会跑到小桥那儿去迎接他们，挤在驾车人的身边再坐一程他们的车，这样他就不再害羞了，热情和关怀让他完全放松。

他看着纳特的脸，希望看到孩子奇迹般的好奇心不断增长。但是，纳特睁大眼睛盯着，并围着吉卜赛孩子观看，好像他们是什么奇怪的动物。那种晨光般的辉煌感觉一直没有出现过，年轻人的想象力也没有蹦出火花。亚撒猜想一定是阿梅莉亚提前给孩子灌输了什么轻视吉卜赛人的思想。而当年对他自己来说，母亲对吉卜赛人的厌恶，只不过是明亮春天里的一股冷风罢了。纳特偶尔也和吉卜赛孩子们随意玩些游戏，但总是他计划，他领头。他曾经和吉卜赛人一同吃饭，但是看见炖兔子时，他做了一个粗鲁的鬼脸。

去年夏天，纳特带着男孩子们去沼泽地玩印第安人游戏。即使吉卜赛的成年人知道发生了什么，也出于对亚撒的尊重，什么都没说。亚撒自己看见的结果是一群吉卜赛男孩子沉默地回到篝火旁，纳特不在他们中间，他们抱着他们中最小的一个男孩，他脸色苍白，瑟瑟发抖，浑身上下从头到脚都是沼泽地里邪恶的泥浆。其他孩子已经尽最大努力把自己洗干净了。那个小男孩的母亲接过孩子，给他清洗，换衣服，安慰他，同时教训他不要靠近沼泽地。

亚撒问这群沉默的孩子："你们为什么去沼泽地？"

他们只是耸了耸肩膀。

一个孩子说："去玩儿，我们不知道沼泽地那么近。"

他必须接着问："是纳特带你们去的吗？他应该知道的。"

没有人回答。

他坚持："假如是他，我一定要鞭打他一顿。"

男孩们相互看了一眼，开始咯咯地笑。

一个孩子说："我们只是傻跑，没有人带我们去。"

孩子们一同回声："只是瞎跑。"

"现在明白了吧，你们绝对不能再去那样的地方了。当你们靠得太近，一步踩进去，你们知道会发生什么了吧。"

孩子们再次交换眼神，这次没有人笑了。

纳特一直没有出现在家里，直到晚饭时才回来。他浑身青紫，一只眼睛肿得睁不开。他好像已经被揍了一顿。亚撒的骨髓都凉透了。他把纳特拉到一边。

他问："你为什么把吉卜赛孩子带到沼泽地边上？你忘了今年春天那只小牛犊的事情了？"

纳特双脚蹭地。

他绷着脸说："我没带他们，他们不该责怪我。"

"但你是知道它的危险的。在他们靠得太近，掉进去之前，你可以阻止他们的。"

纳特看着父亲，一丝奇怪的神色掠过他的眼睛。阿梅莉亚进屋来。

"亚撒黑，不用责怪孩子。他已经告诉我发生了什么。我们永远不该允许他和那些野兽般的小崽子们玩耍。掉进沼泽地的很可能是纳特。要是他们中间的一个把纳特推进去，我一点儿都不会感到奇怪。"

纳特大喊："我跟你说了，不是我的错。我们只是疯跑傻玩。"

这些话是吉卜赛孩子说过的。亚撒转身走了。

"好吧，纳特。永远不要再让这样的事情发生了。"

那天晚上他带着不祥的预感回到吉卜赛人身边，他们像往常一样欢乐地问候他。大人们即使做了询问，也只是显露出满意而肯定的样子。亚撒几乎忘了这件事情。现在，当纳特躲避起来时，他的恐惧又回到心里。他的心像牛奶桶一样沉重。

营地的晚餐已经准备好。篝火熄灭了，蓝烟慢慢地旋转上升，消失在落日的辉煌中。金色的斜阳余晖从侧面照在苹果树上。鸟儿困倦地叫着，蜜蜂陶醉地飞回蜂窝。老妈示意亚撒坐在她身边。艾丽莎从大锅里盛出一碗炖肉给他，又递给他一块滴着汁儿的烤羊肉。老妈拍了拍他的膝盖。

"吃吧，"她说，"抛弃脸上的悲伤。等会儿，我给你看手相。"

吉卜赛人虽然胃口极佳，吃得却很悠闲，有充足的时间争论，挥舞着手中的烤肉来强调他们的观点，然后再吃上一口，争论都是无头无尾的。孩子们横拿着骨头啃，像小狐狸一样。香料浓烈的炖肉让亚撒的嗓子火辣辣的，如同着了火一般，但是他从来都喜欢这种食物。他又吃了第二碗，根本没有碰一下娜莉做的那些他熟悉的东西。女人们都称赞娜莉的厨艺。孩子们吃不够甜食，喝不够奶油味儿十足的温和的牛奶。果园里只剩下一束玫瑰色的阳光，不一会儿就彻底消失了。暮光像是核桃木的蓝色炊烟，缭绕在低谷里，爬上坡顶不见了。永远不会完全黑暗的黄昏时刻到来了。男人们躺在柔软的青草地上，看着夜空。星星绕在苹果树枝间。月牙儿淡淡地挂在东方。帕夫研究着月亮。

"没雨。"他判定。

女人们忙碌起来。她们把剩下的食物存放起来，在潺潺的泉水边刷碗洗锅。她们把娜莉的盘子和锅都洗干净，放回大提篮里。男孩子们烧起篝火。帕夫传递着一壶甜甜的，带有桃子味儿的烈酒。他拿出他的齐特拉琴，吉他手和手风琴手也都围了上来。

帕夫说："我们吃得太多了。今晚弹、唱，不跳舞。"

亚撒头枕在一只胳膊肘上，听着。第一曲婉转悲哀，只有乐声，没有歌声。这是来自很久以前，遥远他乡的无言的苦涩述说。其中有令人心碎的思乡情。亚撒心想，假如这些人在选择了流浪生活之后，依然渴望无数个世纪以前被遗忘的家园，那么，除了他们中间那第一个离家上路的人以外，还有什么驱使他们在世界上四处流浪呢？帕夫强壮的棕色大手指激情地拨动齐特拉琴弦,将这一曲带向高潮。别的乐器都沉默下来。帕夫开始吟唱。他唱爱情歌曲时,歌声如此甜蜜,令歌喉甜美的鹊嫉妒。歌曲里有美好的爱情幽会、伟大的爱、遭遇背叛的爱,以及无果的爱。

在篝火的映照下,老妈女儿明亮的眼睛闪闪发光。她的婴儿在她怀里熟睡,亚撒感到他们之间的旧情依然闪烁着火花。这些火花曾经像星星一样明亮耀眼。他一直爱恋着娜莉,但她曾经是本的女孩。而他自己少年时爱的渴望正是这个吉卜赛姑娘。老妈也鼓励过他们的恋爱。在本杰明离家的头一年夏天,他和艾丽莎一夜又一夜欢歌舞蹈,他感到她的心贴着自己的心怦怦地剧烈跳动。老妈看着他们。

老妈点了点头,对他说:"艾丽莎带来伟大礼物——爱。你和我们一起过好日子。有一天,你会成为吉卜赛人之王。"

宽广大路的魅力搅动他的心,勾起他的向往。美丽的姑娘诱惑着他。然而不知是什么留下了他。他没有答案。当本杰明把娜莉托付给他,她又把自己交给他时,这一切都是大男人要承担的,他忘记了艾丽莎,沉溺于娜莉。今夜,此时此刻,他突然涌起对吉卜赛姑娘的欲望和激情,这使他立刻产生了不忠诚感。本杰明能够自然而然地从一个女人怀里出来,投入另一个女人的怀抱。对于他来说就不自然,他想,他一旦给出自己的心,那就是全心全意,直到永远。啊,他是这么做的。他意识到他的雄性冲动是与内心不同的,简单而本能的欲望就像鸟儿要在阳光中歌唱一样自然。他冲着艾丽莎友好地笑。而艾丽莎所做的一切,让他意识到,只是为了让他觉得自己是个男人。

帕夫大喊:"太多悲哀了!啊,亚撒哎,笛子!"

亚撒从衣衫里掏出笛子,帕夫手指一挥,乐队奏起大家熟悉而喜爱的舞曲,欢乐而强烈,像是一群欧椋鸟。接下来,整个晚上的音乐都是欢快的,结束曲野性而豪放,亚撒从来没有听过。

他试图跟上。但是它太快，太复杂，他们为他演奏了好几次，而且放慢了速度，他还是跟不上。帕夫大笑。

"只有真正的吉卜赛人才能玩得下来。"他说。

孩子们在喧闹声中睡了。女人们把毯子盖在大孩子身上，把小孩子抱进大篷车车厢里。男人们靠近篝火，打起呵欠。如此美妙的六月夜，他们会睡在大地上。老妈拿起亚撒的手，掌心冲着光。

"不，明天，我们走之前再看。"

苹果园点缀着露营的篝火，夜空像是捕满银鱼的蓝色渔网。亚撒发现娜莉已经熟睡。他渴望唤醒她，但是她今天似乎太疲倦了。他将自己消瘦的身体贴着她曲线丰满的身体，一只手轻轻地放在她的胸前。她没有动静。

日出时，老妈亲自来送还大提篮。亚撒整夜烦躁难眠，早早就起来在厨房生火。一条古香古色的金项链躺在瓷碗里。亚撒刚想开口，老妈嘘声止住他。

"不，不，没什么。哦，跟我来。"

大篷车都套好了，停在附近，随时可以上路。亚撒惊叹男人们如此安静地控制马，他竟然一点儿动静都没有听见。老妈带他从后台阶上了领头的大篷车。车内一切整洁有序，一尘不染。挂在车内壁的铜锅反射着清晨的第一束阳光，车窗的花边窗帘像是雪花一般。地上铺有地毯。老妈示意他坐在她身边，他伸出他的手，她把他的手推开。

"今天我从心里说话，不看手相。你担忧。我认识你，从小男孩开始。你担心，你的儿子，叫纳特的那个。"

她看着他的脸。他点头。

"不是很好的孩子。不是很坏。太年轻是肯定的，就这些。心不大，不像你。我告诉你这个，叫你不再担心。"

她把她戴满金戒指的手放在他的手上。

"啊,这个。这个,是,担忧。我见过你的哥哥。"

她一直看着他,这时将他的手抓得更紧。

"他在哪儿?"

"走了。去年雪天,我们远去那边。"她指着西南方向,"在那儿看见你哥哥。"

他的喉咙干燥得问不出问题,她快速地说。

"他好,壮。身体不用担心。女人?"她耸了一下肩膀,"当然。没事,自然。喝酒?不太糟糕,也许。啊。好赌,糟糕。丢钱。有衣服穿,罢了。我给他吃过两顿饭,然后,他就不见了。"

亚撒勉强发问:"有没有地址,我可以给他写信?你能帮我给他带钱吗?"

"我们不可能再见到他了。"

她在自己明亮的绣花衬衣里摸找什么。

"我找到他认识的姑娘,她给我写的。你的哥哥认为下一次雪花飘时,他会到达的地方。"

她摸出一张皱巴巴的纸。一个文盲的手迹,用铅笔写了内华达州的一个镇名。他盯着那张纸片发愣。

"他有没有——给我们带个信?"

她摇了摇头。

"他有没有——问到我们?"

"问,是的。我告诉他:母亲好,妻子,三个孩子,都好。"

她犹豫了一下。

"他说:'亚撒傻瓜呆在农场上,种地,养孩子。'他穿着破烂衣服,大笑着走了。"

她叹了一口气。

"现在所有的,都告诉你了。"

他把那张纸片反过去,又正过来。

"你昨天为什么不告诉我?"

"给你一个开心的夜晚。是吗？好太阳下，担心也不至于太糟糕了。"

他从大篷车的台阶上摇晃着走下来。帕夫拍了一下他的肩膀。孩子们最后进入大篷车内，台阶被抬进车，后门关闭。帕夫跳上他的座位，用他的红缨长鞭，向他的领队马甩出清脆的鞭声。马队上路了。孩子们从有花边窗帘的窗口向他挥手告别。他望着他们消失在东面的地平线上。他们带走了与他共同分享和热爱的东西，带走了对自由的认识。

他慢慢地走回家。本身体好而壮，他的母亲听到这个会很高兴的。本问候了他们所有的人。本又走了。冬天到来时，他可能会在内华达州。这是他能告诉她的一切，他会尽量让自己的笨舌头把一切说得最好。他不能告诉母亲本杰明饿着肚子到吉卜赛人那里要饭吃。他在厨房门口稳住自己的身体。他打开门，娜莉正在往她那细嫩白净的脖子上系金项链。她的眼睛在舞蹈。他甚至不能告诉娜莉，本杰明穿着破烂衣服，大笑着走了。

第 十 八 章

亚撒盲目而机械地干完早上的活。娜莉对金项链的欢喜，使她忽视了他，没有看出他的紧张和焦虑。亚撒避开母亲。为了传达关于本杰明的消息，他需要一整天来做好准备。他想等晚饭后，孩子们都上了床，安详而平静的时候再说。他还想为阿梅莉亚准备一些建议，制订一个能够找到本的切实而可行的计划。否则，她会爆发歇斯底里，接近疯病的程度。自她从印第安纳州回来以后，基本上算是正常。只是近来她又开始忧郁不乐。她和本的"未婚妻"一直通信来往，而那女人再也没有本的消息。在她最后一封信里，她说她彻底失去了希望。

亚撒把牛圈里的牛粪铲运到堆肥场，他想，如果能雇赫尔达的哥哥埃里克来做帮手，多种一英亩土豆卖钱，还为时不晚。苹果园果实累累，就是在镇上也能卖个好价钱。假如秋收正常，一定能收入足够的钱，没有什么原因阻止他去内华达州找本杰明，十一月去就行。请埃里克帮忙的计划提醒了他，他本来应该去拜访斯文森家的，他要请赫尔达来帮娜莉，吉卜赛人一来，他还没有去斯文森家呢。他清理完牛圈，回到家里洗干净。娜莉不在厨房，平常上午这个时候她会开始准备午饭了。他发现她还躺在卧室里。她脸色苍白。他坐在床沿上，握住她的手。

"累了，娜莉？"

他抚摸她的卷发。

"难受得像个吃撑了的小狗，下不了床。怀其他几个时都

143

不这样。”

"也许这个离梅莉太近了。"

"也许吧，想想那可是美好时光。"

他们对视而笑，记忆犹新。那是个春暖花开的四月天，在南坡的铁杉树下。那天下午，她给他送去新鲜蛋糕。她戴着蓝色荷叶边的太阳帽，穿了一条蓝色布裙子。她把太阳帽推到背后，卷发打成发结，盘在头顶，像年轻主妇那样。亚撒拿掉她的发卡，让她的卷发倾洒在她的肩膀上。她像一朵盛开的紫色龙胆花一样看着他，呼吸里散发着她一路走来时带着的冬青针叶的甜蜜。铁杉针叶是最柔软而芳香的床。四月的暖风挑逗似的掀动他们头顶上的铁杉树枝，妩媚的树枝有节奏地摇动着，风姿招展，仪态万千。大地在他们的身子底下旋转，蓝天在他们头顶颤抖，天地之间争风吃醋。他们飘飘欲仙，做爱之后几乎陶醉得站都站不稳。

他说："我要驾车去斯文森家，争取把赫尔达和埃里克都找来帮忙。来，跟我一起去。"

通常她会放下手头的一切跟他走，无论是在做黄油、洗衣服，还是正在烤面包，她喜欢和他一起乘车跑腿办事。但是，她摇了摇头。

"我现在坐起来都困难，再好玩儿的地方我也去不了。假如他们提出请你吃饭，你最好吃完饭再回来。"

"他们总是留我吃饭的，我带上男孩子们。"

"那好。带走他们，让我清静一会儿。你妈至少会给自己和梅莉做一口吃的吧。别让男孩子脏兮兮地进别人家。人家瑞典人干净得要命。"

她尽管身体不舒服，眼睛还是闪闪发光。

"告诉赫尔达，我保证不再吓唬她了。没想到我这么不中用，我真的太需要她了。"

亚撒换了衣服。他发现男孩子们在干草垛里玩儿,所以相对来说不算脏。只要把脸和手洗一下,梳一梳头,就算看得过去了。甜蜜的干草甚至让他们闻上去有股新鲜香味儿,否则,他们没准儿会有老鼠窝的味儿呢。他们高兴得大喊大叫,跑在他前头,为能够乘坐娜莉的橡胶轮胎马车而激动,拉车的王子跑起来,那才叫风光刺激,不虚此行呢。两个男孩子友好地打逗、聊天和争吵。亚撒一如既往地沉思着。他们无心看风景,路过琼家都没有看见人家的树篱和农田;一直到纳特贪婪而敏锐的鼻子闻到第一茬野草莓的香味。两个男孩跳过石头围墙进入原野,迫不及待地扯下草莓,大把地塞进嘴里,亚撒则耐心地等着他们。当亚撒必须叫他们上路时,纳特还在吃,阿伦特给父亲带回一大捧草莓。他们的手、脸,以及早上还干净的蓝色棉布衫都被草莓汁儿染得一塌糊涂。亚撒在最近的小溪旁停了下来,用他的手绢尽量给他们清洗干净。

斯文森家住在培顿镇北主路旁,只有一小块地和一个小房子,但能看出主人给这个家园倾注的斯堪的纳维亚式天才和活力。没有多少年以前,他们全家徒步来到这里,只有几个铺盖卷儿,用木棍挑在肩头。当地人对他们避而远之,抱怨外国人的侵扰。亚撒是第一批访问他家的人之一,帮他们建造房子,借给他们马、牛和农具。他们当时就已经是一个大家庭,大孩子马上就做了雇工,现在斯文森家开始兴旺发达了。

“我们当初都是外国人。”他心想。

只有印第安人才是土生土长的美国人。学校的那个小红房子,没用几年就把瑞典、挪威的孩子们,和德国、爱尔兰的孩子们,所有的孩子都混杂起来,他们和当地出生的孩子没什么两样,也许只有从头顶上茅草屋一样的麦秸色头发、子弹一样的圆脑袋,或是那双烟蓝色的眼睛,才能找到他们的祖籍。

斯文森家敞着大门接受阳光和新鲜空气。午餐已经摆上桌,欢迎林登家和他们一起用餐。食品种类虽然没有娜莉的丰富,但是数量大,味道好。斯文森太太还没有开始和赫尔达及其他女孩子们收拾桌子,亚撒就开始说他来访的目的,因为他发现斯文森太太是这个家庭里的决策者。

"林登太太让我告诉你,她不会再吓唬你了,赫尔达。"他用这句话做结束语。

赫尔达鼻孔出气,咯咯笑。

"就是这个林登太太!我以为我被吓死了。天好黑,她躲在菜园门后,我去采生菜,她把圆白菜插在木棍上举着。我还以为是鬼呢。"

亚撒严肃地说:"她这几天可没有心思恶作剧了,今天早上病得很厉害。"

斯文森太太问:"又怀上了,这么说,多久了?两三个月了?呀,赫尔达,你去吧。埃里克,你觉得你呢?"

这个高大强壮的十八岁男孩看着自己粗大的手。

"我去。假如我明年上技校,就得需要钱。"

"这个疯孩子,林登先生,他要学用机器,不像他爸爸那样种地。也许当他看见像你一样能赚钱的种田人,就改变主意了。那就这么定了,我们今晚就送埃里克和赫尔达去你家,带上他们自己的箱子和包裹。"

亚撒和斯文森先生,还有大男孩们在他家农场上散步,这是礼貌交谈的时候,然后他谢谢他们提供的午餐,驾车离开。在岔路口他勒马停了下来,让纳特替他拿着缰绳,自己从口袋里掏出钱包,看里面还有多少现金。他在整个培顿镇信誉极佳,但是他依然坚持一如既往,不到万不得已决不赊账。他发现手头现金充裕,便上了进培顿镇的路。镇上也许有土豆新品种的种子现货,适合于迅速生长的那种,亚撒这么决定是因为这个季节种土豆已经算是晚的了。他估计一口袋土豆种子可以塞在马车后面的单人座位上,足够他种上一英亩的。他的零钱包里还有十几个分币。他走到卖糖果的玻璃柜台前,想给孩子们买点儿零食。

纳特说:"我自己挑,爸,把钱给我。"

亚撒给两个孩子一人一份钱。他买了一瓶补剂,培顿先生向他保证这对安顿孕妇胃口有绝佳疗效。他四处张望,想给娜莉买点儿开胃小吃,最后决定买一包苏丹无核小葡萄干,再加上一瓶玫瑰花露水。已经是下午了,他催促纳特,而纳特正在算计买哪种糖最值。当他们回到家时,娜莉已经下了床,在厨房里干活。她看上去得到了休息,恢复了平常的模样。

"天下只有你,亚撒黑·林登,才会花这么多时间问斯文森一个问题,埃里克和赫尔达来吗?"

他点了点头。要解释他去培顿镇买土豆种子,还有他的计划,那就太费功夫了。他一言不发地换了衣服,开始干晚上的活。他叫男孩子们喂鸡。猪已经在树林里自由地用鼻子拱食,只要给点儿刷锅水和脱脂牛奶就行了。他急于早点吃完晚饭,在斯文森家人到来之前召开他的家庭会议。晚餐在他进家门前就已经准备好了。阿梅莉亚穿着娜莉给她洗烫好的荷叶边裙子,优雅地坐在餐桌前。也许她得知娜莉今天不舒服,便给她帮了一点忙,但愿如此。白天的热闹和激动耗尽了男孩子们的能量,他们得到允许可以带着吃剩下的糖果离开,因此让他们早早上床睡觉并不难。他们不情愿地分给梅莉一些糖果,她也拿着她的糖果上床睡觉去了。

娜莉悠闲地问:"斯文森给他们的糖?"

"我必须去培顿镇,他们在那儿买的。"

他从外衣口袋里给她拿出补剂、葡萄干和玫瑰花露水。阿梅莉亚挑起浓浓的眉毛。他意识到他至少应该给她也买点儿什么意思一下。

他说:"我有消息给你,母亲。"

娜莉用刀子般的眼光看着他。他能主动打开话题的时候，一定是真的有消息。她们期待地望着他。他清了一下嗓子。尽管他已经预习了多次，但似乎还是不能开口。他决不允许自己的紧张有丝毫显露。他看见母亲皱起眉头，看见她的脑子在做各种猜想。

娜莉说："吐出来吧，亚撒。是关于本的吗？"

他感激地说："是的。"

阿梅莉亚从椅子上跳起来，冲到他面前。她的两只手像是动物爪子，狠狠地抓住他的双肩。她愤怒地摇晃着他。

"蠢牛！他怎么样？他在哪里？他快回家了吗？"

娜莉说："别折磨他，林登母亲。快，亚撒，你怎么得到的消息，从那儿开始说。"

这正是他计划要做的。他抓住这个启示，好像溺水的人抓到一棵麦秸。他吞咽了一下，开始背诵事先准备好的台词。

"去年冬天，吉卜赛人在西南部见到过他。老妈说她从来没见过本看上去那么好，那么健壮。他在吉卜赛人之前离开了。今年冬天，他在内华达州会有发展机会。我有那里的地址。"

他摸了一下他的衣服口袋。

"我打算再种五英亩的土豆，可能不止。假如能卖足够的钱，我想试着在秋收后去那里找他。我想我要让他回来过冬，假如他能暂时放一放手头的生意的话。"

他开始支支吾吾。阿梅莉亚那小钢钻一样的黑眼睛逼视着他。

"还有什么？"

"老妈最后一次见到他时，他精神极佳。他走了——笑着走了。"

"就这些？"

"就这些。"

"把我儿子的信给我。你竟敢怠慢,扣押他带给母亲的信?"

亚撒事先采取了谨慎而周密的计划,但此时此刻,还是觉得无可奈何。

"我忘了,他问候了我们大家。"

"把你口袋里的信交给我!"

他柔和地说:"没有什么信,母亲。"

他从衣服口袋里拿出那张字迹潦草的纸片,交给母亲。她把它反过来、正过去地看,就像他当时拿着纸条时一样。

"你发誓就这些?"

"就这些。"

她像是烧焦的雪松又遭雷电击中。她完全崩溃了。好像生命之精髓本身变成了眼泪,涌上双眼。汇集如泉的泪水,从她脸上滚滚流下。

她手里的纸片滑落在地上,她勉强摸索到她的房门,把自己关在里面。

亚撒以为她会激动得发疯,甚至坚持让他立刻出发去内华达州,管它什么秋收不秋收。他没有料想到会是现在这样。如果本杰明死了,那消息似乎对于她来说都会更容易接受些,至少那样更能保持儿子对母亲之爱的幻觉。

娜莉说:"奇怪的老女孩,难道不是吗?唉,我要是你啊,我就给本写信,同时寄到两个地址。他离开的那个和他要去的那个,告诉他,时不时地给他妈写封信也不至于要了他的命。"

她疑惑地问:"他是不是做了什么让他抬不起头的事情?他是不是在赚大钱,或者遇到了什么倒霉的事情?"

他哀求地望着她。

她说:"啊,本总是能平安渡过任何难关的。如果不能,他也毫不在乎。"

是她给了他唯一可能的安慰。的确是这样，本会毫不在乎的。他从湾式凸窗望出去。太阳已经西下，天空是辉煌的金色和藏红色。他开始写信，虽然写得很慢，但他觉得写比说话更容易，更有信心，在斯文森家人到达之前，他有充裕的时间给本写信。

娜莉说："我得先上床了，我的腿不大对劲儿。让埃里克住柴木屋上面的那间卧室。赫尔达还住后角她的那个老房间。告诉她，明天早上如果她比我先下楼，她就做早饭，不要等我。"

她抚摸他的黑头发，从他身边走过。他抓住她的手，把它放在自己的脸颊上。

"总是担心，你都快变成老头了。"她说。

房间里静悄悄的。只有老座钟发出庄严而自以为是的摆动声，好像没有它提醒人们，时间就会凝固一样。他把笔、墨和纸拿到窗前那张铺有台面呢的圆桌上。一只鸫落在葡萄架上唱歌，它的黄昏之歌如笛子般清亮，它飞到花园门上，然后飞回宿息的铁杉树林。一头母牛哞哞地轻声安慰它的小牛犊。放牧场上的羊群，时不时地咩咩对唱。然后万物寂静。花园栅栏上爬满的黄玫瑰通过敞着的窗户送来阵阵芳香。六月的暮光幽蓝恒久。亚撒移动了一下他的纸。他把笔蘸上墨汁，开始写信。

　　亲爱的儿子、哥哥：
　　我代表全家给你写信——

第十九章

阿梅莉亚整整一个星期足不出屋。她只允许赫尔达把送饭的托盘放在她房间的门旁,然后再把空盘子拿走。纳特在门外哀求她开门,她终于让他进去。有一天中午她坐在餐桌前吃饭,什么也没有说。她面容憔悴,但举止愉快。像往常一样,她说她没有胃口,却和埃里克一样能吃。

两个瑞典年轻人性格随和,而且话少,但是对于亚撒来说,餐桌上多了两个雇工,总是没有原来那么随便了。幸运的是,赫尔达总是急于回到厨房洗碟子,埃里克也等不及饭后到门外抽一斗烟。这给了他们片刻的悠闲,一边吃甜点心,一边聊家里的私事。

阿梅莉亚愉快地说:"你们以为我疯了。我想明白了,我怎么能指望那个可恶的吉卜赛女人照看好本杰明的信呢。她把它弄丢了,当然喽,她有可能把它扔进了她遇到的第一个水潭里。"

她给自己又添了一块儿樱桃甜馅饼。

"她没有把本的地址一块儿丢掉,也真是个奇迹。我要给本写信,提醒他一定不能太轻信了,别把宝贵的信件交给这种人。天知道他一共送出多少封信呢。都丢失了,都丢失了。而他一直收不到我的回信,会怎么想呢。从现在起,直到回到自己家以前,他必须用普通邮政业务。我打算对他严厉些。帮我把地址写好,亚撒黑,在你去地里干活之前帮我写好。"

娜莉说:"亚撒给他写过信了,林登母亲。一个星期前。假如本能够收到信的话,也许我们能在七月底收到他的回音。"

"我可不等着他回信,我想让他马上就得到一顿狠狠的批评。"

她脸色通红,一副满足的样子。亚撒的眼睛碰到娜莉的眼光,他离开了餐桌。

赫尔达说:"午餐可好,林登先生? 我没有太太做的好吃,但是我会努力。"

"很好,赫尔达。"

亚撒想感谢她做了许多分外的工作。她让娜莉在床上养了两天,自己悄悄地洗烫了大量的衣服、床单。重活、累活她都抢着干,娜莉很快就感觉好多了。

"很好。"他重复。

埃里克背靠着柴木屋,坐在太阳底下,他的瓷烟斗里频频冒出带着难闻烟草气味儿的烟雾。

"我想是该尝试新种植办法的时候了,林登先生,"他说,"用手来种那么多的土豆,就咱们俩,可是够难的。我做了这个。"

他指着一个奇妙的小装置,一个带操作杆的木盒子,安装在一个老手推车的轱辘上。木盒子底部有一个口儿,由一根杠杆来开关。

"我在特伦特时,见过一个机械播种机。种土豆可能没有播撒麦种子那么好用,大小不一的土豆块儿容易堵住播种口,如果它能行的话,我们至少可以赚出一个星期的时间。现在种土豆已经够晚的了。"

亚撒赞赏地研究着这个播种机,为这个男孩子的创造性拍手叫绝。他发现自己还惊叹于年轻的移民很快就脱掉了他们的口音和方言,而第一代移民却永远改不了乡音。包括赫尔达,斯文森一家刚来时,她已经过了上学的年龄,到现在都带着口音说"谢"和"想"字,不能把两个辅音连起来。而埃里克在林登学校上了五年学,一切就不一样了。亚撒冲着他笑。

"我猜想你是为机械而生的,好啊!"他说。

埃里克自豪地领头朝新开辟的土豆地走去。这块土地是完全从零开始的,原本是放牧的牧场,他们把茂盛的青草翻到地下,把土耙松,挖出一排排笔直的犁沟,只等把种子撒下去。昨天一天的活儿令人腰酸背痛。现在,他们需要把土豆块儿一一播撒在山坡上的犁沟里。正如埃里克预料的,播种机工作一会儿就卡壳儿。土豆块儿太大,或者是形状不规则,就会把种子出口堵住。但是这个小玩意儿一口气走半行是没有问题的,它吐出来的土豆块儿距离均匀,而且只要一个人就能操作。

亚撒说:"你应该给我也做一个,埃里克。你往前走吧,我从另一行开始,用手播种。"

他们不停地干。埃里克的脸闪着明亮的光,浅色的头发在阳光下闪着一抹金色。亚撒很吃惊斯文森家竟然肯让小伙子夏天出来打工。有这么一个儿子在身边一起干活,让一个大男人多么愉快啊。

一天半的时间土豆就种完了。当晚,一场大雨给大地彻底饱和滋润。一个星期内土豆的绿芽儿就冒了出来,很快就长出纹路精美的叶子。菜豆花干了以后,无数的小豆角儿就像一把一把的小剑亮了出来。在阳光雨露的滋养下,豆角很快就长成了。冬小麦也茁壮成熟起来。风一吹,麦浪滚滚,就像褐色的头发在飘扬。夏季的苹果在玫瑰红的薄皮下一天比一天甜蜜。野草莓被摘回家,蘸着金色浓郁的奶油吃,或是做成漂亮的小甜馅饼、松糕,吃不完的就在太阳底下晒干,野草莓季节一眨眼就过了。乌莓和蓝莓用来做布丁和甜馅饼。黑莓的灌木丛像是篱墙,鸟儿与林登家人一起争夺丰盛的果实。野木莓红红的果子诱人地长满荆棘灌木丛中,让人几乎无法下脚去采集。

金黄色小奶油罐儿一般的毛茛五瓣花,早就开过了。最后的雏菊与第一朵野玫瑰见面。正在盛开的蓝色野菊苣,和娜莉的眼睛一样的湛蓝。亚撒无法把菊苣给娜莉摘回去,因为这种花一进屋,就会像睡觉一样关闭花瓣。

娜莉又不舒服了。她身体不适是件非常不正常的事情,就像太阳不再升起或降落那样,令亚撒惶恐不安。有一天,他叫来一个路边郎中,硬让他住了几天,好给娜莉检查与治疗。她浮肿的腿说明肾脏功能有问题,郎中给了她利尿剂。她好了几天,又倒下了,她被勒令卧床休息,一躺就是好几天。赫尔达变成了家里的顶梁柱。

七月的最后一个星期,炎热而干燥。玉米一夜之间蹿足了个子。就像长个子的男孩,能听见骨节咯咯生长的声音。小麦基本成熟,可以收割和脱粒了。亚撒驾马车在村里各家各户走动,安排夏收。老格莱美斯德特有一辆脱粒机。每个种麦子的农民都可以付费租用。劳力不花钱,因为左邻右舍的男人聚集成一支队伍,排出工作时间表。根据庄稼的成熟情况,脱粒机和男人们按照事先安排好的路线,收完一个农场的麦子,便移到下一个。假如两家时间有冲突,因为小麦是很强壮而皮实的农作物,等上一两个星期也没事儿。亚撒是今年的第一家。下星期一就开始脱粒,再过两天是威尔逊家,绕一圈后,最后回到格莱美斯德特家,他家的小麦成熟最晚。

星期六,亚撒驾车来到培顿镇。在邮政局的信箱中只有他订的周报《农场杂志》。本应该有足够的时间给他回信了。当他转身离开时,邮政局局长把他叫了回来。

"刚分完一口袋信件,亚撒。这儿有两封林登的信。"

亚撒的手开始颤抖。邮政局位于培顿百货店后面,室内很暗,他把信拿到明亮处。这是他写给哥哥的两封信,一封寄到亚历桑那州的那个镇子,另一封寄往内华达州。两封信都盖有"查无此人"的印章。他把信撕成碎片,扔进百货店冰冷的取暖炉炉灰里。当母亲的信被退回来时,他也会同样处理的。希望和幻觉能够让她支撑得更久些。

驾车回家的路上,他弯着腰,手握缰绳,希望在心中油然升起。本当然还没有到达内华达州。他这个时刻一定是在两个州之间的什么地方。都怪自己傻乎乎的,还没有弄清他在哪儿,就匆匆忙忙地给他写信。他又似乎觉得本不是处于两个州之间,而是两个世界之间。当他想到本可能会永远悬浮在亚历桑那州和内华达州之间,他很可能永远也找不到哥哥时,心里一阵难受与恐慌。他伸直了腰板,用缰绳抽了一下丹的后背。他会在十月份再往内华达州寄信给本,在信封上标明"请保留"。无论本是否回信,他都会在十一月份去西部找他。

夏收队伍的到来,给大房子里增添了忙碌和热闹,谁也没有注意到亚撒的沉重心情和苦思。娜莉和赫尔达在厨房忙碌,几乎到了疯狂的程度,她们尽量把吃的东西提前做出来。收割者的胃口之大是众所周知的。因为天热,肉类食品不能提前做出来,即使是凉爽的石头储藏室,也不能保证放在里面的食品不被八月的炎热糟蹋。甜馅饼、面包、饼干和小甜馅饼都可以提前烤制出来,存放在储藏室的架子上。能盛好几加仑的大瓦锅里装满了烤制好的菜豆,可以保存到下星期一。娜莉对蛋糕和炸面包圈有极端苛刻的要求,坚持每天做新鲜的。十来个家远的男人必须留宿。其他人都会在这儿吃午餐和晚餐,然后回自己家睡觉。除了早饭,一天两顿巨型大餐,足以填饱大约二十五个麦收大男人的肚子,收割队在他们这儿大约要工作两三天的时间。阿梅莉亚巧妙地避开厨房的一切忙碌。

星期天,娜莉和赫尔达用洗碟子的大盆装满土豆沙拉、泡制酸蛋和卷心菜沙拉,她们做了一大批油炸面包圈,装满了洗衣盆。埃里克在星期天照样干活,就像以前的雇工一样,他没有任何宗教方面的顾虑。下午,他帮助亚撒屠宰了一头猪和两只春羊。涂抹好香料的整猪、整羊都被挂在熏肉房里。全家人为了讨娜莉开心,匆匆忙忙地尽量每样东西都吃一点,但是却吃不下多少,食物数量极大,他们不是为了节省,只是因为没有时间。娜莉和孩子们一起早早就上床睡觉了。埃里克和赫尔达富有瑞典年轻人的朝气和能量,一点儿不觉疲倦,这是星期天晚上,他们借用第二好的马车,回家看望家人去了。

在夏日暮光长久的夜晚,亚撒独自来到麦地。沉甸甸的麦穗把麦秸压弯,都快倒在地上了。他仔细地看着天空。如果这个时候下雨,那可就要把麦穗都打到地上去了。好在天空万里无云,金色的启明星明亮耀眼。他总是为他的庄稼焦虑,并不是为了钱的缘故,而是觉得它们是他自己的一部分,有点儿像他的孩子。他把它们带到这个世界上,养育和关心它们,假如它们不能成熟入仓,这似乎就是对庄稼和大地的背叛。那将是他的失败。他想到纳特,不知怎么,他觉得他看到了自己的失败,他说不出什么具体原因。阿伦特是个软弱的男孩,也许太软弱了,但他从来不惹祸。他像只小狗一样跟着纳特。梅莉还只是个小姑娘,只是那双像极了阿梅莉亚的黑眼睛,时不时地闪烁出她奶奶那样的坏脾气。

他用一双大手捧起一堆麦穗,掂掂它们的重量。他该有一个极好的收成。小麦的价格还没有出来。这是他有生以来第一次关心自己是否能卖出足够的价钱。他需要很大一笔钱来做秋天旅行的费用,但是他还不知道最后能找到什么。他站在齐腰深的麦田里,他那高大、沉思和消瘦的孤独身影,在暮光中像是一个稻草人。

早上三点,他就起床了,开始干日常的早活。夏夜漆黑而安静。奶牛迟缓地站起来,轻声地哞哞叫,抗议这么早就被吵醒来挤牛奶。放牧的马儿看见这么早就有手提灯的亮光,鼻孔出气,跑到栅栏边来看个究竟。当夏收脱粒的队伍到达时,东方刚刚泛出鱼肚白。大家见面后好一阵互相问候,邻居们在一年中没有几次这样的见面机会。男人们将马儿卸下车,放到牧场上,只有一只母马在路上受了点儿伤,腿有点儿瘸,亚撒在给它好好地揉了一会儿后,将它带到马厩里休养。格莱美斯德特和他那两个粗暴无礼的儿子,带着脱粒机来了。他们开始叮叮当当地鼓捣机器。一大堆木柴准备就绪,用来烧脱粒机锅炉。埃里克带着一个助手赶着拉水的敞口马车,到湖边灌满一桶一桶的水,拉回来,保证蒸汽锅炉的供应。亚撒操作他自己的马拉收割机。他套上莫莉和托比,莫莉已经老了,但是亚撒避免用拉轻便马车的王子来做重活,除非万不得已。他愿意开心地看到王子漂亮而健壮,专门为娜莉拉车。

黎明的天空变成玫瑰红色,有足够的光线可以开始收割了。亚撒赶着两匹马,拖着收割机进入麦地,他自己拉动收割机的操作杆。齿轮转动,刀片咔嚓飞舞,收割机立刻在金色麦海中开出一条棕色的道路,果实累累的麦穗头朝外,整整齐齐地倒向一边。捆扎麦子的人跟着收割机,把麦子收起来扎成捆,摞在一起。太阳从地平线上升起来了,亚撒收割完两行麦子,正在转弯开始收割下一行时,就已经听见脱粒机开始喷吐麦粒的声音。脱粒机吐吐停停。吉姆·威尔逊带人把成捆的麦子摞到车上,运到脱粒机旁。脱粒机咆哮着,吐出的蒸汽吹着口哨,咔嚓咔嚓的脱粒声变成强劲的节奏。接下来的一个时辰,他们就这样天衣无缝地合作着,亚撒用收割机割下一行行的麦子,马上就有人把它们扎成捆,又有人负责运送到胃口大开的脱粒机旁,谷壳漫天飞扬,高高的漏斗清泉般地喷出闪亮的麦粒。

突然,脱粒机发出不规则的声音,随即就哑然无声了。有人大喊"机器坏了! 机器坏了!"那些懂点儿机械的人,对机械感兴趣的人，以及想停下来歇一会儿的人，全都涌向格莱美斯德特的脱粒机。亚撒这才想起来，自己还没有吃早饭。他把马随便地拴在栅栏上，就跟其他男人一起来到脱粒机旁，询问机器故障的严重性。大家觉得半个小时左右就能修好。他开始往大房子走。蒂姆·麦卡锡跟着他一同走。黎明的混乱中，亚撒没有注意到他来了。

亚撒说："我去吃早饭，还没来得及吃呢。"

蒂姆抿嘴轻声地笑了。

"我倒是有时间吃饭，"他说，"只是我那家的老板娘从来不会起早摸黑地做早饭。我今天就指望娜莉的丰盛午餐了，真的不是逗你。"

"那你跟我走吧。"

"太好了。空着肚子，没法干活。"

这个小个子男人看上去虚弱而苍老。亚撒再次希望自己能够让他住下，好照顾他。什么样的家庭主妇会把自己家的雇工打发去帮别人打麦子，而连早饭都不给他吃？娜莉看见蒂姆后皱起眉头。

她说："只能委屈你们吃我匆匆忙忙凑合出来的早饭啦。我刚喂完孩子们，送他们出门，现在你妈又要我把早饭端到她房间里去。"

赫尔达在炉台旁说："你端着托盘去吧，林登太太。不就是给两个男人弄早饭嘛，我会飞快地做好的。"

她把平底锅拉到炉台前灶头上，把柴火捅大。

"孩子们已经把燕麦粥吃完了，没事儿，我给你们做薄蛋饼，你们吃完好赶紧干活去。"

蒂姆说："啊，我美丽的赫尔达，假如你也能为我摆设一只漂亮的托盘，哦，再放上一束鲜花，就在正房里伺候着我，让我看着别人忙得昏天黑地的，那多惬意啊。"

赫尔达咯咯地窃笑。

"操心你自己就行了,蒂姆先生。"

娜莉把茶壶重重地放在阿梅莉亚的托盘里,端着它匆匆而去。

赫尔达说:"不是我没有礼貌,林登先生,打麦子的忙日子,那个老的居然还不到餐桌边来吃饭。"

赫尔达把一勺一勺的面糊糊摊在冒烟的平底锅上。五花咸肉在铁锅里吱吱地煎着。喷香的浓咖啡在炉台后灶头上煨着,已经变得更浓。她把咖啡倒进大瓷杯里端上桌,又在桌上放了一罐浓浓的黄色奶油,一瓶枫树糖浆,还有一块新鲜的黄油。第一批薄蛋饼已经上了桌。她不断地烙薄蛋饼,端上桌,直到他们听见脱粒机又咳嗽般地喘起气来,说明又可以接着干活了。亚撒和蒂姆匆匆地赶回麦地。

蒂姆说:"一个男人不能光靠面包活着,这是真的,但他要是有了娜莉的薄蛋饼和糖浆,也就别无所求了。"

他又添了一句:"而且娜莉和赫尔达从来不抱怨搅和面糊糊,或是烙饼。"

亚撒好奇地想,蒂姆是否注意到娜莉那微微皱起的眉头呢?

脱粒机整个上午都吐着蒸汽,节奏均匀地工作着。埃里克负责烧锅炉,保证供应蒸汽,一大堆木柴很快就要烧光了。纳特,还有小狗一样跟着他的阿伦特,提着一桶一桶的清泉水给收割的人喝,机器和人都不断地出汗,干渴,喝水,终于,他们把大量的麦子倒入事先清扫干净的农仓里。

太阳正当午。男人们感到炎热的煎熬,汗水刺痛他们的皮肤。麦壳儿沾满他们的头发和耳朵,飞进敞着领口的前胸,钻进他们的后背。工作进度明显地缓慢下来。马车库上方的大铁钟发出午饭的信号,钟声回响在大田和农仓四方,刚开始的钟声显得犹豫,缺乏自信,当赫尔达再次抓紧沉重的白棕绳时,强壮而热烈的钟声便阵阵回荡,比教堂里的钟声还要甜蜜。男人们发出欢呼声,放下手里的工具和活计。脱粒机咳嗽了一声,便戛然而止。麦收的队伍朝着大房子走去,屋外有供他们清洗自己的长凳,他们把衬衣褪到腰间,洗掉麦壳儿,轮流使用两个大水池和一大卷放在滚动架上的毛巾,梳理他们的湿头发。亚撒最后一个回到家,因为他要把马牵进马厩,给它们饮水,他还叉了些干草放在马厩里给它们当午餐。

夏收的男人们把手放在餐桌上,尽量伸展四肢。桌上堆放着大量食物,比圣诞节还要丰盛。娜莉和赫尔达忙里忙外地端上热汤热菜。这种场合下餐桌上的礼貌和规矩都不重要了,男人们伸出长胳膊叉起炸得酥脆的鸡块、羊排和猪排,将大勺的烘烤菜豆和炖土豆盛到自己的盘子里。他们在沉默中狼吞虎咽地吃着。娜莉和赫尔达撤下空盘子,又端上盛得满满的食物,她们不断地添加烤饼,在餐桌上找出空当来摆沙拉、醋拌黄瓜片、甜洋葱片、颤动的果冻和各种泡菜。饥饿的肚子得到了慰藉,男人们坚持不用换新盘子吃甜点,因为他们已经把盘子舔干净了,说完,男人们爆发出一阵哄笑,但是娜莉在这方面非常讲究,绝不让步,她让赫尔达拿走用过的盘子,换上新的,她自己则一趟又一趟地把大量的甜点心搬到餐桌上。

这是个为丰收感到骄傲的季节,苹果饺、黑莓布丁、野木莓酥饼与各种甜馅饼和多层式蛋糕,琳琅满目,争夺着人们的注意力。冰库里锯木屑中保存着冬天在湖里采集的冰块,现在把冰块敲碎,做出的冰茶特别爽口,咖啡倒满了大瓷杯,最贪吃的男人也不能再吃了,餐桌也吃空了。

有人大喊:"桌面一扫光,咱们亲厨娘!"

亚撒记得他们刚结婚的头几年,娜莉很享受这个习俗。他也因为娜莉有男人缘而高兴,人们开始称赞她是全镇最好的厨师,他也为她迅速增长的名誉而骄傲,但是他无法欣赏几十个满身臭汗、大声喧闹的麦收汉子鲁莽地触摸她。今天,她有备无患。在餐桌旁第一个男人碰到她之前,她就端着一大托盘热气腾腾的油煎苹果馅饼出来。赫尔达拿着枫树糖浆紧跟着她。男人不满地呻吟着。

"不公平,娜莉!不公平!我们已经把桌子上的东西消灭光了。"

"把这个也一扫光,看你还想不想亲厨娘。"

油煎饼酥松如羽毛,味道极佳,胖子爱德蒙勉强撑下四个,托盘里仍然剩下一打左右。收麦子的汉子们不得不接受自己的失败。他们拍了拍肚子,又开始呻吟。他们懒散地走到户外,剔牙、抽烟,或是伸展胳膊和腿。

赫尔达强壮的后背被汗水湿透。娜莉擦干汗水淋漓的红润脸庞。亚撒主动提出帮助清理餐桌,但是被拒绝了。他看见母亲从她的房间里向外瞥了一眼,然后矫揉造作地走到餐桌旁。她在她通常的座位上坐下,在被刚才用餐的人已经弄脏的大马士革餐桌布上铺上一块新的餐巾,等候着娜莉和赫尔达为她们三个女人拿出餐具和食品来。

"啊,天哪,"她说,"这群猪把所有的鸡肝都吃光了。"

娜莉说:"我特意给你留了一些,林登母亲。在这儿。"

亚撒和其他男人一起短暂地休息了一会儿。他们都像他一样急不可耐地想尽快完成收割和脱粒工作,这样整个社区的日程才能落实。他们立刻投入工作。脱粒机在下午又坏过一次,但是几乎三分之一的麦子都已经躺在地上闪闪发光。大家都同意延长当天的工作时间,这样脱粒就会在两天后结束。

亚撒派纳特给娜莉传话,让她推迟晚饭的时间。落日时分,男人们都停了下来,炎热再加上体力耗竭,他们都倾向于烦躁好斗。已经是十四个小时的连续苦战了。

仅四分之一英里以外,就是林登家的皮瀑湖,这是个泉水灌注的湖,清澈凉爽的湖水对于疲劳了一天的男人具有无可抗拒的魅力。他们摇摇晃晃地来到青草翠绿的湖边,脱掉衣服,跳入湖中。水晶一般清澈的水冰凉刺骨,乍一进去的那一刻,几乎被激得难以忍受。不会游泳的男人在石头突出的浅水区泼水。会游泳的逞能游向远处,这里曾经淹死过三个大人和一个小孩,他们的尸体一直没有找到。汉克·威尔逊很快就返回岸边。

他说:"人们都说淹死又容易又痛快,但我可是想给自己一个像样的葬礼,尸体都找不到的话,那葬礼还像什么样子。"

只有麦卡锡不敢跳进令人精力复苏的湖水中。他忙着给男人们冲洗浸透汗水、沾满麦壳儿的衣服。

"反正衣服已经湿透了,"他大声说,"我让它们干净地湿着。"

男人们感激地穿上衣服。炎热的晚上,等他们走到林登家的大房子,在餐桌前坐下时,衣服已经基本上干了。就是住在附近的男人也都留下来吃饭,因为这么晚回家,家里也许只有些零嘴儿剩下,女人们都不会准备什么吃的了。晚餐除了热咖啡以外,都是冷盘。样样好吃,分量庞大,但是男人们已经太累,胃口没有中午那么好了。

脱粒机耀武扬威,一次故障都没有出,第三天就按计划完成了脱粒工作。威尔逊家排在下一个。到他家和接下来的埃尔克顿家帮忙时,亚撒和埃里克都能把家里的早晚活干了。但是再往下,就很远了,只能住在那儿,不能回家。大部分的家庭都有比较大的孩子留下来,做一些家务,比如喂牲畜、挤牛奶和拿柴木回家等等。蒂姆·麦卡锡在亚撒离家帮助别人打麦子的时候,就把家里的活儿全都担当下来。在亚撒和埃里克出门帮忙的两个星期内,即使是娜莉和阿梅莉亚,也因为有蒂姆留下来帮忙而松了一口气。木柴不成问题,娜莉厨房隔壁的柴木屋里的木柴堆积到房顶,高得可以碰到椽子。蒂姆喂养牲畜和挤牛奶是干得下来的。亚撒愉快而放心地离开家。他的小麦获得大丰收。他订的周报《农场杂志》已经报出小麦价格,两美元一英斗。不算其他能卖现金的农作物,现在已经看见的钱,就足够他在大雪纷飞前启程西行了。他还相信那个性格温和的小老头麦卡锡会利用这次机会,迎合娜莉和阿梅莉亚的心意。他一直希望接纳这个老人到家里安度晚年,他不能放弃这个愿望。

第一个周末开始下大雨,严重地威胁着麦收的进程,本来应该休息的星期天也不能停下来,所有的人都留下来干活,因此亚撒也没有机会回家。当他在第二个星期六夜里赶回家时,发现娜莉因为疲劳差点儿失去肚子里的孩子。她虽然又能下地走动了,但是消瘦而苍白,眼睛下面都是黑眼圈。他心里感到很难受,她怎么也没有给他带个话儿。

"你知道了也没有办法,"她说,"一个男人不能只是因为他老婆卧床不起,就离开麦收的邻居吧。"

麦收的纪律的确严厉,但是他知道在娜莉生病的时候,他宁愿冒着邻居乡亲不满意的危险,也要回到她身边的。

"我现在没事儿了,"她说,"收起你的长脸。看你的样子,好像裤子掉了似的。"

眼前的头等大事是趁着麦子的价钱高,把他的麦子运到市场上卖掉。假如今年的农作物收成普遍都好,那么价格可能会掉下来。他把货车装得满满的,到二十英里以外的特伦特出售,他已经跑了五趟。通常娜莉喜欢跟他一起进城,但是路途颠簸,她不敢冒险。途中有几英里的老木板路,特别难走。因为麦子的质量好,每英斗卖了两元两毛五分钱。他的保险箱里塞满了绿色钞票。他又数了数钱,锁上了箱子。孩子应该是十二月底或是一月初出生。不管天气怎样,他决定十一月初就上路,假如有必要,比如说本还没有到达内华达州,他也有时间在那里等他,并有充足的时间赶回来,迎接他的新生孩子。

藤蔓上的豆荚已经干了,两个星期前就可以采集、剥豆和上市了,好在没有雨,豆荚都安全地晾在架子上。埃里克复制了一台他曾经见过的手摇剥豆机。豆荚都收了回来,剥出豆子,装了袋。这些豆子也在特伦特卖了好价钱。豆藤蔓则是牛羊冬天的好饲料。

　　烈日炎炎的八月过去了。九月的一场轻霜触动了土豆花。如果这些土豆能够在地里多长一段时间,就能长得更大一些,但是他们担心会有更大的霜冻,所以必须立刻将土豆挖出来。一场浸透土地的大雨,可能在一夜之间就把土豆都捂烂,而在这个季节大雨是常见的。亚撒在地窖里储存了足够的土豆作为家用,剩下的都在培顿镇轻而易举地卖掉了。镇子里的人只有小菜园,他们很少用菜园种土豆这样的农作物。

　　他的荞麦、大麦和燕麦收成都不错。他和埃里克在农仓的地板上手工脱粒。他去了几趟伯尼水坝磨坊,付给磨坊十分之一的谷子做费用,用石磨把小麦和荞麦磨成面粉,足够一年的家用。九月一个清爽的好天,娜莉坐在他身边,乘坐橡胶轱辘的马车,马车后面装着三口袋荞麦,这是他们最后一次去磨坊,该磨的面就都磨完了。

　　苏模漆树的叶子红了,枫树的部分叶子也在变红,一排排山楂树篱上的山楂果,像是眨着顽皮的亮眼睛。山楂果实累累。但是还没有成熟,小松鼠已经开始浪费地吃果子。它们的嬉闹声混杂在鸟儿的叽叽喳喳的歌声中。还没有候鸟迁徙的迹象。娜莉深深地吸了一口新鲜空气,她的眼睛明亮,她在脑子里记住哪一串野葡萄最大,成熟以后好来采摘。她已经恢复了从前的自己。她可以经常和他一起驾车外出,紧紧地依偎在他身边,这样的好日子又回来了。他用不持缰绳的手搂住她。因为他的疲劳和她的身体不适,他们已经很少有肌肤之爱了。

　　她和磨坊主人聊天,要求把荞麦面磨得细一些。她看着水车轮子不断滚动，把水抛洒在下方有许多泡沫的池塘里。她把树叶丢进去，看它在水面上漂浮打转。她尝了尝荞麦粉，刚在石磨上碾碎，还带着余温。她又回到小女孩时的那个小娜莉·威尔逊了，好像膝下没有一群孩子，也不记得有什么干不完的家务。回家的路上，她指点那些野葡萄给亚撒看。

她说："这个冬天啊，你可以到林子里给我打些飞禽，跟野葡萄果冻一起吃，才是美味呢。这两样东西我们可是有两年都没吃到了。"

阿梅莉亚噘着嘴，嫌他们走的时间太长。她虽然喜欢纳特，但是照顾两个更小一点的孩子，哪怕只是几个小时，她也要让大家明白，这和壮烈牺牲当了烈士差不多。

娜莉说："哦，好了，林登母亲。我会专门给你做苹果厚馅饼，犒劳你。"

玉米成熟了，绑扎成大捆的整株玉米晾在地里，就像印第安人的锥形帐篷梯皮，间差种植的有橘红色的大南瓜，还有皮粗有节疤而肉质结实的大肚皮哈伯瓜。南瓜和其他各种瓜，以及萝卜、甜菜头和胡萝卜都将存放在地窖里。圆白菜切成丝以后，放在五加仑的巨缸里做成德国式酸菜，还可以泡制开胃小菜，或是塞在钟形青椒里然后泡在有香料的苹果醋里。爆玉米花用的整个玉米扎成一束又一束，用绳子串起来，挂在马车库的楼上。杀了猪以后，板油、做好的香肠、火腿和五花腌肉都挂在砖头盖的熏烤屋内，在核桃木炭上慢慢熏烤。干果都采集回家，堆放在马车库楼上的地板上，核桃、榛子、黑核桃、山毛榉果子和白核桃，应有尽有。冬天的夜晚坐在壁炉前，这些果子都是美好的享受。

苹果树果实累累。适合于长时间储存的种类，都装在大木桶里，放在储藏室里。娜莉做了一缸又一缸的香料苹果糖酱，一瓶又一瓶的苹果酱，调制了做苹果罐头的糖汁儿，把削皮的苹果切成四瓣，浸泡在事先调制好的浓浓糖汁儿里。亚撒榨出苹果汁儿来马上喝,或者送人,送一大桶去做烈酒,冬天招待朋友的时候用。剩下的农作物和加工的农产品都在培顿镇上出售,像热蛋饼一样畅销,一眨眼就卖光了。亚撒和埃里克用斧子把大量的圆木劈成柴木。堆放干草垛的农仓、粮食仓库、熏烤屋、面包橱、点心柜、厨房货架、储藏室和地窖,所有的地方都满满地装着人与牲畜吃的东西,直到大地的下一个丰收季节到来,又开始一个新的循环。

　　埃里克领到这个夏天的工资,亚撒给他多添了二十元钱,作为对他的感谢和鼓励。他们非常严肃地握手告别。十月就这样过去了,许多焦虑的候鸟已经南飞,鸭子和鹅停下来休息,在柳岸小溪对面的湿地里找吃的。白杨树是最后落叶的。黄叶子落在地上一堆一堆的,痛苦地颤抖着,被十一月的寒风吹得飘浮不定,无家可归。

第 二 十 章

　　大地苍老了。光秃的牧场使得暴露的花岗岩毫无藏身之处,像是有血肉的大地遭受狼一样的狂风吞噬后,遗弃的残骨。枫树、橡树、核桃树和柳树的枯枝都像颤抖的骷髅。松树和铁杉在十一月灰色的天空下,黑乎乎的,只预示着灾难的来临。乌鸦站在羊圈的栋梁上,伸展魔鬼一般的翅膀,等待什么时候有一只羊死去。没有白雪把这一年的苍老和裸露遮盖起来。冬小麦的小嫩苗在寒冷中萎缩,假如没有地毯般的白雪尽快覆盖,就有夭折的危险。林登大房子烟囱里冒出的炊烟,刚刚升起,就被撕破,立刻被疾驰的低层云掠走。

　　亚撒准备前往内华达州的计划被推迟了两个星期。娜莉双腿极度浮肿,一度神志不清,她病倒了。在她似乎痊愈以后,又恢复了活泼可爱,开始忙前忙后,她坚持让亚撒上路。麦卡锡本来计划在亚撒不在家时帮助打点农场的,却也在娜莉还没有好利落时犯了肺病,险些转成肺炎。蒂姆拿着他那只有花图案的绿色毛毡旅行袋出现在林登大房子里时,依然不断地咳嗽,身体非常虚弱,可他发誓,自己准备好了,接手亚撒农场所有的活儿是没有问题的,他的朋友尽管无忧无虑地上路。亚撒把他需要的极少几件必需品,包括他第二好的套服、衬衣、羊毛内裤、手绢、刮胡刀、梳子和牙刷,装进他父亲的老格拉德斯通小皮箱里。他现在计划,无论他发现本的情况如何,他在本那儿的时间不会超过两天。蒂姆跟着他进了卧室。

"假如你到了那儿,本杰明还没到,怎么办?"

"我已经想到这一点了。我不敢在娜莉这么快就要生产的时候离开她太久。我会给当地行政司法官留下一封信和钱,当然给司法官也留下些费用,让他照顾本。有时我想,本他根本不去邮政局这样的地方。"

"你最后写的信,他没有给你回信?"

亚撒摇了摇头。

"假如娜莉在你回来之前就生了,那该怎么办?"

"我已经跟杰西阿姨说了。她无论如何都会在十二月中旬就过来,提前过来。"

"这样我就放心了。我这一辈子做过许多疯狂离奇的事情,但是接生孩子,可从来没有干过。"

亚撒冲着他的朋友笑了。

"我最多过了十二月的第一个星期就会回来。你有赫尔达。还有我母亲。"

"唉,你母亲可绝对不会为那个新生命的到来着想的。她的心思远在内华达州呢。她可是够疯狂的,就指望你把本杰明夹在胳膊底下带回来,像找到一只迷失的小羊一样。"

他们一起下楼。赫尔达的尖叫声足以划破空气。

"林登先生!"

赫尔达跌跌撞撞,也许又被热水烫伤了。

阿梅莉亚厉声说:"丢了魂了,你这个瑞典疯毛丫头。"

亚撒和蒂姆冲到厨房。娜莉躺在地板上,她的眼睛往上翻,只能看见眼白。出大事了,赫尔达开始哭泣。

"突然就这样了,林登先生,怎么办呢?"

亚撒抱起娜莉,摇摇晃晃地把她抱到厨房边的卧室里。她在床上痛苦地呻吟,拱起后背。阿梅莉亚瞪着双眼看着,然后跑回她的房间,把自己关在里面。

亚撒大声说:"蒂姆,把王子套上轻便马车。"

"那么我去找接生婆?"

"接生婆可以等一会儿。培顿镇的新医生,马上把他接过来,把王子两边的鞭子都用上。"

蒂姆拖着外衣,跑出去。

亚撒颤抖着双手给娜莉脱衣服。她的身体发抖,他把鸭绒被子给她盖上。

"赫尔达!"

小姑娘进来,用围裙擦着眼泪。

他说:"她看上去很冷,你觉得应该用热毛巾敷肚子吗?"

她恢复了理智,摇了摇头。

"我觉得热的不对。冰更合适,止血什么的。"

她的判断能力可能比他自己的强,他点了点头。她拿着冰斧和铁锅急忙跑到冰室。亚撒坐在床边。他用自己的手搓着娜莉麻木的小手,直到它们不再是蓝紫色。他又把她的脚放在自己的腿上,轻轻地揉着,它们也不再像大理石一样苍白而冰冷。她醒过来,痛苦地大声喊叫。赫尔达用毛巾包裹的碎冰似乎很残酷,但是他把它横放在娜莉的肚子下部,然后把被子拉到她的脖子处,掖得严严实实。他抚摸她的头发。她睁开眼睛,迷乱地看着他。她的这双眼睛就像他的一匹母马在难产中死去前的样子。

他说:"医生就要来了。没事了,现在没事了。"

他的声音充满慰藉,就像他跟他的动物说话时那样。一阵抽搐使她全身扭曲,接下来又一阵抽搐。他和她一同受难,他的肠子像是被蝰蛇咬了一口又一口。他心中油然升起一种无限而莫名的罪恶感。假如医生不尽快赶到,她一定会死去的,也许不管医生来不来她都会死的,而他自己无能为力,只能紧紧地握住她的手,每当一阵抽搐过去,他就把她的腿拉直,梳理她汗水湿透的头发。肉体的痛苦对于他这个男人来说是自然的,容易接受的,就像接受风与雪。有一次,他自己的镰刀不小心碰到一块暗藏的石头,反弹回来割伤了自己,骨头都暴露出来。还有一次他被摔伤,肩膀伤势严重,躺在地上几个小时都不能动弹。这些皮肉之苦,虽然极度疼痛,但是对于他这个男人不算什么。可是他爱娜莉,眼睁睁地看着她所受的痛苦,使他感到一种莫名而无助的愤怒。

他看了看他的手表,蒂姆已经走了一个小时。鞭打下的王子到现在也应该有个来回了。也许医生到另一个方向的乡村出诊去了,医治其他遭受病痛折磨的女人,假如这样的话,医生能分辨病情的轻重缓急,并因此而做出对的选择吗?蒂姆能够让医生明白娜莉的特殊性吗?让医生明白因为她是娜莉,所以她不能死吗?他听见马蹄在木板桥上的飞奔声和轻便马车的辘辘响声。蒂姆转弯把马车停在房子门口。当亚撒看见马车上跳下一个手提黑包的中年人时,他吃了一惊,同时松了口气。这个医生是培顿镇的新医生,亚撒还担心他是个没有多少经验,刚从医学院出来的毛头小伙子呢。

蒂姆在门口说:“我把王子累坏了,我这就套上母马去接那个女人。”

亚撒向医生点头问候。亚撒把他带进卧室。在医生检查娜莉时,他退到门外等候。

“什么时候开始的,林登先生?她的妊娠从一开始就不顺利吗?”

亚撒简单地介绍了情况。

“现在的情形非常严峻,林登先生。孩子还得一两天才能出生,但是我们不能等了。我能得到你的允许把孩子催生下来,以保住母亲的生命吗?这样孩子基本上无法活着生出来。”

亚撒眼睛无神地瞪着。这个医生,这个男人站在眼前,这真是个奇迹，因为他并不明白娜莉是谁，有多么特殊。

医生不耐烦地说："假如你选择等孩子自然出生，那我就无法保证女人的生命。其实，就她现在的情况，谁也不能保证她的生命。肾脏感染引起的惊厥休克十分严重。"

"啊，"亚撒说，"除了我妻子以外，什么都无关紧要。无关紧要。"

"好。把厨房那个女孩给我叫过来。"

医生给赫尔达迅速地下达指令。她又变得精明强干起来，准备就绪，全身心地投入任何任务。卧室的门紧闭着，亚撒在外面等待。他沉重地坐在湾式凸窗前的躺椅上，双手抱住瘦骨伶仃的膝头，失神的眼睛看着秃芜荒野的远方。蒂姆赶车带着杰西阿姨回来了。杰西阿姨说话间，就扔掉了外衣和无边圆帽，从她的手袋里抽出一件白围兜穿上，洗干净了手。她打开那扇凶多吉少的卧室门，静悄悄地把门在身后关上。

亚撒听到杰西阿姨偶尔的轻声细语，有时还听到医生的声音。娜莉发出一阵尖叫，这与她往常生孩子时的从容不迫完全不同，叫声像是猛兽的爪子抓乱他的心思，撕碎他的肉体。他不知不觉地走到房子外面，通过花园门，盲目地游走在毫无生气的棕色田地里，后来他感到离开房子比听娜莉喊叫的折磨更可怕。当他回到房子里时，只有一片寂静。卧室门依然关闭着。他听见杰西阿姨拖着沉重的脚步在地毯上走动。他听见她激动的说话声。他听见医生的回答。

"尽你所能。我只能先顾这一头。依然是势均力敌，不明分晓。"

亚撒瘫坐在躺椅上，他的腿支撑不住他的身体。他的头埋在双手里。

"上帝啊，帮助她，拯救她。"

一阵强风吹得窗户遮阳板哗啦作响，烟囱里的烟打着漩涡倒流进房子里。回答他的祷告的只有十一月的寒风。他的祷告听上去很冒昧。但是谁比他更明白一个男人和他的所爱呢？一个男人和一个女人，在这个数不清有多少男人女人的动物世界中，配成一对是什么意义呢？

生命，神秘地将分子和中性小元素有机地结合在一起，将骚动和激情蕴藏其中。普通的树叶里就有生命，树叶飘落、枯干，被狂风卷走，而这一切似乎对大地生机和生命的延续没有任何影响，他和娜莉不正如树叶一样吗？他们和所有的一切都是紧紧联系在一起的，男人和女人，野兽和家畜，花、果和叶，谁能请求躲过这个命运呢？只要这个整体在延续，地球就会照常运转。即使有一天太阳都不再升起，地球变成冰天雪地的死地，所有的人、动物和植物都灭绝了，那么在遥远的地方，在其他的星球、类似太阳的恒星系里，生命强劲的脉搏依然跳动，不可毁灭，永恒，这种生命就是地球人所说的上帝。这一点他是可以肯定的。但是他感觉不到慰藉。因为这片要飘落的叶子是娜莉。

他站起来，盯着窗外看。卧室的门打开了。杰西阿姨大声喊赫尔达，让她在烤箱里烘热一条软和的毯子。一个小时过去了，接生婆出来了。

她说："亚撒，婴儿还活着。早产了六个星期，不是吗？一个小丫头，不比一只兔子大，但是完全成形了。我相信她能挺过来。等霍尔德大夫一开出他需要的清单，你，或者蒂姆马上就到他镇上的诊所里去取。我们还需要奶瓶和奶嘴。"

这活下来的孩子不知道世事深浅。亚撒眼窝深陷的眼睛询问性地看着杰西阿姨。

她柔和地说："别问我娜莉怎样。我们不知道。她的身边有一个好人，好医生，是我见过的最好的一位。只是有点儿什么地方很奇怪，我也说不清楚。"

中午时分，霍尔德医生走出卧室。他交给亚撒一个清单。

医生心不在焉地匆匆吃完赫尔达做的饭。亚撒一口也吃不下。他希望自己能够驾车去培顿镇,但是又不敢离开家。他派蒂姆拿着清单去了。下午过去了,晚上也过去了。霍尔德医生出来要一个临时床垫,他要守护在病人身边。

亚撒问:"我能看一看她吗?"

医生摇了摇头。

"最好别看,她还认不出任何人来。"

赫尔达端着阿梅莉亚用完晚餐的托盘从她的房间里走出来。他母亲一整天都没有出现。他想问她是否能够暂时搬到楼上的卧室住几天,这样杰西阿姨可以住在她的房间里,不用上下楼就方便多了。他希望母亲能够主动提出来。

杰西阿姨说:"亚撒,我可以睡客厅里的沙发。"

他不愿意上楼,离娜莉那么远,他也不愿意去敲母亲那扇关闭的门。

他说:"我不会睡觉的。你上楼,好好休息一下。有事情我会叫你的。"

沙发没有他的身体长,就像没有杰西阿姨的身体宽一样,谁睡都不舒服。他把圆肚皮取暖炉的火一直烧得旺旺的,在它的红色火光下,坐了一整夜。霍尔德医生叫了两次杰西阿姨。灰蒙蒙的早晨如死灰一般,方向不定的寒风急剧增强。蒂姆·麦卡锡做完平时亚撒做的活儿。医生和人家一起沉默地吃早餐。阿梅莉亚出现了。

她兴致勃勃地说:"我希望我现在不会妨碍什么事情了。一切都结束了,每个人都好?"

医生盯着她看。

亚撒说:"对不起,霍尔德大夫,这是我母亲。"

阿梅莉亚点头致意。医生仔细地研究她,却没有回答她的问题。他把咖啡端到自己的唇边。

她说:"哦,是男孩还是女孩?当然喽,做奶奶的有点儿好奇嘛。"

杰西阿姨没好气地说:"一个早产的丫头片子,还在喘气,娜莉还难说。"

"哦,这可不像是娜莉啊。她生孩子通常是容易得像母猫下仔儿。一个小时以后就能漂漂亮亮地系好丝绸带儿,没事儿了似的。"

医生把他的咖啡杯子重重地摔在桌子上,回病人房间了。杰西阿姨起身跟他走了。蒂姆低头看着自己的盘子。亚撒看着母亲没有表情的脸。他想象不出这副面孔后面是什么样的想法和主意。毫无疑问,如果她依然对娜莉怀恨在心,就根本不会在意失去娜莉,更不会为小婴儿着想,别梦想她会照顾没有妈的孩子。阿梅莉亚胃口极好,时不时地说点儿什么。

她说:"这次我们可要破费了,亚撒黑。你打算要医生在这儿住多久啊?"

"需要多久就多久,假如他愿意的话。"

"他没有跟你说过大概需要多少钱?"

"我想他自己也不知道。"

蒂姆突然起身离开餐桌。

他说:"亚撒,我在马车库清洗车具,有事情叫我。"

度日如年。霍尔德医生出来吃口东西,喝杯咖啡,偶尔一次出门绕着房子散步,沉思。他这个人的确有点儿什么蹊跷的地方。他身体消瘦,皮肤颜色较深,几乎和亚撒一样沉默寡言。他的黑发中夹杂着一缕一缕的白发,眼睛深陷,显得阴森森的。他的眼袋似乎不是疲劳本身引起的。他的脸皱纹满布,呈灰绿色。他精巧细腻的长手指不停地发抖。他对病人的病情只字不提,亚撒明白要问了也没有用。毫无疑问,这个外来的医生正尽一切努力为娜莉的生命而战,哪怕是面对最凶残的敌人,他如同病人的丈夫一样,把她理解成世界上最珍贵的。

第三天,他让亚撒派蒂姆去培顿镇给他自己取一些个人用品。

他还让带消息回去:"告诉我的管家谢绝一切病人。"

一天又一天在缓慢的噩梦中度过。卧室中曾一度有过惊慌,战斗激烈而残酷,似乎到了失败的边缘。霍尔德医生只允许亚撒进去看望娜莉过一次。她静静地睡着,处于药物的麻醉中。她的小脸消瘦,皮包着骨,就像狐狸的脸一样。她的嘴微微开启,嘴唇发青。她的微弱而没有规律的呼吸更像是轻声叹气。杰西阿姨把摇篮里的小被子角掀开,给他看小婴儿。孩子的身体也发青,而且那么小,那么脆弱,他都不敢碰她。他摇摇晃晃地离开病房。

第八天,霍尔德医生出来见他。

"我们赢了。她脱险了。"

亚撒注意到他母亲示意医生过去。他们只谈了几分钟的话。他听见医生用冰雹一般抑扬顿挫的声音,对付阿梅莉亚低沉平滑的言语。她放走了医生,又把亚撒叫过去。

"我亲爱的亚撒黑,你可真够诡秘的啊。但是我从那个古怪的男人那里挖到了我要的信息,他说娜莉的恢复没问题,正如我一直料想的那样。但是,她似乎需要一段时间才能恢复体力。可以肯定,你不会仍然计划离开她去内华达州吧?"

"当然不。从第一天起我就不再想旅行的事了。"

"我猜也是这样。当然你的责任是在这里,我的则不一样。假如你能好心把你计划用的盘缠交给我,麦卡锡可以驾车送我去火车站,赶今晚西行的火车。本杰明会和他的母亲一同回家,他回来以后只能嘲笑你们。"

那么,这就是她对娜莉死活不顾的原因。娜莉的生命危急对于她来说只是一份少有的好机会。亚撒的肩膀像是被一种几乎无可承受的负担压垮了。

他说："母亲,这是艰难的长途旅行,中途有许多等待和辗转。我们还不知道本是不是在那儿,会不会去那儿。"

她跺着脚。

"假如没有人去找,我们又怎么能找到他呢?我应该永远是这个去找他的人。给我钱。"

他拿出钱盒子,给她数出一笔钱,比自己计划要带的还要多。他又把一些钱装在另外一个信封里。

"这个是留给当地行政长官的,如果本在你离开后才到达,就让行政长官交给本。"

"我会一直等到本杰明出现为止。假如本根本不打算去某个地方,是绝对不会给别人一个具体地址的。不过,我会把这份钱带上给他的。"

她的行李,他看见了,早已经准备好了。他明白无论霍尔德医生说什么都无关紧要,什么也不能阻挡他的母亲。他感到吃惊的是这些天来,她居然能够克制自己等到现在。他怀着极度的焦虑,目送她登上轻便马车而去,一个上了年龄而又偏执疯狂的女人,独自去往险恶难测的外面的世界。他意识到她必须这样做,也承认这对于自己来说是个解脱。娜莉可以在平静中恢复健康了。

霍尔德医生宣布可以将娜莉安全地移交给杰西阿姨了。他会每隔几天就自己驾车来看她一次。假如有任何不测,一定要马上通知他。这个男人一副兴高采烈的样子。亚撒拿出他的钱盒子。

他问:"我该付给你多少钱,大夫?"

两人都明白,这么多天,日日夜夜,不顾其他病人,这样的服务是无价的。霍尔德说了一个数目,听上去很高,但是在这样的情况下,完全合理。

他说:"假如你能够负担得起的话,林登。否则,你愿意给多少都行,或者分文不给也可以。"

亚撒打开钱盒子,数出纸币。

"我应该把我所有的一切都给你。"

"这是我的一个成功的病例,是的。可以补偿我的一些失败。"

男人皱了一下眉头。他伸出手,亚撒热情地握住。

"我不知道怎样感谢你。我猜你明白——娜莉——"

他哽咽得说不出话。

霍尔德说:"我向你保证这里面没有什么情感因素,碰巧是对我的一个挑战罢了。"

亚撒看着他登上轻便马车,坐在麦卡锡身边。杰西阿姨来到他身边,和他一起看着窗外。

"我应该一开始就知道,"她说,"是酗酒。他今天早上又开始了。"

亚撒吃了一惊。

"他给娜莉看病期间喝酒了吗?"

"有上帝的恩典,没有,他没喝,要不你可能就没有今天的娜莉了。有时,没有酒,他几乎疯狂,上瘾症状严重,但是我竟然没有意识到。他是条汉子,一直坚持到完成任务。"

这个男人突然清楚而完整地展现在他面前。他不得不做他必须做的,被别人或自己驱使而背井离乡,在一个小村镇开始新的生活。亚撒猜不到霍尔德曾经给别人的妻子带来过什么样的悲剧,在酒杯中输掉了为她们而战的战斗,就像他可能会失去娜莉一样。亚撒浑身打着冷战。他同时为这个男人感到巨大的同情,想着是什么驱使他进行这样绝望的逃难。

霍尔德大夫保证过几天还来,结果一个星期了也没有再露面。好在娜莉大难不死,逐渐恢复起来,也不再需要他了。杰西阿姨用枕头垫背支撑她坐起来,给她梳理她的一头卷发,她也是第一次能够好好地洗个澡。娜莉有了些胃口,赫尔达欣喜若狂,赶紧做了奶油蛋糊和各种鸡蛋食品。亚撒几乎寸步不离她的床边。他数小时沉默地坐着,如饥似渴地看着她,握着她消瘦的手,直到她累了,把手缩回去,睡着了。

杰西阿姨把许多时间花在弱小的婴儿身上。牛奶对婴儿的胃来说太强了,她便做实验,用水来稀释牛奶,先加一点点糖,又试着用温和的苜蓿花蜜,结果都不理想。蒂姆·麦卡锡便被派到斯文森家去弄羊奶,也做了稀释,结果很好,答案找到了。斯文森坚持把乳羊借给他们,这样就省得每天来回长途跋涉了。

第一场雪柔软轻盈得像鹅毛。娜莉被搬到阿梅莉亚的一楼前卧室里,亚撒保证取暖炉每一分钟都烧得旺旺的。

她诧异地问:"可是,亚撒,你的母亲在哪里?"

"她替我去了内华达州。"

"哦。"

她把床罩抚平,点了点头。

"这样她会更满足些,不管能不能找到本。"

她的眼睛闪闪发光。

她说:"只可惜我卧床不起,虽然没有老姑娘在身边碍事。她去路易斯安那州时,我们可是玩得最开心的时候。记得那天夜里在沙发上……"

他恐慌起来。

"千万不要想这些事情,娜莉。"

"老天爷哎,凭什么不能想。医生说这样的极端情况是不会再发生的了。我可不想就此罢休,不再享受销魂时光了。"

她的身体允许孩子们来看她了,她让他们在她的房间玩儿,在床上爬,央求吃一口她的病号饭。

她能够走出卧室,坐在客厅取暖炉旁的躺椅上。杰西阿姨一直住到娜莉可以料理自己，赫尔达也学会了婴儿料理和人工哺乳的各种变化和技巧。亚撒给接生婆付了钱。他满怀感激，却笨嘴笨舌地说不清，好在杰西阿姨完全明白。

"娜莉挺过来是没有我的功劳，但是我说，亚撒，你的这个孩子可是我从死神口里夺过来的。医生都差点把她当做死胎，小猫一般扔掉了。"

他说："我们应该用你的名字给她命名。"

"我从来就不喜欢'杰西'这个名字。但是不管怎么说，还是让我给她起个名吧。她看上去像个瓷脸布娃娃那么乖巧。我会叫她瓷脸布娃娃——'多莉'。"

他心满意足。他心里本来就秘密地想着"娜莉"这个名字，"多莉"跟它押韵呢。这孩子长得像她母亲，深蓝色的眼睛，一束束板栗色的卷发。杰西阿姨把亚撒拥抱在她宽阔的大胸膛里，然后便匆匆离去，她说在接下一个任务之前，一定得休息一下。娜莉也赞成孩子的名字。

她说："我想，经过这么多的坎儿，这孩子一定会被宠坏了的。"

他把蒂姆留了下来，娜莉似乎也不在乎，或者根本没有注意到。老人给了他更多的时间陪伴娜莉。圣诞节静悄悄地过去了。亚撒去了一趟培顿镇，买了礼物和一些节日奢侈品。威尔逊家人带着礼物来了，但是没有留下来吃饭。娜莉早已提醒他，把他母亲的礼物寄到内华达州去，应该有足够的时间在圣诞节前收到。他们只收到过一封简短的来信，说她安全到达了内华达州。

二月初他们收到阿梅莉亚寄来的一封信。厚厚的一封信，她描述了沙漠中的这个小镇，就像一个驿站一般。她寄住在驿站主人的家里，和他的妻子住在一起，那里的一切都很简陋和粗野，但是她觉得还挺舒适。白天阳光明媚而炎热，夜里温度急降而寒冷。天空如此开阔，是她从来没有见过的。这个镇子是淘银矿工聚集的地方。本杰明还没有到达。她会呆到春天。因为本很可能会和淘银的春潮一同来到，甚至于在春天前就能到达。她很好。她希望全家安好。

三月份，她来信要钱，因为她不得不把给本杰明留下的钱用光了。她还雇用了一个男人，让他到内华达州和亚历桑那州的一些城镇去找本杰明，本可能会在那些地方工作，停留。这些矿工看上去都不富裕，这是毫无疑问的，但是他们对前景都很乐观，本杰明也许已经赚了一大堆钱了，正像他所说的。她需要钱给她的侦探信使付工钱。四月份，她再次写信要钱。家里的钱盒子已经从满满的一盒子钱变成了岌岌可危的几百元钱了。

五月底，阿梅莉亚步出一辆培顿镇出租马车，昂首阔步地走进房门。她那双黑眼睛深深地陷入眼窝。她的头发蓬乱，黑丝绸裙子满是皱褶和污迹。她看上去就像一个病入膏肓的女巫。她僵硬地点头致意，走进自己的房间，关上了门。

第二十一章

亚撒被南方传来的滚滚雷声惊醒。夏日的黎明昏暗如夜，空气沉闷如凝固了一般。卧室里幻影阴森，明亮的闪电中，油漆锃亮的高脚柜跳进视觉中心，巨雷炸响后，又是一片漆黑。娜莉在他之前起床，开始做她的家务。他转头向东，在闪电中，看见她在菜园中的身影，她要赶在暴风雨来临前把一天要用的水果蔬菜采集出来。电闪雷鸣中，他没有听见卧室的门被打开。地毯上响起轻快的跑步声，像小猫咪蹦蹦跳跳一般，多莉爬上床，小手指插入他的头发，温暖的脸蛋贴着他的脸颊。

"大熊拥抱。"她说。他紧紧地搂抱住她，她的小胳膊紧紧地绕在他的长脖子上。

她已经四岁了，她生命的每一天都是奇迹，因为她像一朵银莲花一般脆弱。她是娜莉外形的小复制版，同样的蓝眼睛、白皮肤，天然的玫瑰红晕飞在脸颊上，淡淡的卷发已经变成和娜莉同样的深深的金黄和板栗色。她和他的亲近也是个奇迹。她是他身上的肉。他们的身体能够天然地认出对方，所以只有永远在一起，才能感到完整，分离给他们带来不能忍受的痛苦。

她带来她的衣服，让他帮她穿。她摇摇晃晃地把一条腿伸进她那有褶边的小短裤腿里，粉红色的小舌头含在双唇间，全神贯注地把另一条腿伸进裤腿，结果被她的背心和衬裙套住了腿。亚撒赶紧帮忙，叹了口气，她穿上可爱的粉红色花褶边围裙，转过身让他帮她把背后的扣子扣上。那些极小的珍珠扣子不断地逃脱亚撒木瘤般笨拙的粗手指,像汞珠子一样从扣眼旁滑走,他满头大汗,终于完成了他喜爱而享受的任务。他对娜莉帮孩子们穿衣服的速度,有了新的理解和敬慕。

多莉宣布:"现在该我帮你了。"

父女俩一折腾,耽误了他干早活,但是这一切是多么的甜蜜啊,他极其庄重而严肃地假装需要孩子帮助他穿袜子,多莉踮起脚尖帮他系工装裤的扣子,她的手在粗糙的牛仔布衬托下就像白色的小飞蛾。他把她抱起来,放在肩头,扛着她下楼。赫尔达的早饭基本上准备好了。林登家已经过上了小康生活,这个性格温和的瑞典女孩也成了家庭中的一员。

她说:"最好先吃饭,后干活,林登先生。"但是他摇了摇头。

他不会让他的那些生灵等待着他,不挤奶、不饮水、不喂食,那怎么行,不把牲畜照料好,他自己是无法享受早餐的。娜莉提着满满的一篮子水果和蔬菜进来,像是个布衣的丰收女神。

她说:"亚撒,我发誓你是故意闲荡。倾盆大雨每一秒钟都可能开始,把你浇个精透,你就盼望着这样吧。"

他笑了,亲吻了她的鼻尖。

多莉说:"爸和我穿衣服,好玩极了。"

"我敢肯定你们玩得很开心,可能一半时间都在搂搂抱抱。亚撒,看在上帝的面上,赶紧去挤牛奶,干活。不,多莉,你不能跟他去,一个人被淋得透湿就足够了。"

在他到达农仓之前,夏日的暴风雨就摇旗上阵了。倾盆大雨,好像河坝被冲垮一般的洪灾。他提着牛奶桶从柴木屋进家,牛奶被晃荡得起了厚厚的白沫,又被飞溅进去的雨点打出小坑窝窝。导雨管咕噜咕噜地打嗝,雨水哗啦哗啦地流入深深的储水罐里。他像娜莉预告的那样,浑身湿透;也像她预料的那样,非常享受夏雨的沐浴。纳特、阿伦特、梅莉和娜莉看见他的样子,都大笑起来,他的黑头发贴在脑袋和脖子上,水从他的长手臂、鼻子和下巴流淌下来。

"送走一个大男人，迎来一只水乌鸦。"娜莉说。

他脱下外衣，抖了抖水，把它挂在柴木屋里。他在厨房炉台前烤干自己，伸出手，然后转身，以不同的方向朝着火烤，多莉聚精会神地看着他，娜莉说他看上去像一只在炉火上烤制的鸥鸪。

大雨使早晨的天空显得特别阴暗，厨房使每个人感到温暖和慰藉，所以早饭就在厨房的餐桌上吃了。依然温暖的炉台上点着一盏灯。有的人吃饱了以后，又给自己添一份，陪别人吃，赫尔达不断地端上热乎乎、香喷喷的火腿炒鸡蛋，还有刚出炉的蓝莓小松糕。一壶浓香的咖啡喝完了，赫尔达又酿制了一壶。他们悠闲地吃着油炸面包圈，在饼干上涂抹厚厚的苹果花蜂蜜。娜莉突发奇想，要在她喝第三杯咖啡时吃木莓小甜馅饼，她说孩子们到时候也必须和她一起吃。婴儿威利斯趁人不注意的一瞬间，把自己的脸和围嘴涂满了红色果酱。亚撒坐在威利斯的高椅子旁，用娜莉的亚麻餐巾给他擦嘴，结果犯了一个家务大错误，他应该让赫尔达用湿抹桌布给他擦洗的。

等娜莉连珠炮一样的抱怨逐渐消失后，亚撒冲着威利斯笑了笑，让孩子放心，雨过天晴。这孩子还不到两岁。娜莉生他时，没有亚撒害怕的任何复杂病情。他的身体不像多莉那样脆弱，这是事实，但是不知道他的精神上缺少了什么。他很安静，阿伦特都从来没有这般安静过，他那温和的微笑里似乎带着与世隔绝的孤独。好像娜莉的活力已经完全用在多莉的出生中，或者亚撒的种子不知怎么被稀释了。亚撒渴望这个孩子的回应，他在给予多莉无限疼爱的同时，心里依然有空间，他爱这个孩子，可是威利斯害羞而礼貌地微笑，然后撤退到自己的世界里躲起来。孩子的父亲无法接近他。

娜莉说："赫尔达，去看看林登母亲还需要什么。"

女孩咯咯地讥笑。

"早饭吃得像马一样多，能顶上两匹马的饭量了。我再送些小松糕吧。"

"我们今天早上都像小猪一样能吃，我要为午餐做小甜馅饼。对了，我要做小杯蛋糕。"

在娜莉著名的厨艺中，最拿手的就是小杯蛋糕，她能变换无穷花样，蛋糕上的糖霜是名副其实的彩虹颜色和各种精美装饰。她把烤制好的小杯蛋糕摆放在一个巨大的铁石头精细瓷托盘中，拼出精美的图案，端出来，给人美的享受，当大家把小杯蛋糕一个一个地拿走时，她抱怨托盘的图案被弄乱了。亚撒私下开始一项工程，帮助她解决这个矛盾的难题，他想一定会令她开心的。今天早上他正好完成了他的工程。他做了一棵小杯蛋糕树。

大雨拍打着玻璃窗格。菜园变成了海底花园，胡萝卜羽毛一般的叶子在浑浊的水里飘荡，好像海藻一般。滂沱大雨令人看不清路对面的农仓。圆木小屋被孩子们当成了玩具房子，这样他们有个地方放他们的宝藏，玩大游戏，但是纳特认为冒着雨跑到那里去玩不值当。他热爱舒适生活的程度与十二岁年龄男孩子的健康天性很不相称。很简单而显然的是纳特想做的事情都很重要，纳特今天不喜欢被雨淋湿，或者是受冻。他的决定就是最终答案，虽然梅莉常常发脾气，跟他争斗，但是最终要败下阵来。今天早上，纳特宣布，他们要在阁楼里玩儿。他们要用娜莉冬天用的绗缝被子做帐篷，玩印第安人受围攻的游戏。

"来，多莉，你来假装我们活捉的白人孩子。"

多莉摇了摇头，把手插进父亲的胳膊里。她要跟着父亲，去他要去的任何地方。纳特满脸怒容地盯着她，然后发出战争的怒吼，从后楼梯跑上阁楼，阿伦特和梅莉跟在他的背后。娜莉让赫尔达去叠被子、扫地、掸灰尘，拿出她烘烤面包和蛋糕的神圣用具。亚撒根据天气给多莉穿足了衣服，头上顶着一件湿外衣，带着多莉过了门前的大路，来到马车库的楼上。这里灰尘很大，有挂着的马具、堆积的干果和做爆米花用的玉米的混合气味儿。

他喜欢做木工活。他总是存放一些野樱桃和黑核桃的木块和木板，让它们风干，枫树、白杨、灰胡桃和松树木料也总有备货。在他雕刻和接合木头的时候，他感到一种和吹笛子一样的莫大满足和欣慰。不可触摸的东西和抽象概念被赋予生命，变成有形的美丽，肉眼可见，耳朵可闻，在他的无言沉默中不再是秘密。木头的年轮、断层的不同颜色，这些自然的纹理图案让他愉悦。他把一张未完成的樱花木桌子挪到一边，拿起娜莉的蛋糕树的部件。这项工程的难题是，既要精美好看，又要结实；既要实用，又不能奇形怪状。他以前做过一个，样子像是针叶枯干脱落后的玩具圣诞树的骷髅。用起来也没有问题，但是他觉得看见这种难看的样子，让人怪难受的，就把它当引火柴烧了。后来他在他的百科全书里找到了一个原型，一张古代烛台的照片，有许多分支，典雅而富有灵感。他用硬枫木为原料，以烛台为原始模型，用坚硬的木料做出有锐角的细圆手臂，难度相当大。圆形底盘平滑而结实。中央树桩高达两英尺，圆锥一样地逐渐缩小至顶点。他现在点燃了烧热胶锅的火。他把一个个手臂插到吻合完美的树桩孔里，它们向外伸展，树下方的手臂长，越往上越短，从侧面看，树的侧影就是一个三角形。每一个手臂的末端都有一个高出几英寸的向上张升的手指，这些尖尖的手指不是拿蜡烛的，而是端娜莉那些神圣的小杯蛋糕的。

多莉被蛋糕树迷住了。她参与了这个秘密，因为她是所有孩子中唯一不会到娜莉那里泄密的人。亚撒把他的工具放好，早晨就这样在他的专注中度过。他一只手牵着多莉，另一只手高高地举着蛋糕树，好像举着灯为她照亮道路一样。雨已经不知不觉地停了。他们站在门口的车道上，向南望去。山丘是靛蓝色。谷地里袅袅升起的白云像是印第安人营地中的缕缕炊烟。烟雾慢慢地飘移、飘散,在铁杉树林上方化成清新空气。一束阳光像一根银色的手指触摸着那远方的靛蓝。

亚撒和多莉在厨房门口侧耳倾听。只有赫尔达轻声哼唱小调。他们朝里面看了一眼,示意赫尔达过来。娜莉正在餐厅和孩子们聊天。午饭已经准备好。亚撒耳语,赫尔达点头。她把娜莉装满小杯蛋糕的托盘给他,抿嘴轻笑。

娜莉在用糖粉装饰蛋糕时,展现了空前绝后的技巧。有巧克力糖霜、绵白糖、焦糖、薄荷、椰蓉和柠檬,应有尽有。深色巧克力中洒满银色小颗粒,绵白糖中则有红色的桂皮小糖心,或是黄色的橘味儿星星,焦糖上摁上一分为二的灰胡桃。亚撒和多莉把小杯蛋糕摆在蛋糕树的手指上,结果整个树像是一束花的图案。赫尔达在门口望风站岗。

"赶紧哦,林登先生,不然她就要过来喽,那就轮到你们吃惊喽。"

他们把他们的杰作放在牛奶架子上,到餐桌上和全家人吃饭去了。多莉很拘谨,她的双眼闪闪发光。

娜莉说:"你们两人在捣什么鬼?我刚要派纳特去抓你们呢。"她一边说一边帮赫尔达把冒着热气的食品摆满了餐桌。

娜莉摆好香喷喷的油炸鸡,她觉得这样的食物不应该只留在星期天吃。还有甜玉米,新挖出来的小土豆,菜豆在黄油和奶油中游泳,热饼干,西红柿片儿,醋拌黄瓜和洋葱环儿,各种小菜和果冻。中午变得清新而凉爽。窗户大开,微风轻轻吹动白色窗帘。明亮的阳光洒进房中,照亮铺有大马士革桌布的餐桌。

娜莉说:"留着些胃口吃甜点哦。我可是做了一上午呢。"

赫尔达开始清理餐桌,她向亚撒和多莉会意地眨眼睛。娜莉端着一大摞盘子,离开了餐桌。他们在她离开后,悄悄地溜进柴木屋。大家听到娜莉的尖叫声。

"我的小杯蛋糕不见了!纳特!你是不是和孩子们早早就

把它们吃了？亚撒,是不是你和多莉捣的鬼,你们一直鬼鬼祟祟
的？我敢打赌你们在农仓里开心地大吃大玩儿了吧？亚撒,你
在哪儿?"

他让多莉走在前头,端着蛋糕树,自己紧跟着她,一手护着
蛋糕树,以防万一多莉摔倒。纳特、阿伦特、梅莉都急急忙忙地
冲进厨房。他们转过身,惊呆了,娜莉也惊呆了。

"为了上帝的缘故,亚撒!"她说,"多么美妙的成年人花招
啊!"

他觉得傻乎乎的,就好像羊倌儿偷吃猫咪的牛奶被抓了个
正着一样。

娜莉的情绪随着蛋糕的再现恢复了平静,她为这份礼物欣
喜万分。她把餐桌上的中心花瓶挪开,把蛋糕树放在中央,旁边
摆了一大碗名叫"漂流岛屿"的奶黄羹。纳特是第一个拿走蛋
糕的人。小威利斯伸出他的小手,不是出于贪婪,而是纯粹的喜
悦。

娜莉说:"精美绝伦! 亚撒。我喜欢你给手指托盘打上蜡
的样子,这样蛋糕就不粘连了。这可是我第一次发现你有这么
丰富的想象力啊。"

他满意地松了一口气,她这次居然挑不出毛病来。她使家
里每天的生活都轻松随意,充满欢乐。但是有的时候,她的家政
完美主义至上,也让他和孩子们觉得水深火热。

赫尔达把一个堆满食品的托盘送到阿梅莉亚的房间里。

娜莉说:"把剩下的蛋糕给我拿来,我要把蛋糕树为林登母
亲摆满,她喜欢好看的东西。"

亚撒感激地看着她。他母亲的疯狂在大多数情况下是安静
的那种,她只是越来越严重地将自己封闭在梦幻世界中,几乎足
不出屋。娜莉坚持说,她只不过是闷闷不乐,自我毁灭罢了,就
是切掉鼻子补脸蛋儿。但是娜莉还是在各个方面,都非常周到

地照顾着她,通情达理地对待这个黑暗而不幸福的女人。

小梅莉说:"我要把蛋糕树给奶奶送去,上次是多莉给她送东西来着。"

亚撒意识到其他孩子对多莉的嫉妒。这一点是很难解释的,因为娜莉对孩子们都算是公平,当然,她对纳特的宠爱是众所周知并已被接受的。亚撒想,假如孩子们很在意他的感受,那倒可以解释他们讨厌他对多莉的特殊注意力,但是孩子们从来就不把亚撒当回事儿。也许,嫉妒是他们贪婪天性中的一部分,任何东西,无论什么都想占有,正像纳特第一个抢到了装饰漂亮的蛋糕。娜莉从来没有纠正过他,她只觉得好玩。亚撒觉得这种时候,他应该说点儿什么。

午饭后,阳光迷人,诱惑着大家到户外活动。青草挂着露珠,散发着甜蜜芳香,娜莉允许孩子们光着脚丫子玩儿。看着孩子们弯着脚指头踩在尖尖的绿草上,她突然脱掉鞋,扯掉袜子。她穿着花边布裙子,卷发飘逸,就像这群孩子中的一个。梅莉仍然玩自己的瓷脸布娃娃,没有参与他们在草地上的玩耍,当她与纳特闹别扭的时候,比如现在,她反对纳特继续在山坡上玩印第安人游戏的计划,因为纳特和阿伦特最后总是跑掉,扔下她一个人不管。当多莉抱着老母猫出现在房子外的一角时,梅莉拿来她的瓷脸布娃娃衣服和小推车,给挣扎的老母猫穿衣服,强制它躺在小推车的被窝里。老母猫被动地让她折腾了一会儿,然后变得不耐烦,又抓挠又嚎叫,挣脱帽子和衣服,愤怒地朝农仓方向逃跑。

娜莉坐在菜园子的门上,晃悠着光腿。

她大叫:"小猪来啦,抓它啊。"

一只出生不久的粉白小猪从农仓那边游荡过来,东嗅西嗅地探索它的新世界。纳特抓住它,按住它好让多莉和梅莉把它的前脚塞进瓷脸布娃娃的衣袖里,她们又把瓷脸布娃娃的帽子给它戴上，在长猪嘴下面系了个蝴蝶结。小猪发出杀猪般的尖叫，老母猪听到后不高兴地哼哼着跑过来。母猪着急地沿着菜园子的栅栏来回跑，就在它经过园子门的一刹那，娜莉分开双腿跳下，骑坐在母猪的宽大脖子上。她抓住毛茸茸的猪耳朵，骑着疯狂的母猪穿过草地，沿路狂跑，她胖乎乎的屁股蛋在猪背上上下颠簸。过了菜豆地以后，母猪才终于把她摔掉，这时已经来到下坡地段，面对着小桥和小溪的地方。她光着泥腿子，裙子被撕破，满身是泥土，脸蛋红扑扑的，大笑着回来了。孩子们歇斯底里地在草地上打滚，亚撒也咯咯笑。娜莉很容易伤着自己，但她总能走出她的恶作剧，毫发不伤。她回家换衣服去了。听见母猪回来了，梅莉和多莉给小猪脱掉衣服，赶紧放了它。她们同意和男孩子们一起去农仓干草垛里玩儿，便回家把瓷脸布娃娃收起来，而纳特和阿伦特则上阁楼去拿他们的印第安人玩具。亚撒把威利斯的推车推进花园，拿出一把锄头给蔬菜除草。林登家的世界暂时清静了几分钟。

宁静被房子后面传来的大喊和尖叫打破。亚撒丢下锄头就跑。在柴木屋的门口站着一个个子矮得可疑的流浪汉。亚撒认出来流浪汉穿着男孩子的工装裤，破烂的上衣，戴着麦卡锡忘了拿走的宽沿儿黑帽子。流浪汉的脖子白白净净的，亚撒凑近流浪汉的脸仔细一看，看出是灯灰涂黑的皮肤。流浪汉的肩膀颤动着大笑，双手交叉高举过头顶，抵挡纳特挥舞过来的扫帚和梅莉的鸡毛掸。

娜莉气喘吁吁地说："好了，孩子们，玩儿够了。是我。"

多莉焦虑地喊着跑向她的母亲。纳特、阿伦特和梅莉张着嘴呆愣着，接下来纳特皱着眉头生气了，阿伦特终于张嘴笑了。这次他们可觉得不是那么好玩儿了。纳特不喜欢任何以他为代价的玩笑。亚撒更觉得没意思。娜莉和他的母亲都灌输孩子们害怕流浪人和要饭人的意识，夏天的大路上有很多这样的人，而他那上了膛的枪就靠在柴木屋里的墙角上。纳特完全有可能端起枪，而不是拿起扫帚。但是他不想因为自己太严肃而把事情弄大。

他说："娜莉，一个成年女人居然玩这样的小闹剧。"

她刚开口，又大笑起来，用上衣的袖子擦着脸上的黑灰，"我可做梦也没想到把他们唬成这样。我以为他们一眼就能认出我来。"

纳特说："她的声音把我们弄糊涂了，爸。那么低沉，像个男人。假如我用扫帚把帽子掀掉，马上就能认出她来。帽子又压得那么低，看不见脸。"

娜莉的确有模仿声音的惊人天赋。当然在恶作剧方面更是才华横溢，总是效果极佳，而亚撒自己仅局限于尝试令人"吃惊"而已，而且结果总是平淡无味，他的全身心努力都无法与娜莉的自然流露相提并论。蛋糕树是他努力的巅峰之作，在这之后他便江郎才尽了。娜莉接替赫尔达继续做晚饭。她依然骚动不安，他知道他今夜只被允许得到很少的睡眠了。她总是像火山一样积累起巨大的能量和强度，她在恶作剧时耗掉一些能量，剩下的依然沸腾着，等待喷发。明天她就会安静多了。他意识到自己对欢愉期待的同时，有一丝阴影伴随着他。当做爱后她转身背朝他睡觉时，他永远也不能让自己习惯这一点，他感到心中涌起无限孤独。

全家都在一天的玩耍中疲劳了。纳特甚至没有抗议，就早早上床睡觉了。多莉来跟亚撒道晚安。她搂着他，嘴唇像小蝴蝶一样吻着他瘦骨嶙峋的脸颊，小胳膊激情地绕着他的长脖子，不愿撒手离开。她给他的体恤爱护滋养着他，几乎让他感到是他给娜莉的爱，终于得到了回报。

第二十二章

多莉,个头小而且身体虚弱,迎来了她的六岁生日。纳特、阿伦特和梅莉自以为对生日见多了,都持一副不以为然的傲慢态度,只有小威利斯举起盘子要第二块蛋糕。娜莉看着自己的孩子们。

她说:"多莉,当你出生的时候,我们都以为得不到你了呢。"

纳特说:"我记得。她和农仓里的仓鼠一样大,好像是蓝紫色的。杰西阿姨说,她还得往她的嗓子里吹气呢。"

娜莉说:"亚撒,你说滑稽吧?看看这些年来,这么多的变化。时间就像跳动的小兔子。我们还以为会失去多莉,现在她都是大女孩了。你还担心我,生威利斯就一点儿问题都没有嘛。一切都在跳动一般。我想有一天孩子们都长大了,却还像他们刚出生时一样,多么奇怪啊。"

他对时间的感受困扰着他。好像他一直就知道他和娜莉会因为爱而有孩子。他会看见他们从孩童成长为男人和女人,这一切都是连续不断的,清泉注入皮瀑湖,湖水满溢滋养小溪,从两岸的柳树间和小木桥下流过,汇入长湖,转弯后,流入莫华克河,再往后,他知道河水汇入其他江河,最终流入大海。他远远地站着,看见他遥远的祖先们和他将来的无数后代,肩并肩地站在一起。

他奇怪是不是自己的观点不自然。时间对于他来说不是像娜莉描述的那样,有标记的,跳动式的。他觉得时间是没有清楚标记的,是不能明显确定的,时间是一个整体,有时是相对的,但永远是一个整体,亘古及今。所有的生命对于他来说都已经蕴含着始与终,如果说宇宙,或者是时间存在着开始,或者有朝一日会结束的话,时间一定是无以计量的。正像登高望远,眼前的风景是没有细节的,那么,如果我们从足够远的距离看时间,所有的时间也应该是同时存在。他在思想上和精神上都是这么感知的。

他心不在焉地吃多莉的生日蛋糕。多莉的出生和娜莉生命垂危的恐惧都已经是六年前的事情了,阿梅莉亚在内华达州没有找到本,失魂落魄地回到家后,也已经快六年了,从那天起母亲就躲进了自己的房间,行尸走肉一般。

他说:"也许母亲愿意吃一块蛋糕。"

娜莉说:"你最好给她送去。我昨天想犒劳她点儿好吃的,送去苹果糖饺,被她扔在地板上。"

她切好一块蛋糕,放在她新买的蔚蓝色漂亮瓷盘里,把最好的亚麻餐巾放在一边。亚撒端着蛋糕来到母亲的卧室门前,敲门。

"谁呀?"

"是亚撒黑,母亲,我有东西给你。"

阿梅莉亚打开门。他总是为她的模样感到震惊,无一例外。她保持了一定的整洁,但是没有梳头,眼睛里一片空白。

"多莉和我想给你吃一块她的生日蛋糕,母亲。她今天六岁了。"

"谁是多莉?"

"您记得多莉,母亲。她是在您去内华达州找本杰明前出生的。"

他故意说得具体些,想给她一定的震动,让她回到现实中来。

"内华达州？本杰明？你是说我的儿子。你、蒂姆·麦卡锡和那些吉卜赛人，你们诚心不让我见我的儿子本杰明。他给我写的信都被你们藏起来了。"

也许，他想，让她呆在她的幻想世界中更好一些，那样也无害。在她的黑暗世界中，幻想一定给了她某种程度的安慰。他甚至异想天开，问自己敢不敢叫什么人，比如说蒂姆·麦卡锡，以本的名义给她写封信。他马上就否决了这个有欺骗性的想法。她有时是令人吃惊地精明。假如她认为有假，那她怀疑一切的幻想便得到了肯定与确认。假如她接受了，她可能会因为希望而变得歇斯底里，无法控制，可能会要求再进行一次灾难性的长途搜索。无论如何，真相对于他来说比幸福更重要。

"多莉，嗯？"她说，"多莉。是，我记得。多么愚蠢的名字。当年你的责任是去寻找你的哥哥，你却因为她的出生而留了下来。然后，你就派我去找你哥哥。你希望把我也丢掉。"

没有必要提醒她，是她自己迫不及待地踏上了毫无希望的旅途。说什么都没有用。她的眼睛看着漂亮盘子上的蛋糕。

她说："我要在餐桌上和我的家人一起吃蛋糕。你把我像监狱里的犯人一样囚禁在我的房间里。我几乎没有见过我最小的小孙子。这个'多莉'啊，我听说了，嗯，我早就听到过风声，说她是你的宠物。在她出生前她就是你的宠物。就是这个'多莉'让我失去了本杰明。"

"我是为了娜莉留下来的。你忘了她差点死了。"

"娜莉，多莉，都一样。你为什么这么溺爱这个孩子？"

他不能跟这个女人，他的母亲，讲真心话。多莉跟他如此亲近，她就像是他的皮肤，给他感觉；她又深深地躺在他的心中，就像他的灵魂和种子。有了她，他感到自己是完整的一个人，有了她,他有时居然能够开口利落地说话。他也常常为这种父母与孩子、人与人之间的关系感到迷惑不解,一个人带着一种理解力跟另一个人说话,那个人带着同样的理解力听着,心有灵犀。这似乎与血缘毫无关系,而是人与人之间稀有的一种火花,等于是说:"你和我共同分享一个明亮如火把的秘密。也许,我们二人合一,我们能够一同找到所有折磨我们的、隐藏的答案。"因为对于他来说,没有人可以孤身一人找到答案。

他说:"来,母亲。我们都想让你和大家一起分享多莉的生日蛋糕。"

阿梅莉亚僵硬地站在充满欢庆气氛的餐桌旁。

她说:"多莉?"

小女孩伸出她的手。

"奶奶,来,吃一块儿我的生日蛋糕。"

阿梅莉亚说:"啊,好。当然喽。"

她仔细地研究这个孩子。她坐下来,吃蛋糕,她小口小口地吃着,好像食人肉的人,遇到一种她不爱吃的尸肉。

她说:"娜莉,你的丈夫很残酷啊,他提醒我这个小女孩出生时的情景。"

"哎,林登母亲,要讲道理嘛。我比你更了解本。你还傻乎乎地去找他。他根本不想被找到。本就是本,他想一个人自由自在。假如有一天他想出现在这里,他就会回来的。别管他了。"

阿梅莉亚从桌子旁站起来。

她说:"我不能在我自己的家里受气。千万不要忘记这个家是我的。"

她把自己卧室的门在身后关上。孩子们没趣地溜走了。娜莉皱起眉头。

她说:"你的母亲一直在农场所有权上要我们。她的疯狂或残酷已经到了会做出什么怪异事情的程度。我一直让孩子们都对她好，那样她就会感到这些孩子也是她的血肉，正如本对她来说是宝贵的一样。上帝知道，我对她绝对尽了我最大的努力。我有时会想，她把我们放在一个多么酸楚的处境里啊。"

亚撒不愿意相信娜莉这些年来对他母亲的善意和耐心都来自于一种算计。他笑了。

"蒂姆·麦卡锡在我们刚结婚的时候就跟我说了这些话，娜莉。你看，到现在，什么都没有发生嘛。"

"啊，她可是越来越疯狂了。你要和西蒙斯法官说一声。我在为孩子们的未来着想。你想给他们每个人的生活一个好的起点？对不对？让他们舒服一点？"

生活的一个好的起点？是的，他心想，假如这句话的含义是强壮的身体、好奇心与追求真理的动力，这样的品格好像只有多莉具有。让他们舒服一点，有个好的起点？不。这两种说法绝对不是一回事儿。近年来，他经常听到，或者读到给下一代"优势"和"机会"，大多指的是给他们更好的教育，他完全同意，他自己也有深深的渴望，希望知道自己不知道的事情、知识，不仅仅是学习事实和智慧，并且追求真理，再进一步，就是真理的实质。而盲目离开农场去大城市生活，寻求低体力劳动的工作，进入商业和工业去赚大钱，仅仅为赚钱而赚钱的追求，在亚撒眼里并不是什么优势，反而是个损失。

但是，假如这就是吸引他的孩子们的所谓新"进步的"美国，那么他也不会劝阻他的任何一个孩子。纳特就绝对不会成为农民的。在他的青春期，他根深蒂固地讨厌农场的一切生活方式，农场上的工作绝对不是一个懒惰的男孩可以干得下来的。纳特只想挣钱，他自己都不能完全说清楚是什么原因。阿伦特，亚撒想象，会跟随纳特的脚步，他就是这么长大的。要说女孩子们会怎么样，或者威利斯会怎么样，还为时过早。一想到更多的孩子,他就感到恐慌,希望再生出的孩子不要像纳特一样冷酷无情,也不要像阿伦特一样盲目地跟随纳特,不要像梅莉一样尖酸刻薄而狠心,不要像威利斯一样高傲而孤独,不要容易受伤害,是的,的确是的,不要像多莉一样容易受伤害。孩子们带着无法预料的个性来到世界上,不像其他动物那样,可以根据它们的品种和血缘预料它们的性格。啊,他想,这也是人类辉煌的一部分,每个人都是独特的自我。

娜莉尖刻地说:"亚撒,我问你一个问题。你从来都不听我说。我说什么,或者问什么,你只是坐在那里做白日梦。"

无法向她解释,她的问题引发了他长长的思绪,无果和无尽的思绪,他必须承认这一点。她说得对,可以称这个为白日梦。

"你会跟西蒙斯法官谈吗?"

"哦,是,娜莉,我会跟他谈。但是不管法律是什么样的,我们都没事儿。"

"麻烦的是,你,亚撒,你没有任何野心和理想。"

他经常听到这些字眼,常常和"优势"、"机会"同时出现的字眼就是这"野心"和"理想",这些字眼似乎意味着一种强烈的愿望,就是为了赚钱而赚钱。

他温和地说:"我猜想我没有野心和理想。但是纳特有,你说的那种。"

"我很高兴你自己也知道。我已经尽了最大努力培养他的野心和理想。我必须承认,你母亲在这方面是支持我的。"

娜莉说:"我现在倒是想啊,也许我们应该让医生给你妈看一看,看医生怎么说。"

"她的健康没有任何毛病,娜莉。"

"你当然可以用你脚上的靴子打赌:她的健康的确没有问题。你看她饭量比马大。我的意思是她的脑子。一个疯子的遗嘱就不会白纸黑字地算数了。"

他从桌子旁站起来。从某种角度上看,他能理解娜莉的担忧。他知道无论母亲有什么样的疯狂行为,或是什么恶意的做法,他自己绝对不会做任何事情去争夺林登家的土地所有权的。

第二十三章

十一月底的下午，天空阴霾抑郁，第一场雪就要来临。还没有上冻的大地一片灰暗。在松树和铁杉深沉的冬青色衬托下，冬小麦显得淡绿嫩青，但却那么勇敢。孕育着雪的天空是黯淡的，带着一缕一缕的古铜色，亚撒心想，这就是水貂费希尔皮肤的颜色，他第一次见到他时就是这种感觉。他奇怪自己现在为什么会想到老水貂，怎么突然间就想起他来了呢？因为就是在这样的季节，天空和大地也是这样的颜色，他曾经帮助他的朋友设置捕捉动物的陷阱。他突然渴望水貂的出现，因为好皮毛的动物，在多年来不受打扰的繁殖下，数目增长，又繁荣起来。再就是他意识到自己眼下似乎非常满足，只需要水貂给予他一个完整一体的感觉。表面的满足，使他需要哥哥的感觉越来越强烈，永恒的痛楚越来越深刻。

亚撒把马车赶进农仓，在那里卸车，禁不住感叹自己的好运气。他所有的农作物都是大丰收。在严寒到来之前，这场大雪即将应时而来，他那不断扩大种植的冬小麦就会安全地躺在厚被子一般的白雪下面，除非还有什么不能预料的灾难。他不断扩展农作物的生产和收成，已经在邻居的帮助下，建造了这个新农仓。娜莉允许他把蒂姆·麦卡锡安顿在家里过冬。

他的手指头摸了摸衣服口袋里的支票，空气还不是十分冰冷，他朝大房子走去。他的苹果、多余的大麦、土豆和夏麦，都被新运输车队运到东面更远的市场上卖掉。对于他来说回报相当可观。这些收入使他完全付清了新农仓的费用,保证娜莉长期雇用赫尔达,而且够他来年春夏雇用足够的帮手,因为他的脑子里有了一份扩展创收土地的蓝图,他要把沼泽地常青树旁的树林子开垦出来,西北部的老林子也要开发,种上利润更大的农作物。假如什么时候本杰明回来了,他就会听到哥哥说:"好样的!"

赫尔达在柴木屋里洗衣服。她那皮肤细白而强壮的胳膊飞快地在洗衣板上搓动着。他奇怪为什么她还不结婚,虽然她那方方的脸庞很不出众,但是在这个乡村里,一个大男人更需要一个强壮的妻子,而不是一张漂亮脸蛋。他再次意识到自己能有娜莉是多么的幸运,她既能干,又愿意干,喜欢像老母鸡一样忙活,在远近可以数得出的四个乡镇里,她也算得上是最漂亮的女人。他想跟赫尔达说点儿什么,让她知道他很感激她,她所做的一切超出了工资的价值。他清了一下嗓子,开口说话总是件困难的事情。

"赫尔达,这里的男人都犯了什么毛病?有人可是错过了一个好妻子。"

她抬起一只满是肥皂泡泡的手,擦了一下绯红的脸。他吃惊地发现她眼睛里噙着泪水。

"噢,林登先生,不要那些麻烦。我喜欢的那个,被一个漂亮女孩抢走了。另一个,指望我整天就是做饭、扫除和洗衣服,做不花钱的长工。我省下自己的工资更好。"

她苦涩地加一句:"可能哪天我给自己买个丈夫。"

他为自己开口说话感到遗憾。他本以为赫尔达傻乎乎的很满足现状。他震惊地意识到一个人对另一个人的理解少得多可怜。任何一个男人或女人都可能生活在一种永恒的心灵痛楚中,却没有人能够理解这种痛苦,更不可能给予安慰。他的母亲,与众不同,像是大声撞击大钟一样,向全世界宣布她的悲哀和痛苦,这是由她的个性决定的。而其他人则是沉默地承受。霍尔德医生,被难以启齿的悲剧驱使着。蒂姆·麦卡锡,这个集悲哀与快乐为一体的小个子男人,沉溺于酒杯,从来不说是什么人错了他、欠了他,或者什么事情挫折了他。而他自己,亚撒意识到,把对母亲和哥哥的关怀当成秘密,把自己在有了爱与丰盛时依然感觉到的一切孤独都深深地埋藏起来。

那么娜莉,她有什么不幸,或者难言之隐吗?她愉快地享受着家庭的幸福,在她身体好的时候,时不时地玩她的恶作剧,她的激情已经不如从前那么热烈和执着,但是他害怕她的心里依然秘密地渴望本杰明,本狂野迷人而英俊风流,她在本那儿得到的某种无人可及的满足感,也许远远超出他的理解力和能力。

他想安慰这个瑞典姑娘,但想不出该说什么。他想把他的手以慰藉的姿态,放在她那肌肉发达的胳膊上。他想让她明白他赏识她作为女人的价值,甚至告诉她,她的朴素和踏实非常美丽可爱。

他说:"你变成一个像林登太太一样出色的厨师了。"

"嗯。我知道。我一洗完衣服,就去帮忙做饭。"

娜莉和阿梅莉亚都在客厅。亚撒很高兴看见她们俩都在。

他显然明白什么会让两人高兴。"这是支票。"他说。

他把支票放在两人的桌前。娜莉拿起来快速端详。

"比你想的要多得多啊,亚撒。我现在告诉你我想要什么。给水井装上风车,这样我们就可以买个大浴缸,房子里所有的用水都不需要水泵了。"

阿梅莉亚的手指摸了摸支票。

她说:"亚撒黑,我过去在分钱方面太宽容了。我想,从现在起你应该把我的股份给我。"

他不明白为什么她要她的"股份",为什么她用这两个字眼,因为她总是在任何时候都能打开家里的钱盒子。当她去内华达州找本的时候,她几乎花光了家里所有的钱。

他说:"当然,母亲。我想我可以在培顿镇的新银行里给你开个账户,你想拿多少都行。"

娜莉说:"亚撒,我们还得用这些钱付账单呢。"

"我知道。"

"林登母亲,我们必须为孩子们的将来存些钱。他们会有各种需要。你不该把守着钱不让他们用。"

阿梅莉亚无动于衷地说:"我只是说我们应该公平地分红。你忘了我的孩子,抢走了他的继承权。"

亚撒说:"咱们分,母亲,照你说的办,怎么样都行。"

阿梅莉亚回了她的房间。

娜莉说:"亚撒,你真是个大傻瓜。你任她折腾,她肯定会毁了你的。"

他觉得恶心。他吃不下娜莉摆在桌子上的美食。

他问:"孩子们在哪儿?"

"在老圆木小屋里玩儿呢。我给他们带上了吃的。你如果现在没有什么好忙的,就试着别让他们来烦我。"

他便去了小屋。小屋里还有一些早先的家具,有桌子、板凳、牛皮椅子和人见人爱的小碗柜,墙角旮旯让孩子们藏他们的宝藏。亚撒用门闩敲沉重的门,因为谁也不能不敲门就进去,这是好玩游戏的一部分。梅莉给他开了门。她几乎和娜莉一样高了,穿着她母亲的一件围裙。一副家庭主妇那样的权威气质。

孩子们漠然地看了他一眼。他感到自己是个外来人。纳特对刀一直有极大兴趣,他拿着自己的袖珍小刀,正冲着墙上的靶子扔飞刀。阿伦特在给他自己收集的鸟巢和鸟蛋分类。纳特从来没有对鸟感过兴趣,除非是把它们当成玩弹弓的靶子。梅莉在玩具炉台上做小薄蛋饼。她那各种各样的瓷脸布娃娃都围坐在桌子旁的椅子里等着吃东西。威利斯坐在一个角落里,抱着一只不大情愿被抱着的农仓猫。只有多莉向她的父亲跑过来，瘦小的胳膊紧紧地搂着他的长腿。他把她放在自己的肩头。

"我的多莉在做什么？"

"哦，爸，我想帮助做饭，但是我做得不好。"

梅莉手舞足蹈地说："她只会给我捣乱，添麻烦。妈说有的女孩天生就是好厨师，有的就不是。多莉就很愚蠢。"

亚撒拍了拍他肩头上的孩子。他意识到这里面微妙的残酷性，却不知道如何应付。

他说："多莉可以做其他事情。她可以唱歌。"

梅莉说："别傻了，爸。我们忙起来的时候，谁想听唱歌？"

亚撒试图回忆，他以前在什么地方听过同样的话，因为这不是梅莉自己的话。哦，想起来了，大概是一两年前打麦子的时候，当蒂姆·麦卡锡提出唱歌、拉小提琴时，娜莉没有礼貌地阻止了他。多莉把自己的小脸蛋埋在父亲的头发里。

"嗯，好，多莉，我们在圣诞节的时候唱圣歌。"

他感到孩子在颤抖。他不知道梅莉把这个敏感的小精灵欺负成什么样子了。

纳特说："谁在乎什么圣诞节圣歌？我恨圣诞节。我从来都没有得到过我想要的东西。"

阿伦特说："纳特，你忘了，你想要袖珍小刀，你不是得到了吗？"

"是，那我还想要一支枪呢，我可没得到。轮不到你说我想要什么。"

阿伦特应声："对了，你没有得到你的枪。"

亚撒告诉过纳特，他不满十四岁就不能有自己的枪，还有六个月他就十四岁了，即使他满了十四岁，如果不能控制自己学习枪法，只是随机而不准确地射击，还是不会允许他拥有自己的枪支的。纳特用父亲的枪练习枪法时，他只是随便开枪，根本不在乎是否伤着猎物,好像只是为了开枪放子弹,不考虑结果。

亚撒说:"纳特,等你练好了枪法,才能有自己的枪。"

"我得有了自己的枪以后,才能练好枪法。除非是你自己的东西,否则什么都不好。"

亚撒把多莉轻轻地放下来,离开了小屋。他想也许在某种程度上,纳特是对的。当一个男孩有了自己的枪以后,一定会更加努力地练习枪法的。他发现麦卡锡在新农仓里。他想寻求老人的智慧和指导,如何应付纳特的贪婪本性,但是又感到如果这么做,对自己的儿子就不忠厚了。

蒂姆说:"你的收成真不错啊,亚撒黑,我的朋友。你可是一切顺当啊。"

亚撒触摸老人的胳膊。

他一时冲动地问蒂姆:"最近有没有你哥哥的消息?"

"的确有呢,有哎。他满乡村到处卖苹果树。说是这么卖下去就能发财。我私下想,他要是吃了上顿有下顿就不错了。你知道,亚撒,他让我想起你的哥哥本杰明,那德行,在地球的表面上到处颠儿,啊,吹牛皮,哎,蹭饭吃。都是好人,两人都是,都是好男人。啊,在做他们想做的事情,对于男人来说,这很重要,不是吗?我从来就做不到这一点。"

"你想过做什么,蒂姆?"

麦卡锡挠了挠他那灰白头发的头。

"啊,我的朋友,别让我出洋相了。我想做一个只有很少需求的男人。我想,我也向往一种安全感,一个可爱的老婆,小娃娃,知道我们都有饭吃,另外还有独立自由。对,独立自由,在任何条件下,无论如何,做我自己,自己做主。但是,我想要的,都互相矛盾,落得个两头不沾边。"

他转身看着亚撒。

"唉,你突然问我这么厉害的问题。那么,你呢,你都想过做什么而没有做到呢？你吃饱了以后,都琢磨什么?"

亚撒心想,他几乎知道这些问题的答案。他爱他耕耘的土地和大地给予他的一切。他想知道其他地方的土地和那里的土地出产的礼物,他想感觉陌生土壤在他脚下的滋味儿,用他的手指捻搓异地他乡的青草。他爱这里季节的变化,从第一棵雪根草推开湿润的肥沃土壤冒出头,直到最后一片枯黄的白杨树叶子被埋在雪里。他爱三月的羞涩春风,四月的朦胧细雨,夏天那似乎让金色的麦浪更加灿烂的炎热,甚至秋风的凄凉冷酷,因为它能提醒人们懂得珍惜温暖,冬天的冰雪覆盖着大地、树林和一切,就像洁净的死亡,水晶般寂静。他想知道其他地方的季节,想知道别的地方是否雨更大,太阳更炎热,暴风雪更狂妄,冰更冷。

他爱他的娜莉和他的多莉,他为自己家中的陌生人、他的母亲和他的其他孩子们感到怜悯和关切。但是,没有哥哥,使他感到无法慰藉的孤独,他不是曾经想跟哥哥一同去漫游世界的吗?在他知道了关于这片土地的一切之后,他还渴望了解其他土地,像神仙一样在星空漫步。天空本身就是很难令他满意的,是他无限渴望的,他希望自己被天空接纳,从此不再孤独,宇宙自由地渗透到他的意识存在中,同时,他把自己的感觉反馈到万物和谐的宇宙中。

并不是他故意把自己的心和思想掩盖起来,他不愿对朋友有任何隐瞒,但是他自己也迷惑不解,哑口无言,他无法回答。

"蒂姆,我不知道。"

老人点了点头。

"有些东西不是地球上活着的灵魂能够互相说明白的。我理解。假如一切都操纵在我的手里,而不是在上帝的手里,我会给你满足你心愿的一切。你是一个好人,亚撒黑·林登,我为你感到悲哀,为你拥有的一切繁荣而悲哀。"

亚撒心想,这可是稀有精贵的明白,这个衣衫褴褛的农场雇工、小个子老头竟然有这样的理解,也许他才是我真正的哥哥。一个男人既然是和自己的哥哥在一起,为什么还是不能大声表达自己呢?但是他记得,他和本杰明在一起时,也是不能开口的。

他焦虑地说:"这一次,你不能再离开了。你留下。"

"这也是我的感觉。但是我不会让你负担太久了。"

暮光来临。他们一同干晚上的活儿。蒂姆对待牲畜像亚撒一样慈爱。羊儿还没有赶进冬天的羊圈里,天气依然算是温和,但是亚撒让蒂姆到放牧场给它们送去盐和额外的饲料。孩子们从玩耍的圆木小屋出来,像往常一样不情愿地洗脸洗手,好像是被强迫的一样。令人吃惊的是,阿梅莉亚竟然帮助娜莉服侍晚餐。她把自己的一大块甜点心给了多莉,用手抚摸着孩子浅色的头发。

多莉说:"奶奶,我以前害怕你,但是,你多好啊。"

"谢谢你,我亲爱的。我从来都没有被人理解过。"

晚餐令人愉快,所有的人都早早上床了。

第二十四章

　　冬天,大雪轻轻地飘落了一整天。整个世界都显得像纸一样轻飘,白雪充满大气层,使天地浑然一体,除了冰冷白色的图案和形状,别无所有。树枝上堆积了一层又一层的雪,像是穿着衣服的手臂。着上新装的树木,显得有模有样,很是漂亮。房子、农仓和工具木棚顶上好几英寸的白雪,像是鸭绒一般。下午晚些时候,亚撒听见雪橇的铃铛声和马蹄的飞奔声,孩子们放学回家了。

　　通常情况下,三个学龄的孩子,纳特、阿伦特和梅莉,步行两英里单程到那单间教室的林登学校上学,但是在大雪天,他就会用雪橇送孩子们上学,现在纳特已经到了可以驾驶雪橇的年龄了,便自己驾驶雪橇上学。亚撒小时候从来没有坐过雪橇上学,他记得寒冬里走路的那份痛苦,顶着刺骨的苦风,他的双脚不断地向后滑,他恼怒地半哭起来,两英里的路程好像永远也走不完。他早早就干完了活儿,因为看情形天气会变得更糟。他等待着孩子们放学,好帮助他们卸马车,把马带到马厩里,给它喂食,揉身子。他回家时,房子里已经点上灯了。窗户是温暖的金色。火光闪烁着橘红色,映照在白雪上。房子是被白色包围的安全港。打开厨房的门,就进入一个温暖、舒适和美味晚餐香味扑鼻的美好世界。多莉跑过来迎接他。她帮他掸去外衣袖子上的雪。晚餐已经准备好了。假如孩子们很快做完作业,娜莉说,就可能会爆玉米花吃,或者是做拔丝乳脂糖,也许两样都做呢。

孩子们求她现在就做,他们学习的同时,能享受香喷喷小吃的慰藉。娜莉大笑,同意了。

"不管怎样,立刻把桌子清理出来。"她说。

梅莉熬焦糖的时候,男孩子们剥玉米,在客厅的取暖炉上爆玉米花。娜莉化了一勺黄油浇在爆玉米花上。亚撒剥出一杯灰胡桃仁儿,用来做胡桃焦糖。多莉一直在帮他,但她不小心,把手扎破了。她的手那么小,在他看来,这些小手不应该做别的事情,只能用来拿几朵无刺的鲜花。他害怕地想到有一天,她必须用她的小手干活,做那些粗活、重活和不干净的活。乳脂糖开始冷却、拔丝,梅莉指挥大家把糖破碎成小块儿。娜莉警告大家不要让有黄油的小吃和脏手指把学校的书弄脏了,孩子们在翻书之前都认真地把手指舔得干干净净。多莉爬到亚撒的腿上,学习她自己的课程。

实际上,她已经六岁多,到了上学年龄,至少脑子是够聪明的,但是她身体太弱,亚撒不愿意把她扔进乡村学校粗糙和疯野的孩子群中,这样的学校里,有的大孩子都十六岁了。多莉虽然这么小,已经和他一起分享书和字的奇迹了,但是他只能给她读那些有限的,不适合孩子的几本老书。她已经学会所有的字母,会读会写一些字。她现在全神贯注地写字,小粉红舌头伸在嘴角。亚撒纠正了她的拼写,给她三个新字让她学。阿梅莉亚在自己的房间里吃了晚餐。她打开她的房门。

她说:"你们都忘记了,你们可怜的老奶奶也喜欢爆玉米花和乳脂糖。"

纳特咕哝:"鼻子好使极了,隔着门什么都闻得到。"

多莉说:"我们没有忘记你。我们给你留了一些。"

娜莉拿出碟、碗。阿梅莉亚坐在取暖炉前的波士顿摇椅上。她优雅地把自己的手绢铺在腿上。

娜莉说:"你知道上次吃爆玉米花让你胃疼了,林登母亲。

最好别再吃多了。"

阿梅莉亚对食物的狡诈贪婪的确是一个谜。她好像觉得自己被生活欺骗了,必须用食物来补偿一样。令人吃惊的是,她怎么吃都依然那么消瘦,而杰西阿姨,那个可爱的接生婆,饭量还不如阿梅莉亚的一半,却是一年比一年胖。好像阿梅莉亚内心燃烧的火焰,迅速将她吃进去的所有东西烧光。她假装斯文地细嚼慢咽,却一刻不停地吃着爆玉米花和乳脂糖。

多莉把她新学的字正确地拼写出来,得到了赞扬。

"给我读书吧,爸。"她要求。

亚撒已经讲完了所有适合孩子的圣经故事,除非他低估了多莉的理解力。他的莎士比亚,当然喽,一定是她不能理解的,但是他期待着有一天,她能够大声给他朗读那些韵味优美的诗篇,因为他自己的舌头只能读得结结巴巴。他拿出那本令他失望的大百科全书,在目录上寻找有趣的条目。他翻开宝石那一页,他记得自己曾经把宝石比作娜莉做的果冻,他把这个说法告诉多莉。小姑娘高兴极了。

她说:"但是,爸,没人能把它们当果冻吃,对吧?"

"不能吃,多莉。"

"那它们有什么用呢?"

阿梅莉亚把落在她那平坦胸前的一点糖渣掸掉。

"它们是富有而漂亮的女人用的装饰品,多莉,"她说,"它们让你显得高贵,说明你有很多钱。"

亚撒感到他的血管里慢慢地酝酿着愤怒。他记得母亲如何玷污了麦卡锡给纳特做礼物的那块银元。他绝对不允许她腐蚀这个可爱的孩子。他挣扎着寻找字眼来表达自己。多莉点了点头。

"只是好看的东西,"她说,"像花一样。爸,这个是,红宝石,对吗?和妈妈的红玫瑰一样的颜色。"

多莉的话让亚撒解除了担心,也许多莉是冰清玉洁,不可腐蚀的。

"对了,"他说,"只是好看的东西,像花一样。"

"再给我读,爸。"

他试图寻找一些能够发挥她想象力的东西。但是书上的一切似乎都很乏味。在"宝石"之后他翻到"精灵神灯",他尽了最大努力来解释这个阿拉伯古老传说。他又往回翻了一翻,发现"双子座",星星,这个话题让他感到轻松多了。他居然在能够开口说话的同时,找到勇气讲述水貂费希尔的故事,虽然讲得很少,还有些笨拙,但是他讲了印第安人在很久以前带他穿过银河的故事。多莉的眼睛睁得大大的,就像他试图描述的天空中的星星一样美丽而明亮。

"爸,你不会真的在银河上走吧,会吗?你只是想象的吧。"

他感觉到他的母亲。她从摇椅上站起身。

"难道你造成的伤害还不够吗,亚撒黑,还要再加上这些愚昧落后的迷信?尤其是这个孩子,正是因为她的出生,让你无法去寻找你的哥哥。"

所有的孩子都目瞪口呆。娜莉把手放在她的胳膊上。

"别说了,林登母亲。"

阿梅莉亚大声喊:"休想堵住我的嘴,你这个狡诈的狐狸。我知道你打的算盘,你想把这个地方据为己有。"

亚撒说:"来,母亲。你最好休息去吧。"

他带着她离开,在她身后把门关上。她把威利斯吓坏了。

纳特说:"我敢说,奶奶疯了。"

多莉想了想。"她很伤心,不是吗,爸?"

他点了点头,对孩子的深刻观察感到惊愕。

娜莉说:"她这样的时候,你们可千万别跟她顶撞。顺着她就是啦。"

纳特皱着眉头问:"她说的什么意思,什么据为己有?这是我们的地方,不是她的,对吗?"

亚撒和娜莉交换了一下眼神。她冲他摇了摇头,发出警告。

她轻松地说:"当然是我们的地方啦。别听你奶奶唠叨。她上了年纪,说话不负责的。"

亚撒必须配合娜莉,让孩子们放心。他不高兴地想到,也许娜莉和麦卡锡是对的,很多年前他就应该把这件事情和母亲摆清楚,至少应该按照她说的,分也要分清楚。纳特双手抱着他那青春期骨架突出的膝头,前后摇晃。

"爸,你会在将来把这个地方卖掉,把钱分了吗?"

亚撒盯着这个男孩看。

"怎么,我希望不是那样,纳特。这是我们的家园。难道你不想在这儿养家糊口,把这块土地留给你的孩子们?"

"不。我可不要老农场。"

阿伦特鹦鹉学舌地说:"我也不要。"

娜莉命令他们统统上床睡觉。多莉扯着父亲的衣服。

"爸,奶奶为什么伤心?"

"你听见我们说过你的大伯本杰明。在你们这些孩子出生以前,他就走了。奶奶为他担心。"

"他丢了吗?"

"是,多莉,他丢了。"

他抚摸她的卷发,和娜莉的如此相像。

"但是奶奶还有我们呀。"

他无法解释爱的专一和独特,无论家庭有多大,只有一个人可以让另一个人的心充满爱和满足。

"就好像如果我失去你,多莉。任何人都不能补偿我的损失,不是吗?"

悲哀和恐惧攫住她的心,好像突然降临的冰雹将银莲花打碎。

她抽泣道:"千万别让我丢了,爸。你永远也不会让我丢失的吧?"

他搂住她,安慰她。

娜莉说:"你跟孩子说话像是跟大人一样,你看看你弄的。本来她奶奶就把她吓唬得够呛了。"

她接过孩子,送她上床。亚撒又抱了很多柴木到厨房里,因为温度急剧下降。他想也许他不该试图回答多莉的问题,但是这孩子总能从他身上找到他真实的想法。他想,多莉理解他的能力,好像无边无际。他们两人就像汇成一条河流的两股小溪,分不清你我、开始和结束。他躺在床上,久久不能入睡。雪已经停了。剧烈的降温,使得房子结构中的木头发出呻吟,好像冻裂了一般。皮瀑湖的冰越冻越厚,居然隆隆作响。苦风就像真空一样压倒一切。今夜,他预料,孕育着险恶的天气。

第二十五章

亚撒几乎不知道早晨的来临,因为灰色的日光和昏暗的暮色没有什么两样。一丝风都没有。整个世界都处于沉默和静止中。又要下雪了,他敢肯定。

就连娜莉都因为迷惑人的光线而睡过了头,厨房里一阵忙乱,孩子们匆匆忙忙地吃早饭,准备午餐盒饭,生怕上学迟到。当家里终于安静下来时,阿梅莉亚出现了,她要求把早饭放在托盘里,给她拿到客厅的取暖炉前。她面无表情,甚至于蛮友好,好像昨天晚上的情绪爆发根本没有发生过一样。她把多莉叫过去,从托盘上拿起茶壶,给孩子倒了一杯威尔士茶。

娜莉悄声地跟亚撒说:"你不觉得奇怪吗,这孩子今天早晨竟然还敢靠近她而不被吓得半死?我想她可能把昨天晚上的事情全忘记了。"

而他觉得更有可能的是多莉慈爱的天赋巨大无边。他看见多莉整理奶奶脖子上的丝绸带,又把糖饼干蘸了茶水后喂给她吃。她们两人组成一幅温馨的画面,黑色的、阴沉的老年女人和浅色的、可爱的孩子。

他穿足了冬衣来到羊圈。他把皮帽的护耳拉下来盖住耳朵,把羊毛围巾系紧。他没有听见起风,但是当他走出家门时,从西而来的寒风像是一群恶狼扑面而来,掐住他的脖子,让他呼吸困难。大风从地上翻卷起颗粒状的冰雪,冰粒子多于雪花,它们像狼牙一样咬着他的脸和手。假如天气接着恶化,就会形成暴风雪。他后悔今天不该让孩子们去上学。他把家门关上时,为家中人的安全松了一口气。柴木屋里有足够烧一个星期的柴木,储藏室、点心柜和阁楼上都储备了可以吃好几个月的食品,甚至够整个冬天的消耗。假如暴风雪来了,他就会让孩子们都留在房子里,让老麦卡锡只在屋里干活,保持炉火旺盛,只让自己奔走于农仓和房子之间,亲自照顾牲畜。他的房子如同堡垒,已经准备好了对抗大雪的围困。他用自己的双手提供保护。作为能够为家人提供安全和保障的大男人,他感到一种深深的满足。

一只年轻的母羊交配过早,已经有生小羊羔的迹象。他把它从羊群中分离开来。它温顺地站着,让他检查它的肚子。生命已经开始萌动,小羊羔位置很低地躺在母羊的子宫里。很可能今晚就会出生。公羊好管闲事地走过来,好像是跟他说话,然后回去接着咀嚼苜蓿干草。亚撒在羊圈里多垫上几层干麦秸絮窝。羊儿站在高至膝盖的温暖而芳香的麦秸中。他把饲料槽加满最好的粗麦粉,在农仓院子的水井里泵出一桶又一桶的水。麦卡锡在农仓里也在干同样的活。他把干草从顶楼上叉下来。亚撒接着把它们运到农仓底层的马厩里。

麦卡锡大声说:"恶劣的暴风雨要来了,我想,让牲畜们挤在一起暖和些,咱们自己也窝在家里取暖,除了来挤牛奶以外,什么都不用做了。假如我们没法挤牛奶的话,你会不会考虑把小牛犊放进来吃奶?"

亚撒大声回答:"不。我总能应付过来。"

麦卡锡从顶楼上下来,无声地笑了。

"你可是万人中极少有的一个,亚撒黑·林登。我曾经被一个魔鬼雇用过一次。那是在俄亥俄州发大水的时候,就因为他懒得蹚过只有齐腰深的水,失去了他那只漂亮得像爱尔兰女皇一样的小母牛。大部分的人都会放小牛犊来吃奶,懒得挤奶,毁了几袋子牛奶而已。"

亚撒拿起草叉,往马厩里添草。在农仓外面栅栏内的牛群,都出于动物的本能而自动地回到农仓里面。一阵突起的狂风摇动着农仓。接着猛烈的大雪开始降落在房顶上。天色如此昏暗,农仓内像黑夜一般漆黑。麦卡锡和他一起拿燕麦、麦麸和玉米粒。可以相信牛群面对三天的饲料不会一下子就撑坏肚子,但是马儿就不同了,它们吃东西不是那么小心。他每天都会来的,来给它们饮水。他把马的多余饲料堆积在角落里,等他来挤牛奶的时候,再给它们。

从西面刮来的风转成了西北风。这给动物多了一份保护,尤其是羊圈,有一部分是朝南开的。但是,风向进一步证实了暴风雪的逼近。现在,厚厚的大雪来势汹汹地狂泻,一点儿都没有这个季节常见的那种羽毛般松软的雪花。在亚撒看来,雪和人差不多,一个模样,好与坏兼于一身。冬小麦需要大雪的覆盖、保护和滋润,春天雪化成水,辅助春雨,甚至补充夏天和秋天的雨水。没有水,人、动物和植物都不可能生存。但是当大雪来临时,就像现在,它来得气势汹汹,不可一世。他马上意识到自己对大雪的概念不公正,因为雪毕竟是大自然无意、漠然的天然力量,而人类却有主观的选择要求。

他对蒂姆说:"我们最好一口气把这里的活干完,先不回去吃午餐。"

"你说得对。亲爱的娜莉做的饭到了下午就更香了。听啊,雪橇铃铛声,那不是你的轻便雪橇吗?孩子们放学回家了?"

雪橇被赶进来了。老师在暴风雪之前把孩子们提前打发回家了。亚撒帮助纳特和阿伦特卸马,然后把他们和梅莉送回家。

他说:"告诉你母亲,请把蒂姆和我的饭留到晚一些时候。"

孩子们用手捂着脸蛋来抵御刺骨的风雪,跑进大房子里。

亚撒和蒂姆一直干到下午，为牲畜做了周全的考虑和照顾。羊群、牛群、马儿、家禽和农仓猫都被安顿得舒舒服服，大量的饲料和温暖足以让它们安全而满足。

麦卡锡说："把这里的事情都安排妥当了多好。娜莉肯定会做好火腿和豆子，煮新鲜玉米犒劳我们的。"

他们必须弯着腰顶风而行，大雪中能见度几乎是零，厨房门都看不清。亚撒拉开厨房门，大风猛地将门吹得大开，疯狂地威胁着门折叶，恨不能要把门吹走一般。亚撒用力把门关上。他们在柴木屋里掸去身上的雪，跺干净脚，进入厨房。娜莉正等着他们，他们的晚餐准备好了。两个男人狼吞虎咽地吃着。

亚撒问："孩子们在哪里？"

"他们想到圆木小屋玩，但是我说太冷了，所以他们都去了马车库的顶楼，烧着取暖炉呢。我还给他们带了吃的东西。暴风雪对于他们来说就是节日。"

"母亲在哪里？"

"在她的房间里。不想吃午餐。她出去过，在雪里散步，她说。在外面的时间不长。"

马车库不会很暖和的。他来到马车库顶楼，那里的取暖炉烧得很旺，玉米挂得张灯结彩一般，地板上是一堆又一堆的核桃和灰胡桃。纳特、阿伦特、梅莉和威利斯刚吃完娜莉给他们准备的小吃。

亚撒的身体能够感觉到，多莉不在他们中间。他开始仔细查看，在长长的、空荡荡的顶楼找多莉。房间的一头很温暖，因为有红彤彤的取暖炉，孩子们聚集在那儿做吃的，边吃边玩。房间的另一头则冷而空。在楼梯的空当旁边是车库顶上大铁钟的敲钟绳。

他说："多莉在哪儿？"

梅莉说："这总是你要问的第一件事，爸。'多莉在哪儿？'

她没有跟我们来,我就知道这些。"

她一副权威的样子,给大家添了小吃。亚撒感到一丝内疚。这是真的,多莉是他第一关心的人。他不应该太露骨,让别的孩子觉得不满意。但是通常情况下,他们似乎连他的存在与否都没有意识,根本无所谓。

他说:"你们为什么不爆玉米花呀?"

纳特嘴里塞满吃的东西,说:"一定要等多莉宝贝在,才能做特别好吃的东西呀。"

亚撒转身下了狭窄的楼梯,在令人眼盲的大雪里穿过门前小路,通过柴木屋进入厨房。娜莉已经收拾完厨房,麦卡锡在靠炉台的摇椅上打盹。娜莉不在客厅,也看不见多莉。他终于在阁楼上找到娜莉,她正从箱子里和柜子里往外拿羊毛厚衣服。

她没有转身,侧着头对亚撒说:"从来没见过这么冷的天气。房间里似乎总也暖和不起来。我们最好还是加一些法兰绒内衣。孩子们吃的东西都还够吗?"

"娜莉,多莉没有和他们在一起。"

她说:"唉,仔细想想,当他们一块儿去马车库的时候,她是没有和他们一起去。哦,你看看,她一定是在你母亲的房间里,和她在一起。去,把她们俩都叫出来,吃点儿东西。她们俩一口午饭都没有吃。点心柜里吃的东西多得很。"

亚撒敲阿梅莉亚的门。没有人回答。他又敲。

"母亲,是我,亚撒。"

他听见她起身,把椅子往后推,听见她慢慢地走来开门。她打开门。

她说:"我正午睡得好好的,你不该来打扰我。"

"对不起,母亲。我找多莉。娜莉说她一定和你在一起。"

"多莉?哦,是的。多莉。她不在这儿。你为什么要问?"

"她没有和其他孩子在一起。"

"她没有吗？说真的，亚撒黑，你总不能指望我知道这样的事情吧？她和我一起出去在雪中散步。我喜欢新鲜的雪，我总是喜欢刚下的雪，多么洁净啊。让我感觉到又年轻了。你对我做出这些可恶的事情，但是当多莉和我一起在雪中散步时，真的，我就原谅你了。"

他抓住她的肩膀。

"母亲，你说多莉和你一起在雪里散步？现在不是下雪了，是暴风雪。多莉在哪里？你们都去过什么地方？"

她用手抚平她干瘪胸部的黑丝绸衣服。

"怎么，我们只是走了一小会儿。我想折一些铁杉树枝，给我的床做一个甜蜜芳香的枕头。那些针叶在冬天里闻起来真好啊。"

他粗暴地摇着她的肩膀。

"母亲，多莉在哪里？"

"我的儿子，我怎么会知道呢？她有自己的点子，说是假如她在雪地里躺下，雪仙女就会来找她。所以，我就让她躺在雪地里，自己回来了。我说啊，愚蠢的孩子，你想想看啊。我告诉她别指望什么雪仙女。"

"母亲，你和多莉在暴风雪里去了什么地方？"

"山坡那边，我亲爱的，山坡那边一个什么地方。"

他把厨房炉台旁边的麦卡锡叫醒。

"快，蒂姆。多莉在暴风雪中迷失了。"

老人摇醒自己。

"圣母啊。我们从哪里开始搜索呢？"

"山坡那边。"

"你是说沼泽地常青树那边？"

"我们去找。"

没有孩子能够抵挡这样的暴风雪。白雪飞扬，就连路对面的农仓都看不清。亚撒走在蒂姆前面六英尺的地方,就已经完全不见人影了,老人大声喊他等一等,否则他也会迷失掉的。他们摸索着来到通向山坡放牧场小路的门前。整个一条小路都有栅栏围着,一直通向山坡顶端。他们停下来商量了一下,都同意沿着小路走,把所有能找得到的绳子都带上。他们心急如焚,手脚飞快地收集起所有的犁地标绳、滑轮拖绳,带上任何一种能够找到的绳子。在农仓里,狂风的声音稍微小了一点儿。

麦卡锡喘着粗气说:"到底是什么把孩子带走的?怎么就没有人看见她离开呢?"

亚撒没有回答。他无法面对任何问题,至少不能回答他自己的问题,现在不能。他沿着小路往山坡上走,弯着腰顶着白茫茫的、愤怒而无情的暴风雪。他慌乱地跌撞在栅栏上,先是撞到一边,然后又倒到另一边。麦卡锡抓紧他的外衣后襟。时不时地抖动一下,引起他的注意。

"你为什么会首先想到沼泽地旁的树林子?她从来没有去过那地方,除非是去采花,她绝对不会自己一个人去的。"

他迟早应该说出来的,现在不得不说出来。寒风抽打着他的嘴,从他的嘴里掏出话来,摔给麦卡锡。

"我母亲带她到山坡那边的什么地方,折铁杉树枝,采集针叶。"

"以上天的名义。像这样的天气!"

快到小路尽头时,他们慢了下来,来回地搜索。地上已经积了两英尺以上的厚雪。陈雪和新雪掺在一起,齐腰深了。一个小孩子的身体很容易被掩盖而看不见。

麦卡锡大喊:"向上帝祷告,孩子会不停地走动。这是唯一可以救她的希望。"

但是她躺下了,阿梅莉亚说的。那样白雪仙女就会来找她。他从来没有跟多莉说过这样的幻想。是她自己编造的吗?还是来自那个疯女人黑暗冰冷的脑子？来自疯狂本身？他跌倒在通向山坡放牧场的小门上。他把绳子的一头拴在门柱子上。在寒冷中发抖，他将绳子一根又一根地打结连接起来。如果幸运，绳子足够长，他们可以一直延长到铁杉树林里，延长到最靠近沼泽地的地方。至少沼泽地已经被冻住了。他此刻不必担忧曾经面对过的噩梦，自从那个吉卜赛男孩落入沼泽地之后，这个地方对于他来说就总是预示着恐怖。或许男孩子是被推入沼泽地的。亚撒感到自己的身体一阵痉挛，被一种比暴风雪还要刺骨的寒冷击中。

在没有地标的情况下，不可能保持一定的方向，狂风卷起的白雪像是碰撞的星云，伸手不见五指。只剩下几英码的绳子。他一头撞上一棵大树。他双臂搂着大树干估计树的大小。这是铁杉树林里最大的一棵，应该是在林子入口的左边。他又仔细地摸，为了确定这个地标，他从低树枝上随意地撸下来几根针叶。碾碎的铁杉针叶发出湿润而新鲜的强烈芳香。但是他母亲的房间里没有这样的气味儿。她的房间里根本就没有铁杉树枝。

树林给予大地一定程度的保护，在半径为四十英尺的方圆内，依稀可见地面，可以搜索。目前在林子深处还没有白雪翻卷的危险。沼泽地也完全冻住了，是一年中唯一无害的时候。他们沿着绳子允许的范围左右搜索。没有孩子。树枝抽打着他们，好像是在抱怨。

麦卡锡说："唯一剩下的铁杉树就是西北部林子里的那几棵了。"

亚撒在脑子里沉默地推想，假如母亲真的是去采针叶，那就只能是麦卡锡说的那里了。假如不是的话，她会把多莉带到哪儿去呢，让她躺在雪地里？

"她在外面的时间不长。"娜莉是这么跟他说的。

他试图回忆母亲的日常习惯。她有时会在绝望中出去漫游。她都去了些什么地方？他都是在什么地方找到她，又把她带回家的呢？通常是在沿小溪的柳树林里。他记得有一次他在木桥上发现她，木呆呆地站着，像个塑像。

　　"我的本杰明就是走过这个桥，离开了我。"她说。

　　麦卡锡大喊："亚撒黑，我的朋友，假如我们站在这儿不动，就会像孩子一样冻坏的。从西面的栅栏起，要通过庄稼地，绳子不够长，到不了西北部的树林子，但是咱们可以试着，能走多远算多远吧。"

　　阿梅莉亚一定是去过柳树林。

　　亚撒大喊："我们沿小溪找。"暴风雪以压倒一切的势头再次袭来。

　　麦卡锡也大喊，重复自己的话："不，不，去西北部林子，只有那儿还有铁杉树。"

　　也许阿梅莉亚真的是出去折铁杉树枝，然后又忘记去干什么，因此没有带什么针叶回家。不管搜索哪个地方，都是一样的无望。他感到时间极度紧迫，必须争分夺秒。他们不能走错路浪费时间，多莉可能在任何一秒钟消失。他急急忙忙、跌跌撞撞地回到小路上。也许多莉在什么地方找到了避风雪的场所。为什么不呢，说不定她找到了去圆木小屋的路呢？孩子对方向的天生感觉，有时竟会像狡猾的动物一样灵敏呢。希望使他麻木的身体重新温暖起来。在小路的深雪中，他居然能够一阵小跑，两条大长腿在雪地里开出一条路，让眼睛几乎看不见的小个子老人紧紧跟着他。他发现苹果园的半圆木栅栏，便沿着栅栏走，手和膝盖都被突出的木头碰破。栅栏到头了，他用手在空地里摸找小屋，当他以为错过了小屋的时候，他撞到了一堵墙。他找到第三面墙的时候，才摸到了门。门闩依然僵硬而沉重。他必须用肩膀使劲推，才将门打开。

蒂姆抓住他，大声喊："小孩子是肯定没法进来的。"

也许从窗户进来的呢，亚撒想，他不能允许自己放弃希望。小屋内阴暗，浑浊。现在一定是黄昏时分了，但是暴风雪使得时间和光线都无法分辨。他在壁炉的炉台上找到一支蜡烛，点上。他们的影子像是鬼一样在墙上移动。他们端着蜡烛找遍每一个角落，搜遍古老的上下床和橱柜，翻遍孩子们的玩具。多莉最喜欢的旧布娃娃眨着它那鞋扣一样的玻璃珠眼睛。这是一个好迹象，绝对是个好迹象。她一定来过小屋。他打开小屋中唯一的小卧室门，这是他母亲作为新娘时住过的地方。孩子不在这儿。

暴风雪击打着小屋。雪从烟囱倒灌而入，纷纷落入空荡的壁炉里。而风则在烟囱里尖声哭号。麦卡锡使劲儿地摇动他。

"兄弟，我们在浪费时间啊。接下来是西北部林子，然后是小溪。赶紧离开这里，路过房子，把钟敲响。"

他们离开后，没有上门闩的小屋门被风吹开，风雪立刻灌入，多莉的玻璃珠眼睛布娃娃被吹到宽木地板上，顷刻间被白雪覆盖。

暮光消逝，进入黑夜了，现在敲钟把邻居叫起来进行危险的搜索，是一件很残酷的事情。他们两人过了马路后，沿着北面的半圆木栅栏，回到房前，进入马车库。车库内漆黑一片，但是亚撒摸找到铁钟的敲钟拉绳，他拉着绳子，一声又一声绝望地敲响铁钟，每次他都把全身向后靠，几乎像娜莉以前敲饭点钟时的滑稽样子。大钟的哀声传向四邻农场，包括威尔逊家。大家都明白，在平常，钟声意味着叫地里干活的人回家吃饭，现在这种时候的钟声，则是紧急情况下的呼救信号，所有听见钟声的人都会回应。敲响钟声，对于亚撒来说，是只有失火时才发出的信号，在惧怕失火的农场上，乡亲们会尽快赶来的。但是暴风雪将钟声淹没了，只有威尔逊家听见了微弱的钟声，他们都以为这只是暴风雪产生的幻觉性的声音，像这样的天气，暴风雪会说出各种各样的魔鬼语言。娜莉听见钟声,站在柴木屋门口大叫。两个男人奔向她。他们在温暖的避风港里简短地碰头商量。

她说:"亚撒,我从你母亲的嘴里一个字都掏不出来,但是多莉一定是和她一起出去的。"

"是的。"

"最好进来,喝一杯热咖啡,再接着找。也许多莉能找到一个地方避一避风雪。"

他想,当死亡伸出它冰冷而绝对压倒一切的爪子时,是没有地方可以躲避的。

他说:"我不能进去。蒂姆,你去喝杯咖啡吧。"

麦卡锡说:"我虽然不能算是个大男人,我的朋友,但是不管何时何地,当我被召唤的时候,我都会跟你在一起的。"

"好吧,蒂姆。我想去小溪。"

天已经完全黑了。黑夜真正来到。亚撒点上两只手提灯。两个朋友再次沿着半圆木栅栏上路,他们来到木桥旁。亚撒转身向南。他把手伸进雪堆里摸索,拖着脚走路,寻找他不敢说出口的目标。

麦卡锡大叫:"这是大海捞针,徒劳的搜索啊,亚撒,你一定知道啊。"

柳树被大雪沉沉地压着。细细的柳枝都背负着雪的负担。亚撒感觉到脚下有东西。他弯下腰,疯狂地在雪中挖。结果只是一块花岗岩。他又接着找。现在,他能感到多莉就在附近什么地方。他摸索的手碰到一个小硬块。他拉扯了一下,又一下。他没有举起他的手提灯,但是当他把那个僵硬而冰冷的东西从雪里拉出来时,他知道这是多莉。

一把刀刺透他的心,这是一把厚厚的刀,刀刃钝而有齿,不是尖锐锋利的那种。刀子在他的胃、腰和胸口内搅动,一刀又一刀,直到他全身没有不流血的地方。麦卡锡听见他低沉的痛苦呻吟，过来扶着他。亚撒把手提灯交给麦卡锡，自己捧起那具轻飘而没有重量的躯体。多莉弯曲着身子，就像是睡着的胚胎一样。麦卡锡提着两盏灯带路。眼泪流在皱纹满布的老脸上，马上就冻成了冰。没有任何话语可以安慰他的朋友。他只是高举着两盏灯，为他的朋友照亮道路。

麦卡锡先进屋，把孩子们打发上楼。他在客厅的沙发上铺好一条被子，准备好一条床单。娜莉的尖声哭泣让他生气。

他严厉地说："小声一点儿。不要给其他人增加恐惧。"

他无法控制娜莉。她的悲哀是原始而女性的。她的伤口会愈合，他知道，对于她来说，所有的孩子都一样，这个孩子只是普通的一个。而对于亚撒来说，他想，对于他的朋友来说，还不如失去他的眼睛，他的眼睛对于他来说都比不上这个孩子，这个孩子是他身上最重要的一部分。麦卡锡讨厌说话，但是这时他必须说。

"亚撒黑，我的朋友，给小手小脚化冻——让我来做，让我抚平她的身子，省得你难受。"

亚撒摇了摇头。他跪在沙发边，抚摸小胳膊小腿，直到它们化冻，温暖驱除了最后的冰冷。他终于强迫自己拉过床单盖上她的脸。这只是噩梦，她当然只是睡着了。她的嘴角还有一丝微笑，好像是在困倦而甜蜜的最后一刻，她见到了她要等待的白雪仙女。

麦卡锡说："我今晚能赶到镇子上去，假如你想让我去的话。或者我去找几个威尔逊家的人来。他们听不见钟声。"

亚撒眼睛无神地看着他。

"哦，不，"他说，"现在没有必要着急了。"

"那么，就明天早上再说吧，但愿暴风雪不这么凶猛了。这么大的暴风雪，两匹马都够呛。"

娜莉因为哭泣而精疲力竭。麦卡锡带着她离开，让她上楼睡觉。他知道他的朋友需要独自呆着，他知道当所有的人都离开时，他会解开裹着孩子的床单，让孩子的小脸蛋充满他的记忆，虽然他并不需要用肉眼看着她来记住她。麦卡锡把手放在亚撒的头上，他所能给予朋友的，只是他的祷告和祝福。他转过身，拖着老年人的缓慢步态从后楼梯回到自己的卧室。他开始咳嗽。他很想喝一杯滚烫的热茶，但是不愿意在厨房里弄出任何声响。

亚撒在沙发边坐了一整夜。取暖炉中的火熄灭了，他没有意识到寒冷，直到突然间他的手麻木得不能动弹，无法触摸孩子那大理石一般的前额。他惊恐地想，为了多莉，他必须让房间暖和起来。他又开始点火烧炉子。暴风雪摇撼整个房子，像闯进来的怪兽，把他踩在冰冷的银色脚蹄之下。他的心思漫游到要生产的母羊，也许它在劫难逃，挺不过来，也许它撇下自己的新生儿，不认它，这种事情发生的时候，他就会把沦为孤儿的小羊羔抱回家，让那毛茸茸的小家伙睡在厨房炉台后面的一个盒子里，用奶瓶给它喂奶。他答应过多莉，第一只孤羊羔就给她。刀子又开始挖他的心，疼痛掐住他的喉咙，令他窒息。汗珠渗出他的前额。他攥紧拳头，试图抵抗他的生命被挖出来撕碎时的极度痛苦。

寒风的哭声和圆木小屋里的一样哀婉，时高时低。

它哭了一整夜："永远不要丢失了我！爸！永远不要丢失了我！"

第二十六章

丁香花丛长期以来肆无忌惮地自由生长,已经超过预期的高度。在娜莉将它们种下后的这十八年里,它们一直比纳特长得快,现在几乎和亚撒一样高了。巨大的紫色锥形丁香花头倒垂着,本身就像是一个拥有无数花朵的繁茂花园,花香几乎香浓得过分,亚撒黑·林登不由自主地摇了摇头,好像是要甩掉鼻孔中的气味儿。这些年来,丁香花丛暗中发出许多可恨的吸根,愈演愈烈。亚撒惊奇地发现新苗不仅侵占了门口铺了碎石头的一部分马车道,潜入地毯一样平滑的绿草地,还在西面栅栏旁繁殖成了名副其实的灌木丛,一直延伸到他计划在春天种荞麦的地里。

他拿着一把锋利锄头,开始掘除蔓延成灾的丁香花丛。它们非常皮实,适应力极强。他非常理解为什么跟他一样的种地人不喜欢疯长而失控的植物。大朵大朵的丁香花锥形花头在他的推撞下,向他的脸上喷洒清晨的露水。他想这是丁香花在责怪他呢,大自然中有许多无意栽培而自由繁盛的植物,它们令他的心愉悦,柳岸小溪旁的薄荷和水芹菜,还有野草莓,甚至毛茛和雏菊。他像娜莉一样爱花,但是他更加意识到植物牵肠断魂的神秘性,雪花莲和血根草的魔术,野草莓花在冬天刚刚撤退后便接踵而来。但是不知为什么丁香花总是让他感到不舒服。他靠在锄头上休息。当然,他现在想起来了。很早以前他在娜莉的丁香花香气中醒来,他们的长子出生了,他还为她担心呢。应该是他不够讲道理,而不能怪罪丁香花。他把车道、草地和农田里的吸根和不受欢迎的丁香花丛都挖除之后,采集了一大抱丁香花,好像是为了表示歉意。他把花分成两束,一束拿到厨房给娜莉,另一束他拿在手里,敲响母亲房间的门,给她送去。

阿梅莉亚声音微弱地说:"进来。"

她靠着枕头坐在床上。她看上去苍老,非常苍老。他把丁香花放在她盖着床单的瘦骨伶仃的膝头上,他把她蓝色血管暴突而枯干的手握在他那粗糙的大手里。

"丁香花,母亲。"

"是啊,我能闻出来。娜莉的丁香花。我记得她嫁过来的时候带来的。"

他想,这么说她也在这个风和日丽的四月清晨回忆着过去。她的手搂了一下床单,好像在捡起千头万绪的记忆。

"好像就是昨天。"她说。

"是十八年前。"

他松开她的手,沉默地坐着,数算年头。唉,单从年龄上说,母亲其实一点儿都不算老,在这一带的乡村里,年龄大而强壮的人多着呢。

他心想,让我算一算啊,我和娜莉都是四十岁的人了,或者将近四十了,我的母亲大概七十来岁,那根本不算什么。

老格莱美斯德特,就是那个想欺骗吉卜赛人帕夫,偷鸡不成,倒蚀把米的老头,他都九十多岁了,依然走家串户地打麦子。住在路南的两个外国兄弟,他们不大与人交往,会用大麦做咖啡,他们都是近八十的人了,依然下地干活,日子小康,据说他们把钱都藏在床垫底下。

不,亚撒心想,我的母亲年纪不算大,不应该老成这个样子,靠着枕头,躺在床上,毫无生气。但是,是什么让一个男人或一个女人苍老起来的呢?娜莉常常像她做女孩的时候那样年轻、活泼而顽皮。而他自己，好像生来就是老头。他想起折磨他母亲的一切，她是如何未老先衰的。她拿起丁香花，放在自己的眼前。

霍尔德医生对她的决定是对的。亚撒在椅子上坐下，极度痛苦地回想起多莉下葬的那一天。只有多莉这孩子是他的血之血、肉之肉、骨之骨。那一天记忆犹新，一切历历在目，那一天就是永恒。

他们必须等待暴风雪结束后才能为多莉下葬，要等深冻的土能够挖得动的时候才为她挖坑。他记得，当她那小小的棺材下降到黑暗而最终的土地里时，他当时想，多莉那只应该拿无刺鲜花的精细小手，总算不必拿什么粗陋的东西了。他又想到第二个坟墓，为那个大棺材挖的。就在失去多莉的几天后，他又失去了蒂姆·麦卡锡。老人在搜索多莉时饱经寒冷和疲劳，耗尽了生命中的最后活力。蒂姆和多莉并排躺在阴阳双性的大地土壤里，大地啊，是你给予，也是你接纳。亚撒能感觉到娜莉在悲哀中，为麦卡锡的离去而松了一口气，他毕竟没有给她带来任何负担和麻烦。他回忆起牧师在他们两人的葬礼上苍白而空洞的悼词，在上帝面前，一个渺小的人能跟其他人说什么呢？能说得出什么呢？谁能理解一个孩子的夭折？而一个老人，牧师带着些贬低的口气暗示，他浪费了自己的一生。蒂姆的死是一件沉默的事情。在他极度痛苦的音域中，一个小小的音符一时间迷失了。

多莉和蒂姆，他现在能够把他们放在一起思念，在他痛苦的现实中，他们俩是连在一起的经脉。那个大的坟墓被掩上土后，那个小的也被土盖上了，如果蒂姆是影子，那么多莉就是本质。而阿梅莉亚则是一直摆在面前的残酷现实，现在，他面临着必须回答的尖锐问题。

他自己不知道如何提出关于母亲的问题。下葬回来，他麻木地坐着。霍尔德医生和娜莉给他两个选择:用不同的方法把自己撕成碎片。娜莉先开口。

她说:"亚撒,我问大夫我们应该怎么处置你的母亲。"

霍尔德温和地说:"我知道这对于你来说很痛苦,林登,我知道这对于你来说难以启齿,但是我们必须直言不讳。娜莉告诉我,你的母亲把孩子带入暴风雪中,然后把她丢在那里冻死。"

这些话像是金属的碰撞声,在他的耳朵里回响,就像他那天敲响的钟声,但是邻居们都没有听见,或者听见了,但是不明白什么意思,也不关心是怎么回事儿。

"第一个问题,林登,她是否知道她做了什么?下一个问题就是,她带有危险性吗?"

亚撒没有回答。霍尔德语调中有同情,但又不是怜悯,他以医生的职业口气接着说。

"假如她是有意这么做的,那么她可能不带有危险性,因为她似乎只恨这一个孩子。当然,这仍然是谋杀,我的职责是证明她因精神错乱而犯罪。另一方面,如果的确是因为她的精神有问题,而没有罪恶意图,那么她很有可能在别的什么时候,轻易地将威利斯置于同样的灾难中。比如说,将他带入你那个臭名昭著的沼泽地里。我是不是把一切公平地摆开说清了?"

亚撒点了点头。他从全身冷透到骨髓。

"那么,林登,你的感觉是什么?"

他的感觉?啊,他那只能感觉而无法说出的无名恐惧,像沼泽地一样深而黑,像暴风雪一样死死围困着他。

娜莉疲倦地说:"大夫,你无法让一个男人给他自己的母亲定罪。我本人愿意让你来做决定,假如他不反对的话。"

亚撒久久地盯着窗外,融化的雪使大地显得灰暗肮脏。他想,这也太难为医生了,谁能对人的灵魂做出裁决呢?那是上帝的职能。或者,一个灵魂试图给自己做出审判,这不是企图爬上做上帝的梯子吗?假如一切如此,那么当一个人的灵魂迷失,就像阿梅莉亚的灵魂一样,完全丧失了判断能力的时候,何时、何地、何人能够担负这个责任呢?什么样的权力可以做出审判呢?罪恶的灵魂就漂泊在黑暗而不可计量的时间手里吗?

霍尔德坚持说:"你想叫娜莉家的一些人来吗?或者其他医生或你的朋友,来做法官和陪审团,这么说吧,组成一个家庭法庭,假如你自己实在不愿意宣判你母亲的罪过。"

蒂姆,亚撒心想,现在只有蒂姆可能会帮助他。

娜莉尖刻地说:"家丑不可外扬,大夫。让别人说三道四对孩子们不利。除非把她带走,那么便是人人皆知,倒也罢了。亚撒,你必须开口说话。说出你知道的,或者认为的。否则,你愿意让大夫来裁决吗?"

他看见母亲被关在有铁栏杆的高墙小窗后面,那些疯子一样的犯人尖叫狂吼,像是一群吃腐烂尸肉的乌鸦,折磨她。不用别的,就这个准能要了她的命。那么她是不是死了更好呢?他看见她漫游在放牧场的山坡上,牵着娜莉的一个孩子,走向沼泽地。

好像是对上帝本人低头一样,他说:"听凭你的裁决吧,大夫。"他知道他也害怕。

霍尔德深深地吸了一口气。

"很好。目前就让她留在这里,虽然这对我们大家都有风险。仔细地观察她。警告孩子们她是不负责任的。假如她表现出任何以前没有过的迹象,立刻通知我,我们再另做决定。我想这是你想要的结果,林登。娜莉?"

她的手从哭肿的眼睛前拂过,撩开脑门前的卷发。她直接对她的丈夫说话。

"我能再忍受她几年,只要你还能容得下她。"

亚撒把手放在她的手里。

他说:"你太好了。"

此刻,亚撒坐在母亲的床边,把自己从那天的回忆中拉回到现实。那似乎是很久以前的事情了,就好像家庭对时间的感受一样,孩子们很快长大,阿梅莉亚只是慢慢地逝去,在她的床上变成皮包骨。他再次责问自己,她是否真的谋杀了多莉,也许事后,她为自己的行为感到害怕了,才变得这么安静。他把这个令他惊恐的想法搁在一旁。无论如何,霍尔德的裁决是对的。她没有再惹任何麻烦,而且几乎变得温顺起来,靠着枕头躺在床上,娜莉给她送饭时,有时她甚至会微笑一下。娜莉的耐心已经算是无穷无尽了。

"想让我把丁香花放在花瓶里吗,母亲?"

"那好。放在壁炉台上,我能看到的地方。真漂亮。亲爱的娜莉的丁香花。"

难道这丁香花,亚撒心想,也是一个刺激物?他的母亲一直躲在丁香花后面的吗?当然,她一直都是隐藏着的。他拿出花瓶,笨拙地插花。

娜莉接过他给她的丁香花,将花干剪短,为餐桌中心做了一个低座的插花。今天是星期六,所以孩子们都在家,没有上学。

娜莉说:"天知道男孩子们都跑到哪里去了,你最好是敲钟叫他们回来吃饭。"

他来到马车库,敲响了钟。他为自己犹豫去敲钟而感到烦躁,就像今天早上责怪丁香花时而感到的羞耻一样。但是,那天在暮光下的暴风雪中,当他和蒂姆敲响大钟时,却是叫天不应,叫地不答,从此他恨那大钟,就像他讨厌丁香花一样。假如人们听见钟声,听明白钟声,威尔逊家的人就会赶来,其他邻居也会赶来,多莉就会及时被发现而获救。一个男人怎样才能逃避他的自我中心呢?他思考,如何把不可避免而发生的事情,与他的个人命运,以及他个人的失败和愚蠢区分开来呢?他永远也不能克服失去多莉而感到的内疚。他那天应该早一点儿询问她在哪儿,他应该永远提高警惕,意识到一个像她那样宝贵的生命总是会受到威胁的,即使不是阿梅莉亚,也会是别的什么不喜欢完美的不明之敌。当最后一记钟声消逝之后,他听见纳特、阿伦特、梅莉和威利斯跑进家,他肉体所生的孩子们,不是从他心中而生,他们已经在娜莉丰盛的餐桌旁坐下。他意识到这个家庭的强大亲和力是娜莉的食物。

娜莉说:"安静了,你们这些孩子。我不喜欢你们在餐桌旁大声喧哗。"

亚撒面带微笑地心想:"能干的约书亚太太,这可是跟你想叫太阳停下来一样的难啊。"

十七岁的纳特是半个男人、半个男孩。他身高几乎六英尺,而且还在长。他肩膀宽,体态会比他父亲丰满,像本。他的皮肤和头发颜色却不像他的大伯,而是像威尔逊家的男人。他平滑的头发是沙子色,眼睛色淡而冷。他已经开始长胡子了,一个星期刮一次胡子,有时过多,有时不够,这让他感到焦躁。他特别讲究衣着和清洁,抱怨他穿得不够考究。昨天,在准备培顿镇高中星期五校晚会时,他用了娜莉的薰衣草花露水,当他愤怒地发现这种香气不适合他时,已经为时太晚。青春期的粗鲁让他的心变得很硬,他就像雕塑家手中未完成雕琢的 ·块粗糙石料。但是,这块带着凿印的石料,正如亚撒闷闷不乐地意识到的,毫无疑问地显露出绝对不心慈手软的性格。

亚撒给自己的盘子里放了些家制咸牛肉,然后把装牛肉的盘子传递给坐在他身边的阿伦特。阿伦特没有给自己拿,而是先递给了纳特。

梅莉尖刻地说:"快点儿,你们这些贪婪的猪。应该是女士优先的。"

娜莉说:"礼貌到哪里去啦,你们大家!"

亚撒缺乏对梅莉的疼爱,甚至接近于厌恶她,他为此感到内疚和羞耻。她长得完全像他的母亲,同样的身材,同样的靠得很近的黑眼睛和油亮的黑头发。无论好坏如何,他爱他的母亲。但他却不能爱这个孩子,那么一本正经,那么一副刁难的女主人模样,那么尖酸而残酷的舌头。梅莉和纳特总是狼狈为奸地对付别人。他们都有一样的硬心肠,怀有相似但是还没有完全显露的目的。亚撒叹了一口气,一口接一口地吃,不知道自己吃的什么。

感谢上帝,亚撒心想,娜莉生育的年龄已经过去。她比他们这些孩子全部加起来都珍贵,当然,除了多莉以外。那种熟悉的、吞噬着他的痛苦又向他袭来。然后,他被桌子周围的一阵哄笑拉回到现实中。

纳特说:"爸,我们已经把这个甜馅饼端在你的鼻子底下足足十分钟了。"

娜莉说:"啊,你们都知道你爸的德性。他会陷入一种恍惚状态,什么都不想的样子,光梦想着空空的什么玩意儿。"

亚撒感到一种慢慢升起的愤怒。他有一种像熊举起大爪子一样的动物冲动,想把他们统统打倒在地。随即,他觉得很羞耻。餐桌旁的父亲本应该融入家庭,无论自己有什么样的内心世界和担忧。他们应该一起掰面包,一同享用盐,一同吃肉,这应该是一件神圣的事情,家庭是一个共同对抗外界黑暗的小团体。

他说:"对不起。"然后切了一块甜馅饼,但是却吃不下去。

他离开餐桌,走到路对面。苹果熟了。春天来得早,果园正如他当初种植前梦想的一样,就像父母梦想未出生的孩子,然后发现孩子的长相和性格都像他们预期的一样完美。一片粉红和白色花朵的海洋。它们波浪般盖满滚滚的山坡,香气袭人。他深深地呼吸,感觉到被净化了。他也是创造这种美的一分子。这是多么的美好啊。

第二十七章

十月的第一天早晨就下了霜。亚撒感到一种洁净的冰冷轻轻地扎着他鼻孔里的鼻毛。多莉用小鸟般的声音唱她刚学会的歌,"杰基·霜精灵,杰基·霜精灵,半夜三更悄悄来——"他赶紧冲到屋外,好像这样就能看见歌曲中那个离奇传说的雪人杰基,瞥见他消失在山坡上的背影,目睹他画笔上洒落的最后一点儿白色的水晶粉。他想,他一定会享受童话故事里那个简单而无神的世界。他一遍又一遍地阅读大百科全书里的古代传说,发现自己一半的时间里都在点头赞同。把季节和各种元素人性化似乎是一件很自然的事情。

他站在房子和农仓之间的路边上,眺望他的大片田地、牧场和庄稼。天空是牛仔棉布一样的蓝色,初霜正在金色的太阳底下融化,玉米地里的庄稼也泛着太阳的金色,南瓜是鲜艳的橘红色,整个大地是一片灿烂的辉煌。

他干完了农仓里的活。这个夏天他没有雇用帮手,而是把工资付给了纳特,也给了阿伦特一些工资,比纳特少一点儿。他把最好的一块土地交给纳特,让他给自己种豆子,把卖豆子的钱作为秋天入州立大学的一部分费用。纳特绝对不学农业,也拒绝了艺术和其他专业,虽然林登家的农场越来越兴旺富裕,所有的孩子都足以在这片土地上养家糊口,幸福生活,但是亚撒已经对纳特务农不抱任何希望。纳特除了商业以外,什么都不想学。唉,亚撒心想,每一个人都必须面对他自己的命运,纳特几乎是个大男人了。

他把牛奶给娜莉拿进屋。纳特和阿伦特刚吃完早饭。他在桌子前坐下吃饭。

纳特说："爸，我可没有办法把那些该死的豆子都剥出来，赶在上大学之前卖掉。你对一个年轻人的期望太高了。"

亚撒的嘴里塞满了香肠。纳特应该怀有感激之心才是，他心想，这些豆子的收成这么好。这就意味着纳特上大学的第一年不用出去打工补贴生活费用，而亚撒已经帮他交了学费。纳特身上有一种污迹、杂质，亚撒一时也说不清楚是什么，他似乎总是什么都不想干，就希望得到巨大回报。亚撒想到自己长年的辛苦耕作，没有读过几年书。多上学，多受教育，读更多的书，这一定是解决问题的答案，这样一个人就能了解世界、人类、人的思想，还有人类与宇宙的关系。假如纳特能够学到这些他没有机会学习的东西，年轻人就能够懂得尽自己的责任，不会因为无知而半途而废。

纳特又说了一遍："你期望得太高了。"

亚撒抬起头。他研究他的儿子，他的长子。这孩子的脸上写着迷茫和粗糙。不，亚撒想，我期望的一点儿都不高，正好相反，是期望太低了。他意识到这是一个关键时刻。但是每到这种时刻，他就感到困惑。他找不到合适的字眼来表达自己，他从来不能说出自己想说的话。再说，即使他过去和现在都能够用语言表达自己的意思，纳特能理会他说什么吗？每个人的个性都是生来固有的吗？甚至是生前就已经定型的吗？这样每个人都会走上自己磨难的道路，别人永远无法干预，无法引导他寻求真理吗？毕竟，每个人在磨难面前都是平等的。所以眼前，他只能用完全实际的办法帮助他的儿子。

"哦，纳特，"他说，"我今天可以帮你。我让阿伦特也腾出空来帮你。"

他们一起离开早饭桌，到农仓里，用埃里克制作的机器剥豆。剥出来的豆子都包装在口袋里，只等拉到市场上去卖。今年的确是个大丰收年。纳特大学第一年的生活费用有保障了。

纳特在晚饭桌上既激动又高兴。他非常理智地谈论他的计划。亚撒眼睁睁地看着纳特如小鸡破壳而出一般，正在冲破一个小男孩的壳儿，他将蜕变成一个大男人，又好像一个蝶蛹破茧，释放出一只蝗虫，亚撒心想，"一只十七岁的蝗虫。"他不禁哑然失笑。纳特拥有一种力量。亚撒感到一种暂时的松心。毕竟，这个男孩知道如何运用自己，如何走自己的路。这个世界绝不会像吞没本杰明一样将他吞没。

纳特说："爸，假如我们明天就把豆子运到特伦特去卖，为什么不把我直接送到火车站？我搭上车就直接上学去了。我需要早几天到学校，找到住处，买点儿东西，安顿下来。我想提前掌握情况，为学习做好充分准备。"

亚撒已经考虑过纳特上学的交通问题。

他说："我看我没有什么理由不把你直接送到学校。"

纳特皱起眉头。

"多谢了，爸。我宁愿自己一个人去。这样不至于太……嗯，乡村化了。"

娜莉严厉地说："你听好喽，纳特·林登，我可不吃你那一套，什么为农场感到羞耻之类，纯粹孩子气一般的胡说八道。不要为你的父亲感到羞耻。他穿着打扮起来，可是个英俊男人呢，不比我见过的任何一个银行家差一点儿。"

的确是这样，亚撒黑穿上他星期天的最好衣着，看上去很庄重而高雅的样子。黑色华达呢礼服，浆烫平整的白衬衫，系上黑色绸带领结，正因为他对外表毫不在意，反而显得自然随意而更潇洒。娜莉总是保证他的衣袖和裤腿不是太短。

纳特说："哦，我知道，爸是体面的，但是，我的天哪，你能想象驾着货运马车上大学的情景吗？"

他冲着他的母亲龇牙咧嘴地笑。

"你不会不让我使用女皇和它拉的橡胶轮胎轻便马车吧？冬天时给我用轻便雪橇？嗯，妈，你这个冬天不会很需要它们的。"

娜莉开始犹豫。

"告诉你我会怎么办，纳特。假如你的功课成绩好，表现也不错，那么等你回来过圣诞节时，我也许会让你用的。"

"你可知道，"纳特说，"你大概不记得了，当我还是小不点儿的时候，个子还没有蚂蚱蹦得高时，你和奶奶就告诉我，假如我赚了钱，可以有自己的马和车。"

"不，我不记得了。"

亚撒记得。他记得太清楚了。

梅莉说："纳特，你上学是为了赚钱，还是追女生？"

"也许是两者兼顾。"

整个一家人大笑起来。亚撒因为不能把纳特一直送进大学而感到遗憾。

娜莉收拾了纳特的衣服，洗、烫、缝补，一直忙碌到深夜。结果第二天纳特把大部分衣服都留给了阿伦特。一个旅行皮箱就装下了他认为适合他的新生活的所有东西。亚撒看到儿子收拾行装，感到应该给他一个特殊礼物，无论是摸得着的，还是看不见的。也许，他应该给他一些智慧警句，但是，他想不出什么值得一说的，或者是纳特能够接受的。早饭时，他从口袋里掏出他父亲那块沉甸甸的猎人金表，把它放在纳特早餐盘子的边上。纳特把它拿起来，在手掌上掂着它的分量。

"谢谢，我不要。爸，没人再戴这种老式的玩意儿了。但是，含金量很高哦。也许我能用它换一个新式的。"

娜莉伸手把表拿回来，递给亚撒。纳特耸了耸肩膀。

她说:"好了,去好好地跟你奶奶说声再见。你一直都是她最喜欢的。"

"她可能都不认识我了。"

"她知道的东西比你以为的要多。照我说的做就是啦。"

亚撒不由得惊叹娜莉的精明。纳特也是娜莉最宠爱的孩子。他认为她这样做只是为了掩盖自己与他分离的痛苦,纳特是第一只飞出窝的小鸟。亚撒今天去特伦特只是去卖农产品,而且在灰尘较大的谷物批发市场的时间很短,所以他穿上了那套第二好的衣服,干净而体面。纳特去跟阿梅莉亚道别的时候,亚撒就把两匹马套上了货车。

坐在亚撒的身旁,纳特说:"奶奶还以为我是大伯本,是他要离开了呢。我猜你又要受她的折磨了。"

今天到特伦特的旅程对于亚撒来说似乎特别短。纳特仔细地监督着称量豆子的过程,讨价还价。他伸出手贪婪地接过厚厚的一大摞钞票。

"该死,"他说,"除了衣服口袋以外,我还没有个装钱的东西。"

亚撒拿出他的新皮夹,腾空了它。他的老皮夹还能凑合着给自己用。纳特满意地接过礼物,把大部分的钱塞进皮夹里,留下面额小一点儿的钞票,放进裤兜,他把皮夹放进上衣的胸兜里,又用手拍了拍。

"我是一个绝对不会让小偷偷走钱包的乡村男孩。"他说。

父子俩最初说好,种出豆子后,所有的利润归纳特。种子的价格,加上从格莱美斯德特那里买的肥料,可不是一个小数目。但是亚撒不想提醒纳特这个。他只是为他们一起获得的好收成而高兴,也为能够给儿子提供钱读书而高兴。纳特在今年夏天干的活比往年多,虽然亚撒付给他的工钱要比一个普通帮手多,纳特还是把这当成是吃苦。

亚撒说："准备好去火车站了吗？"

"不用你操心了，爸。你上路回家吧。我在镇子里再逛一会儿。"

儿子向父亲伸出手。

"告诉妈多烤饼干送过来。圣诞节见了。"

他吹着口哨漫步而去。从背影看，他的确很像本杰明。但是在他那悠闲的步态里，带着极强的目的性。亚撒举起缰绳，轻轻地策马，转弯上了回家的路。也许什么时候他和娜莉可以一起去学校看望纳特。春天就是好时候，到那时，他们就可以驾轻便马车去，娜莉会给马儿戴上她引以为自豪的复活节花边彩带。他渴望亲眼看见自己的儿子第一次走进大学校门，他知道这个想法有些愚蠢。他总是想象一个知识的大殿堂，两扇大门沉默地打开，他期望有机会瞥一眼里面的辉煌。大学的门不会跟其他的门有什么不同之处吧。

第二十八章

秋高气爽的十一月,林登家人较早地坐下吃晚餐。西下的落日将东方的天空映衬出铜色与蓝色。家里还不需要点灯。纳特离家上学,自多莉死后家庭气氛第一次发生了变化。餐桌上没有争吵。小小年纪的梅莉完全主宰了阿伦特和威利斯。她的命令和批评都被他们乖乖地全盘接受,好像他们的锋芒都像烟囱里的烟一样挥发消失了。亚撒意识到,原来争吵和麻烦总是源于纳特,梅莉只是反抗纳特罢了,而当其他孩子开始用孩子般的语言和拳头回击纳特时,梅莉又转身站在纳特一方。

梅莉说:"阿伦特,看在上帝的面子上,请你挺直腰板坐着。你趴在盘子上的样子就像头老母猪。"

阿伦特闷闷不乐地说:"我累了嘛。"

他长得太快了,亚撒心想。他依然记得自己是十几岁的少年时,也曾经有过的疲劳感,一个男孩吃掉大量食物,每天都把他疯长的骨头推到几乎脱臼的程度,丰富而迷茫的热血,像燃烧的火焰一样燎灼大脑和脏器,让他感到的是一种精力耗竭的疲劳。阿伦特除了青春期疲劳以外,就是他悲哀地思念着纳特。

对这一点,亚撒也很理解。他回忆起本第一次离开家时,他自己的凄凉和孤独。但是奇怪的是,阿伦特对他哥哥纳特并没有爱,甚至说不上是感情,实际上只有依赖。他现在的损失是负面的,不是正面的。好像他的本性是空洞的,纳特多余的旺盛生命流淌到他的空洞生命里,才能使他成为一个完整的人。他是一条浅浅的小溪，没有源源不断的泉水给他生命的精髓，他就无法存在。他是没有身体的影子。亚撒突然为这个男孩感到紧张，对他的焦虑超出对纳特的担忧——因为无论纳特选择什么样的道路——无论是正路还是歧途——无论怎样坎坷颠簸，阿伦特都会跟随他，像个被主人强壮大手操纵的木偶，一个弱小的灵魂生来就是仆从。

亚撒看着这个不高兴的孩子，为自己的一闪念感到羞辱。阿伦特的颜色是无法描述的。在威尔逊和林登两家人里，没有一个人像他这么颜色浅淡，而且没有个性的。他比其他孩子更容易患感冒，但是还算健康，也许他到了五十岁时依然看上去像是十五岁的模样，他是一个在任何人群中都不会引起注意的那种人。亚撒再看看梅莉，一本正经地给威利斯切肉。她已经快满十四岁了，这个小大人，当她四十岁时，也不会有多大的变化。她的长相越来越像她的奶奶，只不过看上去要漂亮一些，但也许心肠也更硬一些。

不知情的外人，甚至威尔逊家人，都说梅莉是"十足的小妈咪"，的确，她不停地唠叨和忙活着照顾威利斯，甚至对自己的哥哥阿伦特也同样如此，好像刚刚抱了一窝小鸡的小母鸡，但是在亚撒看来，她这么做不是因为温柔母性的激励，而是一种强烈的统治欲望的驱使。在她自己的孩子眼里，亚撒不禁想道，她看上去可能更像童话故事里的后妈。他甚至无法想象她这样的人会有自己的孩子。像纳特一样，她这样的人总能找到自己的活路，也总能选择自己要做的事情。因为纳特和梅莉对于自己选择什么都有很强的主意。

他带着迷惑的温柔研究起威利斯来。威利斯虽然年纪小，刚满十岁，却已有了一种奇怪的独立性，与纳特和梅莉完全不同，他的独立性更带有正直感。他与父亲保持着巨大的距离，虽然没有纳特那样的反抗性，的确，他还带有一点儿随意的友好，但是给人的印象是他曾经仰望父亲寻求什么，在没有找到后，就放弃了寻觅。亚撒记得自己曾经想亲近威利斯，即使是在他眼里只有多莉的日子里。他记得把威利斯抱在自己瘦骨嶙峋的膝盖上，孩子总是礼貌地寻找机会溜掉，宁愿和小猫咪们玩儿。简单地归纳，他们两人之间的交流从来就没有摩擦出火花来。

娜莉坚持威利斯不应该是这个家里被惯坏的老幺儿。她对他跟对其他几个孩子一样，给予同样严格的管教，又带着心平气和的智慧。她对他们的纪律约束偶尔达不到严肃效果，因为他们把她当做同伙而不是母亲，尤其是在她疯狂的恶作剧之后。亚撒有时都会把她当做孩子看，娜莉是最大的一个，也是最可爱的一个孩子。但她依然是个纯粹的女人，她的欲望之火已经温和到一种舒适的亮度，让他不由得松了一口气。曾经有过无数次，他在一天长时间的劳作后，觉得力不从心，有点儿招架不住娜莉的激情和能量。

他疼爱地看着她。她那微微发福的身段，那带有金色的板栗色头发已经有了藏而不露的一丝丝白发，在他的眼里更添了魅力。他突然注意到她现在的表情带着危险的温柔，孩子们开始咯咯地笑。她做的甜点是炖蜜饯布拉斯李子，还有小杯蛋糕，有漂亮的折花边纸杯包裹着。亚撒手里拿着一个小杯蛋糕，带着纸杯就往嘴里送。他赶紧放下手，孩子们已经爆发出大笑来。

娜莉说："唉，你们别拦着他。你爸会时不时地进入一种梦幻状态，好像什么都不想，他会把纸杯当做美味来享受的。"

唯独阿伦特并不感到十分有趣。他烦躁地挪动着脚。

他说："爸，我不明白为什么我还得接着上学。历史、地理、阅读和写作，所有这些名堂，对我有什么好处，反正到时候我会和纳特一起经商的。"

他鹦鹉学舌地说出纳特说过的话，亚撒知道，是纳特本人按捺不住到州立大学学习的强烈愿望。虽然纳特和阿伦特都不是读书做学问的料子,但是两人都能掌握他们必须学的,似乎有用的科目,尤其是纳特。亚撒不高兴地想到纳特精心计划好让阿伦特总是比自己落后几步,这样更好利用他,以达到他不可告人的目的。

他想说:"生活是件艰难的事情,一个简单的人如果能够多学习别人想过、教过、说过和写过的东西,就能更好地应付生活中遇到的各种各样的情形。"

他还在沉思的时候,娜莉说:"亚撒,这孩子也对。他不喜欢学校,也不喜欢务农。那他干脆在纳特身边找个工作吧。"

梅莉说:"也许纳特不喜欢他抓着他的衣服后摆做跟屁虫。妨碍他追逐女孩子。他可能让纳特觉得讨嫌呢。爸,你知道的,我比阿伦特聪明,为什么不让我上大学呢?"

娜莉说:"我会在这个家里,给你提供你所需要的所有大学教育。假如你不想让你的丈夫难堪,就必须学会怎样把蛋糕烤得更松软一些。"

"也许我不想结婚呢。也许我要当一名教师呢。"

亚撒觉得这个听上去倒是不错,转念一想,他又为她的学生感到抱歉。

他说:"你当然可以上大学,假如你愿意的话,梅莉,等你到了年龄的时候。"

娜莉说:"四年对于一个女孩来说会有很多变化。那时候,你可能都有男朋友追你喽,当然,我是说如果你不这么指手画脚、气势汹汹。男孩子都不喜欢霸道的女孩。"

"有的会喜欢的。你就老是指挥爸,样样都管,他喜欢着呢。"

亚撒慢慢地露出他极少有的笑。

他说:"孩子,你母亲是用漂亮的方式指挥别人。这是有天壤之别的。"

阿伦特固执地回到他的话题。

"到底怎样,爸?我能不能在圣诞节时退学,然后在纳特身边找份工作?"

"不行,儿子。上完你的高中,然后再说。"

脱衣服睡觉时,娜莉说:"亚撒,你还不如就让那孩子走呢。本上完了高中,又对他有什么好处呢?在我看来,如果你不想得到教育,那教育就对你没有用。"

这有道理,亚撒也觉得无可争议。但是一个十五岁的孩子还不知道自己想要干什么,或者需要什么,那怎么办?如果他内心燃烧着一种神秘的火焰,比如说,就像多莉那种永远学不够的好奇心,只有那样,他才知道自己要什么。就像赫尔达的哥哥埃里克·斯文森酷爱机械一样。

娜莉好像能读懂他的心思,她接着说:"再说了,就拿那个埃里克来说吧。他死活就是一个心眼儿想上大学,但是你看看他给自己惹的麻烦。"

她的这个逻辑推理站不住脚,埃里克只是天大厄运的牺牲品而已。亚撒在雇用他做夏天的帮手时,曾经鼓励过这个瑞典小伙子的大学梦,埃里克梦想当一位工程专业的毕业生,设计桥梁、建筑,那些人们从来没有见过的建筑。其实他是想做建筑师,但是无论是这个金发小伙子,还是他这个年长几岁、异常严肃的良师益友,都不明白工程师和建筑师有什么不同。埃里克离开亚撒的农场以后,进入一家工厂工作,那里的工资更高一些,他希望把工资积攒起来,加上他从亚撒农场挣的钱和亚撒给他的礼物,朝着他的目标奋斗。但是一个粗心大意的同事制造了一场事故,把埃里克的手挤在机器里,碾碎了他的手指,他因此不能在工厂里工作了,他的手是不能绘画他梦里的蓝图了。埃里克必须回到父亲的农场,用他残疾的手,沉默而苦涩地务农。亚撒有时仍然雇用他。埃里克的工资比普通助手低,因为他的手,有许多活都干不了,比如说挤牛奶。

亚撒对娜莉说:"很好。我们就让阿伦特去吧。我会把埃里克雇回来。"

星期六,亚撒就驾车送阿伦特去了火车站。这个男孩兴高采烈,他的那种激动是亚撒从来没有见过的。纳特是他的生命气息,这令人感动。亚撒感觉到,他想到自己消失的哥哥时,也有相同的痛楚。也许他让阿伦特去追随纳特毕竟是对的。但是他再次为阿伦特性格中的空洞而感到担忧,阿伦特需要哥哥不是因为纯粹的爱,而是因为没有纳特,他就什么都不是了。他也许永远不能自立。这个关系对于纳特来说更加危险。亚撒好像觉得,阿伦特越来越苍白的依附和顺从给予纳特一种反馈,使他变得更加狠心和傲慢。

在火车站,亚撒一直看着火车离开,挥手与阿伦特告别,但是男孩却没有从站台上或火车窗口回头看他。亚撒很高兴他最后一刻决定把威利斯带上,此刻他注意到这个十岁的孩子若有所思、充满渴望地观察着送行的一切。

亚撒对他说:"我们会想念他们的。"

威利斯说:"他们可不想我们。"

他一副事实如此的平静口气,好像一个老人毫无怪罪与恶意地叙说他那没有回报的爱。亚撒低头看着这孩子,吃了一惊。威利斯总是躲避着他。亚撒心中一股柔情油然而生,他希望他们的交流为时不晚。他强迫自己付出比平时说话更多的努力,他想象这个令他不解的儿子是个奇怪的成人,他必须把他当做成人来对话。

"我很失望,纳特只关心商业。我很遗憾,阿伦特不想上学了。"

长期压抑的想法突然涌上心头,一个人应该学习他能学到的东西,懂得人生的价值,单纯为了钱对他来说似乎是件卑鄙的事情,辛勤耕耘土地更加高尚,追寻梦想,为人类生活增添力量和美,而这样的梦想,正如埃里克·斯文森的一样,常常是无可解释地被粉碎了。

"人生苦短,但又似乎漫长,他需要——"

他刚开口,就停顿了下来,一如既往,无法继续。

他集中精力,问威利斯:"你将来想做什么,威利斯?假如你喜欢务农,你可以上农学院。你可能想当医生,律师。你想过吗?"

孩子坐在马车里,身子前倾,仔细看着他的铜头皮鞋,像蜗牛一样退缩进他的壳儿内。

"无所谓,"他说,"什么都行。"

亚撒想接着问,接着又想,不,他要避免让孩子反感的追问,他应该想办法激发羞涩孩子的内心激情,让他主动表达自己的心愿。

但是他只能说:"无论你想做什么,我都会帮助你的。"

威利斯又说了一遍:"无所谓。"

轻便马车停在斯文森家门口。埃里克出来迎候他们。

亚撒说:"我还需要你,埃里克。你能来吗?"

他为这个男人的外表感到震惊。他的肩膀耷拉着,他北欧特点极强的面孔消瘦苍老,曾经飘逸的金发变成黏糊糊的一团,像灰色的海带,好似绝望的海浪给他致命的最后冲击。亚撒今年四十岁了,他的头发依然是渡鸦般乌黑,而埃里克还比他小五岁。

他说:"是,先生。我愿意。"

亚撒说:"埃里克,这一次你愿意住下吗,永远?我想我失去了纳特和阿伦特。"

忧伤的眼睛开始闪烁,刚刚迸发火花般地明亮起来,又因为小心谨慎,不敢再幻想,而黯淡下来。

"为什么不呢。这里不需要我了,斯文森的年轻一代成长起来了。"

在斯文森这个大家庭里,只有埃里克和赫尔达没有结婚。侄子和侄女们都在这个不断扩大的农场上工作。赫尔达还没有找到一个"买丈夫"的合适对象,但是亚撒不知道为什么埃里克还没有结婚。他一直是个英俊的小伙子,没有哪个可爱又体面的女人会单单因为他的手而拒绝他。原因一定是他挣的钱不够,无法为自己的家庭提供一个住处,虽然真正的爱只需要树篱遮风避雨,婚姻却完全不同,对物质的需求更加现实。亚撒知道,作为其他农场的临时雇工,埃里克常常睡在木棚或农仓里。而在林登家他总是住在大房子二楼的一间小卧室里,就是柴木屋上面的那间。

亚撒说:"埃里克,假如你来住下,没有什么理由不住在那圆木小屋里啊。"

这个男人用他残疾变形的手一把抓住亚撒的手臂,好像要打他似的。

他说:"你真的是这个意思,林登先生?"

他立刻肯定地回答。

"你当然是这个意思。你从来都只说你要说的话。"

他用衣袖抹了一下积垢和出汗的脸。

"我都已经放弃了。有一个姑娘——"

他停顿下来,眼神转向遥远而孤寂的空间。

"当然,她不再是一个女孩子了。她是一个女人,年龄和我一样大。她的头发也开始花白了。这些年来她一直等着我。她不在乎我们饥或饱,只要我们能够在一起。而我们没有一点儿办法,没有一个地方能让我们在一起。"

他又恢复了火热的激情,他的脸靠近亚撒。

"你的小屋,这就是说——她能和我在一起了。"

他微笑着肯定。

"当然,你知道这意味着什么。"

是啊,亚撒知道,他只能嫉妒埃里克有一个愿意和他一起挨饿的女人,只要他们能够在一起。他决定付给他全额工资,再给他一些可以繁殖的牲畜,一只小母牛、一群猪和一群鸡。林登家的水果和蔬菜都足够两家人共同享用。能有埃里克住在小屋里是件好事情,小屋空了那么长时间,布满苦涩的阴影,是该改变改变了。

当天晚上,亚撒惊奇地发现娜莉对这个安排感到不安。

"那你还不得整天有事没事地跑过去,吹牛皮,打哈欠,"她说,"我还以为蒂姆·麦卡锡死了以后,我就不用担心你那些狐朋狗友了呢。"

他盯着她看。然后转过脸,哑然失笑。一个古老的谜总算是揭开了。娜莉从来没有感受到来自女人的不安全感,令人吃惊的是,她居然对蒂姆有嫉妒心。纯粹男人之间的友谊令女人感到威胁,因为他们的世界是女人不能进入的。

第二十九章

这样的荒年在这么多年来还是第一次,亚撒心想,这本身就是一个奇迹。灾难一个接一个地袭击庄稼。务农的人明白自然灾害是任何时候都可能发生的。而他总能比他的邻居们应付得更好。他生来就对天气变化有准确的预感,再加上印第安人水貂费希尔传授的实际经验,他常常能够打破常规,提前播种,或者是当别的农民说太晚了的时候,还继续开发他的新种植计划,而且事实证明他跟季节合了拍。但是,现在看来,大自然似乎已经耗竭了温和与美好的一面。

今年春天来得早。苹果园是繁花似锦的海洋。四月的一天,大风转向,太阳隐退,一阵北风夹着冻雨和寒冷咆哮而来,狂风雨雪终于过去后,果园一片狼藉,一个花朵都没剩下,丰收变成泡影。今年将没有李子,没有樱桃,也没有桃子。冻死的冬小麦瘫倒在地上,再也爬不起来了。一半的春季羊羔在突如其来的寒冷中死亡。埃里克和他一起干了两个通宵,总算把剩下的羊羔保住了。埃里克这个男人的脸上泛着幸福的光晕,他从来不觉得工作时间太长,也从来不觉得干活儿太辛苦。他那步入中年的妻子把黑暗的小屋魔术般地变成明亮的红、蓝和黄的瑞典风格。她那长相平平但很甜蜜的脸上,也焕发着幸福的光彩。

为了补偿已经损失的赖以挣钱的主要农作物,亚撒和埃里克一天劳作二十个小时,加倍种植了豆子、土豆和玉米。它们发芽后,连绵两个星期的雨水将土地变成稀泥塘,嫩绿的芽和叶都变黄了,然后变成灰色,再往后就烂成了泥。入冬前储藏的根类蔬菜、罐头类水果和蔬菜都所剩无几,苹果甜酱已经吃到最后一罐。几乎所有的食品都必须到培顿镇上购买,就连牲畜饲料也得买,而且价格在不断上涨。亚撒卖掉他能卖掉的一切:羊、牛、家禽和猪。他把被水淹掉的菜园重新种植起来,为保住每一个胡萝卜、甜菜头和萝卜忙碌了一个夏天。他手头的现金几乎耗尽,生活到了难以糊口的险峻时刻。必须留下种冬小麦的钱。没有秋收和夏收,暑假期间纳特和阿伦特都在特伦特打工。

小麦种子的价格飞涨。为了补偿颗粒无收的一年,他必须多种几亩小麦,他买完种子后,到培顿银行里查了一下他的账目,银行里的钱,加上他的锡盒里的现金,已经所剩无几,整个农场到了无法支撑和运转的危险地步。家里的人还不会饿肚子、受冻,或没有衣服穿,但是除此之外,什么也不能买了,纳特第二年的大学费用必须自己解决。埃里克的工资是一笔不断的支出。解雇他是绝对不可能的。圆木小屋是他生活的磐石根基。亚撒查看了一下他的分类账目。他以前没有意识到纳特去年冬天非常频繁地问他要钱。一天二十五元,再一天五十元,加起来就是好几百了。他的母亲和威利斯身体欠佳,霍尔德医生经常被请来,开处方让他去买贵重的补剂。

接生婆杰西阿姨病倒了,不能工作。他给她送钱,安排了一个女孩照顾她,一直要到她恢复健康的那一天。他还有其他支出,比如资助挣扎中的培顿镇高中。他对娜莉和阿梅莉亚都只字未提这些资助。这些支出的数目非同小可,他现在已经无力支付了。他把账目推开,质问自己为什么还不能开口,告诉妻子和母亲他事实上已经不能支撑她们应该享受的舒适生活了。他意识到自己害怕母亲的尖刻舌头和贪婪。但是娜莉一向对流浪者和吉卜赛人总是慷慨的,她那丰富的餐桌远近闻名,对所有的人,对任何人都伸开欢迎的臂膀。当他的资金刚开始紧张时,娜莉就把赫尔达送回家了。他从他的账目上抬起头来，埃里克正好站在门口。

"比你想象的还糟，是吧，林登先生？"

"我们会有办法挺过去的，埃里克。"

"我不应该让你在整个春天都给我发工资的。从现在起，我不该领取工资了。我已经想出办法。我在培顿镇找到一份拉木柴的工作，假如你能把你的母马借给我，我骑着它上下班用就好了。这样，我住在家里，不耽误帮你做早晚的活，同时能够在外赚钱，直到你的情况好转起来。"

亚撒慢慢地说："这当然减轻了我的压力，埃里克。但是我不能让你干活而不付你工钱。"

埃里克的蓝眼睛闪闪发光。

"那么，我还得付你小屋的租金呢，你知道我付不起。艾尔莎和我不能没有住处。我们十一月份就要有孩子了。"

这个将为人父的男人，他的快乐几乎是可以触摸得到的异彩晕光。亚撒能够感觉到，他身上除了做父亲的那种正常的骄傲以外，还有一种特殊的东西。埃里克重新获得了一个男人应该得到的希望的权力。生活曾经抛弃了他，他绝不允许他的孩子遭受同样的命运。

亚撒站立起来，严肃地握着埃里克的手。

他说："祝你好运。"他说这话时满脑子里都是一个母亲生孩子时可能出现的危险情景，还有每个新生儿要面对的险恶世事，埃里克当然明白这个，他要抓紧幸福，他心中的感激满得外溢。

"我后天就能开始拉木材的工作，林登先生。"

七月份是异常而持久的干旱。大地僵硬，干裂。亚撒和娜莉每天晚上都一桶又一桶地把井水提到菜园里。梅莉和威利斯用长柄勺把水舀出来浇菜。他们把这活当成游戏，常常停下手里的活,在水桶这个临时的小池塘里玩,如果没有孩子们帮忙,亚撒就要很晚才能浇完菜园子,再去做别的活。小菜园里的水果、无核小葡萄、鹅莓、木莓和草莓都皱皱巴巴的,没个好模样。娜莉抱怨做不出好果酱。为了省下白糖的钱,她用蜂蜜做果酱。

月底的两天,烈日炎炎。黑麦草、苜蓿、梯牧草,所有的饲料草都已经干燥得可以收割了。第三天早晨太阳还没有升起来,亚撒就在手提灯的照明下将他的两匹马套上割草机,准备好在黎明前的混沌中开始割草。这个时辰的鸟儿都还在沉睡。他在知更鸟开始刺耳的叽叽喳喳之前,就已经在山坡底部的牧草场上割完了一轮草。东方只泛出微微的鱼肚白,预告太阳就要升起,就像有人提着灯从遥远的地方走来,牧草地里的百灵鸟飞了起来,不是因为时辰到了该早起了,而是因为割草机的噪音打扰了它们。它们没有飞向高空,而是低空盘旋,没有开始唱歌,只是叽叽喳喳像是抱怨。牧草带着露水,显得沉甸甸的,割起来不容易。但是金色的太阳一升起来,就会云开雾散,割下来的草就会蒸发水汽,很快干燥,亚撒弹动他的舌头,马儿在他的指挥下加快步伐。它们有几个星期没有干活了,好像浑身都是力气一样。马儿几乎是小跑着,割草机的刀片飞快地转动,差点儿跟不上趟,很快就被草堵塞住了。亚撒必须特别小心地、使尽全身力气控制马儿,不能太快,否则,割草机就可能会被真的损坏了呢。

一丝阴云掠过太阳。阴云很快移向南方,但是阳光却显然黯淡了不少。亚撒感觉到自己在与太阳赛跑,就像蚂蚁与羚羊赛跑。他没有时间吃早饭。八点,他把马儿拴在栅栏上小憩,自己则去农仓干活。娜莉在那里,正在挤牛奶。她一头卷发的头靠着被固定住的奶牛肋肚旁,他觉得她那精巧的小手在奶牛的大乳房下就像是轻飘的树叶,但是她的手指强壮地泵动着奶牛的乳头,牛奶均匀不断地喷流而出。她转过头,冲他咯咯地笑。

“我敢打赌,你准是以为我忘记怎么挤牛奶了。”

他疼爱地用手揉了揉她的头发。

"回家吧,娜莉。让我来做。"

"快完了。埃里克在他离开前干了许多活。我已经给鸡喂过食和水了。去吃你的早饭吧。饭在炉台后面热着呢。"

他从来没有跟她提起他需要赶时间,但是她心有灵犀,很随意地接过了男人的活。他心中对她的爱如同柳树荫下的小溪涨水一般泛上心头。

"不,娜莉,让我做完。"

"看你那脏手。在你洗完手之前,我就挤完了。走吧,啊。"

他不能离开她。他永远不再嫉妒埃里克的艾尔莎了。他蹲下来,看着她,看见她脑门上渗出的汗珠,爱她那湿乎乎的卷发。这一刻,他完全忘记了他的焦虑和他面临的危险。她离开挤牛奶坐的小凳子站起身来,把她的一双手放在自己面前,皱着鼻子挑剔地闻。

"我要去拾鸡蛋,我想我的手上不会有味儿吧,别把鸡蛋弄上坏味儿。你把牛奶提到屋里去吧。"

"你等会儿再回来拾鸡蛋。"

"哦,想被伺候着吃高级规格的早餐。我知道了。"

其实他并不是要她服侍早餐,只是一刻也不想看不见她,尤其是现在。她跑在他前面,等他把牛奶拿进厨房,洗干净自己,梳好头发,他那晚吃的早餐已经摆在餐桌上了。他哄她坐下来陪他,她坐下来小口地品咖啡。

她说:"你觉得下雨之前能把草都割完入仓吗?天气还是那么奇怪。"

他被痛苦地拉回到现实中,割草、天气,还有那迫不及待等着他的马儿。他站了起来。走到她身边看着她,弯腰,吻她的脖子。

"亚撒,看到上帝的面子上,我们都快成老头老太太了。好了，留着晚上睡觉的时候吧。"

"小娜莉·威尔逊——"他说。

她永远比他年轻。但是他不能让她知道，现在她吸引他的不是女人的魅力和爱慕，而是一种肢体接触的强烈需求，好像一双配对的动物拥抱在一起，共同抵挡风暴一般，他不能让她知道这个而受到心灵伤害。他回到割草的工作中。娜莉在中午时给他送来午饭，为了节约时间，还给马儿带来饲料和水。整个下午烈日炎炎。割草机割过的地方躺着一捆一捆的草垛子，呈半圆形，草垛子干燥而温暖，正等着搬进农仓顶棚，这就是喂养牲畜一整个冬天的一部分饲料。亚撒一直到夏日暮光来临时才结束割草。假如他不让埃里克出去打工，或是纳特和阿伦特能够帮他一把，这些已经割好的宝贵饲料就早已经搬进了农仓的顶棚里。太阳愤怒地降落了。亚撒把马儿卸下，把割草机放好，在农仓里干完晚上的活，回家吃晚饭去了。

娜莉期待他们亲热的时候，晚餐总是做得比平时要精美一些。她把孩子们早早地打发上床，把阿梅莉亚的晚餐用托盘送去，很快又将空托盘取了回来。亚撒的身心分裂于叹气和微笑之间。他已经筋疲力尽了，但是他为自己在这个忧多喜少的时刻，依然能够给她一份幸福而感到荣光。

第二天，他起了个大早，准备继续割草。但是当他研究了一下天空后，改变了主意。他决定尽量把已经割出来的草运回农仓储藏好。用草耙子收草垛子只需要一匹马，他可以让两匹马轮流休息，昨天马儿一定累了。收草只有割草的一半劳动强度。天虽然是多云，但是依然干燥。中午过后，他叫娜莉来给他装车搭手。他往车上扔草垛子时急需一个帮手，站在车上码好并踩紧草垛子，而娜莉可以轻易地干这个小男孩就能干的活。她穿上阿伦特的一套旧牛仔装，头上系了一条印花大手绢。她在货车的草垛子上跳上跳下。但是当他们把草运回到农仓时，她就帮不上忙了,用耙子把草垛子从货车上叉起来,扔到顶棚上,这对一个大男人来说都是残酷的、折背断腰的活儿。第二天是星期天,埃里克和他一起从天亮干到天黑。一天结束时,六大车草垛子都已经安全入仓,随着夜幕而来的,又是一场大雨。两天的连绵大雨将没有来得及收回来的草毁在地里。它们变黑、发软并生霉腐烂。八月里又是这样的连绵大雨。在牧羊草场上,沿着大理石的纹路出现许多冲沟。小溪的水位上升,水流湍急,冒着白色泡沫。垂柳的低枝被泡在泥泞的水里,像是成缕的乱发。草地开始腐烂发臭。野黑莓鼓鼓胀胀的,却平淡无味。

天气晴朗以后,亚撒将高地没有受到水灾的牧草收割入仓,但是数量肯定不够牲畜过冬的。九月初,他沿着柳荫小溪收割了许多水草。水草虽然粗糙,也不是很有营养,但是水貂费希尔很多年前就告诉过他,在荒年里这就是好饲料了。印第安人常常用它喂马。亚撒有节奏地挥舞大镰刀,在湿地里慢慢地割草,高度警惕暗藏的深水坑,还有隐蔽的小响尾蛇。数百条响尾蛇曾经在湿地为患,他还是小男孩的时候经常到这儿灭蛇,有一天他竟然杀死三十条蛇。他不由得黯然失笑,想起那时他每杀一条蛇,父亲就付他一分钱。他可是富了好几个星期呢。后来的这些年间,拱食的猪把蛇的数目控制在一个可以接受的水平。当他看见脚前方一个三角脑袋抬起来时,便往后退了一步,然后用镰刀把蛇头干净利落地割掉。他徒手将捆成一捆一捆的水草拖到高地,装上马车。这一次,他拒绝娜莉的帮助,因为有的响尾蛇竟然混入扎好的草捆里。他用草耙子把它们打死。这个季节的草质量虽然不好,但是过冬应该没有问题了。

他接下来开始播种冬小麦。埃里克每天早晚都跟他一起干,不要工钱。紧接着的天气非常好,麦子发芽,扎根。秋天的收成比他想象的要好一些。有足够家人吃的土豆、胡萝卜、萝卜、圆白菜、南瓜和其他各种瓜,都入库于根类地窖和普通储藏室。秋天的干果收成也挺好。阳光明媚的十月里,他和娜莉带着孩子们野餐,采集灰胡桃、榛子、黑核桃和核桃。他早早就杀了猪,在熏烤屋里挂了比平时更多的火腿肉和猪肉。娜莉用半打大缸腌制了许多咸肉。她把好像带着霜一样的薄咸肉片裹上面粉,炸成金黄色,配上煮熟的带皮土豆和浓浓的奶油浇汁,除了阿梅莉亚,全家人都喜欢享受这样的美味。娜莉每次给大家做了这种"普通"食品的时候,还必须给这个吹毛求疵的老女人再做些特殊的甜食。他们这个冬天会很想念苹果的,但是总的来说,亚撒感到了新的希望,他们熬到春天应该不会太难。

十月中旬,纳特和阿伦特回家整理他们的衣装。亚撒对纳特早有警告,他大学第二年的费用要全靠他自己了。纳特把夏天的工资基本上都存了下来。亚撒松了一口气,并感到有些吃惊,因为纳特总是期望父亲能够给他提供钱,要钱的时候才是他唯一关心父亲的时候。

纳特解释道:"我宁愿在夏天把工作赚钱的事情都做完。我不喜欢干那些在餐馆服侍有钱人,为他们拨旺炉火的差事。他们把打工的男孩叫做奴隶,或者类似的叫法。"

亚撒温和地说:"林肯先生在他上学的时候还劈过半圆木呢。他为自己挣了个好名声。"

纳特说:"嗯,一定还有其他更容易些的办法当总统吧。"

他不高兴,因为他不敢用自己的学费买一套新的冬衣。阿伦特拣了他第二好的那一套,现在他必须天天都穿他那套最好的衣服。

亚撒说:"假如我能把小牲畜卖个好价钱,也许圣诞节时——"

纳特的脸上立刻闪闪发光。

"好,爸。哪怕是二十五元也好。"

亚撒事先就想好了要说的话,他和阿伦特谈话,说服他也应该上大学。假如存的钱不够，作为新生的他可以勤工俭学，不必像纳特一样对打工持傲慢态度。阿伦特点了点头。

"我想你是对的，爸。当纳特在场的时候，甚至没有人留意我的存在。"

阿伦特说这话时，带着骄傲而不是反感。他为自己能够跟随哥哥而感到满足。纳特听见他们提到自己的名字，便凑过来，问他们在说什么。

纳特说："我告诉你，爸，勤工俭学本身可不是件容易的事情。我为阿伦特找到一份好工作，在一家店里打工。我们一起住在我的房间里，两人赚的钱足够应付我们的生活。怎么，我可以在晚上教阿伦特学习嘛。第一年学到玩意儿很简单的。"

事情就这么定下来了。也不可能再进一步督促阿伦特做什么了。答应让他继续和纳特住在一起，让他高兴得不得了，他对其他争论都变得视而不见，听而不闻了。亚撒苦涩地意识到接下来会发生什么样的情况。纳特肯定再也不提辅导阿伦特学习的事，他本身也没有教别人的能力，他只会舒服地生活，花阿伦特赚的钱，根据他的需要炫耀招摇。亚撒沮丧地告诉自己，可能他不必担心过多。阿伦特也许不仅是只空杯子，而且杯子底下还有洞呢。甚至高中受的那点儿教育也已经左耳进右耳出了。

亚撒对纳特的发展还没有完全放弃。这个孩子第一年的成绩很好，特别是历史和经济。也许他能碰到一个可以激发他内心激情的教授，一个有智慧的读书人，开启他的心灵之窗，因为亚撒自己无能为力，无法帮助纳特开阔视野，看到除了商业应用以外的世界。

"历史肯定能给人教训，爸。"纳特说，亚撒感到自己内心涌起激动，他前倾着身子，热心地听着。

纳特继续说："嗯，你能看见商人和政治家曾经犯过的错误。大萧条是可以避免的。克利夫兰证明了这一点。即使是在当时,一个聪明的人都能看清楚时局,东西要低买,囤积,高卖。我告诉你,我可不会因为任何情形而忽视历史。"

亚撒突然站起来离开。他说的"东西"是什么意思呢?他总是用这两个字。当然,这孩子有个好脑子,就像他的身体一样强壮而有生命力,这是很令人欣慰的。他还年轻,他会变的,假如一个懂学问的人不能改变他,也许一个好妻子会调整他的性急和焦躁。也许他的孩子将来也会教他一些基本的人文思想。亚撒驾车送他的两个儿子到特伦特火车站,他们从那里乘火车去大学城。这时的天气依然温和,所以他们赶的是四轮双排座橡胶轮胎轻便马车。

纳特随意地说:"你可以一直把我们送到底,爸。也看一看大学是什么样嘛。"

有些东西,亚撒想,会来得太晚。一年以前,他还渴望亲眼看一看大学的模样,哪怕看一眼学校的大门。纳特一直没有给亚撒和娜莉发过邀请。当他们驾着老货车卖掉豆子时,纳特只是拿着钱,觉得驾老货车的老爸没有面子,不让他送。现在他不觉得他们的轻便马车和别人的相比有什么丢人的了。纳特无疑在脑子里盘算,他应该节省两个人的火车票呢。不,亚撒心想,太晚了,有些东西已经被污染了。

亚撒说:"我最好今晚赶回去。"

他为自己的逃脱感到羞耻,虽然事实上他真的不能不回去,他还是加上一句:"你的奶奶刚犯了病,我应该赶回去。"

十一月上旬,艾尔莎在圆木小屋里生了孩子。霍尔德医生在赫尔达的帮助下负责接生。杰西阿姨已经不能再做接生的工作了。分娩过程非常艰难,但是艾尔莎没有把它当回事儿,就像娜莉总是把生孩子看成理所当然、天经地义的一样。新生儿是个女孩。亚撒担心埃里克不喜欢女孩,想要一个男孩,将来好帮家里干活。但是,亚撒立刻被他的态度感动,放下心来。

埃里克在小屋里，举起一杯苹果酒，为他的新生女儿庆祝，并为孩子的母亲举杯，他对亚撒说："我很高兴这是个女儿。女儿不会在生活中像男孩一样失望。"

埃里克好像一直就是家庭的一员。他安静地在他身边，不分早晚地帮助他，小屋里的灯光，烟囱里冒出的缕缕炊烟，这一切都给予亚撒慰藉。

十一月又干又冷。有过好几次风暴，大风把树枝都折断了，但是没有雨水，依然干旱。十二月是异常地暖和。降雨了，泛黄的麦苗开始变绿。但是没有雪，一点儿雪都没有。麦苗的生命在冬天怜悯的手中，它们渴望着白雪的覆盖和保护。苦涩的寒冷来临了，接近零度的气温持续了一个星期。光着身子的麦苗被冻透，全军覆没。终于，柔软的鹅毛雪飘然而至，浪费在一片没有生命的荒凉大地上。

亚撒和娜莉坐在客厅取暖炉前的沙发上。孩子们都已经上床了。阿梅莉亚一整天都在惹是生非，在自己的房间里发号施令，没事儿也要折腾别人，现在好像终于睡着了。娜莉为了省油，把油灯调小。迟到的雪嘶嘶地像蛇一样抽打在格窗玻璃上。

亚撒说："我最好还是现在就把大部分的牲畜卖掉。"

"现在的价格可不如春天。"

"我没有钱买饲料熬过冬天，娜莉。尤其是冬小麦全没了，什么收入都没有。我们只能保住生育繁殖的牲畜。"

"亚撒，咱们留下所有的火鸡。没有多少人家会到市场上卖火鸡的。我让母鸡早一点儿抱小鸡，春天和夏天放它们去牧场高坡，那里有的是蚂蚱。"

"好啊，假如你不怕麻烦的话。"

但是眼前的难题是如何生存。

他说："纳特的新衣服钱不能落实了，我讨厌让他失望。"

"你本来就不应该让他觉得你要答应他。"

"我知道。"

他往取暖炉里添了一大块枫木。他那两个树林子里都有多余的树木。他怎么就没有早想到这一点呢。

第二天,他在大雪里开始砍伐树木。他用绳子捆起圆木木材,拖到培顿镇,很容易就卖掉了。他把挣到手的第一个二十五元寄给纳特,立刻感到一种解脱和轻松。他把不成材的树木做成炭。炭的市场也很好。整个冬天,当雪不是太深,风不是太大时,他就会把圆木和炭拖到培顿镇上卖,甚至于走家串户地叫卖。娜莉在给纳特的信中随意地提到此事,他非常气愤。在亚撒看来一个男人这样挣生活一点儿都不丢人,反而是件光荣的事情。所有的人都要出卖或者交换他们用脑力或体力而获得的产品。木头是干净的东西,它给人温暖和舒适,对于生命和生活就像食物一样重要。他口袋里装着榛子,散发给路途中遇见的孩子们。孩子们看见他来时,无论是在嬉戏,还是在堆雪人,都会停下来,跑去欢迎他。

他很享受孩子们兴奋的叫声,他们友好地大叫:"卖木头的来喽。"

第 三 十 章

五月的烈日将湿润的土地烤得热气腾腾,像个大蒸笼。房前的白杨树刚发新叶儿,亚撒站在还没有浓郁起来的树荫下,眺望他的土地。低谷里蓝色的雾气像炊烟一样升起。烟雾在他眼前旋转,上升,一瞬间就消失在太阳淡淡的金光中。所有的种植都已经完成了。今年的春天来得早,好像是为了补偿去年的恶劣天气。平和的天气没有任何反常迹象。亚撒在培顿先生那里建立了长期而良好的信誉,今年是他第一次赊账,他毫无顾忌地买了大量种子,因为他从骨头里感到今年一定是个丰收年。他已经种好了夏麦。菜豆、土豆、大麦和荞麦也都种上了。在橡树叶子只有小松鼠爪子那么大的时候,他就冒险早早地种上了玉米。

今年大学的复活节假期放得晚,纳特和阿伦特放假回家后,给了亚撒十天的宝贵时间,帮了大忙,把地都翻耕好,施上肥,挖好沟行,只等着播种子。挨过艰难的冬天后,亚撒居然还剩下一点儿钱,足以允许埃里克间断两个星期的镇上工作,帮了他两个星期。雨水充足,但不过多,从现在起,那棕色的土地在任何时候都可能冒出受到祝福的绿色秧苗。亚撒深深地吸了一口甜蜜滋润的空气。林登家总算是躲过了一次灭顶之灾。熏烤屋里依然挂着肉,一只乳牛依然产奶,娜莉的鸡和火鸡都在旺盛地下蛋。春天果树繁花似锦,花谢以后,是结实的小果果。菜园子毫不逊色,蔬菜和各种莓子健康茂盛。

快到中午了，亚撒没有什么特别要做的事情。这是少有的一个等待时刻。他想到把自己关在屋里的母亲。她的健康每况愈下。在冬天和早春时节，她还常常吹毛求疵，惹是生非。随着她身体变得更加虚弱，她反而温顺起来，只是越来越喜欢给他讲一些毫无头绪的记忆，她会把本杰明和她的丈夫搞混，有时也把亚撒混在一起。他来到她的房间，发现她正坐在她喜爱的椅子上。

他说："今天早上天气好，暖和，母亲。让我把你的椅子搬到草地上，晒晒太阳吧。"

"本杰明？不，不，我知道了，是亚撒黑。太阳？哦，是，每个人都不让我晒太阳。都不让我晒太阳。"

"来，母亲。扶住我的胳膊慢慢走，我帮你搬椅子。"

他把她安顿在一半阴凉的白杨树下。

她问："什么时间了，本杰明？"

他意识到她问的时间是什么意思，时间对于他自己来说也是这样，不以每天的钟点计算。

"现在是春天了，母亲。"他回答。

她对答案感到满意。他在房角采了一束铃兰花，放在她苍白得几乎半透明的手上。她愉快地闻着花香。

她说："当你的弟弟亚撒黑还是小男孩的时候，他给过我一瓶花露水。就是这个香味儿。你记得吗？"

他不记得。他小的时候根本没有什么关于她的记忆。她也许曾经温柔过。她也许能够成为一个好母亲，他为自己的损失感到遗憾。

她说："靠近我坐下，儿子。"

他在她椅子旁的草地上坐下，伸着他的大长腿。一只在白杨树上絮窝的鹡鸰掉了一根麦秸，正好落在阿梅莉亚的头上。亚撒把麦秸拿开，抚摸她的头发。他渴望和她一起回到四十年前,重新开始。她闭上眼睛,好像困倦了一样。他替她拉紧披肩,悄悄地离开。

现在居然没有多少事情可做,真是一种奇怪的感觉。再往后,他就会在太阳底下不停地干活,干不完的活,唯苦天短。他想到自己的笛子。自从蒂姆·麦卡锡死了以后,他就没有再吹过笛子了。他甚至忘了自己把它放在哪里,它既不在农仓的干草垛架子上,也不在马车库的架子上,他找遍可能的地方。最后,他在衣柜的底抽屉里发现了他的笛子,用干净的亚麻布包裹着,安然无恙地躺在那里,这是娜莉替他收起来的。他转身去找她。他想把她带到山坡顶上,给她吹笛子。他听见她的声音,是愤怒的高嗓门,然后他看见她在农仓院子里,冲着一只同样愤怒的抱窝母鸡上下扇动她的围裙。这种时候,就别往枪口上撞,自找没趣了,在她这么厉害的时候,他竟然敢让她听笛子,简直就是她常说的那种恍惚的白日梦。

他自己都觉得他傻乎乎的,但他还是把笛子擦了擦,在房子附近的地里漫游,来到可以看见柳荫小溪和木桥的一块高地上。也许他已经忘记怎么吹笛子了,或许笛子已经失去了音准,没有了调子和悦耳的声音。他背靠着一棵大枫树坐下。一只斑鸠在附近的树林里悲伤地叫着。他把笛子放在唇边模仿斑鸠的叫声。音调和以前一样甜美。他没有忘记。他用笛子和斑鸠对话,鸟儿好像在回答他。他随意地吹着,东一句,西一段,像鸟儿唱的歌一样。他思念蒂姆·麦卡锡。五月这样悠闲而美丽的日子,是他们一起演奏的极佳时刻。

他完全沉浸在笛子中,没有注意到一个摇摇晃晃的人走过来,最后几乎撞到他怀里,好像这个人不是一步步走来,而是受到他音乐的呼唤,突然变身现形而出的。他笨拙地站起来。一瞬间,他还以为是个陌生人。水貂费希尔朝他抬起一只手。

不,亚撒心想,他从来没有放弃过他还能再次见到水貂的信念。但是，他的理智告诉他，那是好多年以前的冬天。他可能再也见不到他了。水貂的到来是个奇迹，但是他没有感到吃惊。老人摇晃了一下，跪倒在地，脸朝下，倒在亚撒的脚上。亚撒在他身边跪下，轻柔地把他反转过来。微风吹动枫树叶子。树叶的光影在他满布皱纹的古铜色脸上闪烁。

水貂轻声低语："太远。"

亚撒说："只要你休息。"

印第安人的呼吸沉重。他闭上眼睛。亚撒松开他裹身的破烂毛毯，扇走一只苍蝇。水貂令人难以置信地苍老而疲倦。他很久以前就看上去很苍老了，现在与其说是人，不如说是木乃伊。他脸上的皮紧紧地绷在高颧骨上，曾经灰白的黑发变成了污迹斑斑的白发。亚撒把水貂的手腕握在自己的手中，摸他的脉搏。水貂的手就好像他刚才拿起的鹡鸰落在阿梅莉亚头发上的麦秸一样轻飘。他把手臂伸到憔悴的身子底下，轻轻地托起他，把他捧回大房子。水貂似乎只比多莉稍微重一点点。和多莉相比，他依然有一丝呼吸，这是他们之间的唯一差别。

他看见阿梅莉亚依然在杨树下的椅子上睡觉。他没有看见娜莉和孩子们。他把水貂抱进一楼后卧室里，放在床上。房间里比室外要冷一点儿，他给他盖上被子。水貂辗转，开始呻吟。

他含糊不清地说："哥哥——儿子——"

亚撒来到厨房炉台，娜莉通常总有烧开的热水，用来冲茶或是咖啡。但是此刻炉台冰凉。他打开药柜，拿出药用威士忌，倒出四分之一杯。水貂紧咬牙关，但是亚撒掰开他的嘴，给他喝下药酒。

水貂说："吃。"

亚撒感到自己脖子上的汗毛立了起来。水貂饿坏了。他再次回到厨房。那里没有吃的，但是在点心柜里他找到了面包和脱脂牛奶。他把牛奶和面包放在碗里，一勺一勺地喂水貂。水貂贪婪地吃着。亚撒想起来他曾经和这个印第安人在恶劣的天气中徒步跋涉，两天都没有吃任何东西。第三天，水貂捕到一些小猎物，做好了以后，给小男孩亚撒吃，他说他自己一点儿都不饿。水貂那时一连三天不吃东西。这一次他有多少天没吃东西了？他不敢一次给他喂太多。他把碗放在一边。放下窗帘。拉过一张椅子到床边，坐下。水貂试图说话。

亚撒说："别说话。"

老人又闭上了眼睛。亚撒坐在他身边，看着他。他满怀喜悦地看着他，他的心同时又被悲哀撕碎。休息几天，加上营养，也许水貂还有恢复健康的希望，他可以陪水貂在太阳底下坐一坐，一起回忆旧时的美好时光。这样他可以比较容易地为他的朋友送行，水貂虽然带着毁坏的身体，但是灵魂能够平安地踏上他先祖的路，最终向西而归。

他不知道现在是否应该给水貂脱衣服。他发现水貂已经熟睡。最好还是不要打搅他。他听见娜莉进家，训斥孩子。她不高兴的时刻总是短暂，一会儿就雨过天晴。他会在适当的时候告诉她水貂的事。他离开卧室，把门轻轻地在身后带上。

娜莉说："你在那儿捣什么鬼？"

他感觉像个偷饼干被当场抓住的小男孩。他不能对她撒谎，简单地逃掉对他来说也无法做到。他害羞地原地不动。她发现他衣兜里的笛子。她大笑。

"你找到了。我说我好像听到山坡那边传来笛子声呢。别一副傻乎乎的样子，挺好听的。"

她的怒气已经烟消云散，心情晴朗得像四月里万里无云的天空。他吞咽了一下，喉结上下一动，准备发布他的消息。

她说："去，到熏烤屋里给我拿些五花咸肉来。那该死的母鸡浪费了我这么长时间，我得赶紧做饭了。梅莉，帮我摆桌子，摆上木莓果酱啊。快点儿,你们俩。"

他为局势的缓解而高兴。水貂费希尔的到来,以及他身体的糟糕程度深深地震撼了他的心灵,现在他得到了更多一点儿的时间来斟酌字句,把眼前的情况向娜莉讲清楚,考虑如何帮助水貂,而不是把事情弄得更糟,因为她是一定会反对的。他拿着五花咸肉进屋,洗干净,又到前院把母亲搬回屋。母亲心情愉快,思维清晰。

"太阳对我有好处,"她说,"我想我会坐在餐桌旁和你们一起吃饭。"

娜莉说:"你可能不喜欢我今天做的午饭,林登母亲,但是我开始得晚,没有办法。我给你一块昨天剩下的冷鸡。这里还有蛋奶布丁,你总是喜欢的那种。"

阿梅莉亚在餐桌旁坐下,优雅地铺开餐巾。

"你对我非常好,娜莉,"她说,"我要是有个女儿也不如你呢。"

娜莉对亚撒悄声耳语:"天塌了?居然是表扬,没有批评。"

她大声说:"好啦,孩子们,你们俩都洗干净了?快来,亚撒,你这老慢性子。快把鸡蛋传过去,马上就会凉得像石头一样了。对不起,午餐凑合了。晚餐时,我会好好地犒劳你们。"

无论食物如何紧缺,娜莉总有她的创意,亚撒将它称为"娜莉的绝活",什么东西经她的手一做,都好吃。她在炒鸡蛋里加了些韭菜末儿,奶油土豆在黄油里游泳一般,她打开了最后一批宝贵的桃子罐头,加上蛋奶布丁做甜点。

阿梅莉亚说:"很好吃,我亲爱的,的确很好吃。"

娜莉冲着亚撒挑起一端眉毛。

"等着吧,一会儿屋顶就会塌陷了。"她说。

阿梅莉亚问:"你说什么,亲爱的?"

娜莉提高声音。

"我说我们需要些新的木瓦片,否则房顶就要漏了。"

她冲着亚撒挤了一下眼睛。有时亚撒觉得她是个天生的撒谎者,但是她撒谎没有恶意,一是像淘气包那样恶作剧,二是为了家庭和睦。威利斯吃完饭,客气地要求离开餐桌。阿梅莉亚带着小梅莉到她的房间里去了。亚撒和娜莉独自坐在餐桌前。亚撒清了一下嗓子。

"水貂费希尔在这儿。"他说。

娜莉举着咖啡杯子的手停在空中。

"谁在这儿?"

"水貂费希尔。"

"从来没有听说过。他是谁?"

"我的朋友。那个老印第安人。是他给我们的狼皮长袍。他还给我们带来过水貂和水獭皮毛。你用它们做了皮手笼、披肩,还给梅莉的冬袄镶上毛边。"

"他在哪儿?"

"在后卧室里。"

娜莉把自己的椅子从桌子前推开。

"就你说话的这个时刻,你那个臭烘烘的印第安人就在家里?"

他把一只手放在她的手臂上。

"娜莉,听着。他病了。"

她呜咽道:"啊,亚撒,你和你的病老头!"

她看了一下餐桌。

"我想他一定饿了。"

"我想他已经有很多天没有吃东西了,娜莉。也许更长。"

"他倒是挑了个好时间到这里来填肚子。我可不想马上撸起袖子专门给他做饭。把剩下的鸡蛋给他拿去,这儿,面包和果酱,还有点儿蛋奶布丁。"

"面包和果酱都不行。一下子太多的食物会让他受不了的。"

"让他在厨房吃。我可不想让他去餐厅。你应该把他安置在农仓里就好了。"

亚撒心想水貂本人可能更喜欢睡干净的麦秸,不愿意躺在床上呢,在农仓里有小老鼠和燕子做伴多惬意啊。亚撒端着托盘进了后卧室。老人精疲力竭,不知道也不在乎自己躺在哪儿。他的眼睛依然闭着。亚撒说话,他微微一动。他看上去不像睡觉,更像昏迷。亚撒心想也许休息比食物更重要,但是他仔细看了一下他紧紧包住骨头的皮肤,认为关键还是营养。他叫醒水貂,强迫他吃下大部分的软鸡蛋和布丁。老人又昏睡过去,但是这时的睡眠似乎健康多了,呼吸也稳定多了。下午当他再次睁开眼睛时,双眼不再那么浑浊。他看了看房间和床。

他细声咕哝:"我,太脏。"

他总是非常干净。在他们一同短途旅行时,他无论早晚都会跳进湖泊或小溪中洗澡,一年四季,不分冰雪。他身上是木头的烟味儿、动物的皮毛味儿,他用来铺床的树枝和树叶的味儿。现在,他身上的确有一种气味儿,无法描述的气味儿,水貂一定也嗅到了这种气味儿。

亚撒说:"我给你洗个澡吧。"

水貂摇了摇头。

"没时间。要说话。"

他挣扎着抬起上身,然后又倒了下去。

"过来。"

亚撒坐在床边上,向他弯腰,仔细听他半含糊地说话。

"花长时间,找到哥哥,儿子。"

亚撒说:"我就不该让你离开我。"

"不是你。你从来没有在我这儿丢失过。永远在这儿——"他那枯骨一般的手颤抖地放在胸前,"另一个。你悲哀的那个。"

"本杰明——"

亚撒感到自己的心剧烈跳动。

"我找到了他。差点儿放弃了。我找到了他。"

他闭上了眼睛。

亚撒说:"你花了所有这些年头,就是为了找本杰明。"

"当然。一个地方,和另一个地方,现在,对印第安人都一样。你说,我可能见到哥哥。告诉他写白人的字,母亲悲哀,你悲哀。现在,我带着白人的字来。"

他的呼吸急促鼻孔扩大,好像在吸进稀薄的空气。

"长途,"他困难地喘气,"日升,日落,无数长途。"

亚撒说:"让别人给我们带一封本杰明的信就可以了。"

水貂睁开眼睛。

"当然。白人对印第安人说:当然,我写信,我寄信。印第安人给白人银子。白人写,印第安人离开,白人笑他。没有寄信。"

他用手肘撑起自己,拼出全身力气大声说:"水貂带回信。"

"躺下,安静,水貂。"

亚撒虽然迫不及待地想知道本的消息,但是他不愿让他的朋友累坏身体。他听到卧室外面有噪音。他转身。他的母亲站在门口。

她说:"娜莉告诉我,家里有个印第安人。"

她走到床脚前。水貂睁开眼睛。他盯着扶着床脚板的这个老女人。他用他那古老的语言说了几个字。

"是水貂,"她说,"他在这儿干什么?"

"他带来了本杰明的消息,母亲。"

她在亚撒和水貂之间看来看去。

"本杰明？"

她一把抓住亚撒。

"本杰明！他在这儿！"

他感到她浑身颤抖，不禁警觉起来。

"不，不，母亲。坐下。水貂正要告诉我们。是消息，只是消息。"

她把他推开，抓住床脚板，身子靠在上面。

"你们一直瞒着我。你和吉卜赛人。告诉我。"

水貂抬起手做了安静的姿势。他动了一下肩膀，鼓劲说话。

他用肯定而清楚的声音说："我找儿子，哥哥，远远的西部，远远的北部。我找到了他。在大伐木场。"

阿梅莉亚尖声叫道："他拥有大伐木场？他现在有钱了？他要回家了？"

"女人，安静。儿子，哥哥，他在大伐木场做饭，厨师。他说，世界对他不善，有人骗了他，好多麻烦。"

亚撒看着他的母亲。她的脸色变灰。水貂攥起拳头，长长地吸了一口气。

"儿子，哥哥，他说，告诉你们他有机会买大伐木场开发权。赚金子。他过两三年回家。他说。"

亚撒一把扶住母亲，她正在倒下去。他像是接住一只伤残的小鸟一样。他把她托在手臂里，抱回到她的床上。她的声音却奇怪地厚重。

"我不能等他了——不能再等了。"

他大叫娜莉来扶她。他们看见她浑身一阵抽搐。双眼上翻。

娜莉说："亚撒，我看她是中风了。赶紧套马找医生。哦，你听好喽，把轻便马车套上就行了，别管我，我去找医生。让我一个人和你的这对宝贝呆在家里，我会毛骨悚然的。"

亚撒冲撞着来到农仓,把那匹跑得最快的母马牵到车库,套上车,他的手麻木了,毫无知觉。娜莉已经换上丝绸裙子,等着了。

她从马车的驾驶座上大声说:"我就不该告诉她印第安人的事儿。"

她弹动舌头给母马发出指令,使劲抽动缰绳,上路了。亚撒回到母亲的房间。她一动不动地躺着。他掀开被子的一角,给她揉手,揉脚,就像娜莉生多莉生命岌岌可危时,给娜莉搓揉手脚那样。梅莉朝房间里张望,双目圆睁的威利斯跟在她身后。

亚撒说:"梅莉,来,给奶奶揉一会儿手脚。"

"奶奶什么都不知道了吧,爸?"

他摇了摇头,到水貂的房间里去了。一刹那间,他还以为他的朋友已经离开他到迷雾中去了。

他叫:"水貂?"

老人的嘴唇几乎无声地蠕动了一下。亚撒把他的耳朵靠近他的嘴唇,仔细听。

"在衬衣里。"

亚撒想起早些时候他指过那里。他揭开被子,在水貂穿的肮脏的白人式样的衬衣口袋摸索。他找到一封有汗迹的信,信的四角都像狗耳朵一样翻卷着。他把信放在水貂的手上。

"这是你要找的?"

"给你。"

他看见信封上是本的笔迹,写着他的名字,是本给他的信。

"现在,我死。"

这轻声细语只是陈述一个事实。水貂横跨美洲大陆就是为了找本,找到了他,带回白人写在纸上的字。他再也不能为他曾经教过、爱过的那个小男孩做什么了。他走完了他的生命旅程。他藐视一切,抛弃世俗,又上路了。亚撒可以大声地叫他,可以求他不要走。水貂也许能听见，但是他不愿听，也绝不会回答的。亚撒把信塞到他的衣服口袋里。他不知道水貂的呼吸是停止了，还是他拒绝吸气了。一瞬间，他感觉自己听见一声无声的惊雷，看见一道无光的闪电。然后，整个房间便是无边无际的寂静。他拉上床单，盖上他朋友的脸，走出了房间。

他听见娜莉说："亚撒，看在上帝的面子上，难道你没有注意到医生的马车都到了家门口，我就在他的脚后？赶紧把两个马车的马卸下来。"

他能用手做点儿什么事情，这让他感到放松了许多，他给两个冒着汗珠的马按摩，让它们放松下来，给它们饲料和水。当他转身进屋时，看见孩子们在屋外的草地上互相拥抱着。

梅莉说："妈让我们出来。她说孩子们不应该和死亡一起呆在房子里。威利斯害怕了，但是我不怕。我想看。一个人能看见死亡吗？"

他把一只手放在她的肩膀上。他很抱歉梅莉把奶奶的死亡看成是一件不能见人的事情，好像一个贼或者是杀人犯破窗而入似的。其实这是一件平静的事情，他心想，因为一个人上了年纪，并不是死亡来了，而是生命走了。就像娜莉花园里的花儿在秋天时一样，花开过了，生命展现过辉煌后的浆液就会重归大地，玫瑰、紫菀和金盏花都是如此，干枯，死亡。他一手牵着一个孩子。

他对威利斯说："来，咱们吃饼干去。房子里所有的东西都跟从前没有两样。"

霍尔德医生在阿梅莉亚的床边对他点了点头。

他说："你的母亲是中风了，正如娜莉猜想的那样。"

"她能挺过来吗？"

"不。她现在已经差不多走了。"

霍尔德身子向后靠在他的椅子上。他皱起眉头。

"好了,让我们希望这是一切的结束吧。我从来没有告诉过你,林登,但是自从我建议你让她留在家里以来,我就没有睡过一晚好觉。我会全身冷汗地醒来,担心她又发疯了。"

亚撒沉默地站着。即使母亲依然在呼吸,她的呼吸声也微弱得无法察觉。她的脸色如同牧场上的大理石一般灰色黯淡。

娜莉说:"我告诉大夫你还有一个生病的印第安人躺在我那干净的床上。我曾经花时间照顾你那个老蒂姆·麦卡锡,现在你母亲也终于给我们安宁了。我想我也不妨帮助你照顾一下你的那个印第安人。"

他心中突然涌起一阵怒火,好像恶心得要呕吐一样。但是,他记得,娜莉在蒂姆病倒和弥留之际都充满慈善地照顾过他。她那尖酸刻薄的舌头与她慈善的心毫无关系。

他说:"水貂费希尔死了。"

她说:"好啊! 这也是福气。"

霍尔德说:"对你的母亲我是无能为力了,林登。让我看一看那个印第安人。娜莉告诉我,当印第安人说出关于你那个伟大的哥哥的消息时,老太太受到了强烈刺激。"

亚撒想保护水貂免受医生的职业眼光和调查。

他说:"印第安人都有礼节和信奉的。"

水貂在许多年前谈到过灵魂,人死后应该让尸体有一个安静而无人打扰的阶段。

霍尔德说:"死人没有任何迷信。娜莉说他挨饿了。想象不出一个印第安人会饿死。"

亚撒无法阻止他的侵扰。医生掀开盖在水貂身上的被子。

"我发誓,皮包骨。你知道,在我多年的行医生涯里,这还是第一次看见一个饿死的人。并且,还是一个原本自然求生能力极强的印第安人。"

他仔细研究水貂轮廓分明的长相。

"英俊的老家伙。我说,林登,你长得很像他呢。敢肯定他不是你老爸?"

医生轻声地笑了,离开房间。

亚撒站在水貂的尸体旁。他盯着这张平静的脸庞。一股强大的归属感在心中升起。不,水貂只是他的精神和灵魂之父。他转身离开,眼睛湿润。

他母亲的生命在落日时分离开了她的躯体,大家感到一种从来没有过的安静。他也只能和霍尔德医生一样,松了一口气。他感到悲哀,只是因为他们曾经一同生活,但是却并未同行。他单独和她坐在一起,直到深夜,为她遭遇的以及她亲手制造的毁坏而悲伤。当他终于回到卧室时,娜莉已经睡着了,他为此感到幸运。至少今天夜里他不用听她非常实际地唠叨葬礼的具体安排。

霍尔德医生在他家留宿。早晨起来他照着娜莉的口述列了清单,诸如应该通知哪些乡亲,怎样请牧师到家里来举行仪式,购买什么样的棺材等具体细节。这些字眼都穿透到沉思的亚撒耳朵里。

他听见她说:"我不知道他期望怎么处理他的印第安人。"

她在他眼里变成了陌生人,好像是刚在培顿镇火车站下了火车的一个女人。他走到后卧室。水貂,他是个只知道给予,从来没有接受的人,水貂,他是个自豪的人,他们两人有共同的喜好,相互理解,他绝对不会给别人制造麻烦,或者造成任何不方便,他会像往常一样,无言地感激他,成全他最后的尊严。

亚撒用那褴褛的印第安毛毯裹紧他的朋友。他伸手拿起娜莉的手工绗缝被子,想给他的朋友裹得严实一点儿,但是他马上扔下那床被子,好像它是肮脏的一样。让水貂穿戴着他来时的衣装回到大自然的怀抱里吧,因为他不需要任何身外之物。

僵硬的长身子骨架给他异样的感觉,像羽毛一样轻。亚撒像抱着婴儿一样捧着他,出了后门。他远远地绕过房子,过了柳荫小溪。他阔步走上山坡牧场,进入铁杉树林,朝着黑暗、敞开怀抱的沼泽地前进。

第三十一章

在亚撒的眼里，那些围着桌子坐在客厅里的人们，就像是一群吞食腐肉的乌鸦。他认为宣读阿梅莉亚的遗嘱是家庭私事，但是娜莉坚持不仅要法官西蒙斯在场，而且霍尔德医生也必须在场。纳特的手指头不停地敲打着桌面。阿伦特坐立不安，盯着他的哥哥，察言观色。亚撒把母亲的锡盒从她的房间里拿出来。他们找不到钥匙，法官便把盒子撬开。厚厚的一叠钞票躺在最上层。

纳特说："啊——哈。"

法官有尊严地把钞票放在一边。下一层是有关本杰明的资料，他的学校成绩单，高中毕业证，还有青少年时期几次离家出走时给母亲写的信，吉卜赛女皇带来的没有什么价值的潦草地址。法官把这些也放在一边。在盒子的底层躺着遗嘱。法官把它拿出来，当他打开遗嘱时，人人屏住呼吸，每个人都能清楚地听见纸张发出的响声。纸张已经发黄。法官看了一下。

"嗯，哼。她在特伦特立的遗嘱。奇怪，没有找我。"

他读道：

> 给我受爱戴的儿子，本杰明·林登，我所拥有的一切财产，不动产和动产——

法官摘掉他的眼镜，看着桌前所有的人。

"奇怪的安排，在这种情况下。你们对此感到意外吗？"

娜莉的小拳头落在桌子上。

"我不吃惊。我一直就知道她不安好心。拐弯抹角,故弄玄虚地讲本的三分之一,本的那一份子,原来一直就死下心都给他。我早就感到我对她再好,也是白费心思。"

纳特尖刻地说:"遗嘱的日期是什么时候?人人都知道她疯得像只臭虫。"

法官重新戴上眼镜。

"几乎是二十年前。亚撒黑,你哥哥不就是那年走的?你结婚也差不多就是那段时间?"

亚撒点了点头。遗嘱的日期正是他和娜莉结婚后的一个星期。

"啊,亚撒黑,她那时还没有疯。或者说你还没有证明她那时就已经疯了。"

娜莉用肘轻推霍尔德医生。

医生说:"我相信这个可以得到证明。以我的职业观点看,林登夫人的精神紊乱肯定可以追溯到他的长子失踪的那一天。"

法官说:"谢谢,尊敬的先生。那么,亚撒,我能以此为基础,建立反对提案吗?这个遗嘱显然是不公平的。你已经在这些年来担当起一切责任和负担。"

亚撒正沉浸在对过去的回忆中,回到了那年十一月他们埋葬了父亲后的那个晚上。他再次听见本和母亲争吵的伤心苦涩。他看见本草草写下他放弃他在农场和家中的任何继承股份,母亲立刻愤怒地把那张纸扔到熊熊的火炉里烧掉。他摇了摇头。他再次一清二楚地听见母亲表达对自己的不可缓和、不可改变的憎恨,以及对哥哥的绝对的爱。

"不,本把自己的继承权都放弃了,他签了字,母亲把它扔进火里烧了。她的遗愿是完全清楚的。"

"那你计划怎么办,兄弟？总不能与全家的利益背道而驰吧？"

纳特说:"至少你能做到闭上你的嘴吧,爸,让法官做应该做的事情。"

娜莉说:"亚撒,有的时候我甚至想,你是不是也疯了。"

让他们认为他疯了吧,他不会钻法律的空子去跟本争夺财产。

"我们在这里生活。契约是否在我名下有什么两样？"

纳特大喊大叫:"对我可不一样了。你死了以后会怎么样？一切都会归国家公有,那就是要发生的一切,我什么都得不到——"他纠正了自己的说法,"我们什么都得不到。那个宝贵的大伯本可能已经死了许多年了。"

亚撒还没有把本的信给家人看呢。一种说不清的保护本能让他独自把信藏在他的衣服口袋里。

他说:"本还活着。水貂费希尔带来了信。"

法官说:"亚撒,我几乎同意娜莉的观点。你可不是作为恰当的一家之主来考虑问题的。我不理解你。"

桌子四周一片沉默。纳特伸手拿起钞票,开始数钱。

"差不多四千元。至少,这总算是我们的吧。这是这些年来你给这老女巫的钱。"

法官西蒙斯说:"这个小伙子是对的,业撒黑。这些钱代表了你自己的辛勤劳动。你甚至可以说,这是给你这些年来照顾她的费用。我想她这些年来从来没有付过你房钱、饭钱吧？"

霍尔德先生带着讽刺说:"也没有支付过医药费吧？我们没有把她送进疯人院,这个你还不至于忘记了吧？"

是的,他记得,汗水湿透了他的手掌。他没有回答。

娜莉说:"亚撒,你就是太固执。那个臭烘烘的印第安人给你带来的所有消息就是他自己的瞎话和故事,无非是说本还活着,陷在自己惹的那堆麻烦里。你说我们在这里的生活,时时窘迫,最近都快揭不开锅了。面对这些现金,你可不要做个大傻瓜了。这是你的,是我们的。"

当他还是小男孩的时候,有一年冬天,他看见一只鹿被一群狼围困。他那时太小,又没有武器,只能痛心而忧伤地隐去。现在,他也被敌人围攻。纳特没有让他吃惊,剩下的一群也不让他意外,但是他没有料想到娜莉这种精明的不诚实。不,他心想,她不是不诚实,她只是一个永恒的母亲,一只永恒的母狗,为她的孩子和家庭的安全而战斗。

纳特说:"我不知道这还有什么好争论的。除了一个死了的印第安人以外,没有人知道大伯本在哪里。"

亚撒说:"我这儿有来自本的信。"

他从衣兜里掏出水貂给他带来的本的信。他把它交给法官。西蒙斯大声而缓慢地读道:

亲爱的亚撒弟弟:

你的这个讨厌的老印第安人一直缠着我,给你写他所谓的"白人的白纸黑字",否则就不给我安宁。真是想象不出他怎么就碰巧遇见我的。我一直想等到挣了大钱再给你写信的。现在给你写信,也算是一石二鸟,因为我正好有个赚大钱的好机会,假如你,或者母亲能够给我寄足够的钱来的话。这里的木材能让你的眼珠子看了都拔不出来。道格拉斯冷杉树有百英尺高,直径达六英尺。你们给我寄的钱越多,我能买到的伐木权就越多,我可以转卖伐木权赚上一笔钱,如果现金足够的话,还可以开设我自己的伐木场,真正地赚一大笔钱。给你们分一半的利润。要寄快递汇票,支票在这里不灵光,现金到不了手就会被偷走的。假如你没有这笔钱,就去找母亲要,但是千万不要把我的地址告诉她。就跟她说现在的地址只是暂时的,这也不算撒谎,我知

278

道你,你是不会撒谎的,除非你变了。等我站稳脚跟以后,我会给你写信的。

爱你们的,你的哥哥,

本杰明

附:碰上点厄运,但是精彩极了。

信读完了,一片寂静。

娜莉说:"哈!即使你那个印第安人没有弄死你母亲,这个保准会杀了她的。她准能有办法从你那儿弄到这封信的,亚撒。"

亚撒说:"我想这封信足以解决一切问题了。"

法官说:"是的,很不幸是这样。我们只能希望那个本杰明不会把农场卖掉,让你们无家可归。然而,亚撒黑,任何一个遗嘱检验法庭都会承认你的一份继承权,因为你一直照顾你的母亲。"

"我的母亲不需要支付她的食住。你忘了,这个农场一直是她的。"

"假如你坚持这么看,我想你会觉得你很幸运,她居然允许你耕种她的农场,住在她的房子里。"

亚撒意识到法官话里的讽刺口气。

他记得母亲说这话时的轻蔑口气更加强烈,但是他说:"我是幸运。"

西蒙斯高举双手,无可奈何。

"很好。割断你自己的喉咙吧。我会将一切提交遗嘱检验法庭,一旦法庭允许,就尽快把钱给你哥哥汇去。我将收取三百元的律师费,因为钱对于你来说没有任何意义,这笔钱连同一切费用,都事先从这笔款子里扣除。"

他收集好材料,离开了。

纳特的眼睛眯成一条缝。

他说:"你知道吗,爸,仔细想想,我还有点儿喜欢大伯本的提议呢。他一定会很吃惊一下子拿到一大笔启动资金。告诉他,对半分红没问题。告诉他,你没有跟他争这笔现金。我以前就听说过大木材的事情。那一定是个发财的买卖。"

娜莉怒气冲冲地说:"在这个世界上,只要是本杰明·林登沾手的事情都发不了。假如他真的把钱放在他说的那上面,第二天就会发森林大火,把林场烧光。"

纳特说:"好,我加入。好机会也会光顾一次世界上最不幸的人。只是需要慧眼识时机罢了。我就不信我看不到我的机会。"

他皱起眉头。

"你说,爸,大伯本是个什么样的人?他是那种把我们踢出农场的人吗?"

亚撒愤怒得眼睛都看不清了。他从桌旁站起来。

"不。他不是那种人。"

"妈,对吗?"

娜莉犹豫了一下。

"对,纳特,"她说,"对的。"

亚撒离开房子,去了农仓。在农仓里他也没有得到通常能够感觉到的舒适感。他来到皮瀑湖,脱光了衣服,跳进冰冷的湖水里,试图洗去自己不清洁的感觉。晚餐时,他对家人的谈话听而不闻,也不开口。他等到所有的人都上了床,便在油灯旁坐下,开始给他哥哥写长信。他简略地把要办的法律事项都说完。他讲述了母亲的生活和死亡。他描述了每个孩子的成长。他汇报了农场的进展。他希望这笔钱足够本开创他的木材生意。他只字不提本二十多年的沉默,毫无责怪之意。他以他最好的方式表达了他的爱,请求本不要再次与他失去联系。当他封上信封,贴上邮票后,他发现自己怀着母亲那古老的希望,盼望来自亲人的消息与爱,会把他的哥哥带回家来。

法官西蒙斯快速而高效地办理了有关事宜。汇票寄往了西部。只等遗嘱检验法庭宣布关于林登农场的处置结果。纳特和阿伦特回到家中过大学暑假。七月的一个星期六,亚撒驾车去培顿镇买东西,同时卖娜莉的鸡蛋和黄油,他来到邮政局取自己的周报。邮政局局长交给他一封来自本的信。

"法官也收到一封本的来信。我想你既然已经来了,可能想顺路去见见法官。他是不会把情况告诉任何人的。就连米妮小姐都不知道。"

亚撒能够想象到乡亲们对母亲遗嘱的好奇心。他笑了。

他说:"我会告诉法官,一定要让米妮小姐最先知道。"

邮政局局长轻声笑了。

"我们都希望本能办一回正经事儿。"

"他会的。"

法官在他那布满灰尘的办公室里欢迎亚撒。他和他握手。

"很高兴你过来。啊,亚撒,你比我更了解你的哥哥。我倒是更期望他能够明确地放弃遗产继承权,但是就目前来说,这样也可以了。"

他把本寄给他的信件放在桌上,推到亚撒面前。

信是这样写的:

> 致培顿镇遗嘱检验法庭,以及有关人员:
>
> 我希望赋予我的弟弟亚撒黑·林登全权使用附件描述的林登农场,以及享受所有农场所得利润的权利。

这个文件经过了公证。附言要求把农场所有权的契约给他寄去。

法官说:"我祝贺你。本杰明比我对他的评价更有尊严。我听说你也收到了一封信。他跟你都说了些什么?"

亚撒犹豫了一下。拒绝法官似乎没有礼貌,但是他不愿把本的信在法官和整个镇子面前公布,无论信里说了什么。

"假如你原谅我,我会先给全家人读一下。"

"完全合情合理。假如你有什么进一步的消息,下个星期方便的时候过来就是。"

信封上写着给亚撒黑和全家。他没有将信打开,一直等到全家人都在晚餐时到齐了以后才开信。他迅速浏览一遍信的内容,看有没有本特有的那种冒犯人的话语。似乎没有什么不恰当的,他便大声读信。

亲爱的弟弟亚撒、娜莉及全家:

　　难以想象我的小弟弟已经有了一屋子的孩子,有的都快成人了。那个纳特听上去像是一个强干而有野心的年轻人。告诉他假如他什么时候到西部来,一定要来找我,西部是个红火的地方。换了我,可不知道怎么应付这一大家子,但是我想你是个老慢性子,亚撒,所以你一定没问题的。

　　很高兴听说你依然漂亮,娜莉。

　　我还以为母亲会永远活下去呢。我应该早点儿给她写信,但是又不愿意让她逼着我回来。

　　啊,我的家人,当你们收到这封信时,我已经在去育空的路上了。我猜你们听说过这个字:金。阿拉斯加有消息说,加利福尼亚州淘金潮淘出来的东西只配喂鸡吃,他们说守好你的开采权,只要在光秃秃的地上捡纯金块儿就行了,有的金块像鸡蛋一样大。一盎司能卖一百元,这,才是我说的钱。木材生意相比之下就像小土豆了,真是小巫见大巫啊,根本不值得一做,所以我明天就启程上路,带着我刚收到的,你寄来的雨露——现金,这现金安全地躺在我的腰带上,我说安全是真的安全,因为我已经是个出色的摔跤打架能手。去北方的船票花了五百元钱呢,船票贵也是件好事,筛掉不少胆小鬼和小气鬼。

哦,猜想你们暂时不会再收到我的信了,等我挣了大钱后会给你们写信。纳特,你看大伯本开着那么一辆不用马拉的汽车回到农场上,会怎么样?

只是不知道我会到哪儿落脚呢,那里的好矿脉似乎太多了,在我开始大把大把地耙进纯金块儿之前,我得挑个最好的地方。所以我还没有让你们回信的地址。别害怕,亚撒弟弟,你早晚会收到我的信的。

祝大家好,

哥哥本,内兄本,大伯本

亚撒感到一种无法承受的压抑。在他的心里,他明白,他一直期待着本回来。嗯,本在农场的处置上非常慷慨。但是他也听出本对农场的鄙视态度,急于与农场划清界限。他进一步地明白,他们两人都同样讨厌把财产只看成是财产,两人都认为财产这样的东西只有用到某种目的上才会有意义。即使他和本对于财产运用的目的有不同的理解,但是这与他们心照不宣的共同认识无关,与农场具体的继承权无关。他想,本又开始追逐一个毫无边际的白日梦了,但是,这又有什么关系呢。娜莉似乎大声说出了他的想法。

“我跟你说什么来着,亚撒?本又像野猪一样疯狂了。”

纳特的眼睛闪闪发光。

他说:“好,听着,爸,你就是不知道现在这个世道是怎么运作的。大伯本是对的。这是千载难逢的好机会。我也要向育空出发。明天就走。”

阿伦特说:“嘿,带上我啊,行吧?”

“当然喽。我可是大大地用得上你。”

第三十二章

亚撒不能抵押不属于他的地产来贷款。他又不愿意以个人名义在培顿镇银行贷款,因为个人贷款的利息是百分之十。他可以像平时那样向私人借钱,他自己就经常借钱给别人,这样的利息只有百分之七,但是他的农民和商人朋友都遭受了灾年的打击,也无力帮助他。他目前的农作物长势良好,但是冰雹和风暴随时都有可能给它们最后一击,让他颗粒无收。八月中旬,他问娜莉是否能够更加精打细算,拉长她的储备使用时间。

娜莉清点了一下食品储备,宣布她可以支撑下去。她每周卖黄油和鸡蛋的钱,足够换取他们需要的白面、糖、茶和咖啡,菜园子里的出产也很丰盛。在麦收前,只要亚撒时不时地杀头猪,宰只羊,他们便不必挨饿。纳特和阿伦特不在家,现在家人吃的东西,好像比他们在时至少省了一多半。阿梅莉亚不在了,他们也不用特意照顾她那挑剔而奇怪的大胃口了。夏日天长,埃里克坚持每天早晚都帮助亚撒干两个小时的活,还加上星期天一整天。他是个面貌全新的大男人,家庭让他感到安全而幸福。亚撒第一次希望农场是自己的,这样他就能把小屋,再加上几英亩地送给埃里克了。

在外闯荡的男孩子们好久没有消息了。他和娜莉曾联手投入劝说纳特上完大学的战斗,但是这就像是用蜘蛛网做缰绳试图降服烈鬃野马,是一件不可能的事情。娜莉总是烦恼,亚撒稍微好一点儿。他的本能告诉他,纳特的坚韧不拔总能让他渡过任何难关,危险和艰苦只会磨砺他的钢铁意志。纳特也会照顾好阿伦特的,因为他反过来也需要他。

亚撒在骄阳下走过他的麦地。假如不再有天灾,他的收成不会比任何一年差。豆子、燕麦、大麦也开始结果。土豆的产量也会很可观。苹果园正处于全盛时期,果实累累,树枝被压得低垂着。皮瀑湖的东南山坡上那十英亩桃园也长势喜人。今年大部分地区的谷类和水果的收成极差,所有市场价格都很高。只要他开口,银行给他多少贷款都行,但是最好还是这样,只依靠农作物本身,靠他自己,靠娜莉,靠埃里克。

他过了马路朝菜豆地走去。他听见车轮子在木桥上的隆隆声。桥上的木板不停地吱呀叫着,听动静足有半打沉重的大篷车向他开来,他知道这是吉卜赛人来了。他们已经有两年没来了,他痛楚地想念他们。他在路边等候。他把胳膊举得高高的,向领头的大篷车招手,欢迎他们。驾驶领头大篷车的不是帕夫。大篷车来到他身边。驾车的是帕夫的儿子卡洛。一溜儿大篷车开进靠近泉水边的果园里,停在他们通常安营扎寨的地方。大篷车后门大开,活动楼梯立刻摆好,吉卜赛人像往常一样欢快地和他打招呼。小孩子们忘记了他,都有点儿害羞呢。他焦虑地寻找老妈。帕夫的儿子在给他的人发布完命令后,转身向他。

他说:"我们的女皇说,第一件要事就是让你去看她。"

他感到巨大的宽慰。

卡洛说:"她快不行了。很快。我的父亲前年下雪时走的。"

亚撒说:"太遗憾了。我爱他。"

"我知道。所有的人都爱我的父亲。所有的人都爱我们的女皇。所有的人都爱你。快,来。"

卡洛带着他从领头大篷车的后门进车。老妈躺在地铺上。她的眼睛明亮,亚撒不敢相信她病了,快不行了。她拍了拍她的地铺,亚撒坐在她的身边,把她戴满戒指的棕色老手握在自己的大手里。

她说:"我以为再也见不到你了。我说:快马加鞭,在我死之前,我要见我们的朋友亚撒哎。"

他已经不能再失去更多的亲人了,他心想,不能啊。他低下头。

"啊,啊!抬起头来!好,笑好!你想啊,老妈要穿生命的彩裙,穿多久呢?穿一次漂亮的裙子,尽情跳舞,现在裙子旧了,扔掉!才对。"

她抚摸他的手。

"现在我的愿望实现了,见到了你,好多话要告诉你,你也有好多话要告诉我,我决定今天不死。"

她大笑,那种没有年龄的,丰富而深沉的大笑。

她的脸变得严肃起来。

"我先告诉你。疾病,天花,像毒蛇一样袭击我们。我的艾丽莎,她的孩子们,所有的孩子,大的和小的。其他人。老帕夫。"

亚撒把他的手放在她的手里,让她紧紧地握住。她闭上眼睛。他们在沉默中一同哀悼。

"就这样。现在你告诉我,你的悲哀。或者我告诉你。有些事情,你不说,我也知道。"

是她的预感,或者是她能够读懂他的面相,他不知道到底是什么让她有非凡的理解力,这总是让他觉得很惊异。

他说:"我的母亲死了。我的朋友印第安人死了。我的两个大儿子去了阿拉斯加,去猎金。我的哥哥也在那里,比他们先到。"

"一定还有别的什么事情。"

他犹豫了。事实上他几乎一无所有,只有本许可他在居住的土地上耕种,他此时此刻的生活极度窘迫,而这些事实似乎都是那么渺小,毫不重要。

"告诉我。"

他摇了摇头。她耸了耸肩。

"钱的麻烦。你的新麻烦。好,回去吧。我们明天再谈。"

他回到家,告诉娜莉:"吉卜赛人来了。"

"是的,我看见他们来的。"

"我们有什么给他们的?"

"少得不能再少,亚撒。我的面粉桶和糖罐都已经见了底。菜园里有丰富的蔬菜,但是他们除了炖肉时用一点儿,几乎不怎么吃蔬菜。现在下来水果了,他们喜欢的。我可以省出些黄油和鸡蛋。"

他想起娜莉曾经亲手给他的朋友们准备的巨大的食品篮子,满得都快溢出来了。

"尽你的最大努力吧。假如你不心疼,我想把我们打算养大的那只花斑牛犊给他们。"

"噢,亚撒!"

她用奶瓶救活了那只小牛犊,它像只小狗一样整天跟着她。她迅速擦干眼泪,装满一小提篮食品。

"告诉他们实在抱歉,没有什么拿得出手的。把牛犊牵走,快点完事儿最好。"

他拿着稀少的食品,牵着小牛犊的笼头,来到卡洛的面前。他自己无法宰杀这小牛犊。

他说:"假如我有的话,就一定会拿来。两年都没有什么收成。"

卡洛带着他父亲那样的精明劲儿看着他。

"难能可贵,更受欢迎,朋友,亚撒哎,因为很难挤出什么吃的了。我们谢谢你。现在和我们一起吃晚饭吧,就像从前一样。"

亚撒摇了摇头。卡洛把手放在他的胳膊上。

"我知道。变化太多了。当盐是悲哀时,什么肉都不好吃。"

在他们自己节俭的晚餐上,亚撒告诉娜莉吉卜赛人的死亡,老妈也要死了。

她说:"我总是想知道你和那个吉卜赛姑娘艾丽莎。你对她可是旧情难忘的,是不是?"

他哀求地看着她。他没有什么好说的,承认或者抵赖。他希望她会选择一个不这么粗鲁的方式来表达。她大笑。

"哦,我知道你们实际上没做什么。你像窗格玻璃一样透明。我早就了解你。"

暮光中,他坐在房前台阶上,看着苹果园里的篝火。他的思绪回到从前他与吉卜赛姑娘跳舞的时候。啊,她是个公主,女皇的女儿。她的黑发撩过他的脸颊,就像蝴蝶的翅膀一样。他回忆起她丰满而结实的女人身段。他记得她身上的香气,是木柴烟味儿,压碎的野草莓的味儿,她采的雏菊的辛辣味儿,还有蔷薇的甜蜜幽香,她总是在采花。虽然亚撒最后一次见到她时,她已经是个身材发福的女人,是个母亲,但是他永远不会忘记他们一起跳舞时,她那永恒的迷人风韵:年轻,苗条,可爱而动人。而他有生以来第一次感觉到自己老了。在短短的时间里发生了太多的事情。这一次他失去了自己对时间的一体感觉,时间不再是包容一切并且具有连续性的整体,他意识到这是他生活中的一个里程碑。

早晨,娜莉考虑和亚撒一起去再看一眼老妈,但是想了想还是不去的好。

她说:"最后这十年我都没有接近她,现在最好还是不要打扰她了。告诉她——"她犹豫了,"告诉她——哦,就替我说点儿什么好听的吧。"

他心想,这可难为他了,他自己都不知道怎么表达自己呢。娜莉不去看老妈也是个复杂的情结,一方面她是在躲避一个难以面对的情形,另一方面也带着敏感与理解。他来到领头的大篷车旁,在车后叫了一声,等着车内的人让他进去。

"来,我的朋友。"

他吃惊地看见卡洛和另外几个年长的老头老太都挤在车里。老妈向他伸出手。

她说:"朋友亚撒哎。我说过,我要走了。也许明天。现在我说话。"

她看上去健康而强壮,但是她已经决定,就像她所说的那样,扔掉生活这身脏旧的裙子,她说了就一定会这么做的,就像水貂费希尔做的那样。哪里能比林登家古老的墓地更能让她平静地长眠呢?

他说:"就在这儿。现在,和以后。"

"哈!吉卜赛人的尸体躺在哪里,都没关系。我接着走。我更喜欢一个无人知晓、无人看见的陌生山坡。现在,听着,我们的朋友。有个小事情是大家决定托我办的。"

她看了周围的长老一眼。每个人都点头。

"我,女皇。王,我的丈夫,他死了很久了。帕夫,帕夫的儿子卡洛,像王子,也许,但不是工。过去很多年前,我问过你,要你当吉卜赛王,娶我的艾丽莎。对吗?现在太晚了,一切都晚了。我问你,因为你属于我们。现在,我有金子,很多金子。我分。我共享。大部分给我的族人,小部分给你。"

她把手伸到枕头底下,摸出一个绣花小布袋。她打开布袋。里面是沉甸甸的金币。

"这小部分给你。是我的愿望。是大家的愿望。"

他说:"不。"

老妈继续说："我知道你遇到的麻烦,我梦见了。现在,卡洛又告诉我更多。"

他说："不,我不能让你为我这样做。"

她严厉地说："不?那么只能允许你给别人厚礼,你却不能接受别人的礼物?太骄傲了,不能接受,嗯?抬起头,说:我是个伟大的人,我只能给予,朋友不能给我礼物?"

他说："太多了。"

"太多,嗯?真正的朋友,什么价合适?礼物是爱。你讨厌爱吗?"

他明白他无法拒绝他们的心意和爱。他低头致谢。

"好,这样就好。小布袋给你的妻子。我很早以前就把它准备好了。现在,你看。你的运气变了。现在一切都会好起来了。就这样,再见了,亚撒哎。千万不要为我悲伤。只是有的时候,当夏日凉爽的清风吹拂时,你就想,'啊,老妈,她跟我说话呢!'"

他亲吻她的脸,转身走了。他没有在自己的母亲离世时流过泪,现在他的眼睛湿润了。他看着大篷车队上路,一直看到路尽头最后的尘埃落定为止。

他回到家。他把自己继承的遗产放在有台面呢桌布的桌子上,坐在桌前的娜莉目瞪口呆。他把绣花小布袋给她,并把故事讲给她听。

娜莉说："亚撒,我发誓,我真的搞不懂你。你母亲的钱都是你自己的,你却不碰一根指头,现在你从陌生人的手里接受了这个。"

她把一堆金光闪闪的金币摊在桌子上。

"亚撒,这里差不多有一千元呢。啊,可救了我们的命了,我跟你说。你数一数。"

他对金子的数目不感兴趣。他离开家,来到农仓寻求他通常可以得到的舒适感。他发现自己的痛苦里,并没有什么难受得吃不消的地方。老妈在生命和死亡面前的快乐,本身就是一种释放和宽慰。他祷告他的这一天来临时,他也能以同样的勇气扔掉他那穿破了的生命外衣。他顺着空荡荡的一排牛棚走。突然,他听见一间牛棚里有动静,原来是他的花斑小牛犊,它被吉卜赛人悄悄地送还回来,拴在柱子上。

娜莉叫这些吉卜赛人"陌生人"。如果都是陌生人,他们对于他来说绝对不如自己的家人更陌生。

第三十三章

　　纳特给他母亲写的信直截了当而且常常绘声绘色。没有一封信的信封上写着亚撒的名字，他一点儿也不在意。他很早以前就接受了他们母子之间的特殊维系，在他们的世界里，他是局外人。他把一封信交给娜莉。娜莉撕开信封，迅速瞄了一眼头几行字，然后把信猛地塞到亚撒手里。

　　她说："给我念。"

　　当亚撒慢慢地大声朗读时，她躺在波士顿摇椅上前后摇晃着，双手交叉放在她那胖胖的肚子上。她的满足感溢于言表，就像牛奶锅里厚厚的金黄色奶油浮到表面上。对于有的消息，她会挑起眉头，说："啊，哈。"当纳特的一些说法让她觉得有趣时，她会皱一皱她的鼻子。她从头到尾都微笑着。亚撒带着痛苦和怜悯，想到他自己的母亲，她如饥似渴地盼望着本杰明能给她同样的滋养，却连一封信都没有收到过，她的爱得不到回应与回报，也许，是这一切把她逼疯了。但是她的狂热是吞没和毁灭性的。当本请求他的弟弟不要告诉母亲他在哪里时，他在保护自己的身体和灵魂，出于对她那种"猎杀"的恐惧。除了完全拥有她的儿子本以外，什么都不能令她满足，她所有的意图和目的都是要完全占有本，恨不能阴险地把他重新放回她的黑暗子宫里。

　　十一月的一个下午，当梅莉和威利斯放学走回家后，娜莉把他们叫到客厅，和她一起再听亚撒念一遍信。纳特这次的信内容丰富。他和阿伦特终于要离开阿拉斯加了。他们将乘坐最后一班轮船南下，准备把他们赚到的金子投资到稳定的商业中。

他们花了三年的时间在原野里淘金。第一年很艰难。纳特毫无选择，严寒中他和其他人一样挨冻，夏天里被蚊叮虫咬，徒步或者坐狗拉雪橇长途跋涉，断腰折背地挖、锄、砍，腰酸背痛地蹲在冷水溪旁淘啊淘。到了头年年底，他就开始利用他积攒的金粉和金块做其他买卖。他从饥寒交迫、病弱或丧失信心的人手中，以极低的价格买到开采权，他从那些非常有希望赚钱，斗志旺盛，但是急需一点儿现金补贴的人手中买到好矿脉的股份。他把那些不值钱的开采权转手高价卖给初来乍到的"嫩脚丫子"，通常是在误导的伎俩下成交的，这一点亚撒是知道的。纳特曾经写到在大石头下面"种"几块金子，得到的回报比最好的银行股票分红都滋润。他把有希望赚钱的开采权转卖给一些大企业联合组织，给自己和阿伦特留下些股份。其中一个最近已经证明确实是一个富饶的矿脉。他一点儿都没有抱怨他没有完全为自己工作，没有完全把赚来的钱留给自己，反而指出他并没有不切实际地期望所有的好运都落到自己头上，他只是希望得到一大部分罢了，他的目标现实可行，不要忘记，一两年的劳苦很容易就浪费在荒芜的不毛之地，令人一无所获，穷困潦倒。

他发现那些不良或可疑的开采权反而更容易卖掉，价钱也叫得更高，他只需要搭上一个最粗糙的木棚，摆上一张简易床、一把椅子、原始的炉子和桌子，木板墙上的油毛毡棚顶给人一种家的幻觉，因为那些刚刚进入内地的嫩脚丫子们很有可能已经被空旷的荒野吓坏了。就是这些观察给了纳特赚钱的主意。亚撒接着读他写的信：

> 我们现在腰包里揣着三万多元钱从荒野里出来了。有一些开采权的股份还在继续给我们分红。这里的大部分人因为贪心要多碰些运气，呆得太久，失去了一切。西北正在蓬勃发展。注入来自金矿、木材、造船和渔业的大量资金。

我准备到西雅图、波特兰，或者更小的一些地方去看看，进入房地产和工程承包。土地本身依然贱如尘土，而房屋、商店和办公室都在待建，稍后，就是道路、桥梁和铁路的兴建。没有什么能比我们这一桶幸运的金子来得更快、更安全可靠、更及时的了，我会尽快扩展。买、建、卖，然后是更多的买、建、卖。在成本与利润上下大功夫，我有识别本低利大的天赋。

哦，妈，这里的纸币比金子还稀少，但是我弄到一张一百元的票子，现在给你寄上，我想让你随心所欲地花掉它。以后我还能在同样的地方，弄到更多的钞票。告诉我，爸看见这一百元钞票时，是什么样的表情。虽然他从来没有说过什么，但是我总有个感觉，他认为我是个流浪汉，以为我可能会混成大伯本那个样子，哼，他自然会明白的。说到大伯本，我已经告诉过你了，我总是错过与他见面的机会，就在昨天，听说他刚上路，回本土大陆了，破落得叮当响，没有一分钱，要靠一路打工赚路费。他曾经有一段时间干得不错，有人说。但是在赌扑克牌中输得精光，他不折腾光那些钱，就不罢休。

哦，妈，接下来的一段时间里，我可能没有工夫写长信了，但是我总是会寄上三言两语的，千万不要担心——

你的爱子纳特

娜莉把那张百元绿钞放在腿上抚平。

"我猜想啊，亚撒，你现在不必再为纳特担心了。"她说，"他能够得到他想要的一切。"

然而这正是危险之处，亚撒知道，绝不是纳特不能成功，而是他成功以后会出什么事。

梅莉的眼睛明亮闪光。她今年十八岁了，除了一双过小的黑眼睛和太薄的嘴唇以外，她出落成一个漂亮的大姑娘。偶尔会有喜欢她的小伙子来，请她坐露天马车游逛，或者去参加舞会，但是极少有同一个小伙子出现两次的时候。她那爱发号施令的样子不是很讨别人喜欢。

她说："爸，今年高中毕业，我就上大学，选修家政经济课程。"

他笑了。

"你可以去大学。但是你可学不到你母亲能够教你的那么多。"

"哦，我会的。而且会更深更广。纳特会需要我的。我要替他管理他的大房子。"

娜莉大笑。

"我这是第一次听说纳特的大房子。最好还是等他有了以后再说吧。"

"他会有的。我要有所准备。"

梅莉充满幻想地看着威利斯。

"你最好也有所准备。最好选一些商业课程。别浪费太多的时间读闲书。"

威利斯说："准备好什么？"

女孩子皱了一下眉头。

"为纳特的大生意工作呀，傻瓜。"

"他不会要我的。"

"但是可以肯定的是，你独自一人绝对成不了什么大事。"

"我不期望成什么大事。我只期望别人不来烦我。"

"我们会考虑的。纳特和我会知道什么适合你干。"

娜莉说："这就对了，威利斯。你跟着纳特和梅莉就错不了。"

男孩子耸了耸他的肩膀。他还是那么瘦弱，脸色苍白。他的眼睛通红，因为守着油灯读书读到很晚。娜莉总是反对他这样,但是亚撒绝对不会禁止书的慰藉。这个男孩子对书的探索已经超越了他的年龄,不再是男孩子的探险类,而是进入了司各特、狄更斯和萨克雷,亚撒心想,他本人也喜欢读这些书。培顿镇图书馆的书都是标准藏书,而且种类数目有限。亚撒总是兴致勃勃地捡起威利斯从图书馆借回来的任何书,虽然狄更斯这样的书能给他一些慰藉,但是他依然不满足。一定还会有些书是关于这个世界以及世界以外的一切,有些书,比如莎士比亚和他的《圣经》,能够让一个人的思想和精神飞翔,像是利剑一般逼向他,向他提出尖锐的问题,一针见血,带着肯定的回答。他渴望伟大的思想家的话语,但弄不明白自己究竟渴望什么。

他想到现在是和威利斯谈话的机会,告诉他站稳自己的立场,不让别人左右自己。假如得到恰当的鼓励,这男孩子没准能成为一个学者,成为一个有尊严和深度的人。娜莉和梅莉在厨房里忙得热火朝天,当亚撒从自己的沉思中醒过来,试图说话时,威利斯已经溜走了。

他独自呆坐着,一直坐到过了平时开始干晚活的时间。他感到压抑。威利斯需要从他身上得到什么,可能一直都有需要,但是他无法提供,而他能给的,又是威利斯不要的。好在仍然有时间。下一步是大学,也许威利斯能够在大学找到他的人生方向。他感到更加压抑了。这回不是因为纳特。他对长子污浊习性的担心,已经不是什么预想不到的新鲜事,好像已经不再过度地折磨他了。正如他经常安慰自己的那样,他再次希望纳特追求的"成功"本身可以软化他的铁石心肠。他读到过许多工业资本家,他们在小人物身上赚了百万元后,同时也慷慨地为高贵的目的解囊捐助。可能有些类型的人必须先满足自己,在自己达到自由境界之前,是不懂得如何投身于普通的人文理想和人文事业的,他想起来那句话,这种人就叫做有过度野心的强人。今天,让他挪不开步子去挤牛奶干活的,不是威利斯,也不是纳特。

　　原来是本杰明。纳特随意带来的消息使他再次看见吉卜赛女皇描述的同一画面,本穿着破衣服,大笑着走了,这个画面让他心痛。那是多久以前的事情,二十多年前? 那时本还年轻,只要能笑,谁还在意破衣服? 但是当他中年时,他还能笑着踏上靠体力打工赚路费的新征程吗? 他感到压抑和疲劳吗? 他的头发还是棕褐色的吗? 他的绿眼睛像猫一样,还是那么明亮如火吗? 那古老的渴望,伴随一生的孤独,顷刻间将他席卷而去,当亚撒沉浸在这种令他窒息的沉重和甜蜜中时,他第一次想知道本杰明是否也需要他,他的哥哥是否对他也充满同样的渴望。

第三十四章

　　亚撒观察到纳特的计划多年来一步一步地展开,好像他在努力攻克一个艰难的拼图游戏。纳特对太平洋西北部的信心是完全有理由的。他把自己赚到的钱投入到各种各样的商业和工程中。他发现自己有时战线拉得太长,现金吃紧,贷款和信誉也很紧张,并且这种时刻,总有一块图板拒绝落入恰当的地方,使他不能马上完成拼图画面。但他很快就能找到突破口,他的最初设计开始落实成型,一切都按他的计划进行着。

　　他和阿伦特都还是单身汉。在梅莉还没有完成她的家政经济课程之前,他们就写信要求她去帮助他们料理日常生活。

　　"我总是会负责财政计划的,"他写道,"假如妈到今天为止还没有教会你做饭,那你真是无可救药了。反正,用不了多久我们就会有大房子和许多仆人。你最好还是先来锻炼一下。"

　　大房子变成了现实。但是还不够大,纳特在信中说,再过几年,会有更大的,那将是西北最好的家庭庄园。梅莉将是管家,等到纳特想招待名流要人的时候,梅莉便是主持社交的女主人,纳特建立财经地位的同时,也要建立他的社会地位。

　　娜莉冲着亚撒说出她的评论:"假如他不结婚,弄不懂为什么他还要管什么社交。"

　　但是她无限满足地阅读从报纸上剪下来的关于"蒸蒸日上的年轻商业巨头——纳特·林登"的报道。她抱怨他离家时间太长了。终于,他要回农场做简短的探亲,而且还会把梅丽和阿伦特都带回来。娜莉高兴极了,不厌其烦地与高大的艾尔莎一同为纳特做好吃的。

看见孩子们,亚撒发现自己还是再次震惊了。纳特和梅莉有一种冷酷、虚浅,而又豪华、闪亮的外表。他们过分地穿着打扮。纳特,还不到三十岁,风华正茂。每当吃完娜莉的丰盛大餐,他就轻轻地拍一拍他那过早隆起来的肚子。他大肆渲染他的成功,亚撒觉得他在自己的地盘里一定也像这样令人讨厌。接着他又突然意识到,他的儿子除了爱吹牛以外,还算是举止大方,仪表出众,无疑对于纳特来说,别人对他的看法非常重要。亚撒意识到,纳特在他面前的吹嘘中带着微妙的傲慢。

阿伦特在离家将近十年中一点儿都没变,既没有变得更加冷酷,也没有善良起来。他还是那么缺乏个人主见和独立性,回家这几天,亚撒都会常常忘记阿伦特在家里的存在。阿伦特虽然穿着昂贵,却带着乏味和保守,这使亚撒再次不高兴地断定是纳特故意让他的卫星黯淡一点儿,以免喧宾夺主。

这是个热闹非凡的家庭大团聚,威利斯的反应深深地困扰着亚撒。这孩子正在读师范大学,准备成为一名教师。

威利斯除了冷淡以外,还有一种荒谬的理念,亚撒记得这孩子对他说过:"我在哪方面都不出色,没有过人之处,爸。但是我可以教比我聪明的孩子。只要告诉他们没有人知道一切,每个人都得摸着石头过河。"

但是现在威利斯紧紧地跟着纳特,就像飞蛾扑火一样。纳特回家的真实目的显露头脚了。他在中部有生意,他此行除了照顾他的商业以外,主要目的就是来林登农场把威利斯带走。

纳特解释了他的计划。他要带威利斯一起回去,送他在附近一所新大学里读书,在攻读最高学位的同时,与社会名流社交。

纳特说:"我看呢,威利斯是天生的地理学家坯子。我能让他成为西部最伟大的地理学家。"

亚撒说:"我认为他应该留在这里。"

他自己的耳朵都觉得他的反对声细小、微软而狭隘。

纳特不耐烦地说:"哦,爸,你的犟脾气又犯了,你总是有那种安静而又滑稽的脾气,当我没有上完大学的时候,你就这么来着。现在威利斯有一个绝佳的发展机会,将来挣一个地位,成为一个人物,你能说的一切就是'我认为他不该走'。这里没有他的未来。我想帮助他,而你却要拖他的后腿。"

纳特的主张从表面上看合情合理。亚撒搜肠刮肚地想寻找一个答案,却找不到。只是隐约有一个本能在警告他。在纳特为家庭和家人着想的利他主义背后,似乎还有什么不可告人的目的。亚撒一时说不清楚。但是他记得曾经给自己的安慰:纳特成功以后会变得善良起来的。也许这就是他变化的第一个好迹象。他转身看着威利斯,看他怎么选择。这时纳特说话了。

"威尔,你是一个了不起的年轻人。可爸不这么认为。何去何从,你自己决定,小伙子。你想在这儿混,教乡村学校,扶犁头耕地,还是想跟我走?我相信你,小伙子,向上帝发誓,我需要你。"

威利斯看着他的父亲。他的脸闪闪发光。

他说:"纳特真的需要我。"

亚撒想大声喊出:"我也需要你,我也相信你,但是有什么地方不对劲儿。"但他什么也说不出来。

他说:"啊,儿子?"

威利斯说:"我要跟纳特走。"

就这样,一切都定了下来,他的后代都走了,陌生人,全部都是陌生人。一天下午,埃里克驾车送他们去培顿镇火车站。马车刚过桥,娜莉就开始尖声发号施令。菜园里的西红柿熟过头了,必须马上做罐头。亚撒拖着脚步到圆木小屋去通知高大的艾尔莎,娜莉需要她的帮忙。

尽管厨房里热火朝天,但是林登的房子却显得空荡荡的。

暮光中,亚撒和埃里克·斯文森坐在圆木小屋南面的台阶上。埃里克抽着一只陶土烟斗。亚撒正在削刻一块木头,他要给小艾尔莎的镜框做一个装饰品,小姑娘的名字是从她母亲那儿来的。孩子靠着亚撒坐着,她的长发飘到他的衣袖上。

她伸手触摸亚撒正在雕刻的玫瑰花环图案。

"我能看出形状来了。是蜀葵。"

就像当年给娜莉做蛋糕树一样,这个图案设计是他从大百科全书上看到而受的启发。

他说:"不是蜀葵,但是如果你喜欢,我就给你做蜀葵。"

"啊,太好了。"

太现实而逼真的花无法令他满足,他知道,但是为了孩子,他会尽最大努力让她满意。这个小姑娘像多莉一样,喜欢亚撒给她的小礼物。刚开始,他还以为是多莉回来了。婴儿时期的艾尔莎那淡淡的金发和蓝眼睛,她伸出双臂让他拥抱的样子,常常让亚撒误以为是多莉。在他看来,艾尔莎现在可亲可爱,而且永远都会这样,但是随着时间的推移,他发现这两个孩子性格之间的差异。艾尔莎顺从,乖怜,而多莉则有不属于这个世界的灵性。艾尔莎的想象力和他自己的一样,只能跑这么远,就在她每天都变得更普通但是很可爱的脸蛋后面停了下来。不,她只是她可爱的好母亲的再版,绝对不是多莉第二。他们之间的友谊超越了年龄差异,他敢肯定那是坚不可摧的,但是却没有奇光异彩。他开始加宽玫瑰花簇的弧圈,把图案改成蜀葵。

埃里克说:"威利斯是个好帮手。真不愿看见他离开。我们又缺人手了。"

亚撒没有回答。

"桃园今年秋天需要剪枝,林登先生。也许可以等到所有的庄稼都收完以后再开始,我想,假如我们好好照顾这桃园,它可以为我们赚不少钱呢。"

从圆木小屋的南面可以隐约看见皮瀑湖上坡的桃园。埃里克满怀激情地种植和呵护这片桃园,在过去两年的少量收成后,桃树现在已经进入全盛的结果时期。

埃里克说了:"假如我们好好照顾桃园,它会为我们赚钱的。"埃里克与果园并无利害关系,他不必担当任何责任的。

亚撒放下手里的雕刻。埃里克付出和给予的远远超出他得到的。真的,他们以同等的工作量饲养牲畜,羊、猪、牛,甚至小马驹,但是埃里克依然是个雇用的帮手,既没有土地,也没有房子。唉,亚撒他自己也只是租借。他已经忘记很长时间了,他自己既没有土地,也没有房子。

埃里克说:"我想修整一下小屋。艾尔莎和我,我们希望在小艾尔莎之后再要几个孩子,但是我想,在我们这个年龄,能有一个孩子就算够幸运的了。我们积蓄了些钱,林登先生,我想把小屋扩建一下,假如你不反对的话。我们需要加一间卧室,大一点儿的厨房,艾尔莎希望小屋后面有一个游廊。这些活,我自己都能干得了。"

"我会给你材料的,埃里克。我不能让你自己花钱。"

"林登先生,你能考虑把小屋卖给我们吗?哪怕卖给我们一两英亩土地也行啊。"

"对不起,我不能。"

"我知道你对小屋的感情,它是这里的第一个房子,是一切的开始。"

"不是因为这个,埃里克。我自己也没有所有权。"

埃里克的惊异明显地写在脸上。

亚撒又说道:"我不拥有任何房子,或是任何土地。我哥哥允许我使用它们罢了。"

“对不起。我一点儿都不知道。你哥哥在哪里，林登先生？”

“我不知道。”

埃里克把两只残疾的手绕在一起。这是他的习惯，好像这样就能把那压碎了的筋骨恢复起来一样。

亚撒说：“假如你想在别的地方买房子和地，埃里克，我可不拦着你。”

埃里克慢慢地说：“不，我已经把自己投入到这片土地里了。我不能离开它。就像我不能离开我的两个艾尔莎一样。能使用就够好的了。这是家，林登先生。”

他们一同眺望富饶的农场，滚滚的山坡牧场，绿油油的庄稼和果实累累的果园。

亚撒感到一种压在心头的莫名负担被解脱了。他曾暗自担心埃里克会离开这里去买属于自己的土地。

他说：“当你刚来的时候，我就应该告诉你，但是——”

“我是个穷困潦倒的人。有小屋住着，有工作干着，有我的艾尔莎，这比我梦想的还要好。其他的都无所谓。我猜想你也是同样的想法。”

“是。”

“不管怎么说，这也是你的家。”

这一点，亚撒不能回答，也不愿回答。他的家在什么地方，未知的地方，没有找到的地方。

“很难理解你哥哥为什么会离开这里。多么美丽的土地啊，林登先生。我猜想你一定得爱它才行。”

“我想只要你爱它，任何土地都是美丽的。”

“或者，只要你爱它，就会把它变得漂亮起来。”

小女孩坐在两个男人中间，他们在孩子的金发头顶上方对看一眼，相互理解地笑了。埃里克不能填补蒂姆·麦卡锡，或水貂费希尔，或吉卜赛人的位置，正像小艾尔莎不能替代多莉一样，但是亚撒从埃里克这里得到了慰藉。埃里克的满足感像炉火一样温暖着他。夜幕降临，夏夜繁星好似盛开的果园春花。高大的艾尔莎回到小屋，笑声朗朗。

"和林登夫人一起干活，真像去马戏团玩儿一样开心，"她说，"她现在已经给你准备好晚餐了，林登先生。我们已经做完西红柿罐头了。"

亚撒把小刀和未完成的木雕放进衣服口袋，小艾尔莎踮起脚尖，亲吻他，道晚安，他拖着步子上路，朝灯光明亮的房子走去。房子里充满西红柿的酸甜味儿。厨房的桌子上摆满了倒立的西红柿罐头，这是娜莉在检查罐头是否漏水。晚餐摆在餐桌上，现在只有两个人吃饭了，桌上的食品数量显得异样地多。

娜莉说："我很高兴孩子们走了以后，我还有事情做。我可不愿意看见纳特在农场上流血流汗地呆一辈子，但是上帝知道，每次看见他来了又走，我的心里空荡荡的。"

亚撒把他的脸颊靠在她的脸上。她旋风般地忙着，如此自力更生，很难意识到她也为失去心爱的人而痛苦。这一瞬间，他原谅了纳特的所有错与过，因为他爱他的母亲。

娜莉尖刻地说："对不起，晚餐开晚了，但是再晚你可能也注意不到。又跟那个埃里克空谈闲聊，不着边际。你和你的死党好友。"

他觉得有趣，他曾经对她嫉妒他的男性朋友这一点迷惑不解，现在他明白了。

"好了，娜莉，你知道我宁愿和你在一起，但是你不得不做西红柿罐头呀。是你告诉我，把我的大脚挪到外面去，免得碍事，你不记得了？"

他的长手臂温柔地搂着她。她把他推开。

"看在上帝的面上，"她说，"今晚不行。我太累了。"

第三十五章

　　娜莉放下信,把她的眼镜推到头顶上。亚撒笑了。她看上去就像是戴着一顶滑稽的小皇冠。他试图回忆她的头发是什么时候开始变白的,现在已经是闪亮的纯银色了。这一定是在不知不觉中发生的,因为他直到这一刻才真正意识到她头发的颜色有了变化。她脸上没有什么皱纹,还是那么胖乎乎的,脸颊还是红扑扑的,眼睛还是那么纯净的蓝色。他傻乎乎地看着她。

　　她说:"难道你不想知道有什么好消息? 快回到地球上来吧。你在想什么?"

　　"想你。"

　　"想我什么?"

　　"你多么漂亮,娜莉。"

　　"胡说八道,瞎扯。听好喽。梅莉要回家来和那个男人克罗克特结婚。纳特、阿伦特和威利斯都要回来。纳特要亲自给梅莉操办婚礼。"

　　"哦,那好啊。"

　　"早就是时候了呢。我还以为梅莉肯定会出落成个老姑娘呢。她好像生来就是当老姑娘的料,那么霸道。也都过了三十了。我敢肯定她已经给那个可怜男人的鼻子上戴了牵他走路的环儿了。"

　　是啊,他心想,梅莉的丈夫在她挥舞鞭子抽打他时,一定会哼哼哈哈,唯命是从的。

他说:"所有的孩子们都聚在家里,这样的情形可是好久没有了。"

娜莉说:"亚撒,我得为婚礼准备新窗帘和新地毯。梅莉说了,纳特出钱,但是我不想要他的钱。明天你能驾车带我去特伦特吗?"

纳特毫不吝惜地用自己的财富给母亲买礼物。他为她安装了乡村电话,买了两英里长的电话线。他给她买了烧热水的锅炉。亚撒在他自己的小康日子里,也计划给娜莉买这些东西让她惊喜。但是他总是太慢,还没来得及实现时,人家就赶到他前头了。纳特给出贵重礼物时,总是喜欢提到价钱。假如娜莉的感谢信慢了一步,他就会不耐烦地写信说:"难道你没有收到那块手表?我花了两百元买的呢。"或者是,"爸看见那件五百元的海豹皮大衣时,都说了什么? 当你穿着它去格兰其农会时,乡亲们看见都说了什么?"

纳特热衷于别人的赞扬和公开感谢,亚撒对此非常尴尬。娜莉倒是完全合作,以天真的骄傲和真心的愉悦在各种场合重复礼物的价格。纳特问父亲想要什么。亚撒回答,只要时不时地来本有趣的书就很好。纳特在一家西北书店为他买了一张长期订单,《沼泽地之女》《波莉安娜》这些奇怪而花哨的书就源源不断地来了,亚撒赶紧写信喊停,只说他十分感谢,说他已经有了他所需要的所有的书,他不好意思开口说出真相。他想要一万本书,但不是这种趣味的。他听说纽约市有个大图书馆,他已经有钱可以满足自己的兴趣爱好了,便给图书馆写信,说自己是个将近六十岁的农民,让他们推荐一些图书。他收到一本农场手册的总目录。

十月的阳光有一种特殊的品质,他现在开始琢磨阳光的光影效果。阳光在门把手上薄薄地洒上一层,然后爬到娜莉摆在高架子上的庞大盆栽装饰蕨上,小憩一会儿,再顺着蕨的扇形叶子,像金色的水珠一样滑落而下,从地毯上面溜走,跑掉了。也就是说,现在已经是下午,他应该开始干晚上的活了。他意识到时间的静止。从某种意义上讲,这样也挺好,但是他很高兴孩子们又要回家了。他很想念他们。

娜莉说:"能不能请你回答我,亚撒。明天你能带我去特伦特买东西吗?我想你不会期望纳特把婚礼祝福的美差都包办了吧?"

"哦,行,"他说,"你说什么时候走,就什么时候走,多早都行。"

这三个星期里,娜莉与纳特和梅莉之间频繁通信,讨论婚礼细节。纳特最终一锤定音,一切都是他说了算,先在培顿镇举行教堂婚礼,然后回到林登农场举办接待客人的晚宴。两个艾尔莎都帮助娜莉做了大量烤制食品,打扫房屋等各项预备工作。这整个过程在亚撒眼里就像一种原始的仪式,古代新娘的牺牲典礼,如同部落的规矩,他觉得有趣。梅莉不年轻了,他敢肯定新郎被接进家,是为了满足她的目的,还有纳特的目的。啊,他迫不及待地想看见他们,他自己的后代。

两辆汽车开上路来,停在家门口。亚撒盯着走在房前小路上的陌生人。他能认出梅莉和威利斯。他没有认出那个文雅英俊的男人就是纳特,还有那个眼神飘浮不定的瘦男人是阿伦特。他来到房子的前门台阶处迎接他们。纳特居高临下,傲慢地把一只手搭在父亲的肩膀上。

"克罗克,"他说,"来见我的老爸。"

克罗克特冷漠地与亚撒握手。梅莉拥抱了父亲。

纳特大喊大叫:"快出来呀,妈!妈!"

他们拥挤在客厅里。娜莉跑过来,用围裙擦着手。

"你们应该到面团里去找我。"

纳特把她抱起来甩动转圈,她的双腿离地飞起。她尖叫着,用手不断地捶打儿子。其他人都挤上去拥抱她。就连阿伦特都露齿而笑，揉了揉娜莉的头发。

娜莉说："好了，行了。这就是梅莉的克罗克特吧，哦，可怜的小伙子。"

纳特捧场地呼叫。

"你好好地看一看他，妈。我敢把妹妹放手给他，就是因为他自己能够照顾自己，不会被她吃掉的。"

克罗克特说："再加上我知道的内幕太多了，纳特。呆在这个家里比在外面安全。"

他的语调轻松，但是他的眼睛，亚撒注意到了，却和纳特的一样冷酷。他几乎是另一个纳特，也有一样的强壮体魄，穿着几乎是同样文雅但是过分装饰的衣装，同样自信，但亚撒感觉到他脸上有一种懦弱，而纳特没有丝毫的软弱。梅莉还是那么异常自信。她成年后，长相酷似老阿梅莉亚，令亚撒不禁吃惊。她那时髦的衣服使她显得有点儿异样。威利斯把一只手搭在父亲的胳膊上。

"嗨，爸，"他说，"见到你太高兴了。已经太长时间没有见面了。"

亚撒贪婪地看着这张脸，他最小的儿子，几乎错过了亲近他的机会，就像一场救命的雨水有时会漏过某块土地一样。威利斯的眼睛里充满忧伤，就像一只遭遇背叛的好狗。

"欢迎你回家，威尔。你和我得找个机会，哪天坐下来好好聊聊。"

他想，也许互相理解还为时不晚。但是威利斯突然转身离开了他。

娜莉说："哦，梅莉，你把这群土匪带走，让他们挑选自己的卧室。你爸和我用楼下的前卧室，你们可以挑选楼下的后卧室和楼上的四间卧室，假如不够的话，还可以睡在雇工客房里。你和克罗克特应该是先结婚,后回家,除非你们准备现在就睡在一起。"

纳特说:"哦,妈,我真为你害羞啊。"然后便开怀大笑。

娜莉天真地说:"我听说已经生米煮成熟饭了嘛。"纳特又是一阵欢呼。

她和纳特总是能够说同样的语言,纳特是她心有灵犀、精神上的白发知音,纳特身上唯一得到亚撒赞赏的品格,就是他对母亲的敬爱,这是他污迹斑斑的德性中唯一干净的东西。

纳特说:"哦,妈,假如你以为我会在雇工的房间里过夜,你就错了。我要一个人住楼下的后卧室。我小的时候,从来没有在那里睡过,没有人允许我住在那里,除非是特殊朋友,爸的麦卡锡,那个老印第安人。我想就冲着我在这个家里花的钱,也应该让我享受特权,住上一回吧。"

梅莉让一行人拿着行李,把他们轰上楼去。纳特坐下,点上一支雪茄。

他说:"你把这里收拾得干净漂亮,妈,一个老农场房子,也难为你了。听着啊,这些地毯太老式了。我让你们把它们掀开,把地板重新抛光打蜡,这是硬枫木的地板,对吧,爸?我会给你送一些东方地毯。纳特·林登的母亲用什么高级的东西都不算过分。你们看看这个。"

他掏出钱包,随意地显示他大把的高面额钞票,拿出一本地毯式样和颜色的样本。

"这个怎么样? 挺时髦的吧? 四百元一张,配套的小号地毯是一百元一张。喜欢吗,妈? 这儿,爸,你看怎么样?"

亚撒研究了一下样本上的图案和颜色。它们大多像他那西南田野里的秋日景色:红色的苏模漆树,金褐色的干牧草,绿色的青松,深蓝色的暮光。只不过农场上的实际景色比这个更美丽。他没有回答。

娜莉说:"让我再看看。我不知道,纳特,我喜欢现在的地毯。新买的,为你们来专门准备的。多么漂亮,够美的了,冬天踩在脚下很暖和。"

纳特皱了一下眉头,不耐烦了。

"哦,妈,我知道我给你的那个烧煤的锅炉能把房间里烧得像宫殿一样暖。但是我想让你花钱做装修,生活得更时尚。"

娜莉说:"时尚对你来说是好,你说你的那个大房子,有各种各样的仆人,但是你爸和我喜欢这里的老样子。"

大家陆续下楼。克罗克特觉得镶嵌在拼板木条中的巨大镀锌浴缸太稀奇了,洗澡的水居然是风车从外面泵进室内的。

纳特说:"威尔,你最好陪着他逛。一个城里人到了农场上,没准会惹什么祸。千万不能让新郎掉到井里去了。"

他就像一个慈爱的大哥,照顾所有的人。

娜莉说:"纳特,我总以为你会早结婚,有个大家庭。你过去很喜欢追女孩子的嘛。"

纳特自鸣得意地大笑。

"当然,现在还是喜欢女孩子,妈。哦,女孩子们,太容易变成抱窝的母鸡。也许有一天,我会给我的大房子买一个漂亮的女主人。"

娜莉说:"梅莉,你和克罗克回去以后住在哪里?"

"哦,当然是纳特的房子里,像原来一样。他喜欢让克罗克和我在身边。他认为我把大房子管理得井井有条。"

纳特说:"她的确干得不错。我有许多,哦,商业和政界的朋友到家里做客,妈,有时呆得很晚,相信我,梅莉手里握着无形的鞭子,把那些小日本仆人们管得服服帖帖,让他们伺候喝的、吃的,啊,我的天。没有你做的好吃,妈,但是花里胡哨,好看极了。"

亚撒清了一下喉咙。

"政界朋友,你刚才说,儿子?"

"对呀。"

纳特抽了一口雪茄,喷云吐雾。

亚撒内心骚动。他一直以为政府官员是为人民服务的,在立法机关工作,为他的州、他的国家服务,除了医生、教师、法官和牧师以外,再也没有比政治家更高尚的工作了。他想,这些年来他也许完全错误地判断了纳特。

他说:"我很骄傲地听说你涉足州立法机关,纳特。也许哪天你还可以参加竞选美国众议院议员呢。"

纳特狂笑。他开始用手指弹烟灰。

娜莉尖叫道:"喂,你等一等,年轻人。你已经把我的干净房子熏臭了,可不能再把烟灰弄到我的新地毯上。"

她从厨房拿来一只茶托,"砰"的一声,重重地放在纳特身边的茶几上。纳特拍了拍她的胳膊。

"妈,假如一个人要死了,你要担心的第一件事,就是人家会不会弄脏你家的床。"

亚撒回忆起娜莉嫌弃蒂姆·麦卡锡和水貂费希尔的情形,回忆起她对他们的恐惧。看来纳特那时候就有这种敏感的观察和理解,一定是他一直错怪了自己的长子。

他热情地说:"也许你还不便公开讨论这些话题吧。"

纳特吐出一团烟云。

"爸,我宁愿死也不会进州立法机关,或者国会工作。再过几年,我就会把我们州的整个立法院全部装进我的口袋里,而且花不了几个钱就能买定。"

"我不明白。"

"你当然不明白。你一辈子都井底之蛙地生活在这里,不是冒犯你啊,但你只是一个老式农民,是陷进泥坑里的木棍。政治不是你想象的那样。"

亚撒突然非常愤怒。

"那么，政治是什么，假如它的目的不是为人民服务？"

"唉，爸，人民是要被服务的。政府筑路架桥，建设法院、铁路，还有学校，哦，我知道你喜欢学校，我的上帝，当我不愿读完大学时，你可是满肚子的不高兴。我告诉你退学是我做过的最聪明的事情。"

纳特也很愤怒。他身子前倾，挥舞着雪茄。

"这就是纳特·林登——纳撒尼尔——奶奶总是煞有介事地闹别扭，硬是叫我纳撒尼尔——见鬼，我已经作为纳特·林登混得有模有样，有头有脸——纳特·林登，曾经是个农场上的穷孩子，现在才是建造一切的人。相信我，我会成为——"

他拿出绣有他名字打头字母的特制手绢，擦了一下他的脸，把雪茄在娜莉的茶托上掐灭，身子后倾靠在椅背上。

"哦，我并不是说有朝一日我就不愿捞个州长当一当。当州长不是为了钱，或者什么大的好处，但是，'州长'听上去还是响当当的。也许是该计划买一个金发女郎做老婆的时候了。"

亚撒觉得恶心。

他说："我很难过，你们的州议员竟然是可以用钱买到的。我不明白，像你说的那样，为什么有人要把他们放进自己的口袋里。但是国会议员里有诚实的人。"

"有一部分是诚实的，可以肯定。乌合之众，廉价小人，大有人在。他们靠狗一样的低工资生活，为什么，他们不得不利用职权捞点儿好处。"

亚撒站起来，他是个比儿子高许多的瘦老头。

他说："我不相信你。"

他离开房子去找威利斯。他在农仓里找到他，儿子正在牛棚里看刚出生的小牛犊和它的母亲，抚摸那只小牛犊的鼻子。

"威尔？"

"你好,爸。"

"威尔,纳特告诉我一些我不喜欢的事情。听上去很不对劲。他是怎么通过搞工程建筑挣了那么多钱的?"

威利斯说:"你知道纳特,爸。不只是建筑。他操办的项目和活动数不清。"

"他是诚实地赚他的钱吗?"

"你为什么不问他?"

"我跟你说话要容易些。"

"我只是纳特这个大机器里大齿轮中的一个轮牙。轮不上我说话,哪怕是你问我。"

"威尔,我想要你离开他。你不属于他们这帮人。"

"我过去也这么想。但是现在我已经不能退出来了。"

"为什么不能?"

"太晚了,就这样。"

"你还是一个年轻人,儿子。"

"当你为纳特工作时,你会老得很快。别担心,爸,我生活得很好。怎么说呢,反正靠我自己也成不了大器。"

也许不然,亚撒心想。但是,威利斯身上的什么东西已经荡然无存,被破坏了。他已经选择了容易的路,而不是艰难的路、正确的路,但是亚撒知道,容易的路往往充满了黑暗和险恶。

亚撒迟迟不愿回家。他尽量慢慢地干活。梅莉和小艾尔沙把娜莉丰盛的晚餐摆在餐桌上,纳特带着令人愉快的任性,要求摆上娜莉做的另一种罐头,他的心腹们对他的幽默捧腹大笑。亚撒收拾干净自己,悄悄地入座。全家人的胃口极大,他们像是一群贪婪的鱼,在海洋般喋喋不休的噪音里狼吞虎咽。他们谈到西部烧烤,培顿镇附近的拓荒者野餐,娜莉的冰库以及他们童年时夏日星期天吃的冰激凌,绕一圈,又回头说起了纳特的大房子,描述他的日本仆人们,还有那些豪华的宴会和聚会。纳特拍了拍他那鼓鼓囊囊的肚皮,说他撑得连一小颗葛缕子种子都吃不下了。娜莉拿出她的蛋糕树,很长时间没有用过了。小杯蛋糕插在带刺的树枝上,像是花朵一般,纳特首先为自己选择了蛋糕,面对琳琅满目的小杯蛋糕,他觉得难以取舍。有白霜糖上点缀着红色桂皮糖珠子的、巧克力上洒满银色糖粒子的、新鲜椰蓉的、无核葡萄干浓香料形的,他每样都拿了一个。

梅莉把一个巧克力蛋糕放在克罗克特的盘子里。他把蛋糕推到一边,伸手给自己拿了一个椰蓉的。看来他并没有容忍别人牵着他的鼻子走。亚撒意识到这对新人之间的关系已经奇怪地定了型。他们一点儿也不像是要结婚的新郎新娘,反而更像是互相接受的老夫老妻,一点儿爱都没有。他们的亲密显然是没有新鲜感的那种。一定是一种没有激情的,几乎是为了方便而进行的逢场作戏,而不是婚姻。纳特的家庭小王国紧密而圆滑地运转着。

亚撒急躁地盼望这些不痛不痒的话题赶紧结束。他的儿子们和他们的伙伴至少都是见过世面、闯荡世界的人,应该懂得或了解比他的周报时事新闻更多的消息。

他问:"西部对威尔逊总统的连任有什么感觉?"

纳特拿出一支雪茄,把烟头剪平。

"这是这个国家做过的最愚蠢的事情。一个该死的教授怎么知道政府的管理?"

亚撒接着问:"西部的人对于战争的可能性是怎么看的?"

"在这样的总统统治下什么可能性都有。他的主意太多。一点儿常识都没有。"

娜莉说:"你踩着别人的脚指头了,纳特。你老爸是这个镇子里唯一投他一票的人。"

纳特正要往嘴边送的雪茄停在半空。

"看在上帝的面上,爸,你犯了什么毛病?你一定应该知道为自己省下跑一趟培顿镇的工夫吧。唯一的一票！"

亚撒固执地说："但那是属于我的一票嘛。"

他现在一定要说，亚撒心想，他一定要说一个大男人对事情和价值必须做出自己的选择，尊重公民选举的权利。他搜肠刮肚寻找表达自己的字眼。

纳特轻松地说："你这把年纪，别掺和什么政治的东西了，爸。该是你坐下来，好好放松的时候了。这一点建议也适合于你，妈。让雇工的老婆和他们那漂亮的女孩子帮你做饭。"他向她眨了一下眼睛，"当然喽，等我走了以后再让她们开始。"

他打了一个哈欠。

"颠簸而漫长的一天。克罗克，你和阿伦特把汽车在路边上停好。"

娜莉说："我还以为你们坐火车来呢。"

"是坐火车来的。汽车是提前运到特伦特的。"

"我不明白为什么需要两辆车。"

"一辆给我的弟兄们用，一辆给我和你啊，妈。"

他站起来，伸了个懒腰。

"听好喽，上床睡觉了。"

每个人都像是听话的孩子。

当大家如群栖的家禽各自回到窝里去了以后，亚撒依然独自坐着。梅莉，他心想，虽然冷酷，嫁给这个·克罗克特也太委屈了。他隐约感到这个男人的品格似乎比纳特更加卑鄙阴险。他劝阻自己不要自寻烦恼，但是内心依然不能平静。跟娜莉谈论这个也没有什么好处。他们的女儿终于体面地出嫁了，嫁给纳特选择的男人。他知道，如果他告诉娜莉邪恶在家里蔓延繁殖，她一定会感到恐惧，虽然这是他发现的事实。

十一月的夜晚已经令人感到寒冷。他摸到根火柴将取暖炉里的柴木点燃。娜莉会责怪他在夜里还把客厅弄乱，但是他需要温暖,还有那原始的火焰。他好像是独自站在退潮后凄凉的海岸上。他被困在那里,没有轮船带他渡海,也没有马儿送他进入内地。寒风在头顶哭号,然后飘逝,不留足迹地飞向无人探索过的星空。

第三十六章

在婚礼的宴会上，亚撒迷失一般地站着，对眼前正在展开的一切震惊不已。纳特送出如此大量的镌版印刷邀请函，娜莉对他的评论是："他一定是用了征税名单"。纳特从特伦特雇用了定制宴席的专业人员，香槟酒也是他能找到的最高档次规格。好朋友、邻居、亲戚在放礼物的桌子旁鱼贯而行。出于对亚撒和娜莉的尊重与热爱，格兰其农会动用了集体资金，给他们送了一整套银餐具，还带有精美的红色仿皮盒子。全镇的女人都给林登家的女儿做了礼物：一只有手织花边的针插、三条厨房擦餐具的毛巾、一条十字绣的擦手毛巾、一套厨房用的印花布隔热棉手套、两只贴有火柴擦纸的猫簇拥着一个放火柴的架子，两只猫是一大一小，底座上写着"别挠我，挠我妈"，一条方格花布围裙、一条正式场合穿的蝉翼纱围裙、一个丝绸缝纫袋、一对钩针织花边装饰的枕套。那个女帽头饰礼品专家米妮小姐亲手绘制了一个她最著名的蛋糕托盘，洋红色的坟块朵朵怒放，为了及时完成这个托盘的绘画，米妮小姐还忽略了不少生意。镇银行家和他的夫人、培顿百货店的主人培顿先生和他的夫人、镇旅馆总管、镇高中校长和他的夫人，他们都赠送了从商店里买来的礼物，诸如水晶果酱套餐具、套装茶具等等。杰西阿姨身体太弱不能参加宴会。她送来贺信："给我当年接生的小女孩"。她送上一个稀有的古金石榴红胸针，亚撒知道，这是杰西阿姨珍贵的家当。娜莉的娘家，威尔逊家，商议决定让梅莉继承他们的珍贵传家宝,一套大小十二件的手织亚麻床上用品。最后的这两样礼物显眼而又骄傲地展现在人们面前,但是面对纳特西部商业和政界同僚送来的厚重而浩大的礼物阵容,它们虽然可以勉强相提并论,但也不免黯然失色。

纳特那个州的州长送了一只猛犸银托盘。礼品中有宴会鸡尾甜饮料用的金边大银钵、各种各样的罐子、高脚酒杯,两副整套银餐具加在一起,足够白人大餐使用。进口的亚麻产品、装饰华美的座钟和挂钟、法国利魔日整套的珐琅陶瓷餐具、英国韦奇伍德整套的蓝花白浮雕细瓷餐具。亚撒在两套昂贵的银器中发现了格兰其农会赠送的显得廉价的银器。纳特站在附近,脸色兴奋而微红,正在给米妮小姐介绍西部礼品的来源。亚撒等到纳特给她讲解完后转过身来。

他说:"纳特,这些东西怎么被送到这儿来了,是不是弄错了? 你不是还得再把它们运回西部去?"

纳特居高临下地将身体在脚后跟部上下颠动。

"应我的要求。"

"但是这样会让乡亲们难堪的。"

"正是这个目的。"

"为什么? 乡亲们都快不记得你和梅莉了,你还这样?"

"我可没有忘记他们。现在他们不会再忘记我了吧。还记得我小时候,不得不穿着过小的旧衣服上学,遭到他们耻笑吗? 还记得你有一个冬天走街串巷地叫卖木柴吗? 让他们看一看现在的纳特·林登。我这还只是刚开始呢。"

这么说,纳特今天的生活态度是建立在童年的苦涩之上的。不,亚撒想,他要做什么一定会是义无反顾的,这只是一个借口罢了。

他注意到寡妇贝德福德太太正站在富丽堂皇的银器面前。她绕在一起的双手将她那似乎寒酸的黑钱包紧紧地搂在腹前。

她戴着花哨的老毡帽,帽子上有一根她家大红公鸡尾羽做的装饰,羽毛有些松脱,朝着她的肩膀耷拉着。亚撒推开众人向她走去。

她说:"我的天哪,真是雅观啊,亚撒。假如我知道是这样,最好还是不要丢人现眼地给梅莉做什么了。她一定会以为我们抠门,舍不得给她什么呢。"

"你的礼物在哪里?让我看看。"

她突然面露一丝喜悦,转身指着一个桌子。

"针插。"

他把针插拿在他的大手里。它那松软的表面上插满各种各样的圆头针,针的圆头有白色的和彩色的,摆成几何图案。

他说:"很精美。唯一的缺点就是,梅莉会因为舍不得破坏这个图案而不敢用它。这边缘的花边是手工编织的吗?"

她轻柔地摸着花边。

"这花边是从我头生孩子的婴儿洗礼服上剪下来的。这缎子来自我婚礼服的衬裙。真不愿意剪了那条裙子,可是我对自己说:'别太自私了,璐璐·贝德福德。赶紧动手剪吧,你以后也需要做针插的材料,还会有婚礼啊,圣诞节啊,类似的场合。'我真的喜爱漂亮的针插。"

亚撒感到绝望。他鼓足一切勇气。

他说:"所有那些花里胡哨的银器和珐琅陶瓷都没有一点儿意义。那是来自纳特的商业同僚。就好像给路旁货郎支付佣金一样。像你做的礼物才是梅莉真正需要的。"

她抬起头来看着他。

"啊,真是这样的。她可能会把所有的那些礼物都放在一边,永远也不用上一回。我就会那样做的。我想我们给她操持家务一个好的开端吧。这个是缝纫圈送的全套绣花用具,我也帮了一下她们,很漂亮,但又不是漂亮得舍不得用。"

她把她做的针插从他手里拿过来，放回桌上。

"对不起。我可从来不敢信任任何男人，白颜色的东西到了他们手里，就不能保证永远是白色的了。"

她满意地看着十字绣的擦手毛巾、隔热棉手套和枕套。

"再有就是，亚撒，这些东西都会提醒梅莉，别忘了家的温馨。我的天哪，她一定会孤独的，远在不着边际的地方。"

他说："也许那里的人会以为，我们这里对于他们来说才是不着边际呢。"

她轻声笑了，离开他，去找妇女缝纫圈的主席去了。亚撒从乡亲们送的礼物前慢慢走过，尽量记住哪个人给的什么礼物。他欣赏地看着十字绣、钩针织物、画有三色堇的天鹅绒壁挂，笨拙地夸奖制作者的工艺。

他像溺水者一样紧紧地抓住寡妇贝德福德的话做救命草，他不断重复道："这才是梅莉持家真正需要的东西。这会提醒她家的温馨。"

他来到米妮小姐面前。一瞬间，他惊慌失措，忘记了她送的是什么礼物。可能是顶帽子。也许是条女式三角薄围巾，或者是雅波特，他听说过这个字眼，是化妆品，还是什么小装饰。他想起他听到她们谈论梅莉"旅行"的服装。

他谨慎地说："梅莉非常喜欢你为她旅行准备的礼物。"

"林登先生，你根本就不知道我给梅莉的是什么。"

这时，他想拼命站在水中圆木上的挣扎彻底崩溃了，他的救命草失灵了。

也许他应该圆滑礼貌地说："不管是什么，我听说梅莉特别喜欢。"

他无助地望着她。她拍了拍自己灰白的硬卷发，挑起眉毛。

"就像我总说的那样，一个男人是不会注意到的。别介意，我理解你们这些乏味的生灵，还是让我告诉你吧。是我亲自手绘的一个蛋糕托盘,是我艺术生涯中的杰作,我自己都不得不承认。"

他立刻回忆起那些怒放的洋红玫瑰,总算找到了救命的木筏子。他吞咽了一下。

"正是梅莉持家需要的。它会提醒她家的温馨。"

"啊,林登先生,你真的注意到了。好好想想也是,我还记得你给林登夫人买那顶帽子的时候,天哪,那是多少年前的事情了?你什么都不要,只要那顶蓝色的帽子,我当时就对自己说:'瞧啊,林登先生真的懂得欣赏艺术。'"

她降低了声音。

"你是我唯一可以咨询的人,请你告诉我,你是不是认为我的玫瑰花瓣太多了?我一直被这个问题煎熬着,想知道它们是不是太满太拥挤。我一旦画起玫瑰花瓣来,就刹不住车。"

就在这关键时刻,娜莉拯救了他。

"啊,大家注意了。纳特的礼物刚刚送到。摄影师也来了。纳特请大家到室外照相去。"

纳特给新娘和新郎"刚刚送到"的礼物是一辆红色的卡迪拉克轿车。在马车库里已经停了两天了。

婚宴两天后,农场的这个房子里依然一片混乱。梅莉的礼物散落得到处都是,有一半已经包装好准备运回,或者寄回西部。家具东倒西歪。花篮和花瓶里的鲜花蔫得耷拉着脑袋,还没有到枯死得应该扔掉的程度。在柴木屋里,亚撒帮助威利斯和克罗克特把大件礼品重新装箱。纳特大大咧咧地走进柴木屋。

纳特说:"妈、梅莉和我已经把所有的事情安排好了。阿伦特、威尔和我开着新车回去。我一路上还要谈些生意,办些事情。梅莉和克罗克特在这里再住上几个星期,然后乘火车回去。爸,你和妈跟他们一起来。"

亚撒放下锤子。

"整个旅行都是我出钱。你们不必动用一个子儿,爸。冬天要来了,你们应该出去玩几个月。你们也该出去横跨全国,看看外面的世界了。"

亚撒想,他曾经多次想象自己横跨全国,去看外面的世界,让这个国家的美丽全景在他饥饿的眼前展开。他甚至可能找到本杰明,纳特的寻找和他庞大的关系网都束手无策,至今没有本杰明的下落。然而,他知道自己不能作为纳特的客人去旅行。他已经过上了小康日子。他完全可以担负自己和娜莉的旅游费用。他再明白不过了,他渴望看到的不是纳特的世界,他无法忍受那样的世界。他绝对不能去。

他说:"谢谢,儿子,今年不行。以后你的母亲和我会旅行的,我们会路过,到你家,给你一个惊喜。"

纳特说:"爸,你这个老泥棍子、井底之蛙。你一辈子都没有到特伦特之外的地方去过。难道你就没有一丝一毫的好奇心?难道你就不想看一看你的土地和围墙之外还有什么?"

怎么,亚撒心想,他这一辈子,双脚每天都痒痒着,梦想到稀奇的路上走走。夜里,他剧烈的心跳常常惊醒他,梦到遇见异地他乡,各种肤色的人,红、白、黄、黑和棕。在梦里,他和他们一起坐在各种各样的炉火旁,共同享受大百科全书里面描述的异国情调的食品,神秘地用异国语言毫无障碍地交流。他用他脑子里那半明半盲的眼睛放眼美洲大陆,眺望太阳底下的陌生大地,再远,过了珊瑚海和加勒比海,到欧洲和冰岛,智利的合恩角,和新发现的北极,过了印度和非洲,中国的长城和神秘的禁区尼泊尔,俄罗斯的大草原,再进入阿尔卑斯山脉,安第斯山脉和喜马拉雅山脉,然后远远高于这些山脉,升到星空中,明亮闪烁的星星如此耀眼,就算是他能找到它们,恐怕也不敢睁眼看,他渴望的家乡,真正的家、最终的家,那个他从来没有去过的,也不可能去的家,不是培顿镇附近林登农场的那个家。

纳特说:"听好喽,妈想去。"

"你说什么?"

"爸,我真不明白她这辈子是怎么将就你的。我要说的是,妈已经把她的心寄托在这次旅行上了。"

"哦。"

亚撒拿起锤子,把一颗钉子敲进木箱板中。他警惕地想,他必须和娜莉单独谈谈,把事情讲明白。

他说:"如果她真的想去,即使没有我,她也没有什么理由不自己去。"

纳特在他后背上捶了一下,他吃了一惊。

"爸,你说的有道理。妈想看看外面的世界,而你不想。两个艾尔莎里总有一个能够照顾好你的。反正你从来也不知道自己吃的什么。上帝啊,妈在西部一定会大放异彩,出尽风头。我们会在芝加哥停留一下,给妈打扮包装起来。那种典雅的打扮,无边圆帽,荷叶边宝塔裙。她会让州长都对她服服帖帖,就像是被她喂食的小动物一样。"

亚撒只能暗自同意纳特的说法。凭着娜莉的智慧和魅力,她的确是个宝贵的财富。纳特总是为他的父亲感到耻辱。但是很难想象他会把母亲也利用起来,就像利用其他人一样吗?

他说:"假如你母亲不反对,我想你们所有的人最好一起走。"

纳特吸了一口雪茄。

"我想这是个好主意。当然喽。开卡迪拉克的旅途是两个星期,而火车是六天。梅莉他们会比我们先到,为我们的到达做好准备。"

威利斯正在给梅莉包装运输礼品的箱子,他抬起头来看着纳特。

他说："纳特,我想在家里和爸呆一段时间。他一定会很孤独的。"

纳特冷冷地说："啊。我们没有你也照样能行,照样能行。"

亚撒感到了纳特的敌视口气。

他说："我一个人没有关系的。"

威利斯固执地说："我要在家呆一阵子。"

纳特说："只是一阵子? 还是计划逃跑? 你还没有忘记在康普顿的生意吧?"

"不,我没有忘记。"

纳特耸了耸肩膀。

"那你自己操心你的前途吧,威尔,但愿你真的知道自己在做什么,我还是头一次听说啊。"

威利斯说："我知道。"

亚撒发现,娜莉果然真的兴奋地期待去西部的旅行。纳特想开车带她去特伦特准备些旅行必需品。亚撒坚持自己驾驶轻便马车带她去,由他出钱买新衣服和旅行箱。她试穿了一套有皮毛镶边的绒面呢套装,这是她试穿过的衣服中最合身的,但是她看了一眼价钱后便断然拒绝。后来,亚撒找了个借口离开她,溜回那家店里,把那套衣服买了下来。全家人都为她的新衣服感到兴奋。纳特也不情愿地表示了赞赏。

"作为刚开始,也算凑合得过去了,妈。再往后,我会把你装备起来的。"

娜莉严厉地说："啊,我可不允许你把我打扮成圣诞树。在我看来,这样都已经过头了。"

纳特大笑。

"等你看到汤圣德百货店的衣服以后,你就会改变主意了。"

去西部的分两路出发,离家时不免一阵忙乱。卡迪拉克塞得满满的上路了。埃里克开一辆车,威利斯开一辆,他们将这两辆车送到火车货运站运回西部。亚撒驾驶轻便马车送娜莉去火车站。娜莉突然惊恐地抓住他的胳膊。

"亚撒,我不想走了。我不能离开你。"

亚撒勒住马,停下车,把她搂在怀里。她伏在他的肩头哭起来。

他说:"好啦,纳特和梅莉想让你炫耀一番。你只管好好地玩儿,回来后跟我细细地说你经历的一切。我在家一切都会很好的。"

她抽泣一番,擤干鼻子,坐直身子。

"我知道。我总有一天要走的。上帝知道,艾尔莎做饭比你妈强多了,所以你吃饭是不会成问题的。啊,亚撒,你冬天的内裤放在樱桃木衣柜的底层抽屉里。天一冷你就得穿上它。"

看见火车冒着蒸汽离开,他冲着她招手,这分离比他想象的要痛苦得多。也许他也应该和她一起去的,只有这样才能免除这没有必要的、与她的分离。他和威利斯、埃里克一起回家。房子里空荡荡的,只有厨房给人舒适的感觉。娜莉做了大量的食物,艾尔莎没有必要过来,她明天早上来做饭就行了。

威利斯说:"爸,就在这厨房里,你不知道这里是多么平静。咱们就在这里吃饭,不要麻烦地到餐厅里摆弄餐具。"

他们一起摆出一些现成的食品。亚撒烧煮了咖啡。威利斯从厨房柜子里拿出黄油和奶油。他们在惬意和沉默中吃饭。饭后,威利斯把待洗的餐具摞着放在洗碗池里。厨房炉台中的木柴烧得红彤彤的,他们闲坐着。

威利斯说:"爸。"

"哎,儿子。"

"你有没有奇怪我为什么留下来?"

"嗯,有。"

"爸,你是对的。我必须离开纳特。事实比你想象得还糟。纳特可不仅仅是歪门邪道。"

亚撒塞了一根木柴到炉膛里。

他说:"你最好告诉我吧。"

威利斯身子前倾。

"爸。阿伦特和克罗克被操纵着干脏活,纳特好像双手干干净净一样,至少别人不能证明是他干的坏事。"

"我想纳特就像他说的那样,不择手段做交易。他可能会花钱买通立法机关的人,通过有关项目的法律条文,使他拿到他所说的筑路架桥造大楼的合同。"

"这是最不严重的。在大多数情况下,他的建筑都是用的劣质材料。有的大楼甚至有火灾隐患,表面上看不出来。他承包的桥梁中已经有一个倒塌了。一整车的人刚刚开过去,幸好没出人命。他把责任推卸给亚承包商,那个倒霉的家伙现在还在监狱里蹲着呢。一个州参议员正在与纳特作斗争。他有一些证据——"

"接着说,儿子。"

"他们叫这个是自杀。也许是自杀,也许是。"

"假如不是呢?"

"假如不是,那就是克罗克该死。纳特不至于让阿伦特承担这种危险。"

"威尔,你在里面扮演什么角色呢?"

"哦,爸,我抛头露面为纳特承担了一些新项目。开矿山,采石油。你还记得,他要让我成为最著名的地理学家吗?这就是我扮演的角色。你可以肯定我是著名的地理学家,纳特就是这么计划的。我获得了硕士和博士学位,纳特说我没有必要接着做学问了,他专门替我建立实验室。我总是以为自己更喜欢搞科研,而不是教学。科研,是真的——分析,也是真的——上

326

帝啊。"

亚撒说:"但是纳特告诉我,你是在做科研呀。"

"我的确是在做科研。为纳特做。他把我安排在这个著名的地理研究实验室里工作,我看上去和他没有任何关系,他把矿石'样本',还有可能的石油出产地的土壤'样本'送来,我来定性测试,出科研报告,然后纳特把西部那些根本没有矿产价值、没有石油的土地卖出去,那些小买主就栽倒在里面,全毁了。"

亚撒说:"但是,你的报告不准确吗?"

"非常准确,但是纳特送到实验室来的样本与他卖的地,以及他操纵股票的公司毫无关系。他总有办法,绕过法律的约束。"

"你必须离开他,到其他实验室或者公司里去工作,威尔。"

"我已经和他签了合同。我不能为任何人从事我的专业,干我的本行。你还记得,是他为我的教育出了费用。我还没有弄清楚,就签了字。"

黄昏中,威利斯将他的脸转向父亲。

"爸,你曾经试图阻止我跟他走。你那样做的时候,就已经了解纳特了吗?"

亚撒感到他的前额冒出汗珠。

"如果你那时候就知道的话,那你应该告诉我的。"

威利斯,这个害羞、软弱的孩子,突然成为他的指控者。他现在还能说什么,他那时到底是不是了解纳特?真相是什么?纳特身上冷酷无情的贪婪,这是他一直看得清清楚楚的品行。其他人也有同样的贪婪,但不一定会驱使他们走上魔鬼一般的道路。纳特曾经把那个吉卜赛男孩子推进沼泽地里——但那也许只是男孩子粗暴的玩耍,也许没有恶意。纳特自己从阿拉斯加写信提到过——绝望的淘金者用一生的积蓄,购买了分文不值的金矿开采权,因为有人在大石头底下"种"了金块儿——的确,有时便宜如尘土的开采权让人大发一笔横财。人们赌博一般,发烧一般地来到育空,他们只会做黄金美梦。

"威尔,你敢肯定这些事情吗?"

炉台里的火快要烧尽了。厨房在黑暗中,没有点灯。

"贿赂,恶心的歪门邪道,我敢肯定。但是更大的事情,我不敢肯定。我无法证明。纳特太聪明了,他不会留下把柄。我只知道纳特是坏的,爸。坏到骨子里。你过去知道吗?你一直就知道他很坏吗?"

"我为他担心过,儿子,但是我不了解他。我们现在也不知道,不是吗?"

"也许你认为这只是我嫉妒纳特。也许是吧。我已经习惯了。妈和奶奶总是把他当回事儿,而多莉是你的宝贝。我哪头都不沾。"

这个大男人解释了自己,那个曾经的男孩子。亚撒为他感到悲哀。他集中精力,想把他自己的青少年时期,那个没有爱的圈外人,把他的经历告诉儿子。可是威利斯站起来,快速地说。

"不,爸,这绝对不是嫉妒。这一切让我恶心反胃。我会为自己的出路想出办法来的。假如不是走投无路,我是绝对不会回去的。但是,除非有什么奇迹,才能让我脱离虎口。"

"威尔,考虑一下农场。咱们的农场很繁荣。我总是希望有个男孩子会留下来接管呢。"

"谢谢,不。这一点我倒是同意纳特的看法。为不属于你的土地做奴隶有什么用。晚安,爸。"

"晚安,威利斯。"

亚撒上床睡觉,没有娜莉在身旁,他觉得很别扭,醒着躺了很长时间。

第三十七章

接下来的日子里,威利斯好像从来没有跟亚撒敞开心扉说过心里话,一副若无其事的样子。亚撒努力克服自己的懦弱,搜肠刮肚地寻找字眼,试图再次与儿子交心,可是威利斯只是躲避着他,好像后悔暴露了自己的真实想法。他在农场上闲逛,若有所思,沉浸在自己的世界里。埃里克能够感觉到一些他的绝望,尽最大努力将他作为一个科学家看待,激发他解决果园难题的兴趣。新的疾病困扰着果树。苹果园已经过了它的鼎盛时期,的确是这样,但是现在这种病态与果树的年龄无关。埃里克建议实验喷洒农药。

威利斯淡淡地说:"这个不属于我的研究领域。"不愿接受埃里克给他的这个诱惑。

大艾尔莎像母亲一样对待威利斯,小艾尔莎慈爱,甚至温柔。她们的陪伴似乎慰藉着他,他也长时间地呆在圆木小屋里。亚撒突然心怀希望,这个脸蛋甜甜的女孩子可是个天生的妻子、帮手和母亲。当她告诉他,她很快就会嫁给简·拉巴斯基的时候,他深深地失望了。威利斯倒是无所谓的样子。艾尔莎既含羞又骄傲地带简来见亚撒。

"他对自己的英语有些敏感,"她说,"但是他学得很快。"

亚撒立刻被这个来自波兰西部的年轻人吸引。他看上去和艾尔莎一样朴实、诚恳,只是艾尔莎皮肤白净,而他则黝黑。他在波兰参军上过战场,后来又和法国人一起并肩战斗过,在战场上他的肺受到毒气的侵害而致残,现在,也就是一九一七年初,他移民美国。他急于解释自己的处境,但觉得依然词不达意。他拍了拍自己的胸膛。

"我治好后,"他真诚地说,"我回去,再打德国鬼子。也许哪一天,美国军队打他们,我就参加。"

威利斯也觉得简很有趣。简来自农村,拥有一点儿土地,算是小康生活,因此他曾经打算当个科学家。战争将他的梦想埋葬,现在他的父母双亡,地产也消失了。他把希望寄托在美国,重新点燃他的梦幻,虽然他现在必须靠给别人扛活为生,但是他的孩子将是在美国出生和长大的美国人,他们会继续走他无法走完的路。他说他能这么快就碰到艾尔莎,是个"幸运的男人",他自己在这里只是个陌生人。他目前正在给格莱美斯德特的儿子们做雇工。

"让人吃苦头的老板,"他说,露出洁白的牙齿,"我能吃苦,也。"

他转身冲着艾尔莎看。

"吃苦我能? 我能吃苦?"

"基本上对,简。我们通常说'我也能吃苦'。"

他跟着她认真地重复,一个成人,严肃的学者,"我—也—能—吃—苦。"一字一顿。

他们离开以后,亚撒对威利斯说:"我有点儿担心艾尔莎和她的年轻小伙子。"

"我看不出有什么可担心的。"

"格莱美斯德特家的工作对于一个残疾人来说太繁重了。"

"他不是残疾人。他能够对付得了,不是吗? 假如他被毒气伤害的肺病得到了恢复,他还准备再次投入战斗呢,不是吗?"

威利斯闷声阔步地离开。亚撒注意到他的消失,不知道他会寻求到什么样的避难所。他依然记得自己的避难所,那是蒂姆·麦卡锡、水貂费希尔、吉卜赛人,还有他的笛子。他有许多年没有吹笛子了。他现在没有一点儿吹笛子的愿望。

几个星期过去了,威利斯就这么忧郁地沉默着。简·拉巴斯基和小艾尔莎害羞而甜蜜地沉浸在爱情中。简发誓他的咳嗽好多了。简和艾尔莎在圆木小屋里结婚了,一个简单的婚礼,在亚撒的眼里却比梅莉和克罗克特的婚姻更认真而庄严。一棵桃树孤独地开了早花,艾尔莎金发的头上就戴着桃花做的花环。由于简和艾尔莎只能回到在格莱美斯德特家的雇工住房,亚撒给他们的结婚礼物便只是一张支票。威利斯求助于父亲。自从他放弃纳特以后,就没有了经济来源,他的一点儿零花钱也用光了。

他屈辱地说:"爸,你能为我做点事情吗?给孩子们点儿什么,就说是我给的?我以后再还给你。"

梅莉把格兰其农会赠送的银餐具遗弃了。正好把它们派上用场,总比放在一旁攒灰尘好。亚撒和威利斯把它们拿给新娘。

威利斯说:"等你们有了自己的房子时用,艾尔莎。"

她说:"我在这儿就用得上。如果必须用金银绸缎,那我也得用,总得让简有个家。"

格莱美斯德特家的雇工住房,简陋得令亚撒震惊。这使他想起纳特曾经描述过的阿拉斯加淘金者住的简易棚,除了歪斜的四壁加上一片屋顶,什么都没有。艾尔莎将每一寸地方打扫得干干净净,挂上白窗帘,简制作了简单的家具。

亚撒说:"我希望我那里能有地方给你们住。"

他想到林登家的大房子,一旦威利斯走后,就更加空荡荡、冷清清的了。要是这对年轻人住在家里,该多让他开心啊。他支付得起再雇一个雇工的价钱。但是他立刻明白娜莉是不会同意的。她会把他们赶走,就像一只做妈妈的大鸟,除了自己的小鸟以外,容不下其他刚会飞的小鸟。

艾尔莎说:"也许有一天我们会来找你。"

威利斯越来越焦躁。亚撒奇怪他是不是在等待娜莉的归来,他舍不下父亲独自在家。亚撒又不敢询问他。他们两人之间的高墙依然那么高不可逾。

一九一七年四月的一天,亚撒的县报发出消息,美国进入了战争。亚撒读报纸时,威利斯从他的肩头望过去,读到了大标题。他在房间里踱步,突然转身。

"啊,爸,"他说,"这就是我的奇迹。"

亚撒又读了一遍,像是要试图改变事实一样。

威利斯说:"不介意驾车送我去特伦特吧?"

"你敢肯定不用再仔细考虑考虑了?"

"我肯定。你有什么反对意见吗?你想让我离开纳特。这就是答案。"

在西班牙与美国的战争时期,亚撒曾经志愿参军,但是被拒绝接受入伍,因为养家的人不必参军,而且他已经超龄了。他报名的原因再简单不过了,为自己的国家而战是一个男子汉最基本的责任。他想许多人都有各种各样的原因。威利斯的原因也不是不高尚。他为了拯救自己的灵魂而冒生命危险。

"不,儿子。我不反对。"

"等你套上车,我就准备好了。我还真的没有什么要带的东西,也没有什么需要的东西。全是纳特的,他为我支付了一切,从外衣到牙刷。你可以统统给他寄回去。他有一大群奴才和我穿一个号码的衣服。"

他们一路沉默,来到特伦特的征兵办公室。威利斯排队等候。亚撒发现了新图书馆,徒劳地巡视,不知道该借什么书。他驾驶马车回到征兵办公室等候威利斯。发现这几乎是这一整条街上唯一的马车。纳特本想送给他一辆福特汽车,但是他宁愿驾驶马拉的货车或轻便车,马儿悠闲的步子,马蹄咔嚓咔嚓的声音,马套和缰绳的皮革香气,马儿的温暖气息都是他喜欢的。他不明白如果一个人在汽车的方向盘后面坐着,还怎么能有时间看得清楚山水风景,怎么有空想问题呢。威利斯走下台阶。

"我入伍了,爸,"他说,"他们今晚就送我入营。"

他的下巴高抬。他淡淡的眼睛目光坚定,一半是难以置信,另一半是凯旋的兴奋,就像一只被长期关在笼子里的狗,终于挣断了锁链,逃出了狗穴。

亚撒回到家刚一个小时,电话铃就响了两声。纳特从西部传来的声音非常严厉。

"爸?让威尔接电话。"

"他走了,纳特。他参军了。"

"上帝啊,该死的蠢货。我就知道他会来这一手的。我应该在消息一出来时就马上打电话的。你敢肯定阻止他是来不及了?"

"太晚了,纳特。"

"该死。等等,妈在这儿。"

他的心快速跳动,听娜莉说话,就像鸟儿在电话线的另一端唱歌。

"娜莉——"

"我马上就回家,亚撒。有人会给你发电报,告诉你我的火车时刻。"

"娜莉——"

"你刚才说什么?"

"没什么。我等你。"

埃里克和艾尔莎接下来的几天里都在笑他。他们告诉他,说他就像一个六神无主的新郎在家里茫然瞎逛。他一点儿不觉得生气,只是笑。艾尔莎把林登家从头到尾洗刷亮堂,抽打地毯,挂上干净窗帘。

"我只做了足够夫人回来后的第一顿饭,"她说,"林登夫人回来以后就会亲自下厨。我了解她。"

这是真的。娜莉回来以后,就像一阵旋风。二十分钟内,她就已经脱下纳特给她买的绸缎,换上了平布衣服和围裙。她基本上挑不出艾尔莎的什么毛病,当她在客厅一盆秋海棠里发现几只粉疥虫时,感到了极大的满足。

她说:"我不知道我为什么住了这么久。纳特不肯轻易放人走。我再也不会听从任何人劝我离开这里了。"

她忙这忙那,翻箱倒柜,检查食品储备,调整家具位置。亚撒跟着她从一个房间到另一个房间。有一次,她突然转身,被紧紧跟在她身后的亚撒的大脚绊了一跤。

她说:"你不要像只小狗狗一样跟得这么紧。"但是她允许他搂着她。

她对威利斯的做法感到气愤,但是她的关心只是反映了纳特的愤怒。

"纳特说了威尔永远不会被征兵入伍的,他有办法不让他去。他说他从来没有想到威尔会变成一个叛徒。还说,他早就看出一些迹象来了。"

亚撒欢喜地看着她回来,决定不马上跟她争论什么。以后,他会有充足的时间跟她慢慢聊,只要他能想出要说的几句话,她会听的,出于忠诚的性质。但是,当他挣扎着讨论抽象问题的时候,她从来都不愿听。蒂姆·麦卡锡就会是跟他一起讨论辩证的人。也许,他可以和埃里克讨论,虽然埃里克的思维会更加实际而缺乏想象力。

他曾经做过一次徒劳无获的尝试,那是一个少有的安静下午,娜莉坐在客厅的摇椅上,悠闲地前后摇动。不幸的是他刚一开口,就被她迅速打断。

"我不想再听你说这些。"她说，"你想说一些反对纳特的话，我不会听的。你总是要这么说他，就是没有意识到他已经成为一个非常了不起的男人了。"

她经常引用纳特的话。看见她高兴，亚撒并不觉得受到伤害。

埃里克的艾尔莎在十二月得肺炎死了。埃里克被痛苦击垮，一夜间变成了一个老头，现在他不仅是双手残疾，心灵和精神也残缺不全了。他为自己的爱等了那么久，又被过早地夺走。亚撒分担他的悲哀。

他没敢向娜莉提出让小艾尔莎和她的简·拉巴斯基搬进林登农场，住在他们家那么多空闲的卧室里。现在，娜莉主动提出让他们搬进圆木小屋里住，让简取代埃里克做帮手，小艾尔莎担当起她母亲的责任，偶尔帮助娜莉。

年轻的夫妇搬进了老圆木小屋。简报名参军，但是因为他的肺部依然有毒气造成的硬组织伤，被拒绝了。年轻的艾尔莎已经有了幸福的身孕。娜莉像母亲一样关心他们，发现小艾尔莎和自己对厨艺有着同样的理解，懂得在任何食品中都放大量黄油的重要性。林登和拉巴斯基两家满足地生活在一起。

一九一八年七月，乡村电话铃响了。有一封死亡通知的电报，因为电报无法送达，所以就打电话，但是按规定，死亡通知应该由人当面送到家人手里的，林登家人愿意接受电话通知吗？

亚撒说："请念电报。"他已经知道内容。

他就这样听了战争部的电报。他说："谢谢你。"

娜莉就在他身边。

她说："谁来电话？是纳特吗？"

"不。是威利斯。他在法国蒂埃里城堡战役中阵亡了。"

即使是在安慰娜莉的时刻，他也感到一种莫名的轻松。

"他逃脱了，"他心想，"威利斯解脱了。"

第三十八章

纳特在梅莉婚礼上的展示让自己心满意足。之后,他简短地回来过两次,只是因为他在离农场不远的城市出差,所以都没有铺张炫耀。他并不喜欢回来,宁愿母亲每年去西部看他。亚撒坚持给娜莉出路费,只允许纳特出买衣服的钱,他把母亲打扮成上一个年代的特制荷叶宝塔。亚撒固执地拒绝和娜莉同去西部。他的旅行必须是他自己喜欢的时间和方式,然而似乎永远也没有合适的时候。

梅莉在她结婚后的几年里独自回来过几次。

二月份,纳特、阿伦特和梅莉一起回来,说是安静地庆祝亚撒和娜莉的五十周年金婚纪念。事实越来越明显,克罗克特更是纳特的同谋,而不是梅莉的配偶。他再也没有来过,总是留在西部打点业务。娜莉身体近来不是很舒服,写信给纳特时说:假如他想把结婚纪念日再弄成一出闹剧,她就会把他的脖子拧断。纳特同意不大操大办,但是他刚一露脸,马上就建议重复结婚典礼和誓言。

他说:"你知道吗,妈,这项活动是要上我办的报纸的,听上去多么可爱呀。"

娜莉说:"正因为同样的理由,我不愿意,让一个老女人穿上婚礼服。好像我们要上床,一切重头开始一样。"

纳特笑声雷动。

他说:"好,妈,你想咋样就咋样。我敢打赌老爸也是心有余而力不足啦。"

亚撒心想,对于他自己来说,和娜莉再过五十年也还不够呢。然而,在小山坡上风和日丽的那个下午,当天空和大地都绕着他们旋转的时候,这样的时刻应该像婚礼服一样,和樟脑丸一起,小心地珍藏起来。最好还是不要打扰它们。

杰西阿姨死了,米妮小姐、杂货店的培顿先生、霍尔德医生也都没了,死了。只有一小部分朋友和亲戚在林登农场参加了结婚纪念日的庆祝。纳特给他母亲的礼物是一枚宝石胸针,梅莉在挑选胸针的时候是根据自己的喜好选择的,以备将来自己用。

纳特在那天晚上把母亲和父亲叫到一旁。纳特中年以后,身体发福,打扮更加花哨。他完美的衣装服饰将他的粗糙掩盖得平平顺顺。说话前,他挺了挺胸膛,他早年间就养成这个习惯。他拿出雪茄烟,剪齐,点燃。娜莉把烟灰缸推近他身边。

他说:"啊,爸,你和妈在这个该死的农场上窝着,我已经烦够了这老一套。我知道,你们干得相当出色,比大部分农民挣的钱多。你们也得到了威尔的人生保险金。你们两人的身体也相当硬朗。但是,保不住哪一天你们中间的哪一个就会得个中风,或者年老逞能摔断了腿。你们得为自己准备后路。"

亚撒皱起眉头。十多年前纳特就开始唠叨他们的年龄,那时他和娜莉还觉得正当年呢。在他看来,好像纳特盼着他们变得苍老、衰弱和无法自立。

他说:"纳特,你母亲和我已经讨论过这个问题了。我们在这里很满足。"

纳特用他的小手指弹动雪茄烟灰。

"你听我说,爸。你总是那么固执。还有一些东西你可能不理解,但是记住我的话。从现在起我们将经历前所未有的经济大萧条。我为之做好了准备。我已经在高市价的时候抛出了我的股票,放在保险的地方。你们就别管我放在哪儿,怎样放的。反正等一切都结束的时候,半个美国都会进入我的腰包。"

他舒适地吸了口烟。

"哦,听好喽。当大萧条来临时,你的农作物将卖不出你种植它们的成本来。你不会喜欢那样的,对吧?"

亚撒温和地说:"这种事情以前发生过。农民总不会饿肚子的。"

纳特不耐烦地坐直身体。

"我的天哪,爸,你所关心的一切,你的一生,就是能够'过得下去',这就是你说的'生活',在你没有拥有权的土地上玩命。"

这个熟悉的表达刺激着亚撒。虽然多年来纳特和娜莉都在不断重复,已经让他听腻了。

纳特继续说:"当然,你还没有注意到特伦特的工业发展离家门口有多近了。最新的工厂已经修到了兰斯湖附近,离这儿还不到四英里。"

娜莉说:"我们过去还在那里组织过拓荒者野餐呢。"

"就是啊,妈。那是你以前吃拓荒者野餐的地方。现在,社会只有进步和发展了。"

他身子前倾,牙关紧咬,他的声音变得深沉。亚撒由此窥视纳特的意志,他要想施加力量和影响,就像打开自来水管一样轻松,拧一下开关就是啦。

"我们计划在这里开一个工厂,周围盖上工人的工棚。将工棚高价出租,但是价钱又不是高到工人付不起的程度,这样可以避免劳动力的流失。给这些傻家伙们不要钱的种子,让他们种菜园和花园,把他们困在地里。这年头,大部分的劳动力都是外国人,一旦有了自己的菜园子,他们几乎是不给钱都拼命干。这就是商业心理学,爸。"

亚撒说："我们都曾经是外国人。我不懂什么心理学。"

"你自然不懂。我也不期望你能够完全听懂我的话。现在,这个变得非常重要。大萧条开始的那一刻,每个人都会开始恐慌,我就马上介入,不费吹灰之力,廉价收买从这儿到兰斯湖之间所有的农场。当复苏到来时,这里就是一个大规模的林登工业发展区。你们的生活就高枕无忧了,爸。你们就剩下养尊处优啦。"

亚撒看着纳特的雪茄烟雾在房间里飘移。它悬浮不定,转眼即逝,就像纳特的价值观一样。

他说："人们可以在任何地方开工厂,建工棚。这里的土地太好了,除了种地以外,什么都不适合。"

纳特把雪茄摁灭,吐了一口唾沫。

娜莉说："好啦,纳特,你怎么能在别人的土地上开工厂呢?"

坐在椅子上的纳特站了起来。

他大喊："这些年来是谁交的税?是爸!法律会处理一切的!我已经跟法院的人谈过了。只要你那愚蠢的丈夫说一声,林登夫人,一切都会有所安排的。"

亚撒站起来,比儿子高出一大截,他愤怒至极。

"这是我哥哥的土地。你不能用来搞不诚实的勾当。"

纳特的眼睛眯成一条缝。

"妈,咱们家除了林登奶奶以外,还有没有疯子?"

"除了你爸,就没有别人啦。"

她看见他那惊恐的面孔。

"亚撒,你怎么永远也不知道我是在逗你玩儿呢?我们就呆在这儿,哪儿也不去,农场一直运转到我们动不了的时候为止。"

她把手放在亚撒的胳膊上。

她说:"纳特,我不会跟你去西部了。我知道,我答应过你,但是你爸需要我。去,给自己整理行李去。你总是等到最后一分钟,别人都替你着急,无可奈何,必须去帮你。"

纳特站起来时,他的影子也跟着拉长。

他对他的弟弟和妹妹说:"咱们准备走吧。"

他转身冲着父亲,悄悄地说:

"不要以为我就这么放弃了,一分钟都不会的。"

娜莉流着眼泪看着他们离去。亚撒感到负有责任,同时内疚。刚才一直支持他对抗纳特的她,现在冲着他喊:

"多么光彩的事情啊,说你自己的儿子不诚实。他只是为咱们着想而已。"

他说:"那你应该跟他一起走的。"

他为自己的尖刻感到吃惊。他突然想到随着年龄增长,耐心也应该增加,耐心和年轻时不衰竭的激情喜悦一样,是一个无法解释的谜。但是,他活得时间越长,就越不能忍受公认的邪恶。而且,纳特——他用自己的胳膊搂住娜莉。她已经失去了当年的圆润。她的脆弱让他大吃一惊。她的激情已经消耗殆尽,他有好几年没有紧紧地拥抱她了,因为她除非是在有欲望的时候,否则极少让他拥抱她。她变得如此脆弱,如此瘦小。

他说:"对不起。也许你是对的,也许纳特要尽最大努力照顾好我们。"

她靠着他瘦骨伶仃的胸脯哭了一阵,然后用她那一辈子不变的老动作把他推开,好像她的小手在拒绝一支独石石柱一般。她从他的衣服口袋里掏出他的手绢,擦干眼睛,擤了鼻子。她嗅了嗅空气,冲到门口和窗前,打开门窗。

"讨厌的烟臭味儿。"她说。

她指的是纳特的贵重雪茄,他也欢迎现在飘进来的新鲜空气,一扫家里的比烟还臭的恶心气味儿,包括他自己的,因为他再次妥协了。

娜莉嗅了嗅空气，说："亚撒，带我去看看我的家人。我没有家人就觉得闷得慌。"

她的父亲和母亲早就没了，但是两个哥哥和嫂子，还有孩子们，都在路东两英里外的老威尔逊农场上，过着小康日子。他套上马车，这匹马是老丹的多少辈后代，他可算不清了，他套好轻便马车，带她回娘家。看来他真的需要买一辆汽车了。娜莉喜欢社交，她需要和那些与她似乎毫无关系的人见面，和那些与她似乎没有情感的人交流。这一点总是让他迷惑不解，但是他能把这个作为她的一部分来接受。

他一回家，马上就像放飞的鸽子一样去了圆木小屋，到拉巴斯基家去了。小艾尔莎，他只能永远把她当做小孩子，还有她的简，他们可是人丁兴旺。结婚十年有了六个孩子，四个男孩，两个女孩。在这些孩子里，他最亲密的朋友是六岁的小简。

这个男孩子在亚撒刚要敲小屋门的时候就冲着他跑过来。

"我看见你来啦，"孩子说，伸手去拉他的手，"我的胃感觉到你来啦。你的胃有感觉吗？"

"有，简。"

这孩子的话竟然和《圣经》里描述的那种断肠般渴望的感觉不谋而合，他心想，当他们相见时，一股暖流便涌上心头。他们一同进了小屋。埃里克从他那靠着烟囱的角落里抬起头。他没有亚撒的年纪大，但是他的生命已经随着艾尔莎的一同走了，他紧靠着炉子坐着，像个古董。

小艾尔莎从厨房里大叫："咖啡和蛋糕马上就准备好，林登先生。见到你很高兴。"

三个大孩子上学去了。两个学前孩子高兴地朝他挥舞着手里的玩具。一跨进小屋门槛，就是一个阳光世界，埃里克的悲哀只是一抹淡淡的影子。厨房飘出令人心醉的芳香，这是一种异国香料的混合气味儿,小艾尔莎在自己母亲的瑞典风格里,掺入了她丈夫描述的波兰风味和乡思。小简牵着亚撒的手,把他带到炉火旁埃里克对面的椅子上坐下,自己坐在亚撒的怀里。

孩子说:"我知道你不能不陪你的伙伴。但是你尽快就来,回家了,对吗?"

亚撒说:"对,尽快。"

这是真的。这个男孩子,他和他的多莉一样严肃而脆弱,一样地敬爱他,在他和这个孩子之间有这个奇迹般的家庭,老圆木小屋几乎比自己的家更像家。他在这里终于找到了自己的精神食粮。

第三十九章

塞斯·托马斯座钟甩动手臂,敲响了下午三点的钟声。老座钟的声音就像鸟儿的歌声一样在温暖舒适的客厅里回荡。稀薄的阳光从湾式凸窗流淌进来,把娜莉摆在高台上的盆栽装饰蕨的淡绿叶子变成了银色。长长的蕨叶垂到地上,亚撒心想,这就像房间里有一棵小柳树一样。花盆里的蛐蛐也许是听到了钟声,开始激动地唱歌。这个蛐蛐躲过娜莉的追捕已经有好几个星期了,但是它的命运注定是一不留神时被娜莉抓住,扔到外面的雪堆里,迟早而已。亚撒相信了娜莉的话,她说蛐蛐和蛾子一样坏,专门咬吃羊毛衣服,但是他认为蛐蛐在漫长而沉闷的冬天里,给他带来愉快的歌声,衣服袖子上被咬一个小洞算不上是什么代价。

狗狗在他的脚下,睡在阳光照射的地毯上,它突然醒来,抬起头。娜莉在厨房听到马路上有汽车的声音,急忙跑过来。她掀开前窗的花边窗帘,往外看。一辆奇怪的福特车开了过去,上了链子的车轮子压在冻雪上发出咔嚓声。

她说:"啊,哈,我希望车停下来。"

亚撒逗她说:"不管是谁在车上?"

"差不多。都三天没有见到一个能喘气的魂儿了。好像孩子们已经走了三个月似的。"

对于亚撒来说,这三天是美丽而平安的,雪像天鹅羽毛一样洁白,天空淡蓝,空气洁净而清新,房子舒适而宁静,只有蛐蛐、座钟和娜莉偶然的唠叨。大部分的时间里,他不注意她说的什么话,只是愉快地听她说话的声音,就像他迷恋倾听冰封小溪下面的流水声一样。

她说:"我想,也许是乔·威尔逊和他的太太,在回家的路上。他们应该停下来进家坐一会儿。"

她转身进了厨房,从烤箱里拿出一盘子热乎乎的甜姜饼干,他可是一块儿也吃不下了,午饭时她硬让他吃完巧克力蛋糕。现在,他假装饿了,高兴地拿了三块饼干。他吃了一块,当她在盆栽装饰蕨底下追捕蛐蛐时,他赶紧把两块饼干都喂给也吃撑了,但依然贪婪的狗狗。娜莉好像永远也摆脱不了给大家庭做饭的习惯。油炸面包圈和饼干罐子总是满满的,食品柜里堆放着各种各样的蛋糕和甜馅饼,每一种只被消耗掉一小角儿。如果真有朋友和邻居路过来玩儿,他们回家时,一定是带着各种甜点、烤制的豆类、盐发面包,满载而归。如果好久没有人来,亚撒知道她就会不高兴地看着陈旧的果酱小甜馅饼,把它们扫进喂猪的泔水桶里,转身又做一批完全一样的小甜馅饼。

亚撒纳闷这真的是一种习惯,还是她愿望的表达,渴望她的孩子们会突然出现,围绕着餐桌,享受和称赞她的丰盛食品,说:"再来点儿,妈。"使她产生被爱的感觉,当她确定她是有利于人时,便不再感到孤独。

她是他所需要的老伴,他应该满足了,但是他的心里总是有一种无法克服和无法解释的痛楚。现在小简可以缓解他的痛苦。他不得不承认自己也永远不能使她感到生命的完全。生活中总是有爱人和被爱的人,他是爱人。他自己依然渴望蒂姆·麦卡锡、多莉、水貂费希尔、他的哥哥本杰明,他想,没有人能够真正知道另一个人的需要。但是娜莉似乎如此朴实而明确地需要她的孩子们,甚至需要路过的人,以满足她与人扎堆聊天的外向性格。

他说:"也许纳特不让我们住在这里是对的。你想离开农场搬到镇子上去吗?"

她坐在波士顿摇椅上。她的脚不断地点着地,推动着摇椅。她就这么不断地摇动椅子,没有回答。

他说:"本在我们老得不行之前会回来的。然后我们就卖掉农场,在城里给咱们三人买个小房子。"

"那本得抓紧着点儿。你都七十一岁了。你想活多久?"

他笑了。

"我还没有来得及想。还以为是永远。"

"假如你不想死,我可不跟着你瞎凑合。活一辈子就已经要我的命了。"

他想知道他是否能解释得清楚他对时间无限的那种感觉。并不是说一个人能再活一次,也不是说一个人的生命永远不结束。他只是感觉到每个人的生命都是连在一起的,就像大海里的一滴水不能分割。他愿意给生命本身一个名称,那就是"神"——既然是"神"创造了生命,因而人再也没有合适的字眼来表达这不可言喻的奇迹。他想人本身还没有能够理解,或者还没有到得以信任,准备好接受"神"授机密的时候,虽然人宣称自己渴望知道生命的秘密。唉,不,他无法解释。

他说:"唉,娜莉,假如你不愿跟我走,我也不走了。"

她从她的眼镜上方看着他。

"我知道你想东西的时候,总是疯疯癫癫的,亚撒,但是你跟我说话的时候,要讲得明白点儿,讲道理才行。"

他除了明明白白地跟她讲道理,从来没有胡说八道、含糊不清过呀,他心想。麻烦就在这里,讲道理本身是不足够的。

"这一生对于你来说很糟糕吗,娜莉?"

蛐蛐在盆栽装饰蕨的背面叶子底下唱歌,她听出它在叶子下的方位,掀开叶子。蛐蛐明亮的眼睛瞪着她,挥动触角。她跳起来,抓住它。她得意地将蛐蛐捏在两指间。

"总算抓到你了,你这个小魔鬼。来,亚撒,捏死这个小东西,或者把它扔到门外面。"

他把蛐蛐从她手里接过来,小心翼翼地,怕捏坏了它。他通过厨房,来到柴木屋。他把蛐蛐释放到一大堆木柴的后面。

他对它说,也对自己说:"你说得太多了。这整个冬天里,你都得闭上嘴,她就不会再找到你了。"

他把身后的门关好。他没有疯狂的想法,但是和一只蛐蛐说话,他心想,一定不算是一件很理智的事情吧,哪怕只是在脑海里想。

他向娜莉报告:"我已经把它处理好了。"

"好。我没法忍受任何一种昆虫窝藏在家里。"

他还以为她早就忘记他刚才问的那两个问题了。

她说:"亚撒,我不知道。生活本身就是错综复杂。你永远也不能完全知道我怎么熬过你妈那一关的。我们玩命地干,到后来发现这个地方从来就不属于我们。本玩得不公平。"

"你还觉得心痛吗,娜莉?本走了你伤心吗?"

她去了厨房,拿出一只浇花水壶,开始给盆栽装饰蕨浇水。

"昨天就该浇水的。"她说。

她把水壶放回架子上,又抄起针线篮子。

"是的,假如你想知道事情的真相,我一直在思念他。"

她开始补他的袜子。

她说:"我必须说,纳特几乎补偿了我没有得到和失去的一切。我真的不明白你为什么从来不肯跟我一起去看他。为什么,亚撒,人们被他吸引,围绕着他打转,你从来没有见过那样。你已经伤害了纳特的感情。"

她重新穿针,继续补袜子。

他仔细看她。她那柔软的卷发已经完全苍白,像白雪一样,闪着银光。她嘴角和眼角的皱纹都是笑纹。她的皮肤依然洁白粉红,在他看来她现在是最美丽的时候。

她说:"别盯着我傻看。"

"你真漂亮。"

她无言地感叹了一声,这声叹息着实令他震惊。

她集中精力补袜子。终于补完了,她放下针线。

她说:"说到离开这里。也许吧。但是你不能卖农场,只要你固执地不肯宣布本已经没了,死了,你就不能卖。那你打算把农场租出去? 你觉得咱们的租金够吗,再加上积蓄,够在城里租一个好住处?"

他恐惧地想她可能是认真的。假如她在这里不幸福,事实上愿意离开,那他一定会照她希望的去做。

他说:"我跟拉巴斯基谈谈。我不能信任除他以外的任何人。"

她点了点头。

"我知道,大部分的乡亲们都会把土地给毁了的。为什么不现在就去跟他们说说呢?"

"你跟我一起去?"

"不,谢谢。我还得准备晚餐,做一个苹果干儿甜馅饼。"

他不禁暗自唉声叹气。她到时只吃一小块儿,然后会强迫他把剩下的吃掉。他早早就放弃劝说她不要再做那么丰盛的大餐了。因为对她来说厨艺就是一种巨大的享受。

"我最好要多少租金?"

"哦,就让他们说好啦,假如他们感兴趣的话。然后,咱们再决定。"

如果他真的必须离开农场,除了拉巴斯基以外,他不能把农场留给任何人。简正好在小屋里,还有埃里克和小艾尔莎。小孩子们在睡觉。小简到农仓和小猫玩去了。

亚撒说:"我是有事来的。"

埃里克从迷睡状态中惊醒。

他说:"你找了别的租客?"

简也被老人的恐慌感染。

"我是不是不适合你的需要,林登先生?"

"不,不。我的意思是……是……是正相反。"

他们的恐惧像是突然蹿起来的火苗,要把整个房子吞灭,他为此感到震惊。他们的不安全感远远地超过了他自己的。也许对于他们来说,没有一天不担惊受怕。小艾尔莎在围裙上擦干手,拉一张椅子靠近炉火旁的男人们坐下。她的蓝眼睛瞪得大大的。他想赶快说,说清楚,解除他们的担心。

"是这样。近来我太太心情浮躁。孩子们走了以后她很孤独。我儿子认为我们太老了,认为我们应该离开农场,搬到镇子里去。我太太还没有决定,但是我们想知道你们会不会考虑租下这个农场?"

简和小艾尔莎对看了一眼,然后笑了。

她说:"林登先生,你真的吓坏我们了。"

简说:"我的肺现在已经好多了,但有时当我咳嗽的时候,我会想,也许你希望要一个身体更强壮的男人。"

"简,我在天底下找不出比你更好的男人啦。"

这话他应该在很多年前就说的。

埃里克锐利地看着他。简深深地吸了一口气,然后拿起他的烟斗。

"是这样,那就好。我谢你。好,谈正事。我先说。"

他吸了一口烟。

"假如我租农场,我还得雇用帮手,就像你雇我一样。要用钱。那么,租农场也要钱。也许种出来的农作物卖不回种地的费用。对不起,我把脑子里想的说出来了,让我吃惊的消息。"

艾尔莎大叫:"哦,简!我们一定能够熬过去的。假如这样可以帮助林登先生——"

她的眼睛里含着泪水。简站起来,严肃地鞠躬,先是冲着她,然后转身向着亚撒。他那黝黑的脸变得苍白。

"林登先生。我羞耻,我该死。我是一个陌生人,你接纳了我。你给我生命,给妻子和孩子们面包,给头顶上的屋顶,给我心做朋友。我反过来像只狼,不感激你。你一定要原谅我。只是,我以前的生活是猫吃狗一样的。我自私地想问题,我害怕。我毕竟是落魄的士兵。"

他弯腰放了一块圆木到炉火里。

"我的艾尔莎是对的,"他说,"我们没事儿,就租你的农场。租金,你就随便说,你需要什么就是什么。"

埃里克在他的角落里开口。

"林登先生,离开农场,这绝对不是你想要做的事情,不是吧?"

他的老朋友眼睛闪闪发光。他只有诚实回答。

他说:"对,埃里克,这绝对不是我想做的事情。"

"那么,你现在就回家告诉林登夫人,没有人租得起农场。叫她别想了。"

亚撒想说,就像娜莉生多莉时,他想跟霍尔德医生说的话,"但是,娜莉跟别人可不一样。"

但是他一开口,话却是这样说:"简,我想你租农场绝对不会受到损失。但是租金得是林登夫人说了算。"

埃里克说:"没有一个爱土地的人愿意像雇工一样耕种别人的土地。我已经告诉简和艾尔莎关于你哥哥的事情。我有个想法就是,有朝一日,当你、我、你的哥哥都没有了的时候,他们就能买你的农场了。你的纳特和阿伦特,他们是不会要这个农场的。"

亚撒还没有把他自己关于死亡的糊涂想法与如此实际的生活挂钩。死亡已经在他的面前多次掀开面纱,露出真面目。有一次是与飞雪同来的陌生人,带着多莉悄悄地,一同进入黑夜。还有一次是全副武装的骑士,从战马上弯腰抱起威利斯,将他从他的水深火热之中拯救出来。死亡带走了水貂、蒂姆和吉卜赛老妈,他们既不是被偷走的,也不需要拯救。他们只是很自然地回家一般,回归自己的本性元素之中,是沼泽地、大地、夏日清风。而对于他自己来说,在那一刻到来之前,他不知道自己的归宿是什么。但是,当然啦,土地依然不动,埃里克是对的,实际的安排也是要考虑的。

埃里克说:"纳特所要的一切就是把它变成现金。你是知道的。"

是,他知道。他再清楚不过了,这片土地作为农场的价值是不会让纳特满足的。一旦他死了,什么也不能阻挡纳特将它变成工业区的野心。拉巴斯基家只能搬到别的地方去做雇工和房客。对他来说,现在似乎是应该为他们做准备的时候了。但是同时,有哪个雇主能够给他们这么好的条件,这么好的住处,这么慷慨地分享家畜?他不忍心告诉他们纳特的贪婪。

简轻松地说:"一切都进展不错。有一点我敢肯定,林登先生,很快我们就会多两个好农场劳动力,我的卡尔和我的路易。他们一个九岁,一个八岁,都已经是挤牛奶的好手了,喜欢帮我撒种子,什么都帮我做。至于汉斯,我不知道,他好像从姥爷那里遗传了瑞典机械师的天赋。"

埃里克轻声笑了。今天他似乎又变成了原来的埃里克。

简说:"小简,啊,也许你知道他将来要做什么。我想他有一天可能会有什么疯狂的主意。"他对艾尔莎会意地眨眼睛,"从他母亲那里得来的。或者是从他爸爸那里得来的,聪明极了。林登先生,你对这孩子比我还了解,你不觉得他像个小老头？他有时会问最奇怪的问题，我从来没有想到过的事情。"

亚撒说："他是很聪明，简。他也问我问题呢。我答不上来。"

许多问题，他心想，是他自己曾经问过，但从来没有答案的问题。

简说："无论如何，他们都是拉巴斯基的好孩子。卡尔、路易、汉斯，在学校都是好学生。林登先生，你不认为我变成一个挺不错的美国人了吗？拿到了公民证，我说话是不是也像美国人一样啦？"

亚撒把自己的手放在他的嘴上，掩盖他的笑。艾尔莎忍不住放声大笑。简转身看着她，眉毛挑得高高的。她向他跑过去，把他黑发的头搂在自己的胸前。

"你说得太好了。"

"那你就别笑得疯了似的。当我只会说'我爱你，艾尔莎'的时候，你都能明白我的英语，还要怎么样？"

"啊，哦，简。"

埃里克和亚撒盯着火焰看，每个老人都沉浸在自己对爱的回忆中。小屋的门猛地打开，小简跑进家里。

"林登先生！我刚看见你留在雪地上的脚印。"

孩子爬上他瘦骨伶仃的膝头，他总是这样，好像亚撒的膝头就是属于他的，就那么简单。

"你来了多久了？"

"有一会儿了。我在和你爸妈说事情。"

"你必须马上回去吗？"

"不。"

孩子充满激情地说话。

"那么你告诉我。再告诉我多莉六岁时候的事情。告诉我你六岁时候的事情，像我一样大的时候。"

小简这个时候不像是一个智慧老人,他完全是个孩子,喜欢听故事,那些不断重复的故事。

"告诉我!"

艾尔莎举起一根手指。

"别让他累着你,林登先生。我去烧咖啡,等你讲完故事以后喝。"

亚撒开始给这个用心的孩子讲:"我给你讲过多莉和小猪。那个穿上布娃娃衣服的小猪。"

"再讲一遍。"

他又讲了一遍这个故事。埃里克到厨房帮艾尔莎。大简离开小屋去照顾羊群。亚撒和孩子独自在一起。他从来没有给孩子讲过水貂费希尔的故事。他现在就给他讲。

他说:"我六岁的时候,有一个印第安朋友。"

"真正的印第安人?"

"真正的。"

他给多莉讲过一些水貂费希尔的故事,但是有所不同,现在他在给一个男孩子讲,所以他讲了打猎、设陷阱、宿营。他也告诉小简,就像他告诉多莉一样,他们赤脚神秘地穿越天上银河的故事。

小简说:"但是你不可能真的在天上走,对不对?"多莉当时也是这样问过同样的问题,亚撒浑身颤抖,他说:"不,只是在你的脑海里走。"

"还要你告诉我水貂费希尔的故事。"

"啊,简,我遇到了麻烦,我的哥哥遇到了麻烦。水貂费希尔找到了我的哥哥,给我带来哥哥的亲笔信。"

他发现自己讲的故事是很久很久以前的事情,水貂寻找本杰明的漫长道路,水貂带回本的消息,水貂的死。他意识到孩子浑身发抖。这么说,亚撒悲惨地意识到,他又变得愚蠢起来。他找到了自己的说话能力,自己的语言,他让孩子警惕起来。

孩子充满激情地说:"他是你的朋友。他跑了那么多的路,因为他是你的朋友。"

亚撒心想,没有人相信这样的友谊了,但是,这个孩子明白。

他说:"是。他也是我的父亲。不是我的真正父亲,但是,是教育我的父亲。"

艾尔莎从厨房里叫道:"咖啡准备好了,林登先生。"

他说:"不,我不得不走了。"

小简抱住他的腿。

他说:"请你不要离开我。你是我的朋友。你是我的父亲。"

艾尔莎大声说:"啊,简,别缠着林登先生。"

亚撒拖着脚步往回走。娜莉已经把晚饭准备好了,等着他,包括那个他必须吃完的甜馅饼。

他说:"拉巴斯基觉得他们租不起农场。"

她淡淡地说:"没有关系。我认为我不能忍受我的食品柜里放进另一个女人做的面包,哪怕是艾尔莎做的呢。"

他意识到早在她打发他走之前,她就已经做了决定。他感到一场危机算是安全地渡过了。

第 四 十 章

四月底的一天，空气里充满芳香。今年的春天来得早，蜜蜂在苹果花的海洋里匆匆忙忙地采蜜。娜莉的丁香花浓烈的香气中吸收了果树花的清香。前院花园边界上的郁金香张开它们绚丽的花杯，但是繁忙的蜜蜂几乎没有时间光顾这种花粉不多的花。

娜莉在亚撒还没有帮她穿好衣服的时候，坐在床沿上休息。自从她中风以后，除了亚撒以外，她对谁都没有耐心，不让亚撒以外的任何人碰她。甚至小艾尔莎都让她烦躁。娜莉虽然恢复得不错，但是一只手基本上没用了。亚撒调整好她的衣领绸带。她抬起脖子，让他把纳特给她的钻石别针扣在领口上。他那木瘤一般的手指取出一根发卡，把一缕落下来的卷发拢回去，固定好。他伸出胳膊搂着她，扶她站起来。她靠着他来找自己的平衡。他感到这一切非常的甜蜜。她从来没有如此地需要他过，如此地抓紧他，如此激情地叫他，"亚撒！亚撒！"好像他们年轻时，他们青春激情的日夜里，她一刻也不能离开他一样。好像她年轻时除了肉欲激情以外，对他没有这样的需要，而现在对他的需要充满了她的身心，只是没有激情了。

他焦虑地问："你敢肯定我们开车出去不会累着你？"

"好长时间了，今天的感觉最好。我想看看培顿镇上的新建筑。"

他从柜子里挑了一件外衣，可能是过于厚了些，超出她保暖的需要,但是四月天冷风热风说变就变。他从架子上拿出一个帽子盒。

"亚撒,别逼着我戴帽子。"

她总是尽量避免戴帽子,也许是为了好看的头发。事实上他记得她根本没有在任何时候戴过帽子,只有早年间他们一同出门时,那个连在红披风上的红帽子,再后来,就是他送给她的那顶蓝色绗缝无边圆帽。那两顶帽子的造型,都使她的卷发迷人地落在脸蛋周围,她一定知道她这样很漂亮。他打开衣柜的抽屉,在娜莉庞大的围巾收藏中,选择了一条淡蓝色的轻薄羊毛围巾。他奇怪为什么人们送老女人东西时,除了围巾和手绢以外,没有别的什么。娜莉喜欢花露水、糖果和雪利酒。他把围巾裹在她的头上,然后把两头宽松地系在她的下巴颏底下。他从她的耳后拉出几缕银色卷发。

"唉,把我的别针给遮住了吧。"她抱怨。

"假如天一直这么暖和,等我们进了城以后,你就可以把围巾摘下了。"

"我在前门还是侧门等你?"

他严厉地说:"你给我乖乖地坐在这儿,等我把车开到门口,再回来接你。"

"你忘了我的手绢。"

他选了一条她最好的手绢,往上面洒了一点儿她最喜欢的香水。

"洒一点儿在我的身上。来,把瓶子给我。"

她用她好使的手把香水瓶子夺过来,任意地在身上洒了许多香水。他伸手去接瓶子,她把瓶子飞快地朝上甩了一下,在他的衣袖上洒满了"无定义之香"——香水的标签上印着这样的名字。他试图把香味擦掉。

他很不高兴地说:"唉,你让我怎么进银行,闻上去就像是一个讨厌的女人！"

她像个孩子一样大笑。

"亚撒，你应该看看自己的模样。"

多少年了？他不断落入她给他设的恶作剧陷阱里，六十年了，他依然是她作弄的傻瓜，她愿意逗他，他高兴当傻瓜。六十年了，她一直这么说，"你应该看看自己的模样。"

他还没有完全息怒，他说："假如你不在乎别人怎么说你丈夫，那就一点儿没有问题，我也不在乎。"

他弯腰，亲吻了她的前额。

"我不在乎，你怎么做都行。总是这样的嘛。"

她突然平静下来，她说："我知道，哦，亚撒，你一直是个好丈夫。"

他惊叹自己必须到了八十岁的年龄，才能听到她说这句她以前从来没有说过的话。然后他明白，他要是在这之前就听到这话，也会消受不了的，那样他也许无法承受她因病而生的新依赖感。假如这一切都发生在他年轻时，对她充满青春激情的时候，他一定会爆炸了的，一定会因为太多的喜悦而被毁灭的，那样的话，他就不能像现在这样，在她对他有特殊需要的时候，这样尽心地服侍她。

他说："别动哦，等我回来。"

但是当他把汽车开到房子的边门路旁时，她已经在等候他了。她扶着门，非常骄傲地站着，他无法责怪她。

她说："我不能等你。我不习惯等。我以前从来没有做过老女人。"

他把她抱在怀里，放在车的前座上。他慢而仔细地开车，前往培顿镇。十年前他买了第一辆汽车，那是在娜莉决定不离开农场的时候买的。事实证明是对的，用处很大，因为跟他的马车比，他可以用很短的时间就送娜莉到培顿镇。这样娜莉就可以随时访问她的朋友,也就更满足了。这是他们的第二辆汽车,他还是对这种交通工具赞赏不绝。

他也从来没有克服开汽车时的紧张。这使他想起很久以前,他的那匹雄马王子,会像这汽车一样马力十足地往前蹿,保不住什么时候脱缰而奔。他自己那心不在焉的毛病,也是开车的一大危害。他再也不能弓腰坐着,缰绳松弛,把大路交给马儿,无论是单马还是双马,自己做白日梦了。马路上的坑坑洼洼是一大敌人,特别是娜莉不在他身边严厉地提醒他的时候。好在他的慢速度成为他最大的安全保障。他的大长腿弯曲着,塞在方向盘底下,瘦骨伶仃的胳膊肘角度奇特地弯曲着,有时路人看见他开车的样子,都会哑然失笑。娜莉说人们这是第一次看见一个长腿老爸开汽车。对于他来说,也许开飞机更容易些。假如一个人不靠腿做交通工具,也不用马背,或轻便马车和货车那拥抱大地的轱辘——汽车也只不过是不用马拉的车,那么飞机难道不是比汽车更加合理的先进交通工具吗?

娜莉说:"现在你该上高速公路了。记住,汽车不会自己拐弯,其他人的汽车可能会开得像鬼一样糟糕。"

他真的没有注意到他们已经离开林登家的乡村马路。他来到路口完全停下,他看左边,娜莉看右边。路上的车辆繁多。特伦特已经变成了一个庞大的工业化城市。培顿镇也添加了几家兴旺的小型工厂,人口大增,现在已经叫做"培顿市"了。年轻的居民和新来的人听见老辈的人坚持说"培顿镇",都义愤填膺。

娜莉说:"这头没有车过来。"

他一加速,汽车就像王子那匹马一样,一下子蹿到了高速公路中央。他左转,朝着他和娜莉仍然说是"镇"的方向去了。他记得很久很久以前的那天,他想象着自己跟着本杰明去西部。他记得自己甚至想骑上山鹰飞翔。现在飞机已经成为人们征服了的山鹰。这是人希望有翅膀的愿望,不甘于被捆绑束缚在地上。他想到大百科全书里伊卡洛斯飞翔的希腊神话。这个故事曾经深深地打动他的心,因为他感到自己也有和伊卡洛斯一样的冲动和渴望。他又买了一套新的大百科全书,不满意旧的那一套,在新书里,他欣喜若狂地读到赖特兄弟的故事,他们把鸟儿飞翔的原理用到了人的飞行上。他们的飞机似乎笨拙,毕竟证明了飞行原理的重要性,但是为什么,他说不清楚科学道理。

娜莉说:"现在真的要慢下来了,亚撒。这些是带电梯的现代谷仓塔吗?"

"两个高的是。另外一个是新的办公大楼。"

"看,亚撒,你没有告诉我他们在翻修培顿旅馆。像一个大城市酒店喽,不是吗?"

汽车沿着改变了路线的道路静静地开着。主街已经拓宽。大街两边有路灯,还有四个交通信号灯呢。有些老店铺依然存在,被夹在新建筑中,东一个,西一个,显得狭窄而破旧。早先那家缝纫小杂货店无法与门脸明亮的五分一毛便宜杂货店竞争,连连败北,苟延残喘。"布朗大夫药店"的药剂师也在现代生活的步伐面前步步退让,扩大了展示窗口,开始代销一系列他根本不感兴趣的产品。他的饮料柜台几乎和原来一样,乡亲们仍然专程来买他家制的冰激凌。他还接管了镇上的小图书馆,它的藏书内容都是现代版的《公爵夫人》之类,所以亚撒不再麻烦自己去研究这里的藏书了。这是镇上唯一的图书馆。

许多年前,他就发现了特伦特的公共图书馆。他每个月都去一次,借一两本书,因为他读书很慢。娜莉不催促他的时候,他就会在开放的书架上慢慢地浏览,搜索书目,希望能够找到他长期以来寻找的钥匙,打开智慧和真理的大门。大多数的情况下,书的题目都很误导读者。有的书在不醒目的书名下,蕴藏着丰富的精神食粮,好像朴素面孔背后的宝贵灵魂。他发现了进入迷宫殿堂的大门,沿着长长的走廊,进入他的梦幻世界。但是,这几乎是太晚了,因为对于一个因饥饿而濒临死亡的人来说,那曾经可以拯救他的丰盛食品,现在已经无法承受和消化了。

娜莉说:"这里没有太多变化。"

商业区以外的大街两旁大多是榆树和枫树。涂了白漆的房子,没有一个不是至少五十岁的年龄了。它们的风格从秀丽的小乡舍式,到普通而不刺眼的维多利亚式,再到偶尔出现的小而精巧的老房子,有一百五十年的历史,有的甚至更古老,有殿堂般的复古装饰柱子,宁静而庄严。庭院铺着绿油油的草地。能看见许多女主人在院子里种花,或者整理花床上的常年生植物,修理树墙。娜莉向她认识的人招手。亚撒经常停下车来,好让她和她的朋友说话,她们详细地询问她的健康,催促她进家多坐一会儿。这是她病了以后第一次出门,她解释道,她最好还是赶紧回家。这一路上,她都是精神十足,兴致勃勃。

亚撒开进镇子外围拥挤的平房区,接着便是光秃秃的公寓楼群,还有为工业区工人匆忙搭起来的简陋工棚。娜莉看到工人的恶劣住所,憎恶地皱了皱鼻子。亚撒在新工厂区转了一圈,回到主街上。他让布朗大夫药店把巧克力饮料给娜莉送到车里,自己便去银行办事。他有一大笔卖春羊得到的钱需要存到银行里。

在上高速公路回家的时候,他问:"我们还要接着去特伦特吗?"

"你想到那里去干什么?再弄几本书看?下次吧,亚撒,我有点儿支撑不住了。"

他焦虑地看着她。她的兴奋劲头已经过去了。她苍白的脸痛苦地扭曲着,眼睛下有深蓝色眼圈。

"我担心今天让你累过头了,娜莉。"

他加快开车速度，尤其是最后几英里的乡村路，坑坑洼洼的，他特别集中精力。他把车停在家的侧门。他打开车门，正要伸手把娜莉抱下车。

"亚撒，我好晕哦——"

她裹着蓝色轻薄围巾的头突然向后倾倒。她的眼睛闭上了，又睁开，然后眼球后翻，无神地瞪着。她瘫坐在她的车座上。亚撒抱起她，她身体柔软得像个布娃娃，他把她抱进屋，放在他们的床上。他触摸她的脉搏，但是分不清是她的还是他自己的脉搏在跳动。他跌撞着拿起墙上的电话。他记不住镇上年轻医生的名字。他拨打了电话。

他对接线员说："请立刻送医生到林登农场。"

接线员声音简洁精确："请原谅，电话号码，请。"

他已经忘记了电话中转站的扩大，原来那些老姑娘接线员认识每一个人，人们完全可以将任何信息交给她们处理，她们早就被效率更高的年轻女人取代了。

他绝望地说："我要培顿镇的新医生。"

"我给你接线。"

当电话打到医生办公室时，医生出门了。亚撒只能让她去找医生，尽快叫他来。接线员问他的地址。

"但是，每个人都知道怎么来这里的。"

"对不起，先生。曼利大夫不会知道的。出了特伦特城后，沿高速公路四英里——右转上乡村路——四英里——左边第一个，唯一的白房子。谢谢，先生。你肯定这是急诊？医生是非常忙的——"

亚撒感觉这一切很漫长，当年蒂姆·麦卡锡套上马，驾驶轻便马车去培顿镇，这会儿工夫，霍尔德医生早就勒住马儿的缰绳，猛然停在房门口，拿着他的黑提包匆匆进屋了。

他来到娜莉身边。在他过马路去叫艾尔莎之前，他一定要再看她一眼。他弯腰看着躺在床上的她。娜莉的眼睛盯着天花板一动不动。他明白他们再也无法亲近了。他倒在床上,倒在她身边。她没有等他就走了。她走的时候,他不在她身边,没有替她把卷发拢到脑后,抚摸她的前额,握住她的手。他在她身边躺了很长时间,时不时地摸一摸她依然微弱温暖的身体,她的脖子、胸,他知道当她凉下来时,他就不能再碰她了,因为那时她就不再是娜莉了。

傍晚时,他被房门口汽车停靠的声音吵醒。他听见说话声。他来到门口。艾尔莎把医生带进门。

"林登先生,你为什么不叫我?我做梦也不会想到她又病了。"

医生说:"病人在哪里?"

亚撒盯着他发愣。

他想说:"我不知道。"

是啊,他的小娜莉·威尔逊在哪里?他失去了所有的感觉,什么一体、时间的连续与无限、上帝、人类、生命,一切都让他感到迷失与挫败。娜莉不属于任何一种形式。她那带着恶作剧的生命力在他的理论和哲学里都没有定位。她会拒绝地球以外的宇宙空间,就像她拒绝相信肉体或者灵魂不朽的所有思想一样,她的一生,就像她玩笑中说的一样,已经足以要她的命了。但是她绝对不可能完全迷失掉,或者被遗忘。她身上的什么东西会永远和她的丁香花共同呼吸,这香气会在春天时,在清风中的山坡上,给其他的情人们愉快的享受。艾尔莎用她的胳膊肘捅了一下医生。

"他非常难受,"她耳语,"我还从来没有见过哪个男人对自己的太太如此着迷的。跟我来。"

医生看了娜莉以后回到亚撒身边。

"林登先生,你的妻子已经死了好几个小时了。你是一个农民,当你看见死亡的时候,一定能够分辨出来的吧。"

是的,亚撒心想,当他看见死亡的时候,他认得。他没有回答。医生拿出纸和笔。

艾尔莎说:"我会提供你需要的信息,大夫。"

下午和娜莉单独在一起的时光是宝贵的祝福。他宁愿现在就去林登墓地,独自徒手给她掘墓。他会把她抱到那里去,就像她现在这个样子,他双手捧着她,就像他双手捧着水貂费希尔走向他那更神秘一些的沼泽地。他会在娜莉的上面抚平土壤,在沉默中将她花园中的花移植到她的坟头,种上芍药和郁金香。但是,他不能如愿,他必须接待无数油头粉面、甜言蜜语的陌生人,必须按照仪式和典礼,送信让纳特和其他人都回来。

当多莉出生时,他就有了失去娜莉的准备。他那时就已经与死亡打了照面,当一个人与死亡如此接近过,再次见面就不觉得那么震惊或者害怕了。死亡曾经坐在他的炉火旁,等待着蒂姆·麦卡锡,等待着他的母亲,等待着水貂费希尔。死亡,而不是他,捧着多莉冻僵的身体回屋。很早以前他就痛饮了极度痛苦的酒,现在什么都不会使他迷惑、烂醉了。

他说:"请坐,大夫。我会回答你的问题。她的名字叫娜莉·威尔逊·林登。今年七十九岁——"

第四十一章

亚撒站在发黄的白杨树下,等待乡村邮政员。他想到早年间他必须在星期六驾车去培顿镇取信和报纸。那曾经是一个星期里最令他满足的一天,因为他的信箱里总是有两份周报。去邮政局是件愉快的事情,星期六也是他卖娜莉的鸡蛋和黄油的日子,如果娜莉和他一起去,时光会更加快活。当然喽,后来的免费乡村送信服务的确是太方便啦。现在邮递员路过时,常常会愉快地大喊:"今天没有林登家的信!"亚撒就感到巨大的失望。自从娜莉在春天死了以后,孩子们只是偶尔才给他写信。

今天的邮政员来晚了。亚撒坐在地上,伸展开他的大长腿。对于十月来说,这算是暖和天了,但是在白杨的树荫下,他感觉到大地的冷气。当他觉得腿脚有些僵硬时,便起身站在更靠近路边的阳光底下。他眺望他的农田和果园。今年是个丰收年,几乎每一种农作物都是好收成,但是果园就是另外一码事了。在他一生中,他种过三次快速生长但是短寿命的桃树。最后一次是简·拉巴斯基和他的儿子们负责种植的,也许还能有十年的好收成,就差不多要衰退了。苹果园几乎六十年了。苹果树长满木瘤节疤,苹果小得无法上市场,只能榨果汁。他早就该重新种植新苹果树了,但是出于一种没有理由的顽固,他没有种。现在他终于对自己承认,他这么做是为了等本杰明回来,他一直把苹果园当成是本杰明的果园,他要为哥哥保持它的原样。他一直是个固执的男人,他想,有时甚至执迷不悟。

他倾听农场上熟悉的声音。发情的公牛在牛圈里吼叫,母牛和小母牛在牧场上回应。大简、卡尔和路易急于扩大牲畜群,因为有规模的奶牛会创造很好的收入。羊群最需要照顾的时候是产羔季节,但是这些付出都会有很好的回报。去年娜莉中风前,她养了大批赚钱的家禽:鸡和火鸡。后来亚撒不得不减小家禽数目,这样艾尔莎在帮助林登家做家务的同时,还能照顾得过来那些鸡与火鸡。

拉巴斯基和亚撒一家共同繁荣富裕起来。他们高兴地用自己的积蓄送卡尔和路易上了农学院。这还包括买了辆汽车给两人开,这样他们便可以住在家里,每天早晚和周末都在农场上工作,他们下了保证,用不了多久,农场就会被他们完全科学化了。再过一年,汉斯就上大学,读机械专业。他也想继续留在农场上。农场是他展示机械才华的广阔天地。一个大型牛奶厂需要电动挤奶器、电泵等等。各种各样的电动机器:中耕机、收割机、收割扎束机、牧草挤压打包机、喷雾机,还有带电动起重机的塔仓,眼下亚撒还没有被拉巴斯基说服购买这些机器,要是都买了,也真需要一个全职机械师呢。

拉巴斯基说,就眼前的情况看,他们没有钱送小简上大学。小简今年十六岁了,身体虚弱,是个梦想家。他像家里的其他人一样满怀激情地爱农场,能够独当一面地干一些杂活,但是因为体弱,永远不可能成为壮劳力。他在小溪边做奇怪的水利实验,或者坐在柳荫下写诗。亚撒想到纳特,纳特绝对不是一个农场料子,他自己在这一点上的看法是对的。

亚撒听见邮政车的声音,便满怀希望地朝信箱走去。邮递员停了下来。

"你今天的信件可多了,林登先生。"

快到周末了,他拿到半打报纸和杂志,还有两封信。

亚撒认出纳特雕版印制的信封,邮递员说:"收到从西部来的信,我知道你一定会很高兴的。"

当邮政车继续上路时,亚撒招手致谢。他慢慢地走上房前小路,进屋。每当他进屋发现娜莉不在的时候,他那本来钝痛的心便剧烈疼痛起来。有时,当他专心做事情的时候,会忘记她已经死了。他发现自己居然到厨房、食品柜前,或者储藏室去找她。当他想起来她没有了时,他的脚后跟就感觉到一阵凉气突然袭击,让他难以站稳脚步。

他在前客厅的波士顿摇椅中坐下。他把期刊杂志放在圆桌上,打开了纳特的信。娜莉会为厚厚的信件感到高兴。而他自己在看纳特的信前,则总有一种莫名其妙的抑郁。他戴上老花镜,读信。

亲爱的爸:

我想你一定同意,我们对你一直够耐心的。你上年纪了,不能继续照料农场的运作了。妈走后,我们已经讨论过这些。这六个月里,我希望你已经想通了。

为了保护你和我们的利益,我将着手启动我给你拟定好的计划。我的律师现在就会做出初步安排。律师已经起草了文件,登广告寻找大伯本,在广告登出的期限里,如果没有回应,就宣布他为法律死亡。许多年前我们就该这么做了。

你将得到财产的所有权。然后你便将其授予林登发展有限公司,公司将由阿伦特、梅莉、克罗克特和我组成。这样就给我们省下一大笔遗产税,由于农场靠近特伦特,其价值远远超出你的想象。春天,在妈的葬礼后,你曾建议允许拉巴斯基将土地仅仅作为农场购买下来,你的说法是"当时候到来时",当时我就告诉你,你的想法是再幼稚、再滑稽不过了。他们只能负担起一笔小额首付,然后要分期付款,而我的滚珠轴承工厂则是一个不小的发财机会,周围可以开发出工人宿舍出租区。这样的出租房比直接卖房销售利润大得多。现在正是开发这种项目的好时候。你偶尔读报纸也会读到欧洲战争的消息，无论我们是否参加欧洲战争，战争都将是最佳的赚钱机会。虽然是机会，我也一定要讲清楚我的个人观点和立场，只有蠢货才会卷入欧洲战争。

你说你"欠"了拉巴斯基许多人情。其实你一分也不欠他们的。他们是外国移民。你对他们一直很慷慨。他们在别的农场上一定也会生活得不错的。

千万不要以为我不为你的利益着想。我们首先希望你能和我们生活在一起，假如你实在不愿意，我们将在培顿给你安排舒适的家庭照顾你。这样可能最适合你，因为你似乎从来不愿离开培顿一步。我当然会给你提供丰厚的养老金。

我非常忙，因为我计划明年竞选州长，但是我还是花时间给你写长信，就是希望你能够明白情理，对我为你做的感到满意。我尽量简单明了地表达我的意思，如果你仍然有什么不明白的地方，就问我。当我们回来参加妈的葬礼时，我看到你的脑子一定是在什么地方漫游呢。我亲爱的妈，我永远也不会不想她。有时，我真的为你担心，我还记得林登奶奶就是疯子。

再要一个月左右的时间，我就能把一切办出个眉目来。给拉巴斯基一个通知，你自己也要准备好在十一月底离开农场。

你的爱子，

纳特

亚撒把信扔在桌子上，好像是要除掉什么脏东西一样。他拉出手绢，擦了擦手。义愤填膺的他就像是要洪水破堤的河川湖泊。他开始在房间里来回踱步，弯着腰，浑身发抖。他异常愤怒，如果此刻纳特在他面前，他一定会足够强壮地抓住他，使劲儿摇他，将他这个冰冷而居高临下的东西摇得牙齿都发抖。

他必须再次坐下来。他擦了一下前额。纳特的魔鬼要回来称王称霸，兴风作浪了。他太明白纳特的意思了。他对纳特的非直接侮辱感到恶心。"你偶尔读报纸也会读到欧洲战争的消息——"这是几个月来的第一天，他还没有来得及读到报纸上的国外新闻。他带着谦卑，非常清楚地知道自己的无知，但是他也感觉到地球上其他地方的恐怖，他问过自己，一个人该做些什么来阻止悲剧。他绝对不是单枪匹马，固步自封，井底之蛙，他认为战争是一种太原始的冲动，企图用暴力来解决人类在贪婪方面的不同，以及在思想和哲学方面的不同。

他伸手去拿报纸。他一定会给纳特回答的，假如纳特这种人能够听懂回答。他把报纸在腿上打开。第二封信被夹在报纸中间，掉在地上。他笑了。信封上的铅笔字一看就来自一个文盲之手，邮票上的邮戳是西海岸的。这一定又是乔，亚撒多年前雇用他去寻找本的，他通常会编一个神奇的、倒霉的故事，好像必须寄上一千元钱，再派上一个团的兵力才能把他从麻烦中解救出来，他的每封信都有附言，要"借"五元或者十元钱。

亚撒打开信件。

亲爱的先生：

　　一位先生住在我这里，本杰明·林登先生，他让我给你写信，告诉你他病得非常厉害。他说请你来。他说你是他的弟弟。

　　你的非常真诚的，

阿萨利亚·布朗太太

第四十二章

曾经是蜿蜒曲折而漫长的道路,现在平坦而笔直地展现在他眼前。他甚至感到没有太大的必要匆忙上路。本杰明会等着他的。当然,路上会有充足的时间思考问题,但是有些事情最好还是现在就决定下来。他这辈子的生活不拘泥于形式,现在终于要做计划和安排了。他不能捡起所有的凌乱头绪,整理清楚错综复杂的线路来编织什么图案了,因为最后的安排,就像以前的所有安排一样,是在他的哥哥手中。这个农场,本在需要的时候,可能早就已经处理掉了,拉巴斯基很可能此刻就已经是无家可归了。

自从他和娜莉有了乡村电话以后,娜莉总是叫它"纳特的电话",这是她交流的命根子,他几乎不怎么用电话。只是到了中午,他才想起来,他没有必要开车去培顿镇发电报。他拨通了电话,感到这么重要的事情怎么这么简单地就做了,他给阿萨利亚口述了电报内容:"来了。"然后,挂上了电话,他奇怪自己为什么没有直接给本杰明本人发电报,因为他知道他要跟本杰明说的第一句话应该是见到他当面说的。

他听见厨房里有动静。那一定是艾尔莎,来给他做饭来了。他没有准备好见她,没有胃口,也无法告诉她本杰明的消息。

"林登先生?"

原来是小简,在厨房门口叫他。一种熟悉的温暖涌上心头。这个小伙子正是他希望说话的人。

"林登先生,母亲让我给你端来午餐。她还说对不起,葛蕾塔好像是出麻疹了,她不能离开她。这样行吗?"

亚撒说:"进来,简。行。你饿了吗?"

"我们午餐都吃得早。"

"那你坐下,简。我想跟你说话。我有来自我哥哥的消息了。他让我去看他。"

"我太高兴了,林登先生。你从来没有放弃过他,没有吧?"

"没有。"

"我想当一个人像你思念哥哥这样想念另一个人时,如果对方死了,他会知道的。就像无线电的电波中断了一样,一些模糊的静电会告诉你交流中断了。"

"即使交流一直是单向的?"

"我觉得是。当然,如果交流是双向时,静电会更厉害。就会像闪电一样。"

"我希望这永远不要在你的身上发生,简。"

"会在我身上发生的,当我必须失去你的时候。"

孩子说话朴素,他童年时就是这样表达他的爱的,所以现在他对爱的肯定听上去那么自然。

他又加了一句:"你一定不能走,除非你实在是不得不走的时候。"

"我是一个老头了,简。"

"一生觉得很长吗?"

"啊,不,简。转眼一瞬间而已。"

"你自己永远是自己,不变,林登先生,但是假如你再有一次机会,你会做不同的事情吗?"

"非常不同。"

"我总是想,你肯定一直在寻觅什么你永远得不到的东西。只有时间会告诉你是什么,不是吗?"

"是。简，你决定要做什么了吗？"

"还没有。我还得再想想，才能肯定。"

孩子靠着他。他很苍白。他的精神和灵魂燃烧着一种几乎可以看得见的白色火焰。对于亚撒来说，这就是他身体虚弱的解释。他高挑、精细的骨架似乎没有足够的体力，好像那白色火焰一直消耗着能量，给小伙子身体剩下的能量便不多了。

"一定是科学。但是必须是抽象科学，我想做一个物理学家，不是工程师。我不知道自己的脑子是否足够好使，我是说我得多学一点儿才能看得出自己在那方面的能力。父亲没有钱让我上大学，卡尔、路易和汉斯，他们一个接一个，我们必须让他们完成学业，为了农场的缘故。我也开始找自己的出路。我不明白自己为什么身体不够强壮，倒是没有什么毛病。假如我要投身于做什么事情的话，我想尽量多读书。问题是，我不知道读什么样的书才对，就连关于抽象思维的书也不知道读哪些。不过，我迟早能找到答案的。"

亚撒说："我以前也不知道该读什么书。只有时间能告诉我。当我找到它们的时候，我已经无法读懂喽。我想头脑是需要不断地用才行。"

"这是个催化过程。"

"你看，"他说，"我就不知道催化是什么意思。"

白净高个的孩子也笑了。

"你想做的是哲学家，"孩子说，"你就是一个哲学家。只是都锁在里面出不来。当我自己确实弄明白什么叫催化的时候，那一天，我会给你解释的。"

"啊，现在谁是老者？你生来就是老头，简。"

两人心有灵犀。

简含羞地说："诗歌让我糊里糊涂。除了你，没有人理解。我甚至不知道是诗歌本身，还是我，试图用言语来表达我看见的,或者感觉到的。"

"也许是一回事。"

"也许。但是我的意思是,一个人能够既是物理学家,又是诗人吗?我必须知道更多,是物理学家?还是诗人?还是两者都是?"

亚撒现在可以肯定了。简一定会把自己的目标定下来的。无论他成为什么,科学家、诗人、医生、教授,他会把正直、纯洁、奉献,这些品德运用到他的工作和生活中,亚撒认出伟大灵魂是什么样的,虽然晚了一步。

他说:"我可能不必跟你说这个,简,但是我需要八十年的时间才明白。世界上有善与恶,好与坏,每个人都必须选择一边。"

他停顿下来,害羞而震惊地发现自己终于口舌伶俐了。

简说:"我从来没有想到这个。"

"危险就在这里。在我们必须选择的关键时刻,我们并不是总能分辨出好坏来。"

"但是一个好人永远不会选择邪恶的。"

"不。他妥协,简。或者他袖手旁观。有时他什么都不说。他本应该设置障碍,试图阻止邪恶,但是他敞开大门,让邪恶进家。"

小伙子点了点头。

"我明白你的意思。这是一场战斗,你不能保持被动。我想这被动可是我的自然倾向。我一定要提高警惕,不能因麻木而错过重要时刻。"

听完这席话,亚撒如释重负,至少这一件事情做完了。

亚撒说:"我的哥哥病得非常厉害。我明天必须乘火车去看他,我希望今天能够做完一些事情。"

"我能帮你做什么?"

"不知道你能不能现在就开车送我去培顿镇,赶在银行关门之前到达。我即使在脑子不想问题的时候,都不是一个可靠的汽车司机。"

　　"林登先生,我们光顾着说话,你的午餐都凉了。母亲以后该不信任我了。"

　　"没关系。等会儿我会吃东西的。"

　　他们开车的路上话不多。两人的沉默也和说话一样有亲密感。银行还开着。法官西蒙斯的儿子是律师,他在父亲的老办公室里工作。亚撒让简去给他买火车票,然后让他等着他。

　　西蒙斯认真地听着,没有打断过亚撒,他时时用铅笔轻轻地敲打着桌子,和他父亲的习惯一模一样。

　　"我明白了。是,林登先生,你的愿望可以非常简单地执行。唯一可能的争议,就是一部分的家畜可能被认为是农场的一部分,而不是你的个人财产,因为你的哥哥只是给了你农场使用权。当然,这只是一个小小的数目,纳特都不至于会有争议。无论怎么说,你给他留下的都非常慷慨,尤其是你说过,我也知道,他有能力把整个培顿市买下再卖掉,而不会感到缺了或是多了这笔钱。你一定为他感到骄傲吧?"

　　西蒙斯开始做记录。

　　"五千元整完全给纳撒尼尔·林登——按照常规格式写是'给我的儿子,纳撒尼尔·林登'——"

　　"只写他名字就行。"

　　"以上数目代表了威利斯·林登,已经去世,偿还纳撒尼尔·林登的教育资金——"

　　这五千元来自威利斯的战争保险金,受益人是父亲。亚撒和娜莉从来没有碰过它,没有必要碰它。这是血钱,亚撒心想,他宁愿把它用到有意义的地方,现在他把它还给纳特,也许是为了羞辱他。至少他可以扔出这只打狗的热包子,纳特是个贪婪的人,也许这个可以敦促他反思,阻止他接下来随随便便就断了别人的生路。

"'给简·拉巴斯基,第一代和/或他的后代、受惠者,所有本杰明·林登农场的家畜,所有农场的机械和设备'——(林登先生,也许这样的字眼更恰当,'牲畜'取代'家畜','一切用具'取代'设备')'因为农场主人本杰明·林登允许我'——(我会核实具体日期)——'亚撒黑·林登,农场使用权和利润拥有权。'林登先生,你等到见了你的哥哥以后,就会知道他是否已经把农场做了什么安排,你这一部分的安排就会更加简单了。"

亚撒自己也在想他是不是过于急躁了。有许多的问题要问本,本会为许多的谜团提供答案。奇怪的是,他感到没有必要匆忙地赶去见他的哥哥,但是对于自己现在的这个举动,他感到有无法等候的冲动。

他说:"我想做我能做的,现在就做。"

"很好。现在我们到了给小简·拉巴斯基的财产问题上,你以前的遗嘱里没有提到过他。你的意思是给他立刻建立一个教育基金?把你所有的现金存款转入这个基金?"

"这是我的意思。"

"但是林登先生,假如你这么做,你自己就没有任何钱剩下来过日子了,你只有五千元,根据遗嘱,在你死后,留给纳特。你是一个拓荒者硬汉,先生,就像我的父亲,你可能会活到一百岁。假设那是一种情况,还有别的情况,比如说林登农场已经属于别人,那你就必须留下足够的钱生活。你必须保护自己。"

亚撒说:"我是有生以来第一次保护自己。"

"就照你说的做,只是似乎有些风险。那么,为这个年轻的拉巴斯基,建立教育基金,他可以按照他的选择使用这个基金,直到他满二十一岁,达到法定成人年龄,他便完全拥有整个基金,照他认为合适的方式使用,学习、旅行,我相信这是你的提法? 你敢肯定这一切?"

"我肯定。我必须问你一个问题。别人能不能宣称我做这一切时神志不清?"

西蒙斯大笑。

"绝对不会在咱们这个镇上发生。林登先生,你不知道我们多么敬重你。"

亚撒说:"你能把一切安排在今天完成吗? 我明天必须启程,去看我的哥哥。"

"当然。我让速记员马上打出你的遗嘱,我们便可以在这里公证。我们最好马上去银行,给年轻人,就是你说的那个特殊的孩子,完成教育基金的设立。这样你就可以放心地去西部了。"

亚撒和他唯一的真正的儿子开车回农场,他们父子没有血缘关系,却是灵魂上的至亲。肉体上的延续和继承有时很少,甚至完全没有表现任何亲情关系,他想,精神和灵魂上的亲情闪烁异彩光芒,无法解释地相互识别,就像一个灯塔在黑暗中给另一个灯塔发出信号。

第四十三章

城镇、农场和田野都在火车窗前一闪而过。如果不是偶尔的加速和减速，亚撒还以为自己坐在一个魔术真空中，观看地球在眼前滚动而过。一列向东开的火车从他乘坐的西行列车旁呼啸而过，他感到自己的车厢纹丝不动，而对方则在甩动赶牛鞭子一样的清脆响声中，眨眼便飞驰而逝。风景像是快速流动的画面又展现在眼前。亚撒的对面没有乘客，他可以舒展他的大长腿。这样横穿大陆，真是令人惊异，如此快捷而舒适。他原来以为长途旅行即使不是坐有顶棚的马拉大篷车，至少也是某种程度上的折磨。真的，本杰明六十年前乘火车西去，亚撒记得从培顿镇出发的列车非常古老、简陋而且肮脏，颠簸慢行，好像到西部去的路程太远，无法承受一般。对于男人、女人和孩子们，还有老牛，那时的旅行的确是件艰难的事情。

火车在过桥时改变了节奏，桥下是一条宽阔的大河。亚撒盯着有漩涡的河水，污浊并漂浮着垃圾。他从来没有见过大河，没有见过比皮瀑湖更大的湖泊，或者比垂柳荫下的小溪更大的河流，当然发洪水的时候除外。即使是洪水时节，跟这条蜿蜒伸展如蛇的强大而慢流的大河相比，林登家的小溪真是微不足道。当大河在他的视野里消失后，他看见一大片森林，跟他的小树林太不一样了。火车穿过一个乡村的主街，居然没有慢下来。主街与铁路交叉的路口放下了大门，铃铛响了起来，穿着破烂衣服的孩子们跟交叉路口看门的老人招手。亚撒向孩子们挥手。

简易房离火车轨道太近,火车恨不得要把房子的前门切断。破烂的阳台,除了一些脏乎乎的百日草和大丽花以外,空荡荡的,院子几乎与铁路连在一起。他为赤裸的贫穷而震惊。过了这个村以后的农场更是贫穷而破落,房子简陋,牲畜枯瘦。不知道为什么他期望越往西行,大地就越富裕。然后,大牛奶厂出现了,巨大的青饲料塔仓,乳房鼓鼓的健康母牛,好像每个乳房能够挤出好几加仑的牛奶一样。他看见细长的卡车农场,秋季蔬菜像娜莉的花园一样漂亮地成行种植,一行行绿,一行行橘红。火车进入灰暗的郊区,慢了下来,但是没有停,然后,他看见铁路旁的高办公楼,废旧广告牌和垃圾堆后面的工厂建筑清晰可见,他明白那些富裕的农场和卡车是给大城市提供服务的。火车在一个道岔上哐当响着,路过一些货车,然后便离开了城市,农场再次出现。

太阳快西下了。他通过对面的窗户,看见夕阳余晖,农田里的南瓜橘红鲜亮。一个男人坐在走廊对面,碰到他的眼神,开始说话。

"天越来越短了。很快就要天黑了。"

亚撒点了点头。

"是。"

一个陌生人跟他说话,让他感到温暖。他清了一下嗓子,试图再找点儿话题。

"这里的庄稼好像还没有遭到太多的霜冻呢。"他说。

"这个我不清楚。农作物对于我来说只是最后放在餐桌上的东西,在城里,价钱还高得很呢。我想你一定是个农民。"

亚撒严肃地点头。

"是的,先生。我一辈子都是农民。"

陌生人没有说什么。亚撒好像觉得应该说点儿什么才算是礼貌。他注意到男人的身边有个小皮箱。

他说:"我猜想你是个货郎,先生。"

男人仰头大笑。

"我还是孩子的时候听到过这两个字眼。现在人们叫我们流动推销员。我们不再摇货郎鼓了。你知道吗?当我们把你们不需要的东西卖给你们时,还要让你们觉得自己是占了便宜呢。"

这时列车传来广播通知,"午餐开始供应了。"陌生人便离座吃饭去了。

亚撒记得娜莉曾经告诉他,她来去西部旅途中在餐车吃饭的细节,但是艾尔莎已经给他准备了食物,装满了一大鞋盒。假如火车会在什么小地方停下来,他一定会把食物送给像他过十字路口时见到的穷孩子,那他的良心会好受一些,他不愿意浪费食物,不是因为钱,而是因为食物代表了人长时间的劳动。他忽视服务员在他身边半提问性的通知,"午餐,请向后走两节车厢。"他打开了艾尔莎的鞋盒。里面有炸鸡、煮蛋、面包、黄油、火腿三明治、酸黄瓜和苹果小甜馅饼,样样摆放整齐,只等着他吃。他拿出盒子里的餐巾,铺在腿上,心不在焉地差不多吃完了所有的食物。

车厢里开了电灯。车外的世界变成了影子,一团团黑乎乎的不明物质,随着地平线上升,或者下降,好像世界混沌初开时就是这样。远处偶尔出现有灯光的窗口,像是闪亮的夜之眼。有一次火车路过一家离铁路特别近的小房子,亚撒看进去,居然与坐在餐桌前吃晚饭的人碰了眼神。他看见他们眼睛里充满诧异地看着长长明亮的车厢,被滚滚的车轮托着,带着陌生人,向着未知的目的地,飞驰而去。他想停下来,走进他们家,说:"至少我不是陌生人。"

列车服务员说:"你需要我把你的卧铺准备好吗,先生?"

亚撒看着这个慈祥的棕色脸庞,松了一口气。

他说:"我从来没有旅行过。"

"我建议,先生,因为你是个高个子绅士,你最好是在男士洗手间换衣服,我会把你的床铺准备好。"

"我能穿着我的睡衣走回来吗,那样行吗?"

服务员轻声笑了,亚撒和他一起笑。

"假如你没有睡衣外套,先生,你可以披上你的外衣。"

他有一件漂亮的丝绸睡衣外套,是纳特送给他的,他从来没有穿过。服务员拿着他的小包,领他来到男士洗手间。在火车的动荡中换衣服和洗漱有些困难。他感觉到自己像一个长腿的鹤蹚过泥潭。当他拿着他的小包出来时,他好像迷失了一样。大部分的走廊都挂上了帘子,他分辨不出哪个铺位是他的。一个身穿和服,头带卷发圈的女人从他身旁贴身而过,消失在其中一间卧铺里。服务员急忙向他跑来,压低声音,但不算是耳语。

"你的在这儿,先生。你的卧铺是九号,假如你起夜的话,别忘记了。我把上床折叠起来,给你更多一点儿空间。这是你的阅读灯,这样开与关,这是你的通气口。车里有空调,所以不能开窗户。"

亚撒也压低自己的声音,配合服务员,他知道和自己距离近得出奇的邻居可能已经睡觉了。

"人们真的躺下,在这样的小地方睡觉吗?"

后来的年间,娜莉旅行时都是给自己包间。亚撒不用包间,并不是因为价钱,只是因为他不想和其他旅客分开,至少他的第一次旅途不愿单独一人睡。

"是的,先生。你会发现卧铺真的很舒服。摇这个铃铛,就可以叫我。假如你需要什么,千万不要不好意思找我。哪怕你只是紧张,也可以叫我。"

"我现在就很紧张。"

在长盒子一样的卧铺厢里,微弱的灯光下,他们一起笑了。

跟这个深色皮肤的安静男人说话似乎非常容易。

"我帮你把窗帘拉上去,先生,这样你还能看见外面。月亮很快就会升起来。躺在床上,看着月光下的大地在眼前行走,多么美好啊。是我们在动,但我们的感觉却是相反。"

"我也注意到这个,我还以为因为我是第一次才有这样的感觉呢。"

"不,先生。你可以乘坐一百年的火车,总以为是地球在动,而不是你在动。"

亚撒说:"我以为我们都在动,每一分,每一秒,都在一起动,只是我们不知道在哪里,朝哪个方向动。"

这个棕色男人似乎是从大百科全书里跳出来的,你一言我一语地跟他交流,这是件非常自然的事情。一旦他真正旅行了,他知道会是这样的。

他耳语:"谢谢你的关照。"

他向他的新朋友伸出手。服务员好像饥饿一样抓住他的手,亚撒感觉到他的真情。

"晚安,先生。睡个好觉。"

亚撒说:"我也祝你晚安,先生。"

他在卧铺上尽量伸展双腿。铺还是不够长。床上有四个软枕头,他把它们摞起来,让自己的肩膀靠在枕头上,这样他的腿就能伸展开。他伸手,关了阅读灯。刚关上灯时,他什么也看不见,但是很快,他就看见模糊的景色升降起伏,如史前痉挛。月亮还没有升起,但他能感觉到天空的微光。他在西行,月亮会在火车的后面升起,他也许不能直接看见月亮。卧铺真的很舒服。

他开始意识到火车厚实的小窗口外非常明亮。圆月高高挂起,使动荡的地球安静了下来,田野、牧场都被月光抚平,农场的房子,还有火车路过的小城镇都在酣睡。火车发出悲哀而甜蜜的口哨声。他看见了月亮。一定是因为火车转了方向,把月亮带到他的眼前。火车有节奏的声音像是催眠曲。他进入甜蜜的梦乡。

他应该在一个大城市转车,他还以为转车只是把疲劳的火车引擎换掉。当他发现完全不是这么回事儿的时候,便感到很糊涂,他必须离开他已经引以为家的火车,进入一个大车站,等候两个小时,再在迷宫一样的站台上找到陌生的火车。他的行李已经被拿走,和其他行李一起装上一个手推卡车,好像永远也不能再找到了一样。他随着人流下了火车。他听见有人在他身后跑来。是他的棕色朋友。

"我给你安排转车,先生,这样你就不用担心了。把你的车票给我。"

他的朋友强壮的手扶着他的胳膊肘,带他走,否则他会糊涂得不知去向,他满心感激。斜坡、入口、出口,这一切没完没了。他可能会无助地迷失掉,他心想,看见大家都匆匆忙忙地行走,他可能连个问路的人都找不到。他们来到一个巨大的圆形拱顶大厅,人们进进出出就像炸窝的蚂蚁一样。高音喇叭宣读车次的声音含糊不清。他看见行李卡车在前面。他的朋友吹了一声口哨,卡车驾驶员转身,停下来等他们。两人交换了言语,他的朋友指了一下亚撒,给他的朋友看了火车票,另一个男人,也是棕色皮肤,点了点头。他的朋友回到他身边。

"那个人,先生,在你的火车到站时来找你。然后你只要跟着他就行了。"

"那我就不用紧张了。"

他们两人之间的玩笑带着温暖和秘密。

"好,你现在就坐在这儿别动,先生。假如你必须离开一会儿,记住要尽快回到这个座位上。这是你的火车票,你要等整整两个小时。我已经注意到你看行人的专注样子,你不会觉得久等的。"

"我不知道怎么感谢你，先生。对不起，我忘了，在火车上我就应该付给你小费的。"

他开始在钱包里拿钱。棕色皮肤的男人举手拒绝。

"谢谢你，不，先生。我什么都不要。遇见你，这就很好。我得赶紧走了。"

亚撒带着巨大的失落感与朋友握手告别。他的朋友开始小跑，穿过人群，就像一片勇敢的小木屑逆强水流而行。亚撒看着他被人流吞没，返回他没有完成的工作和他神秘的生活中。亚撒坐下来，盯着周围看。

无名无脸的人群潮水般涌动。如同迷路的蚂蚁，焦躁的群体毫无目的地翻腾着，蛆虫一般。偶尔会有一个孤独的人停下来，一动不动地站一会儿，也许是迷路了，就像他自己没有朋友帮助的时候一样，然后又开始移动，加入到奔腾不息的人流中。候车厅的高窗户很脏，透进来的阳光毫无生气。这里没有彩色，只有不同亮度的灰色，一件绿外衣，或是一顶红帽子，刚一出现，就立刻消失，好像被旋转的色谱吞没在无色中。拱顶空间充满了浮冲上去的不和谐声音。亚撒试图分开声音的成分。

候车厅底下，火车愤怒喷气，轰隆跑动，和喧哗的人声混杂在一起，奔向天花板，吸陷在拱顶里，无处可逃，回声反射下来，碰到另一个上升的杂音高潮，再次无望地上升。在不和谐的杂音中，加上来来往往的火车声，亚撒辨出一种奇怪而被压抑的咝声，这是脚步在大理石地板上的摩擦声，来来回回，一圈又一圈，咝，咝，咝。在沉默的灰色中，挺立着黑铁门，人们通过这个门上火车，一会儿开，一会儿关，就像通往地狱的大门。在凝固的杂音之上，高音喇叭突然呼叫。这一次的播音很清晰。

"十七号站台。十七号站台。前往迪克西的特快开始检票上车了，向南行驶，向南行驶。前往路易斯维尔，前往孟菲斯——"

其他地方的名字都跑在一起,亚撒很高兴他没有必要分辨出自己的目的地。

"十七号站台。"

高音喇叭就像上帝的声音,召唤没有面孔的人去无名的地方。有一部分蚂蚁一样旋转的人群,自动排成一条清晰的队伍,盲目地冲向十七号站台。亚撒拿出他的手绢,擦脸。这就是,他想,炼狱。所有的人都被堵在这里,假如不是天堂与地狱之间,至少也是来往的过界,是永恒的迷失,地球上无家可归的暂居。

他注意到一个衣衫褴褛的女人,抱着一个褓褓中的婴儿,牵着两个小孩在他身边坐下。她的行李是几个纸板箱子。他好奇她是去哪里,为什么。女人一副疲劳的面孔,悲哀而楚楚可怜。当他看见她给婴儿哺乳时,他的恐惧消失了。他忘记了涌动的匪徒般的灰色人群。只需要辨认出勇敢的个体,离开人群的恐怖。

他朋友的朋友站在他面前,说:"你的火车进站了,先生。"

他没有意识到两个小时已经过去了。

他说:"谢谢。"

戴红帽子的服务员说:"跟着我进二号门,先生,我会把你的行李送到车上。"

亚撒赶紧跟着他走。他在二号门口检了票,发现自己上了新车,棕色皮肤的服务员帮他把行李推到他的椅子底下。亚撒犹豫了。这个好心人并不是他的朋友,他像其他的服务员一样。他给了他一张五元的纸币,心里很高兴,满意这次自己没有忘记礼貌的做法,他朋友的朋友向他深深地鞠躬,谢了他。

他安下心继续接下来几天的火车旅行。虽然倒车复杂,但他再次感到跟在家里一样的感觉。他让自己着迷地享受这个国家。他读书的时候读到,每个地方都不一样,但是他面对无限的变化还是感叹不止。数英里一望无际的小麦和玉米让他惊叹。

他的田地,他的和本的,在这样的大田里连一个角落都没有。如果谁要想看自己的庄稼,都找不到一个合适的地方能够一眼望尽他的田地,他自己种的庄稼会把它变成渺小无比的小矮人。但是一个人看见山时,肯定会感到更加渺小,无论是生活在山顶还是峡谷里。

大陆分水岭的概念让他激动不已,他知道从拱起高耸的高原山脉,所有的水都向东流入大西洋,向西流入太平洋。他迷惑不解,这样的现象应该是坐落在大陆的正中间的,为什么会这么靠西呢。然后,他又记得大百科全书上讲,这些山脉比他家的那些老山坡都要年轻,骚动不安的地球在地质新生代里才推挤出洛基山脉,他立刻感到头晕了一阵子,想象到大陆的倾斜,好像整个地球物质都在更大的海洋或宇宙里慢慢地旋转。他久久不能入睡,清醒地躺着,看着窗外。黎明刚露出第一道光线,他又马上睁开眼睛,如痴如醉地看着奇迹般的大自然,饥渴了好久的好奇心畅饮着一切。

所有的一切都是新的,但又都是熟悉的。所有的一切都让他心儿愉悦,但又感觉像是外来人。在他进行数千英里的旅行,横跨美丽壮观的国家时,在最后几个小时里,他终于明白了,他如饥似渴地看,是希望找到自己的家。家不在这儿,也不在他离开的那个地方。

这个列车上的服务员没有第一个服务员那样默契、善解人意,但是依然是他的朋友,一个头发灰白的男人,几乎和他同龄的黑人。他在亚撒对面坐下。

"火车有些晚点,林登先生。有人来接你吗?"

"没有。"

"大镇子,林登先生,你知道怎么去你要去的地方吧,你要去哪里?"

"我有地址。"

亚撒拿出阿萨利亚寄来的信,信封上潦草的铅笔字迹。服务员看了一眼,然后又仔细地看了一下。

"林登先生,这个地区很乱。你不会弄错吧?最好叫一辆出租车,让司机在车上等着你,等你弄清楚了再让司机离开。"

"谢谢,但是我肯定没错。"

服务员离开了,去和别的乘客说话。亚撒提前几个小时就把自己的行李准备好了。他跟着人群下了火车。接乘客出站台的小火车已经在等候。小火车的铃铛柔和地响着,就像老式门铃。小火车过了一条河,在小铁轨上运行,就像蜘蛛编织着自己的网子。小火车过了一个悬架桥,慢下来,进入一个小火车站。从这里,亚撒拿着行李,走进一个陌生而令人激动的世界。

经过了几天封闭式的旅行,他满足地深吸一口气。空气里带着大海的气息。这是一种可以触摸到的空气,就像苹果酒一样,强烈、湿润而辛辣,他感觉自己是在喝空气,而不是呼吸。这是一个世界尽头的风,也是另一个世界开始的风,两种风汇合。假如他被一双巨大的手抓起来,扔到这里,就像一个人跳到棋盘上一样,他知道自己一定是到了大陆的末端。

他换了一只手提行李,沿一条路拐了一个大弯,发现自己是向着西方。这时已经快日落了,但是,终于来到有开阔视野的地带,他看见了太阳,它不是一个实体的球,而是一系列的同心圆环,像是正在旋转的陀螺一样。他眼睁睁地看着落日,直到太阳完全消失。太平洋的大雾铺天盖地喷涌而来。红色灯塔的光在码头上闪烁。过了一小会儿,灯塔的灯光也消失了,海上滚滚涌动着灰色云海,他想,那一定是大海的巨大波浪吧。他听见像公牛一样的低沉吼声,一句又一句的回答声,他知道,这只能是雾角的警告信号。拖船发出尖细而紧张的嘟嘟声,就像小老鼠在大公牛脚底下一样。

他注意到异乡的气味儿,咖啡的香味儿,异国食品的香料味儿,但是压倒一切的气味儿是来自大海的辛辣,充满鱼和海草的盐味儿。大雾来到他的身边,将他笼罩。雾气像幽灵的手指一样抚摸他的脸庞。薄薄的灰色幽灵在他身边旋转,飘逸而去,接下来的是无穷无尽的似物非物的浓雾,就像希腊传说中的密集方阵一样,接踵而来。他迷失在雾里,独自一人站在世界的边缘,找不着路。各种声音向他涌来,有轨电车的铃铛像是破茶杯发出的断奏声,汽车在缓慢沉重的拥挤中发出祈求怜悯的哀哭,飞快的脚步声,附近传来嘈杂的舞曲。他朝着音乐的方向摸索而去。这个有投硬币音乐盒子的小店,离他只有几步之遥。他摸进门,把行李放下,四处张望。一个满脸麻子的男人正在柜台后面剔牙。

"你要干什么,老爷爷?"

亚撒说:"假如你能替我叫一辆出租车,我将不胜感激。我在这儿是个异乡人。"

"是吗?那太倒霉了。"

现在,这个邋遢的地方是一片沉默。

"你想去哪儿?"

亚撒拿出信封。

"这是地址。"

"是吗?你不知道吧,今晚,没有出租车带你去任何地方。"

亚撒说:"假如你能给我指一下路,我不在乎走路,但是雾气太大,什么也看不见。"

"看不见?难以想象啊。我告诉你,我能替你做什么,老爷爷,只是替你做件好事罢了,我派我的一个小跑腿送你。喂,路易!"

一个皮肤苍白的小个子男人从后面的屋里走出来。他让亚撒想起威利斯。

"路易,这个好样儿的老绅士和他漂亮的行李迷了路,我要你陪他去他要去的地方,明白了吗?"

路易一脸不高兴地说:"我明白了。来,老爷爷。"

亚撒停在门口,再次拿出信封,指了一下地址。

他说:"到了门外,你就没法读地址了。这儿,看——"

路易瞄了一眼潦草的街道号码。

"当然,"他说,"我太知道这个地方了。"

亚撒跟着他走进大雾。

"远吗?"

"就过几条街。"

"你帮助我,真是太好心了。我希望你不介意我付钱给你,因为这太麻烦你了。"

亚撒在马路牙上绊了一跤。他抓住他的向导。

"你不介意我抓住你的胳膊吧?这样我感觉安全多了。"

这个男人在亚撒触摸到他时,身体僵硬了一下。

亚撒说:"我可不想在这个关键时刻出什么事情。我横跨大陆来到这里找我的哥哥。我有六十年没有见到他了。"

路易鼻孔出气:"天哪,一个人能活这么久。"

"我猜想对于一个年轻人来说,这的确像是很长的时间。我现在都已经过了八十了。"

他意识到年轻人对他的事情不感兴趣。

他礼貌地问:"你一直住在西部吗?"

路易烦躁地咕哝一声,好像在岔路口犹豫了一下。他加快脚步走在一条两旁是高窄房子的街道上。即使在大雾里,也不难看出房子的简陋和穷困。路易停下来,指着一溜台阶。微弱的霓虹灯显示:"五毛钱一夜。"

"就这儿。"

他摇掉亚撒的胳膊,突然转身。亚撒摸索自己的钱包。

"等等,请等一下,路易,让我给你点儿什么,我的谢意。"

路易粗暴地吼道："把那玩意儿收起来，老爷爷，别让我改变主意。找到你那狗日的哥哥，赶快带他离开这个地狱。"

这个男人飞快地跑了，好像死鬼在追他。亚撒开始上台阶，明白他自己的重要时刻就在他手里。路易快速的脚步声消失在大雾黑夜中。台阶陡峭而破烂，他摸索着上去。从前门肮脏的蚀刻玻璃看进去，能看见走廊里吊着一盏小电灯。他摸到门铃，拉响铃铛。屋后面的哐当声显得房子是空的一样。一个女人从后面出来，在脏围裙上擦着手。她把门打开一条细缝。

"今晚住满了。"她说着，哐当一声把门摔上。

亚撒使劲儿锤门。女人不理会他，继续沿走廊离开，接着，她突然转身，快步走回来，把门大大的敞开。她上下打量着他，看着他的好外衣、老年龄，还有漂亮的行李箱。

"我说，你叫什么名字？"

"亚撒黑·林登。你给我写的信。我来找我的哥哥本杰明。"

"进来。"

她关上门，在他身后插上门闩。

"我仔细地看了一眼，猜想你可能就是。都对你不抱希望了。这边来。"

亚撒机械地跟着她爬上昏暗的楼梯，上了一层、二层、三层，来到四层楼。她从围裙口袋里掏出钥匙，打开一扇门。她摸索到墙上的开关，吊在天花板上的灯亮了。在纸灯罩下发出微弱的光。离门最远的墙壁前有一个深陷的床，上面躺着一个老头。

亚撒放下行李。

女人说："他欠我两个星期的钱，但是都到了眼前这样了，我不是那种看见别人饿肚子不管的人。我尽自己所能，只要有剩下的一口。"

她严厉地看着他。

"他说你会付钱的。"

她拨开散落在面前的灰白头发。

"我讨厌现在就提钱的事情,但是你不知道我都是怎么挺过来的,老头要死在我的家里,仍然欠我的钱,假如别人知道他要死在这里,都不会来住这间房了。我必须糊口、生活,不像你,是个有钱人。你会付钱的,对吧?"

"对,我付钱。谢谢你。"

她叹气。

"对不起,我今晚没有房间给你住。也许周围哪儿还有房间,希望你不在意先给我付钱,在你离开之前,交个押金。"

"我就呆在这儿。"

女人犹豫了。

亚撒说:"我不会溜走的。给。"

他掏出钱包,拿出一些纸币给她。女人抽了一下鼻子。

"谢谢你,先生。我就知道你是个绅士。请不要以为我心狠——"

她下楼了。亚撒关上门。他走到床边。这个干瘪的东西怎么可能是本杰明?这个男人非常衰老,瘦骨伶仃,面如骷髅,没有剪头发和刮胡子,这么小,这么孤独。本杰明曾经是高大的、活泼的、强壮的,明亮的猫眼、黄褐色的头发,大笑,总是放声大笑。亚撒心想是不是弄错了,这个根本就不是本杰明。

干枯憔悴的脸转向他。无影光无情地照在他病态的眼睛上。

一个嘶哑的声音:"亚撒黑?"

"本杰明——"

他握住干柴一样的手。

"我还怕——你赶不上了。"

"看过医生吗?"

"没用。我已经完蛋了。"

他的眼帘闭上了。它们像纸一样薄。

"光线刺眼。"

亚撒把灯关上。他坐在床边一个直椅子里。双手摸索,抓住本。

"亚撒黑,我一直思念着你。"

"我从来不知道你也想我。我也一直想念你,时刻不断。"

"我必须告诉你一些事情,亚撒。你先跟我说,我太累了。"

"你想知道什么,本?"

"你的家庭。你干得可好?"

本现在的声音几乎是熟悉的那种了。

他说:"不,本。我失败了。"

"告诉我。"

在黑暗里,他娓娓道来,一个老人没有必要看着另一张老脸。

他开始说:"一个孩子是好的。她的名字叫多莉。六岁的时候死了。"

本说:"我记得。你写信告诉我。母亲害死了她。"

亚撒把自己的手撤回来,因为他的手在颤抖。

"没有,本,我从来没有给你写过这个。"

"你不必写。我就知道。我比你更了解母亲。"

"她一直是疯的吗?"

"一直。"

他现在可以问了,这个不可问的问题,虽然他一直就知道它的答案;他现在可以说了,这个不能说的话题。

"她就是邪恶,本,是吗?"

"一直是邪恶。接着说,亚撒。"

"另一个孩子,最小的,一个男孩,威利斯。假如我能帮助他,他会成为一个好孩子。不,其实他就是一个好孩子。一九一八年死在战场上。"

"接着说。"

"老大叫纳撒尼尔。我们叫他纳特。他步你后尘去过阿拉斯加。他试图找过你。"

"我知道。我躲过了他。他哪里有不对劲儿的地方?"

本说话的口气,还带着他们年轻时候那种古老的权威性。

"是这样。他也是邪恶的。我也许可以阻止他的。"

"怎么阻止? 什么时候?"

亚撒追溯时光。没错,纳特仅仅六岁的时候,讨厌蒂姆·麦卡锡送给他的银元,嫌钱太少,不能满足他的贪心。亚撒带着极度的痛苦回忆起落入沼泽地的吉卜赛男孩,他记得威利斯揭露纳特的罪恶,这一切在他心头涌现,好像他的哥哥是在听他忏悔一般,他把一切告诉他。然后是长长的沉默。

本说:"还有两个孩子。"

"是的。阿伦特和梅莉。"

"告诉我。"

亚撒说了。说了阿伦特被动地跟随纳特,说了梅莉,非常像阿梅莉亚,但绝对没有那么邪恶,肯定没有那么疯。

本说:"娜莉?"

亚撒说:"春天时死了。你爱过她,本?"

肮脏床上的骷髅轻声笑了。

"没有比爱另外的一百个女人更多。"

亚撒必须告诉本,"她一直不可自拔地爱着你,本。"

"娜莉不爱任何人,亚撒。"

他说:"哦,没有关系。她是个好妻子。我爱过她。"

沉默再次降临。

"还有谁?"

"有。一个十六岁的男孩。"

"告诉我。"

他说到小简·拉巴斯基。讲了对他的计划。

"好。他一个人就弥补了其他孩子的不足。你干得好,亚撒。你干得很出色。"

这些久违的赞扬多么甜蜜。

"就这些。你怎么样?"

"没关系。我太累了,亚撒。"

"你为什么不回家,本?为什么不给我们写信?"

"我没有脸。我错了,是吧?"

"是,是错了。"

"我猜想——我一直在寻找——不存在的东西。我以为我必须——先找到再说。"

从古老的骨头里说出的只是轻声的耳语。

"扶我坐起来。喘不过气来。"

亚撒在黑暗中摸索,扶起他的哥哥。

"灯,亚撒。"

他开灯。他看见的一切,再次让他震惊。他眼睁睁地看着本又消失了,眼前的这个男人又成为陌生人。

"枕头下,亚撒。快。"

他摸索,不知道找什么。

"地契,亚撒。农场。"

折叠的纸张污迹斑斑,发黑发黄,上面沉淀着时间。

"看。已经转让到你的名下。"

亚撒戴上眼镜。公证印章的日期是很久很久以前。农场一直是他的,几乎是在母亲死后的那几日。

他说:"我不明白。"

"我赌博输掉了它,亚撒,在我拿到它的那一分钟就输掉了。一个朋友又帮我下赌注,我把它赢了回来。我害怕极了。所以我把他转到你的名下。我就不会再干同样的蠢事了。"

亚撒把地契折叠好。

"我那时就该把地契给你寄过去的。但是,亚撒,我喜欢把它揣在我的口袋里。我喜欢给别人看。我的破衣服上可能有虱子,但是我是一个有地产的人。我真软弱,是吧?"

"不,你很强壮。"

"只是强壮一时。但是我不能让你没有农场。你是知道的,是吧?"

"是,我知道。"

是的,他对本的理解是对的,他知道本,一直就了解本。他六十年对本的忠诚没有错。

本说:"亚撒,不知道农场是不是你的,有没有感觉不同?"

他只能真诚地回答,就像他当年回答蒂姆·麦卡锡时一样,就像他回答他的妻子和孩子们时一样,"一点差别都没有。"

"把那张纸放进你的口袋里。我除此之外,什么都没有。"

这张纸很宝贵。这让他的最终计划变得简单明了。他只需要做本做过的事情。他将把地契立刻转到简和艾尔莎·拉巴斯基的名下,马上寄回去,纳特的触角再多也弄不到它。

林登农场安全了。

"你在哪儿,亚撒?"

"就在这儿,本。"

"带我回家,亚撒。向我保证。"

"我保证。"

呼吸似乎容易多了。

"亚撒?"

"在,本。"

"给我吃住的女人。"

"女人？"

"阿萨利亚·布朗。"

"我会付钱给她。"

"我四十年前认识她。狂野——漂亮——"

轻弱的笑声。越来越弱，好像来自远方，没有笑声的那一刹那，呼吸也没了。本最后一次，穿着破衣服，笑着走了。

亚撒将一张破摇椅拉到窗前，关掉了灯。声音被大雾吞没。有轨电车、轮船汽笛、雾角都在遥远的地方。灰色的雾气扫过肮脏的窗户，既不能触摸，也看不清。他要整夜坐着，像个游魂，为本守灵。清晨来临，大雾飘散。阳光洒在屋顶上。麻雀醒了，叽叽喳喳。他看见远处有一缕微光和柔色，是他从来没有见过的。他知道他看见的是海湾的一部分，是大海的开始。太平洋留住了本，正像他祷告的那样。

他僵硬地站起来。他感到自己的生命就像床上躺着的尸体一样空荡。他也走到了长路的尽头。他没有痛苦，现在本已经走了，他再也找不到他了。没有什么不一样，他没有觉得比以前更有失去哥哥的感觉。他突然清楚地意识到，有这种孤独感的人不止他一个人。

他想："每个人都有迷失的兄弟。"

第四十四章

不是翅膀扇动,而是飞机引擎转动。飞机是一只有两颗心脏的大鸟,心跳富有节奏,让人可以触摸和感觉。飞机在跑道上像是一只奔跑的鸲鸟,跑着跑着突然飞向天空。亚撒意识到飞机上升时的压力。大气是沉重的,它把宇宙的重量压在银鸟身上,而它的两个心脏奋力抗争着。亚撒比任何时候都更加相信人不是本愿停留在地球上的,而是被地球抓住,被无穷的广阔挤压在地球上。高大的树不能再长高了,不是因为它们的根被固定住了,或是因为地球引力,而是它们的力量不能与更大的压力对抗。地球推挤进行造山运动,高山从顶上开始倒落,不是因为地下的坍塌,而是因为来自上方的压力,好像一只狗的主人,用一只慈祥的大手坚定地压在狗头上,用安静但是权威的声音说:"坐下。"

飞机离地起飞了。双心获得了胜利,有引擎的大鸟进入飞翔的状态,现在的机内竟然没有动的感觉。亚撒想象即使是在机械鸟的肚子里,他也能感觉到飞翔的感觉。他渴望飞翔的滋味,风吹过他脸颊的滋味。高空的感觉也让他满足。他看见地球像是一个破烂的星球。皮肤绽裂,疮痍皱褶,大峡谷像是深深的伤口,谷底河流奔腾。高山好像是没有生命的石头堆。城市像是已经被毁灭的废墟,好像他看见的是一千年以后的未来灾难,或者是很早以前被毁掉的城市残余。只有农场、田地是美丽的。绿色、红色、金色和紫色的方块和长方块,讲述着人类对地球唯一的慈祥和爱护。亚撒希望他有神圣的种子撒向人间,让种子飘落在棕色的新耕沃土上,长出来自天外的奇异庄稼。他会告诉小简他的这个奇特幻想,他们会一起开心地笑。

他想起来今天一大早,他给农场打了电话。他和他们通话,一个一个地说了话。他们让他感到高兴,他们身上充满超出感激的东西。他们会尊重土地,不让它被掠夺走。年轻的小简在他的信任面前非常严肃。这种相互信任是永远不会遭到背叛的。

孩子最后说:"我们想念你。我们等着你。我们是你的家人了。"

他受到欢迎。他把自己头上的屋顶给出去,有生以来第一次这样做,这个屋顶下的人们需要他回去。在长期遭受冷落以后,他感到温暖。

孩子说了:"你需要休息。"但是他回答:"我已经尝到旅行的甜头,简。可能我会接着走啊走。"

他瘦骨伶仃的双手交叉地搭着,放在他哥哥的骨灰盒上。他应该来的时候坐飞机的,他想。现在,他已经没有必要匆忙了,不必急着回到他来的地方。假如他飞到西部,也许他们有更多的时间说话。假如有更多的时间,他们又会有什么说的呢?该说的都已经说了。这一辈子,他们虽然在大陆的东西两头,却分享了他们能够分享的一切,一直在心中珍藏着话语和爱。

他自己也是在寻觅,亚撒意识到,寻觅那无法找到的东西。他曾经失去了哥哥,寻觅过哥哥,他应该看着所有人的脸寻找他的兄弟的。他也曾经无家可归,他意识到许多人都像他一样没有家,只有无尽头的旅行。他寻觅过无法弄明白的知识。他和他的整个人类:庞大的、缓慢的、摸索的、上帝触摸过的孩子们。所有的人都必须长久地等待,他想,就因为这个,学习到百万课程中的一门,有时学到了又忘,不得不重新开始。他自己,他谦虚地想,学到的太少太少。他造成了许多的伤害。他能分辨好与坏,但是当他需要奋起而战时,却被动地悲惨地坐着不动,像哑巴一样不出声。他终于将他的标准带上战场,也许还不算太晚。他不知道他做的好事会不会比坏事要多要大。没有人能够平衡这微妙而精密的天平,因为他自己具有重量,如果站在一头,就不能到达另一头。一只看不见的手,会做加法与减法。一个听不见的声音会说出答案。

亚撒的思绪被召回到眼前的飞机上。一群南飞的大雁排队飞过他的身边。飞机突然抬起它的鼻子。飞机陡峭地上爬,好像地球这个大球会朝着东方滚动一般。天空被飞机划破,云彩被撕开,像飘带一样在飞机后面飘动,汇入云海,把底下的世界藏了起来。

一群陌生人,被装在飞机这样的小空间里,被火箭推动一般飞向太阳,飞向星星。大部分的人觉得害怕。亚撒感到一阵喜悦涌上心头。这是他童年的纯洁,如同他想象自己和水貂费希尔光脚穿越银河时一样。飞翔的感觉是如此强大,他抬起双手,伸展开,就像天使伸开翅膀一样。

一个航空小姐平衡着自己的身体,俯身看着他。

"你没事儿吧,先生?"

"当然。"他回答,对这个问题感到吃惊。

"我们将再上行半小时,就会平稳下来。那时,飞行就正常了。"

她转身跟走廊对面的白面孔女人说话。

但是这个,他想,就是正常的。有些饥饿和混沌的本能,因快速进入空间而得到慰藉。他的激动跟随飞机的上升而不断高涨。他渴望半个小时能够延续为半个千年期,向前更向前,升高更升高,遥远更遥远,一直到宇宙的中心。他记得自己观看鸟儿迁徙的日子。

也许,他想,正是这个折磨着人类。他看见的脚下这个受鞭打的地球不能永远存在。但是人身上却有永恒的东西,只需要他意识到永恒就行。也许,他想,也许——人或许也能迁徙。在他的血液里,骨子里,也能涌起如同候鸟那种朝着未知目的地盲目飞行的冲动。因为人不能单独飞翔,人便发明出这样的奇迹般的飞行器,回到最后的家园,直到永远永远。

亚撒感到他的心紧缩。这阵痉挛更多的是压力,而不是痛。压力增加了。他快承受不住了。他不愿意叫出声,不愿惊动同行的乘客。他握紧双拳。他从窗口向外看。大地旋转模糊,离他远去。田野无法分辨。他希望自己能够看见一块冬小麦田地。毕竟,离开地球是痛苦的。认识它,就是去爱它。也许他想象中的远方移居者会感到莫名的思乡情,他们也会无言地思索,就像他现在这样,"亲爱的地球,这是我曾经居住的地方。"

压力变成洪水。他不怕。

这是一个如此简短的旅居,还不足一个世纪。他是一个家庭里的客人,他不是不怀感激。他在精力殆尽的同时,感到完全的恢复更新。他的暂居结束了。现在,他必须整理好自己精神和肉体的褴褛行装,重新上路。

玛·金·劳林斯(Marjorie Kinnan Rawlings)年表

1896 年 8 月 8 日出生于美国首都华盛顿特区。父亲阿瑟-弗兰克·金楠为美国专利局审评律师,母亲艾达·特雷法根·金楠为教师。

1907 年 在华盛顿邮报上发表第一篇获奖短篇小说。

1913 年 父亲因为肾脏感染突然病逝。

1914 年 高中毕业,重视教育的母亲携玛乔丽和弟弟阿瑟迁至威斯康星州麦迪逊市。九月,玛乔丽入威斯康星州立大学,主修英文。这是根据父亲遗愿选择的大学。

1918 年 以优异成绩毕业于威斯康星州立大学,在纽约市基督教女青年会总部任编辑。

1919 年 5 月,与大学同学、作家查尔斯·劳林斯结婚。

1923 年 母亲突然病逝。

1920—1928 年 报刊记者,专栏作家。创作短篇小说,耕耘不止,却没有得到发表。大部分时间居住在纽约州罗切斯特。

1928 年 3 月,首次到佛罗里达州旅行。晚夏,在佛罗里达中北部购买十字溪橘园农场。11 月,定居十字溪,立刻投入对当地劳苦人民生活和习俗的记录中,从大自然和简朴的当地人身上吸取灵感,开始新生活。

1930 年 第一篇纪实故事《穷苦潇洒边疆人:佛罗里达内地乡村的真实故事》(*Cracker Chidlings*),被斯克里布纳出版公司(Scribner)的小说月刊接受。该公司以出版海明威、菲茨杰拉德、福克纳和斯坦贝克等作家的作品而著称。第二篇故事《雅各的梯子》（*Jacob's Ladder*）也被接纳。成为该公司独具慧眼的传奇编辑马克思·柏金斯的门徒。

1931 年　斯克里布纳二月刊刊登《穷苦潇洒边疆人》。四月刊刊登《雅各的梯子》。

1933 年　3 月，长篇小说《南月下》（*South Moon Under*）出版，立刻获读者和评论界的巨大好评，是当年普利策小说奖的决赛作品。6 月，在给马克思·柏金斯的信中，提到《小鹿与少年》（*Yearling*）的创作。11 月，与查尔斯·劳林斯离婚。短篇小说《年轻女友》（*Gall Young Un*）获欧·亨利短篇小说奖。

1935 年　1 月，落马致颈伤。完成《金苹果》（*Golden Apples*）的创作。

1936 年　在北卡罗来纳州的山间木屋，专心于《小鹿与少年》的创作。

1938 年　2 月，《小鹿与少年》出版。4 月，将电影版权售与米高梅电影公司。该书连登畅销书榜首，作者成为家喻户晓、有影响力、备受爱戴的作家。版权输往英国、德国、意大利、波兰，以及北欧四国等国家。

1939 年　1 月，当选为美国艺术与文学学会会员。5 月，《小鹿与少年》获普利策小说奖。

1940 年　3 月，短篇小说集《三声夜鹰哀鸣时》（*When the Whippoorwill*）出版。开始创作纪实故事集《十字溪》（*Cross Creek*）。

1941 年　5 月，米高梅电影公司开机拍摄《小鹿与少年》。10 月，完成《十字溪》创作。与诺顿·巴斯金结婚，结束八年的单身生活。主要居住地为圣奥古斯丁，丈夫巴斯金是当地沃顿城堡大酒店的主人。

1942 年　2 月，《十字溪》出版，成为主要畅销书。5 月，接受佛罗里达大学授予的名誉人文博士学位。8月,《十字溪厨艺》(Cross Creek Cookery)出版。《十字溪》连同《小鹿与少年》均被翻译成十三种语言,其中包括日本和荷兰的盗版本。

1943 年 因《十字溪》被当地居民泽尔玛·卡森指控诽谤罪。6月,根据外祖父的生平,开始创作《暂居者》(Sojourner)。

1944 年 6月,佛罗里达州最高法院将卡森指控的"诽谤罪"改为"侵犯隐私罪"立案。小说写作遇重重困难,进展缓慢。

1945 年 继续创作《暂居者》,同时发表短篇小说,内容逐渐脱离佛罗里达区域。

1946 年 5月,"十字溪案"开庭。劳林斯打算亲自为自己辩护。她认为此案牵涉着一个重要的原则问题:任何一个人都有写自身经历的权利。劳林斯胜诉,卡森重诉州最高法院。因为二战停机的《小鹿与少年》电影终于完成了,由著名电影明星格利高里·派克和简·怀曼(美国前总统里根的前妻)超强阵容出演,获得巨大成功。这部电影成为不朽之作,至今依然不断发行。

1947 年 佛罗里达州最高法院逆转第一次开庭判决,宣判劳林斯"侵犯隐私罪"罪名成立,赔偿卡森一美元损失费并支付对方的律师费。传奇编辑马克思·柏金斯去世。6月,劳林斯前往纽约州凡·活尼斯维尔村度假,住在工业家、政治家欧文·杨(1932年民主党总统候选人,输给罗斯福)的别墅里,劳林斯在当地购买了一套老农居,深入体验当地农场生活,是《暂居者》创作的背景地。在《星期六晚周报》上发表连载小说《高山序曲》(Mountain Prelude)。

1952 年 2月,出版商查尔斯·斯克里布纳突然去世。几天后,劳林斯在十字溪独居时,发生心肌梗死,恢复后,继续创作《暂居者》,终于在8月完成。

1953 年 1 月,《暂居者》出版。2 月,着手收集资料写艾伦·格拉斯哥(1874—1945)传记,艾伦生前的最后一部小说《今生今世》(*In This Our Life*)获 1942 年普利策小说奖,她是劳林斯的私人朋友。作家、摄影艺术家卡尔·凡·维奇腾是劳林斯的远亲,他为着喜爱中国传统服装的劳林斯做摄影肖像,从来不冲着照相机笑的她,表情更是充满强烈的悲剧色彩。12 月 14 日,在佛罗里达州月牙滩,劳林斯因脑溢血逝世,安葬于佛罗里达州同林岛附近的安提奥科公墓。劳林斯指定朱莉娅·斯克里布纳·比格翰(出版商查尔斯·斯克里布纳的女儿)为她的著作遗产执行人,并将大部分遗产,包括稿件和十字溪橘园都捐献给佛罗里达大学。

1955 年 儿童著作《秘密河》(*The Secret River*)首版。

1956 年 《秘密河》获纽伯瑞儿童文学奖。朱莉娅·斯克里布纳·比格翰编辑出版《劳林斯精选》(*A One Volume Selection from Rawlings's Writings*),收集了作者最受欢迎的作品,以及从未发表过的遗作。

1963 年 佛罗里达大学教授戈登·比格罗整理劳林斯 1931 年被拒的纪实小说《苏瓦里河游侠比尔》(*Lord Bill of the Suwannee River*),发表在《南方民俗季刊》(*Southern Folklore Quarterly*)。

1966 年 佛罗里达大学出版社出版戈登@比格罗的著作:《边疆伊甸园:玛乔丽·金楠·劳林斯的文学生涯》(*Frontier Eden: The Literacy Career of Marjorie Kinnan Rawlings*)。

1969 年 张爱玲翻译 *Yearling*,她的最初译名为《小鹿》,出版社编辑定名为《鹿苑长春》,认为这样更厚重一些,由台湾今日世界出版社出版。

1979 年 好莱坞再次拍摄根据同名小说《年轻女友》创作的电影。

1980 年　人民文学出版社出版李俍民翻译的《鹿苑长春》。

1983 年　根据《十字溪》改编的电影《十字溪：一个作家的生活》上映。佛罗里达大学出版社出版戈登·比格罗编辑的《玛乔丽·金楠·劳林斯书信选》(*Selected Letters of Marjorie Kinnan Rawlings*)。

1987 年　劳林斯学会(Marjorie Kinnan Rawlings Society)成立，为非盈利性群众组织，每年举行一次学术交流大会，并发行会刊，旨在促进对劳林斯作品的学习与交流。

1988 年　伊丽莎白·希尔维尔松著传记：《玛乔丽·金楠·劳林斯：十字溪的暂居者——〈小鹿与少年〉作者的一生》(*Marjorie Kinnan Rawlings: Sojourner at Cross Creek, A Life of the Author of Yearling*)。

1991 年　人民文学出版社再版李俍民翻译的 *Yearling*，更名为《一岁的小鹿》。同年，《张爱玲全集》再次收入《鹿苑长春》，由台湾皇冠出版社出版。

1994 年　佛罗里达大学出版罗杰·塔尔编辑的《劳林斯短篇故事与诗集》(*Collecting Rawlings Poetry and Short Stories*)。

1997 年　罗杰·塔尔编辑出版《家庭主妇之歌——劳林斯诗歌选》(*Songs of a Housewife, Poems by Marjorie Kinnan Rawlings*)，收集了劳林斯佛罗里达时期以前的作品。

1999 年　罗杰·塔尔编辑出版《马克思与玛乔丽：编辑与作家的书信交流》(*Max And Marjorie: The Correspondence between Maxwell Perkins and Marjorie Kinnan Rawlings*)，囊括了传奇编辑和劳林斯之间二十多年来的七百件信、电报和便签，反映了二人非凡的创作关系。

2002 年　在移居佛罗里达之前完成的第一部长篇小说《血之血》(*Blood of My Blood*)，是自传体家史，1928 年被出版社拒绝后，劳林斯将之封存而不再提起，她的丈夫巴斯金和编辑好友柏金斯都不知道这部小说的存在，直到 2002 年面世。

2004 年　罗杰·塔尔编辑出版《玛乔丽的私人生活：致诺顿·巴斯金的爱情书信》(*Private Marjorie*：*The Love Letters of Marjorie Kinnan Rawlings to Norton S Baskin*)。

2007 年　罗杰·塔尔和布伦特·金瑟尔合作出版《玛乔丽·金楠·劳林斯未发表之作品》(The Uncollected Writings of Marjorie Kinnan Rawlings)。

2008 年　美国邮政局颁布劳林斯纪念邮票，表彰她对美国文学的卓越贡献，将她置身于她的朋友海明威、菲茨杰拉德等中，成为登上美国邮票的著名作家。